新潮文庫

インスマスの影

クトゥルー神話傑作選

H・P・ラヴクラフト
南條竹則編訳

新潮社版

JN159018

目次

インスマスの影

クトゥルー神話傑作選

異次元の色彩

アーカムの西には険しい山々が聳《そび》え立ち、人が斧《おの》を入れたことのない深い森におおわれた谷間がある。暗く狭い峡谷には樹々《きぎ》が異様な斜面をなし、かつて日の光がきらめいたことのない小川が潺湲《せんかん》と流れている。なだらかな方の斜面には岩がちな古い農場があり、大きく出張った岩の蔭《かげ》に、ずんぐりとして苔《こけ》に被《おお》われた家がいくつもあって、古きニュー・イングランドの秘密を永遠《とこしえ》に思い耽《ふけ》っているが、こうした家も今はすべて空家となり、太い煙突はぼろぼろに崩れ、こけら板を張った壁は、低い腰折れ屋根の下に危険なほど張り出している。

昔の人間はいなくなったし、外国人もそこには住みたがらない。フランス系カナダ人が住もうとし、イタリア人が住もうとし、ポーランド人が来ては去って行った。それは見たり、聞いたり、触ったりすることができるもののせいではなく、想像されるもののせいなのだった。この場所は想像をめぐらすには良い場所でなく、夜、安らかな夢を見せてくれないのだ。外国人が寄りつかないのはそのためにちがいない。なぜなら、アミ・ピアース老人がかれらに「不思議の日々」の記憶を語ったことは一度もないからだ。アミはもう何年も前から頭が少しおかしくなっているが、この地に今も留まっている唯一《ゆいいつ》の人間で、不思議の日々のことを語るのも彼だけである。そして彼にそうする勇気があるのは、ひらけた平野と人が通うアーカム周辺の道のすぐそばに家があるからなのだ。

かつては山を越えて谷間を抜ける一条《ひとすじ》の道が、「腐《あざ》れが原」が今あるところをまっすぐに通っていた。だが、人々はもうその道を使わず、新しい道が拓《ひら》かれ、南へ向かってはるかに湾曲している。昔の道の名残《なごり》は、野生にかえりつつある荒地の草の中に今でも見つけられるし、新しい貯水池ができて窪地《くぼち》の半分が水没しても、いくらかは残るだろう。その時、暗い森は伐採され、腐れが原は青い水の底深くに眠って、水の面《おもて》は空を映し、陽の光の中で小波《さざなみ》を立てるだろう。そして、不思議の日々の秘密は深海の秘密と一つに――古き大洋《わだつみ》の隠された言い伝えと、太古の地球のすべての謎《なぞ》と一つになるだろう。

新貯水池のための測量をしに、私がこの山々と谷間へ赴いた時、あそこは邪悪な場所だと人々は言った。そのことはアーカムで聞かされたのだが、アーカムといえば魔女の伝説に満ちた非常に古い街であるから、邪悪というのは、老婆《ろうば》たちが何世紀にもわたって子供にささやいたようなことにちがいないと思った。「腐れが原」という名前からして、私には何とも妙な、芝居がかったものに思われ、そんな名前が、清教徒《ピューリタン》の民間伝承の中にどうやってまぎれ込んだのだろうと訝《いぶか》しんだ。だが、そのあと西へ向かってもつれ合う暗い峡谷と斜面を見てからは、あの土地自体の古い謎以外には何も不思議と思わなくなった。私が見たのは朝だったが、あそこには常に影がひそんでいた。樹々はあまりにも鬱蒼《うっそう》と茂り、その幹は健全なニュー・イングランドの森にしてはあまりにも太かった。樹の間の薄暗い小径《こみち》にはあまりにも深い静寂が立ちこめ、地面は湿った苔と、果てしない歳月の腐朽が敷いた敷物に被われて、あまりにも柔かかった。

ひらけた場所、主に旧道沿いには、ところどころに小さな山腹の農場があった。建物が全部立っているものもあれば、一つ二つ残っているもの、煙突やふさがりかけた地下室だけがポツンと残っているところもあった。雑草や茨《いばら》が我が物顔にはびこり、小心な野生動物が下生えの中でカサコソと音を立てた。あらゆるものに落ち着きのなさと重苦しさが靄《もや》のごとくかかり、まるで遠近法か明暗法の重要な要素が歪《ゆが》んでいるかのような、非現実的でグロテスクな感じがあった。外国人が居つかないのも無理はない、と私は思った。ここは眠れる場所ではなかったからだ。サルヴァトール・ローザの描く風景画や、恐怖譚《たん》の挿絵についている禁断の木版画などにあまりにも良く似ていた。

しかし、こうした景色すらも、腐れが原ほどひどくはなかった。広い谷間の底にあるその場所へ来たとたんに、ああ、ここだなと見分けがついた。そんな場所には他のいかなる名前もふさわしくなかったし、他のいかなる場所もそんな名前にふさわしくなかったからだ。まるで詩人がほかならぬこの一帯を見て、呼び名を考え出したかのようだった。これは——と私はそこをながめながら思った——火事のせいにちがいない。しかし、どうして新しいものが何も生えないのだろう？　五エーカーにわたるその灰色の荒地は、まるで森と野原の中の大きな一点が酸に腐食されたかのように、剝《む》き出しで空の下にひろがっていた。大部分は旧道の北側にあったが、南側にも少し喰い込んでいた。私はそこへ近づくことに妙なためらいをおぼえ、結局足を踏み入れたのは、仕事のためにどうしてもそこを通り抜けねばならないからだった。その広い土地にはいかなる種類の植物も生えておらず、ただ灰色の細かい塵《ちり》か灰のようなものが積もっていて、風がそれを吹き散らすことは絶えてないようだった。付近の樹々は脆《ぜい》弱《じゃく》でひねこびており、まわりにはたくさんの枯木の幹が立っているか、倒れて朽ちていた。急ぎ足に歩き過ぎて行った時、右手に古い煙突と地下室の崩れた煉瓦《れんが》と石組が見え、捨てられた井戸がぽっかりと黒い口を開《あ》いていて、そこから立ちのぼる澱《よど》んだ蒸気《いきれ》が、陽光の色に奇妙な悪戯《いたずら》をしていた。その向こうには暗い森を登る道がえんえんとつづいていたが、それさえもここに較《くら》べれば有難く感じられ、アーカムの人々が怖がってあれこれ言うのも、もう不思議とは思えなかった。近くには家も廃墟《はいきょ》もなかった。ここは昔から寂しくて辺鄙《へんぴ》な場所だったにちがいない。夕暮れになると、私はこの不吉な場所をふたたび通るのが恐ろしくて、遠まわりだが、南側の湾曲する道を歩いて街へ戻った。雲が出てくれれば良いのに、と何となく思ったのは、頭上の空という深い虚空《こくう》に対する奇妙な臆病《おくびょう》さが、私の心に忍び込んでいたからだった。

その晩、私はアーカムの古老たちに腐れが原のことを尋ね、また大勢の者が曖昧《あいまい》につぶやく「不思議の日々」という言葉はどういう意味なのかと尋ねた。しかし、はかばかしい答は得られず、ただ、こうした謎はすべて、私が思っていたよりもずっと新しいことだとわかっただけだった。それは古い伝説などではなく、語る人々が生まれてからの出来事だった。それが起こったのは八〇年代で、ある一家が失踪《しっそう》するか死ぬかしたのだ。語り手は誰も正確なことを言おうとせず、アミ・ピアース爺《じい》さんのイカレた話は気にとめるなと誰もが異口同音に言うので、私は翌朝その老人を探し出した。老人は樹々が最初にこんもりと茂り始めるあたりの、古めかしい、今にも倒れそうな家に独りで住んでいると聞いたからである。そこはおそろしく古風なところで、あまりにも長い間立っている家にまといつく、かすかな瘴気《しょうき》のごとき臭《にお》いを放ちはじめていた。しつこく扉を叩《たた》きつづけて、やっと老人を起こすことができたが、足を引き摺《ず》りながらおずおずと戸口へ出て来たのを見ると、私に会うのを喜んでいないことがわかった。彼は思ったほど身体《からだ》が弱ってはいなかったが、変なふうに目を下に向け、だらしない服装《かっこう》をして白髭《しらひげ》を生やしているため、ひどく疲れ果てた陰気な人物のように見えた。話を始めさせるにはどうすれば一番良いかわからなかったので、私は仕事で来たふりをした。測量のことを話し、この地域について漠然と質問をした。老人は人々の話から思っていたよりもずっと聡明《そうめい》で教育があり、いつのまにか、アーカムで話した誰にも劣らず問題を把握していた。貯水池が造られる予定の地域で知り合ったどんな村人とも似ていなかった。古い森や農場が数マイルにわたって消えてしまうことへの抗議は、彼の口から出て来なかった。もっとも、自分の家が未来の湖の境界の外にあるのでなければ、やはり抗議したかもしれない。彼が示したのは安堵《あんど》の念だけだった――自分が一生涯歩きまわって来た暗い年古《としふ》りた谷間が滅びることを安堵しているのである。あそこはもう水に沈んだ方が良い――不思議の日々からこっち、水に沈んだ方が良いところになってしまった。こう言って前置きをすると、彼のかすれた声は低くなり、身体は前にのり出してきて、右手の人さし指が顫《ふる》えながら、印象的にあちこちを指しはじめるのだった。

私はそれからこの話を聞いたのだが、物をこするようなかすれた声が取りとめもなくささやきつづけるうちに、夏の昼間だというのに何度も寒気《さむけ》が走った。私は語り手の話がよそへ逸《そ》れてゆくのをしばしば本筋へ戻らせなければならず、科学的な問題点は――老人は教授たちの言ったことをぼんやりと聞きおぼえているだけだったから――欠けた部分をこちらで補い、論理と一貫性に対する彼の感覚が破綻《はたん》した個所では、空隙《すきま》を埋めねばならなかった。話を聞き終えた時は、彼の精神が少しイカレてしまったのも、アーカムの連中が腐れが原のことをあまり話そうとしなかったのも、無理からぬことだと思った。私は野天で頭上に星が出るのを望まなかったから、日没前に慌《あわ》ててホテルへ帰り、翌日ボストンへ戻ると、会社に辞表を出した。あの古い森と斜面の薄暗い混沌《こんとん》の中へふたたび足を踏み入れることも、崩れた煉瓦と石組のそばに真っ黒い井戸が深い口を開いている、灰色の腐れが原にもう一度立ち向かうことも、できなかったからだ。もうじき貯水池がつくられて、古い秘密はすべて幾尋《いくひろ》もの水の底に永久に沈むだろう。だが、そうなっても、あの地方へ夜に行きたいとは思わない――少なくとも、空に不吉な星々が出ている時は。それに、たとえどんな褒美《ほうび》をくれると言われても、アーカムの新しい水道水を飲むのは御免《ごめん》である。

すべてはあの隕石《いんせき》から始まった、とアミ爺さんは言った。それ以前には、魔女裁判この方いかなる荒唐な言い伝えもなかったし、魔女裁判の時でさえ、この西の森は、インディアンよりも古い奇妙な石のそばで悪魔が法廷を開いたという、ミスカトニック川の小島の半分ほども恐れられていなかったのである。ここは魔物の憑《つ》いた森ではなく、その幻想的な薄暗がりも、不思議の日々まではけして恐ろしくなかった。ところが、ある日、真っ昼間にあの白い雲があらわれ、空に立てつづけに爆発が起こって、森の奥の谷間から煙の柱が立った。晩にはアーカム中の人間が空から落ちて来た大岩の話を聞いていた。その岩はネイハム・ガードナー農場の井戸に近い地面に嵌《は》まり込んだのである。それは、のちに腐れが原となるところに建っていた家――小綺麗《こぎれい》な白いネイハム・ガードナーの家で、肥沃《ひよく》な庭と果樹園に囲まれていた。

ネイハムは人々に石のことを言うため街へ来て、道々アミ・ピアースの家に立ち寄った。アミは当時四十歳で、この奇怪な出来事はすべて彼の心にくっきりと刻み込まれた。彼と妻はミスカトニック大学から来た三人の教授を現場へ連れて行き――教授たちは、未知の星界から訪れた無気味な客人《まろうど》を見に、翌朝さっそく出かけたのである――ネイハムが前日、たいそう大きい岩だと言ったのはなぜなのだろうと首をかしげた。こいつは縮んだんです——前庭の古風な井戸の撥《は》ね釣瓶《つるべ》の近く、引き裂かれた地面と黒焦《くろこ》げになった草の上に大きな茶色がかった塊があり、ネイハムはそれを指してこう言ったのだが、石は縮んだりしないと賢人たちは断言した。石の熱は中々下がらず、ネイハムはそいつが夜かすかに光っていたと答えた。教授たちが地学用ハンマーで叩いてみると、妙に柔かかった。実際、可塑性《かそせい》があると言っても良いほど柔かく、教授たちは試験のため大学に持ち帰る標本を削るというよりもえぐり取ったのである。かれらはそれをネイハムの台所から借りた古い手桶《ておけ》に入れて持って行った。小さい欠片《かけら》でさえ、いつまでも冷えなかったからだ。教授たちは帰り道、アミの家に立ち寄って休息したが、欠片がだんだん小さくなって、手桶の底が焦げているとピアース夫人が言うと、考え込んでいる風だった。たしかに、こいつは大きくはないが、思ったほどたくさん採らなかったのだろうということになった。

その翌日——これはみな八二年六月に起こったことだ——教授たちはひどく興奮し、一団となって、また出かけた。アミの家を通る時、アミに語ったところによると、あの標本はじつに妙で、ガラスのビーカーに入れておいたところ、すっかりなくなってしまったのだという。ビーカーも消えてしまい、賢人たちが言うには、あの不思議な石は珪素《けいそ》との親和力があった。整然とした実験室で、石はまったく信じ難い振舞いをした。炭火で熱しても何の反応もなく、吸蔵したガスを示すこともなかった。硼砂球《ほうしゃきゅう》を用いて反応を見ても陰性で、やがてわかったことだが、酸水素ガス吹管による加熱を含め、実験室で可能ないかなる高温で熱しても、完全に不揮発性であった。鉄床《かなとこ》で叩いてみると、かなり打ち延ばすことができ、暗闇《くらやみ》では発光が顕著にみとめられた。石は冷えることを頑《かたく》なに拒み、やがて大学は真の興奮状態に陥った。分光器の前で熱したところ、通常のスペクトルに見られる既知の色彩とはちがった輝線があらわれたので、学者たちは新元素だとか、奇怪な光学的特性などといったことを、固唾《かたず》を呑《の》んであれこれと話し合った。未知なる物に直面した時、困惑した科学者はこの種のことを言いがちなのだ。

石は熱かったため、教授たちは然《しか》るべきすべての試薬とともに坩堝《るつぼ》に入れて検査した。水では何も起こらなかった。塩酸でも同じだった。硝酸や王水でさえも、熱くて傷つけられぬ石に触れると、ジュッと音を立てて飛び散るばかりだった。アミはこういったことを中々思い出せなかったが、私が普通使われる順に溶剤の名をあげると、ああ、それだとこたえたのである。試験にはアンモニアと苛性《かせい》ソーダ、アルコールとエーテル、吐気を催させる二硫化炭素、その他十指に余るものが使われたが、時間の経過とともに隕石の欠片の重さは確実に減ってゆき、またいくらか冷えて来たようだったにもかかわらず、溶剤には、この物質を侵したことを示す変化があらわれなかった。しかし、金属であることは間違いなかった。一つには磁気を帯びていたし、酸性の溶剤に浸すと、隕鉄に見られるウィドマンシュテッテン組織の痕跡《こんせき》がかすかにあるようだった。石が大分冷えて来ると、試験はガラスの容器の中で続けられて、教授たちは作業中にもとの欠片からとれた破片を全部ガラスのビーカーに入れておいた。翌朝見ると、破片もビーカーもきれいさっぱり消えており、木の棚の、それが置いてあった場所に焼け焦げた跡がついているだけだった。

教授たちはアミの家の戸口でひと休みしている時、こうしたことをアミに語り、アミはふたたび一同と共に、星空からの使者である石を見に行ったが、今回は妻は来なかった。隕石はもう明らかに縮んでいて、冷静な教授たちも、自分の目で見た事実を疑うことはできなかった。井戸のそばで縮んでゆく茶色い塊の周辺には、地面が陥没したところに虚《うつ》ろな隙間《すきま》があき、塊は前日直径《さしわたし》がたっぷり七フィートあったのに、今は五フィートにも満たなかった。それは今も熱く、賢人たちは興味深げにその表面を観察しながら、ハンマーと鑿《のみ》で前よりも大きな欠片をもう一つ削り取った。今回は隕石を深くえぐり、小さい方の塊を引き離す時、石の芯《しん》が完全に均質ではないことに気づいた。

そこに露《あら》われたのは、この物の中に埋め込まれた、色のついた大きな球体の側面のようだった。その色は、隕石の奇妙なスペクトルに見られた輝線に似ていたが、ほとんど形容し難いもので、教授たちが色と呼んだのは喩《たと》えて言ったにすぎなかった。その表面には光沢があり、コツコツ叩いてみると、脆《もろ》くて内部《なか》がうつろのようだった。教授の一人がハンマーで鋭く撃《う》つと、ポッという弱々しい音を立てて破裂した。中から出て来たものはなく、突っつくと同時に球体は跡形もなく消滅した。あとには、さしわたし三インチほどのうつろな球形の空間が残り、被いつつんでいる物質が小さくなるにつれて、ほかにも同じ物があらわれるかもしれないと誰もが思った。

推測は空《むな》しかった。さらなる小球体を見つけようとして穴を穿《うが》ってみたが、徒労に終わり、研究者たちは新たな標本を持って、ふたたびその場を去った――しかし、この標本も、前のと同じように実験室の人々を困惑させたのである。ほとんど可塑性があると言っても良く、熱を持ち、磁気を帯び、わずかに発光し、強い酸に入れるとわずかに冷え、未知のスペクトルを有し、空気中で縮んでゆき、珪素化合物を侵し、結果として互いに破壊し合う――こうしたこと以外には、その正体がわかるような特徴を一切示さなかった。いろいろ検査をした揚句、大学の科学者たちは、それが分類できないことを認めざるを得なかった。それはこの地球の物ではなく、大いなる外部から来た物質で、それ故《ゆえ》に外部の特性を持ち、外部の法則に従っているのだった。

その夜、雷嵐が起こり、翌日《あくるひ》ネイハムのところへ出かけて行った教授たちは、苦い失望を味わった。例の隕石は磁気を帯びていたが、何か特異な電気的特性を持っていたにちがいない。というのも、ネイハムによると、石は奇妙な執拗《しつよう》さで「稲妻を引き寄せ」たのだ。農夫は稲妻が一時間のうちに六回も前庭の溝《みぞ》を撃つのを見た。そして嵐がおさまった時は、古い井戸の撥ね釣瓶のそばに、陥没した土で半分埋まったギザギザの穴が空いているだけだった。掘ってみても何も出て来ず、科学者たちは隕石が完全に消滅したことを確認した。まったくの失敗だった。それで実験室に戻り、鉛の箱に注意深く収めてある消えかけた欠片を再検査するしかなかった。その欠片は一週間保《も》ったが、一週間過ぎても、大したことはわからなかった。それが消えてしまった時、あとにはいかなる残留物もなく、やがて教授たちは、自分たちが醒《さ》めた目で本当にあれを見たのかどうか自信がなくなって来た。外部の底知れぬ深淵《しんえん》のあの謎めいた痕跡を――他の宇宙と、物質、力、実体の他の領域から来た、あの孤独で奇怪な音信《おとずれ》を本当に見たのだろうか。

当然のことながら、アーカムの新聞各紙は大学の支援を得てこの事件をさかんに報道し、記者を派遣して、ネイハム・ガードナーやその家族と話をさせた。ボストンの日刊紙も少なくとも一紙が書き手をよこし、ネイハムはたちまち地元の有名人になった。彼は痩《や》せた愛想の良い人物で、年齢《とし》は五十前後、妻と三人の息子と共に、あの谷間の心地良い農場に暮らしていた。彼とアミは始終お互いの家を訪ね、妻たちもそうだった。あれから長い年月が経《た》ったが、アミは彼について誉《ほ》め言葉しか言わなかった。ネイハムは自分の土地が注目を浴びたことをいささか誇らしく思っている様子で、そのあと数週間、隕石のことをよく話題にした。その年の七月と八月は暑く、ネイハムはチャップマン川の向こうにある十エーカーの牧草地で干草作りに精を出した。ガタゴトいって通る彼の荷馬車は、牧草地の間の蔭深い小道に深い轍《わだち》を刻んだ。この年は例年になく仕事が身にこたえ、俺もそろそろ齢《とし》だと思った。

やがて、実りと収穫の時が来た。梨《なし》や林檎《りんご》はゆっくりと熟し、うちの果樹園にこんなに物が良く実《な》ったことはない、とネイハムは言った。果物は稀有《けう》な大きさに育って、いつになく光沢《つや》があり、たいそうな豊作だったので、収穫物を扱うために樽《たる》をよけいに注文したほどだった。ところが、熟するとともに、ひどい落胆が訪れた。たわわな果実は見たところ甘くて美味《おい》しそうだったが、どれも食べられたものではなかったのだ。梨と林檎の素晴らしい風味の中に、ひそかな苦みと吐き気を催すような臭いが忍び込んでいて、ほんの一口齧《かじ》っただけでも、すぐには消えぬ嫌悪《けんお》感をおぼえるのだった。メロンやトマトも同様で、ネイハムは収穫が全部駄目になったことを知り、悲しくなった。彼は出来事をすぐに結びつけて考える性《たち》だったから、あの隕石が土を毒したのだと言って、他の作物はおおむね道路に沿った高台の畑でつくっていることを天に感謝した。

その年は冬が早く訪れ、寒さが厳しかった。アミはネイハムと会うことがいつもより少なくなり、ネイハムが何か心配そうな顔つきになって来たのに気づいた。彼の家族も口数が少なくなったようで、教会へもきちんと行かず、このあたりで行われるさまざまな社交の催しにもあまり顔を出さなくなった。人を遠ざけているのか鬱《ふさ》いでいるのか知れなかったが、原因は見あたらなかった——もっとも、家中の者が、体調が悪く、漠然とした不安を感じると時折口にしてはいたのだが。事情を一番はっきり話したのはネイハム自身で、雪の中のある種の足跡に悩まされていると言うのだった。それらは通常冬に見かける赤栗鼠《あかりす》や白兎《しろうさぎ》や狐《きつね》の足跡だったが、ふさぎ込んだ農夫は、足跡の形や並び方に何か良くないものがあると言った。どこがどうと具体的な説明はしなかったが、栗鼠や兎や狐の身体の構造と習性からして、こうあるはずだという特徴が見られないと考えているようだった。アミは最初この話を聞いても関心を持たなかったが、ある夜のこと、クラークス・コーナーズから橇《そり》に乗って帰る途中、ネイハムの家の前を通った。月が出ており、一羽の兎が道を横切ったが、その兎のひとっ跳びが、アミも馬も不安になるほど長かった。実際、馬は逃げ出しそうになったので、手綱をしっかり握って止めなければならなかった。それ以来、アミはネイハムの話にもっと敬意を払うようになり、ガードナー家の犬が毎朝ひどく怯《おび》えて震えているのはなぜだろうと思った。犬どもはほとんど吠《ほ》える元気もなくしていることが、やがてわかった。

二月に、マグレガー家の少年たちがメドウ・ヒルからマーモットを撃ちに出かけ、ガードナー農場から程遠からぬところで、じつに奇妙な一匹を仕留めた。そいつは身体の均整が、説明はしがたいけれども、少し変な風に変わっていて、顔にはいまだかつて誰もマーモットの顔に見たことのないような表情が浮かんでいた。少年たちは怖くなって、すぐにそいつを捨ててしまったため、近隣の人々はかれらの奇怪な話を聞いただけだった。しかし、ネイハムの家に近づくと馬がいやがることは今や誰もが知るところとなり、ひそかにささやかれる一連の言い伝えの土台が、急速に形を為《な》しつつあった。

ネイハムの家のまわりではどこよりも早く雪が融《と》けると人々は断言し、三月の初め、クラークス・コーナーズにあるポッターの雑貨屋で、人々は神妙に話し合った。ステイーヴン・ライスは朝方ガードナー農場の前を通った時、道の向こうの森のそばの泥濘《ぬかるみ》から座禅草《ざぜんそう》が生えているのに気づいた。そんなに大きい座禅草は見たことがなく、どんな言葉にも言い表わせない奇妙な色をしていた。形はまるで化物のようで、馬が臭いを嗅《か》いで鼻を鳴らしたが、その臭いもスティーヴンはいまだかつて嗅いだことがないと思った。その日の午後、何人かの者が異常に育った草を見るためにそこを通ったが、あのような植物が健全な世界に生い育ってはならないというのが、全員の一致した意見だった。前年の秋の果物がひどかったこともさかんに引き合いに出され、ネイハムの土地には毒が染《し》み込んでいると口から口へ語り伝えられた。もちろん、これは隕石のしわざにちがいない。あの石は世にも奇妙な物だと大学の先生たちが言っていたのを思い出して、何人かの農夫が教授たちにこの一件を話した。

教授たちはある日ネイハムのもとを訪れたが、荒唐無稽《むけい》な話や言い伝えは好まなかったので、ごく慎重な推測をしただけだった。問題の植物はたしかに変わっているが、座禅草はみな形や匂《にお》いや色が多少変わっている。おそらく隕石から何か鉱物性の元素が土壌に浸《し》み込んだのだろうが、じきに洗い流されてしまうだろう。足跡や馬がおびえたことについて言えば――もちろん、これは根も葉もない田舎の噂話《うわさばなし》にすぎず、隕石落下のような現象につきものである。出鱈目《でたらめ》な流言に関して、真面目《まじめ》な人間がするべきことは何もない。迷信深い村人はどんなことでも言うし、信じるのだから。そんなわけで、不思議の日々の間中、教授たちは馬鹿《ばか》にして近寄らなかった。ただ一人の教授だけが、一年半以上経ってから、警察の依頼で二つのガラス壜《びん》に入った塵埃《ほこり》を分析させられた時、ふと思い出したのである――あの座禅草の奇妙な色は、大学の分光器にかけられた隕石の破片が示した変則的な輝線の一つに良く似ていたし、深淵からやって来た石に埋め込まれていた脆い小球体にも似ていたと。この時分析した資料も、初めのうちは同じ奇妙な輝線を示したが、時間が経つとその特性を失ってしまった。

ネイハムの家のまわりでは樹々がよそよりも早く芽ぐみ、夜になると、風に吹かれて気味悪く揺れた。ネイハムの次男サディアスは十五歳の若者で、風のない時にも樹が揺れると言い張ったが、噂話の好きな連中もこれは信じなかった。しかし、たしかに不穏な空気があった。ガードナー家の者はみんな、こっそり聴き耳を立てる習慣がついてしまった――ただ、何を聴こうとするのか意識して言うことはできなかったが。実際、かれらが耳を澄ますのは意識が半分薄れかけた時のことだった。不幸なことに、そうした時は週を追って増えてゆき、しまいに「ネイハムの家《うち》のやつらは、みんなどこかおかしい」というのが人々の決まり文句となるに至った。ふだんより早い雪《ゆき》の下《した》が出ると、これも見慣れぬ色をしていた。その色は座禅草とそっくり同じではなかったが、明らかに同系統のもので、やはり誰も見たことがない色だった。ネイハムは花を少し取ってアーカムへ持って行き、「ガゼット」紙の編集長に見せたが、くだんのお偉方はそれについて滑稽な記事を書き、村人の暗い恐怖を行儀の良い揶揄《からか》いの的にしただけだった。大きな、育ちすぎた黄縁立羽《きべりたては》がこの雪の下に関連していかに振舞ったかを鈍感な都会人に話したのは、ネイハムの間違いだった。

四月になると、土地の連中は一種の狂気に取り憑かれ、ネイハムの家の前を通る道は次第に使われなくなって、ついにはまったく見捨てられてしまった。それは植物のせいだった。果樹園のすべての樹々が見慣れぬ色の花を咲かせ、庭や隣接した牧草地の石の多い土壌のいたるところに奇怪な植物が生い茂り、それは植物学者でもなければ、この地域本来の植生と結びつけることができないようなものだった。緑の草と葉を除いて、まっとうで健全な色彩はどこにも見られず、ある病んだ基本色の熱に浮かされたような多様な変種がいたるところにあり、それらは地球上の既知の色合いに属さないものだった。駒草《こまくさ》は不気味で人を脅《おび》やかすものとなり、ブラッドルート（訳註・根が赤い北米産のケシ科の植物）は倒錯した色彩をおびて、不遜《ふそん》に生い茂った。アミとガードナー家の人々は大部分の色をどこかで見たような気がしてならず、それらはあの隕石の中にあった脆い小球体の色を思い出させるのだと結論した。ネイハムは十エーカーの牧草地と高台の畑を耕して種を蒔《ま》いたが、家のまわりの土地には手をつけなかった。何をしても無駄だと知っていたからで、この夏に茂った奇妙な植物が土壌から毒をすべて吸い取ってくれることに望みをかけた。彼はもう何があっても驚かないという気持ちで、何かが自分の近くにおり、声を聞いてくれるのを待っているという妙な感覚にも慣れてしまった。もちろん、近所の者が家に寄りつかなくなったのはつらかったが、これは妻にとっていっそうの痛手《いたで》だった。子供たちは毎日学校へ行くからまだ良かったけれども、噂はどうしても耳に入ったため、怖がった。サディアスはとりわけ敏感な少年だったので、一番苦しんだ。

五月になると昆虫たちが押し寄せ、ネイハムの家には虫がブンブン飛びまわり、這《は》いまわって悪夢のようなありさまになった。虫の大半は外見も動き方も少し普通でないように見え、かれらの夜の習性はそれまでの一切の経験に反していた。ガードナー家の人々は夜、見張りをするようになった――何かを警戒して、あらゆる方向を無差別に見張るのだったが……何を警戒しなければならないのか、自分たちにもわからなかった。サディアスが樹について言ったことは正しかったと全員が認めたのは、この時だった。二番目にそれを窓から見たのはガードナー夫人で、夫人は月の明るい空を背にした楓《かえで》のふくれ上がった大枝を見張っていたのだ。大枝はたしかに動いたが、風はなかった。樹液のせいにちがいない。今はあらゆる草木が奇妙な様相をおびていた。しかし、次の発見をしたのはネイハム家の者ではなかった。一家は不思議なものに慣れて鈍感になってしまい、かれらに見えなかったものを、ボルトンから来た臆病な風車《かざぐるま》の販売員が目にしたのだ。この販売員は土地の言い伝えを知らずに、ある夜近くを馬車で通りかかった。彼がアーカムで語ったことは「ガゼット」に短い記事として載っており、ネイハムを含め、すべての農夫がそれを初めて知ったのは、この記事を読んでだった。その夜は闇夜で、軽装馬車のランプの明かりも弱々しかったが、谷間にある農場——それがネイハムの農場であることは、話の内容から誰にでもわかった——の周辺では、暗闇がさほど濃くなかった。すべての植物、草にも、木の葉にも、花にも、弱いがはっきりした光輝が内在しているかに見え、しかも、ある時は切り離された燐火《りんか》のかたまりが、納屋《なや》のそばの庭をこっそり動きまわっているように見えたという。

牧草は今のところ無事なようで、牛は家のそばの土地で自由に草を食《は》んでいたが、五月末頃になると、乳の味が悪くなって来た。ネイハムは牛を高台へ追いやり、その後何ともなくなったが、しばらくすると、牧草や木の葉の変化が目立って来た。緑の草木はことごとく灰色になり、何とも奇妙な脆い性質をおびて来た。今ではこの農場を訪れる者はアミただ一人で、その訪問もしだいに少なくなった。学校が休みになると、ガードナー家は事実上世間から切り離され、アミに頼んで時々街へ用足しに行ってもらった。かれらは肉体的にも精神的にも奇妙に衰え、ガードナー夫人が発狂したという報《しら》せがひそかに伝わって来ても、誰も驚かなかった。

それは六月の、隕石が落ちてからちょうど一年目にあたる頃で、気の毒な婦人は空中に何かがいるといって悲鳴を上げたが、それがどんなものなのか説明することはできなかった。彼女が口走る言葉には一つも具体的な名詞は出て来ず、動詞と代名詞ばかりだった。何かが動いたり、形が変わったり、羽ばたいたりし、耳が疼《うず》いて刺激を感ずるが、それは必ずしも音だけではない。何かが奪われ——何かを吸い取られている——何かいてはならないものが、自分にしがみついている——誰かに追い払ってもらわなければいけない——夜は何ひとつじっとしていない——壁や窓が動く。ネイハムは妻を郡の精神病院には入れず、本人にも他人にも無害である間は家のまわりを歩きまわらせておいた。彼女の顔つきが変わった時も、何もしなかった。しかし、子供たちが彼女を怖がり、彼女が変な顔をするのを見てサディアスが気絶しそうになると、屋根裏部屋に閉じ込めることにした。七月になると、妻はもう口をきかず、四つん這いになって這いまわり、その月が終わらぬうちに、ネイハムは彼女が暗闇でかすかに光るという狂った考えを抱きはじめた――家の近くの植物がそんなふうに光ることは、もうはっきり気づいていた。

馬がいっせいに逃げ出したのは、これよりも少し前だった。夜分何物かがかれらを興奮させたので、馬房でいななき、足を蹴《け》る様子は凄《すさ》まじかった。何をしても鎮《しず》めることはできそうになく、ネイハムが厩《うまや》の扉を開けると、馬たちはおびえた森の鹿《しか》のようにどっと飛び出した。四頭の馬を全部探し出すには一週間もかかり、見つかった時、馬はまったく役に立たず、手に負えなかった。頭が変になっていたため、馬のためにも、みな射殺しなければならなかった。ネイハムは干草作りのためにアミから馬を一頭借りたが、その馬はどうあっても納屋に近づこうとしなかった。いやがって尻込《しりご》みし、ヒンヒン鳴くので、結局庭へ連れて行くしかなく、男たちが人力で重い荷車を引き、干草を出し入れするのに都合の良いところまで、干草棚に近づけた。この間に、植物は灰色になり、ポロポロ崩れるようになっていった。いとも奇妙な色だった花々も今は灰色になり、灰色の、いじけた、味のない果実が生《な》った。紫苑《しおん》や秋の麒麟草《きりんそう》は灰色のいびつな花を咲かせ、前庭の薔薇《ばら》や百日草や立葵《たちあおい》はあまりにも冒瀆《ぼうとく》的な姿をしていたので、ネイハムの長男ジーナスが伐《き》り払ってしまった。奇妙にふくれた昆虫たちが死んだのもこの頃で、巣を去って森へ行った蜜蜂《みつばち》さえも死んでしまった。

九月にはすべての植物が急速に崩れて灰色がかった粉になり、この分では、土から毒素が抜ける前に樹が枯れてしまうとネイハムは心配した。妻は時々発作を起こして、恐ろしい叫び声を上げるようになり、ネイハムも息子たちも神経の休まる時がなかった。一家は人を避け、子供たちは学校が始まっても行かなかった。それでも、アミだけはたまにやって来て、ある時、井戸水がもう駄目になっているのに気づいた。悪臭《わるぐさ》いというのともちがうし、塩気があるわけでもないが、ともかくいやな味がするので、高いところにもう一つ井戸を掘って、土がまたきれいになるまでそちらを使った方が良い、とアミは勧めた。しかし、ネイハムはこの忠告を聞かなかった。もう奇妙で不愉快なことに慣れっこになっていたからである。彼も息子たちも汚染された水を使いつづけ、無頓着《むとんちゃく》に機械的にそれを飲んでは、粗末な、調理の仕方も悪い食べ物を食べ、甲斐《かい》のない単調な仕事をして目的《あて》のない日々を過ごした。全員に何か無神経な諦《あきら》めいたものがあった。まるで半分別世界にいて、名状しがたい番兵の列に挟《はさ》まれ、慣れ親しんだ確実な破滅に向かって歩いているかのようだった。

サディアスは九月に井戸へ水を汲《く》みに行ってから発狂した。手桶《ておけ》を持って行ったのだが空手で帰って来て、けたたましく叫びながら腕をふりまわし、時々意味もなくクスクス笑ったり、「底の方で色が動いてる」などとつぶやくのだった。一家のうち二人までがひどい状態になったけれども、ネイハムは雄々しく振舞った。彼は少年がそこいらを駆けまわるのを一週間放っておいたが、転んで怪我《けが》をするようになると、屋根裏部屋に閉じ込めた。その部屋は廊下を挟んで母親の部屋の向かい側だった。二人が鍵《かぎ》のかかった扉の向こうから金切り声で叫び合う様子は恐ろしく、ことに幼いマーウィンは怯えて、かれらがこの地上のものではない恐ろしい言葉でしゃべっているのだと思った。マーウィンはいろいろと奇怪な想像をするようになり、一番の遊び相手だった兄が閉じ込められてから、いっそう落ち着きがなくなった。

ほとんどこれと時を同じくして、家畜が急に死にはじめた。家禽《とり》は羽根が灰色をおびるとすぐ死に、その肉を切ってみると、カサカサに乾いていて、いやな臭いがした。豚はむやみと肥《ふと》ったが、そのあと突然、誰にも説明のできない醜悪な変化が始まった。肉はもちろん使い物にならず、ネイハムは途方に暮れた。地元の獣医は農場へ寄りつかず、アーカムの街から来た獣医もまったくお手上げだった。豚どもは灰色になり、脆くなって、死ぬ前からバラバラに崩れ、眼や鼻面《はなづら》は異様な変化を遂げた。これはじつに不可解だった。汚染された植物を食べさせたことは一度もなかったからだ。それから、牛に何かが起こった。身体のある部位、時には全身が気味悪くしぼんだり縮み上がったりして、どれもはなはだしい虚脱や衰弱に襲われた。最後の段階では――結果はつねに死に至るのだが――豚と同じように灰色になり、脆くポロポロと崩れるのだった。毒のせいであるはずはなかった。こうしたことはいずれも、鍵をかけてよそものが入り込まない納屋で起こったのだから。うろつきまわる動物に噛《か》まれてウイルスに冒されたはずはなかった。この地上のいかなる生きた獣が、堅固な障碍物《しょうがいぶつ》を越えて入って来られるだろう？ 自然の病気にちがいないが――いかなる病気がこのような結果をもたらし得るのか、誰にも見当がつかなかった。収穫《とりいれ》の時、農場に生き残っている動物はいなかった。牛も豚も家禽も死んだし、犬は逃げてしまったからである。犬は三匹いたが、ある晩みな姿を消し、それっきり消息が知れなかった。五匹いた猫はそれよりもしばらく前にいなくなったが、誰もほとんど気づかなかった。鼠《ねずみ》はもういないようだったし、優美な猫族を可愛《かわい》がっていたのはガードナー夫人だけだったからである。

十月十九日のこと、ネイハムがいやな報せを持って、アミの家によろよろと入って来た。屋根裏部屋にいた可哀想《かわいそう》なサディアスが死んだのだが、とても口では言えないような死に方をしたのだった。ネイハムは農場の裏手にある柵《さく》で囲った一族の墓地に墓穴を掘り、そこに彼が見つけた残骸《ざんがい》を葬《ほうむ》った。外から入って来たものはないはずだった。鉄格子《てつごうし》を嵌めた小窓と鍵のかかった扉に異常はなかったのだが、まるで納屋と同じ状態だった。アミと妻は悲嘆にくれる男を精一杯慰めたが、慰めながらもぞっとしたのである。ガードナー家の者にも、かれらが触れるものにも、強烈な恐怖がまつわりついているようで、この家の者が一人いるだけで、名状できぬ領域からの風が家に吹いて来るのだった。アミはいやいやながらネイハムの家までついて行き、ヒステリックにすすり泣く幼いマーウィンをなだめるために、できるだけのことをした。ジーナスはなだめる必要もなかった。この頃はただ虚空をじっと見つめて、父の言いつけに従う以外、何もしなくなっていたからだ。アミはこの少年の運命をまことに慈悲深いものだと思った。時折、マーウィンが叫び声を上げると、屋根裏部屋からかすかに返事がかえって来た。アミが物問いたげな顔をすると、ネイハムは妻がすっかり弱って来たのだと言った。夜が近づくと、アミは何とか逃げだした。いくら友達だとはいっても、植物がかすかに光りはじめ、風もないのに樹が揺れるとか揺れないとかいう夜分に、そこには到底いられなかったからだ。アミがあまり想像力を持っていなかったのは、じつに幸運だった。彼の心はこのような状況でもほとんど取り乱していなかったが、もしも身のまわりで起こる怪事をすべて関連づけ、深く考えることができたなら、完全に気が狂ってしまったにちがいない。彼は夕闇の中で家路を急いだ。狂った女と神経質になった子供の叫び声が、耳の中で恐ろしく鳴り響いていた。

それから三日後、朝まだきにネイハムがふらつきながらアミの家の台所へ入って来て、主《あるじ》の留守中、また悲惨な話を訥々《とつとつ》と語って聞かせ、ピアース夫人は恐ろしさに竦《すく》み上がりながら耳を傾けていた。今度は幼いマーウィンだった。いなくなってしまったのだ。夜遅く、角燈《ランタン》と手桶を持って水を汲みに出て行き、それっきり帰って来ないのだった。少年はここ数日、正気をなくして、自分が何をしているかもわからなかった。何かというと悲鳴を上げた。その時も、庭から凄まじい叫び声が聞こえて来たのだが、父親が戸口に出ると、もう少年の姿はなかった。持って行った角燈の明かりは見えず、子供本人も跡形なく消えていた。その時ネイハムは角燈と手桶もなくなったと思ったのだが、森や畑を夜通し捜しまわった揚句、夜が明けて、疲れた足取りで帰って来ると、井戸のそばに何とも奇妙な物を見つけた。圧《お》しつぶされて幾分溶けたとおぼしい鉄の塊があり、それは間違いなく角燈だった。一方、そのそばには曲がった取っ手とねじくれた鉄の輪があり、どちらも半分溶けていたが、手桶の残骸かと思われた。ただそれだけだった。一体何が起こったのやら、ネイハムには想像もできず、ピアース夫人は茫然《ぼうぜん》とした。帰宅して話を聞いたアミにも憶測すらできなかった。マーウィンはいなくなったが、近所の人間は今やガードナー家の者を忌《い》み嫌っているから、話しても仕方がない。それに、何でも馬鹿にして笑うアーカムの街の連中に話しても仕方がない。サディアスがいなくなり、今度はマーニーがいなくなった。何かが少しずつ這い寄って来て、見られ、触られ、聞かれるのを待っている。自分ももうじき去《い》ってしまうだろうから、女房とジーナスがあとに残ったら、アミに面倒を見てもらいたい、とネイハムは言った。これは何かの天罰にちがいない。だが、何への罰なのかは思いも寄らない。自分の知っている限り、自分はいつも真っ正直に主の道を歩んで来たのだから。

アミは二週間以上ネイハムに会わなかったが、やがて、どうしているか心配になって、恐怖に打ち克《か》ち、ガードナー農場をふたたび訪ねた。大煙突から煙が立っていなかったので、訪問者はいっとき最悪の事態を懸念《けねん》した。農場全体の様子は驚くべきものだった――灰色をおびてしおれた草と木の葉が地面を覆《おお》い、古風な壁や切妻屋根から脆い残骸となった蔓《つる》が垂れ下がり、葉の落ちた大きな樹々は、確たる悪意をもって灰色の十一月の空に爪《つめ》を立て、這い登ろうとしていた。そう見えるのは枝の傾きが微妙に変わったせいだろうとアミは思わずにいられなかった。しかし、ネイハムはまだ生きていた。身体が弱り、天井の低い台所で寝椅子《ねいす》に横たわっていたが、意識はまったくはっきりしており、ジーナスに簡単な用を言いつけるくらいはできた。部屋は死ぬほど寒かった。アミが震えているのを見て、家の主人はしわがれた声で、もっと薪《まき》をくべろとジーナスに呼びかけた。たしかに、薪がどうしても必要だった。洞穴のような暖炉は暗く空《から》っぽで、煙突から吹き下りる寒風に、煤《すす》が雲となって揺れ動いていたからだ。やがて、ネイハムは言った。薪を足したから、少しは居心地が良くなったかね、と。その時、アミは何が起こったかに気づいた。丈夫な綱もついにぷっつりと切れ、不幸な農夫の精神は、もうこれ以上の悲しみを感じなくなっていたのである。

アミは巧みにいろいろと質問してみたが、姿を見せぬジーナスについて、はっきりしたことは何も聞き出せなかった。「井戸の中だ——井戸の中に住んでるんだ——」頭のぼやけた父親が言うのは、それだけだった。やがて、訪問者は狂った妻のことをふと思い出して、質問の方向を変えた。「ナビーかい？　そら、ここにいるじゃないか！」というのが、哀れなネイハムの驚いたような返事で、アミは自分で探さなければならないことをすぐに悟った。取りとめのない話をする無害な男を寝椅子に残し、アミはドアのそばの釘《くぎ》から鍵束を取ると、軋《きし》る階段を上がって、屋根裏へ行った。そこは非常に息苦しく、悪臭がして、どの方向からも音は聞こえなかった。目に入った四つのドアのうち、一つだけに鍵がかかっていて、アミは持って来た鍵束のさまざまな鍵を試してみた。三番目の鍵がそれで、しばらくガチャガチャやった末に、アミは低い白塗りの扉を大きく開いた。

室内は真っ暗だった。窓が小さく、粗雑な木の格子《こうし》に半ばふさがれていたからである。幅の広い板を張った床には何も見えなかった。悪臭が耐えがたかったので、アミは先へ進む前にべつの部屋へ退却し、息ができる空気を肺一杯に吸い込んでから戻って来なければならなかった。部屋の中に入ると、片隅に何か黒い物が見えたが、よく見ると、彼はたちまち悲鳴を上げた。叫んでいる間に、窓が一瞬雲に隠されたような気がして、一秒後には、何かいやらしい蒸気の流れが身体をかすめて行ったように感じた。目の前に奇妙な色彩が踊った。もしも現在の恐怖に麻痺《まひ》していなかったなら、彼は地学用のハンマーが砕いた隕石の中の小球体のことを、そして春に芽吹いた病的な植物のことを思っただろう。だが実際は、目の前にある冒瀆的な怪物、サディアス少年や家畜と同じ名状しがたい運命をたどったことが明らかなもののことしか考えなかった。だが、その異形のものの恐ろしいところは、それがボロボロ崩れながらも、ごくゆっくりと、目に見えて動いていることだった。

アミはこの場面に関して、それ以上くわしいことを言おうとしなかったが、部屋の隅にいた怪物は、動く物体として彼の話にふたたび現われることはない。世の中には口にしてはいけない事柄があり、あたりまえの人情で行ったことが、法によって冷酷に裁かれる場合もある。察するところ、動くものはその屋根裏部屋に何も残されなかったようだし、動けるものをそこに置いて行くのはあまりにも非道な振舞いであって、そんなことをした人間は地獄に堕《お》ちて永遠の苦しみを味わうだろう。無神経な農夫でなければ失神するか気が狂っただろうが、アミは意識を失わずに天井の低い戸口を通り抜け、扉に鍵をかけて、呪《のろ》われた秘密を隠し、その場を去った。今はネイハムを何とかしてやらなければいけない。食事を与えて介抱し、どこか彼の世話をできる場所に移さなければならない。

暗い階段を下りはじめると、下の方でどすんという音がした。悲鳴が急に喉《のど》でつかえたような声も聞こえたように思って、屋根裏のあの恐ろしい部屋で自分をかすめて行った冷《ひ》やりとする蒸気のことを思い出し、不安になった。自分の叫び声とあの部屋へ入ったことが、いかなる存在を目醒めさせたのだろう？　漠とした恐怖に襲われて立ちどまると、下からまた物音が聞こえて来た。間違いなく誰かが何か重いものを引き摺《ず》っていて、悪鬼が汚ならしくものを吸い取るような、何ともいやらしい、ぺちゃぺちゃという音がした。連想の感覚が熱に浮かされたように高ぶった彼は、なぜか二階で見たもののことを思った。神よ！　自分は何という異様な夢の世界へ迷い込んでしまったのだろう？　彼は後ろにも前にも動けず、狭苦しい階段の真っ暗な曲がり目に震えながら立っていた。この場面は隅々まで彼の脳裡《のうり》に灼《や》きついた。物音、恐ろしい予感、暗闇、狭い急な階段——そして、慈悲深き天よ、助けたまえ！……あたりの木でできたものがすべて、かすかに、しかし間違いなく光を放っているのだ——階段も、壁も、むきだしの木摺《きずり》も、梁《はり》も何もかも！

その時、外でアミの馬が突然狂ったようにいななき、そのあとすぐガタガタという音がしたので、馬が夢中で逃げ出したことがわかった。馬と軽装馬車はまもなく音のとどかないところへ行ってしまい、おびえた男は暗い階段に取り残されて、どうして逃げて行ったのだろうと想像するばかりだった。だが、それだけではなかった。家の外で、もう一つべつの音がしたのだ。液体が跳ね散るような音——水だ——あれは井戸にちがいない。彼は馬のヒーローを井戸のそばに放しておいたので、軽装馬車の車輪が井戸の枠をかすめ、石を落としたにちがいない。この家のいやになるほど古めかしい木造部分には、依然として淡い燐光が消えなかった。まったく！　何て古い家なんだろう！　大部分は一六七〇年以前に建てられ、腰折れ屋根がつくられたのも一七三〇年より前なのだ。

階下の床を弱々しく引っ掻《か》く音が今ははっきりと聞こえて来て、アミは屋根裏である目的のために拾った重いステッキをきつく握りしめた。彼はしだいに勇気を奮い起こして、階段を下りてしまい、台所へ向かって勇敢に歩きはじめた。しかし、台所までは行かなかった。彼が探していたものは、もうそこにはいなかったからだ。それは向こうから迎えに来て、まだ何とか生きていた。這って来たのか、何か外的な力に引き摺られて来たのか、アミにはわからなかったが、死神がもうそいつに取り憑いていた。一切はこの半時間のうちに起こったのだが、崩壊も、灰色への変化も、分解も、すでに相当進んでいた。ひどく脆くて崩れやすくなり、乾いた欠片が鱗《うろこ》のように剝《は》がれ落ちていた。アミはそいつに触ることはできなかったが、かつて人間の顔であった歪んだ作り替えをこわごわと覗《のぞ》き込んだ。「どうしたんだ。ネイハム？——どうしたんだ？」そうささやくと、割れてふくれ上がった唇が、ブツブツいう声でかろうじて最後の返事をした。

「何でもねえ……何でもねえ……あの色……あれは焼く……冷たくて濡《ぬ》れてるが、焼く……あいつは井戸の中に棲《す》んでいた……俺は見た……煙みてえなもの……この前の春の花とそっくりだ……井戸が夜に光った……サッドも、マーニーも、ジーナスも……何もかも生きている……あらゆるものから命を吸って……あの石の中……あの石の中に入って来たにちげえねえ……ここいらを全部毒で汚した……何をしたいのか、わからん……大学の先生たちが石から掘り出したあの丸い物……連中はあれを粉々にした……同じ色だった……同じだ、花や草木みてえに……まだほかに仲間がいたにちげえねえ……種……種……育った……今週初めて見たぞ……ジーナスが気に入ったにちげえねえ……あの子は大きくて、命がみなぎっていた……あいつは心を打ちのめしてから、自分のものにする……焼き尽くしちまうんだ……井戸水の中……おまえの言う通りだった……水が悪い……ジーナスは井戸から上がって来なかった……逃げられねえ……引っ張られるんだ……何かが起きるのはわかってるが、どうにもできねえんだ……ジーナスが取っつかまってから、時々あいつを見た……アミ、ナビーはどこだい？……頭がはっきりしねえ……あいつに飯を食わせてから、どれくらい経ったろう……気をつけねえと、あいつもつかまっちまう……色だ……日が暮れると時々、ナビーの顔があの色になる……あいつは焼いて、吸うんだ……あいつは、どこか知らんが、物事がここととはちがうところからやって来たんだ……教授《せんせい》がそう言うとった……その通りだ……気をつけろ、アミ、あいつはまだ何かをやる……命を吸い取る……」

しかし、それで終わりだった。口をきいていたものが完全に陥没したため、もう口をきけなくなったのである。アミは残ったものの上に赤い格子縞《じま》のテーブルクロスを掛けてやると、よろめいて裏口から野原に出た。十エーカーの牧草地まで斜面を登り、北の道と森を通って、こけつまろびつしながら家へ戻った。馬が逃げ出した井戸の前を通ることができなかったのだ。窓からその井戸を見たが、縁《へり》の石は一つもなくなっていなかった。してみると、揺れる馬車がぶつかって何かが欠けたわけではなく――水が跳ねたのは、何かべつのものの仕業《しわざ》だったのだ――可哀想なネイハムを片づけたあと、井戸にとび込んだ何かの……

家に着くと、馬と馬車は先に帰っていて、女房がひどく心配していた。アミは何も話さずにともかく妻を安心させて、すぐさまアーカムへ出かけて行き、ガードナー一家がもういないことを当局に知らせた。くわしいことは言わず、ただネイハムとナビーの死を伝えて――サディアスが死んだことはすでに知られていた――原因は、家畜を殺したあの奇妙な病気らしいと言った。マーウィンとジーナスが失踪したことも述べた。警察署では根掘り葉掘り訊《き》かれ、アミは結局三人の警官をガードナー農場へ連れて行かねばならなくなった。これには検死官と監察医、それに以前病気の家畜を診《み》た獣医も同行した。アミは行くのがいやでならなかった。もう午後も遅くなり、あの呪われた場所で夜を迎えるのが怖かったからだが、大勢の人間が一緒に行くことは、いくらか気休めになった。

六人の男たちは大型の馬車に乗ってアミの馬車について行き、四時頃、疫病《えきびょう》に襲われた農場に到着した。警官たちは凄惨《せいさん》な現場に慣れていたが、屋根裏や一階の床の赤いテーブルクロスの下にあるものを見て、動揺しない者はいなかった。灰色になり荒れ果てた農場は全体の様子からして十分恐ろしかったが、その二つの崩れゆく物体の恐ろしさは度を越していた。誰も長い間見ていることができず、監察医でさえ、調べることはほとんどないと認めた。もちろん、標本の分析はできるので、彼はせっせと標本を採取した——ところで、これは後日談だが、塵の入った二つのガラス壜が最終的に持ち込まれた大学の実験室で、非常に頭を悩ませることが起こったのである。分光器にかけると、どちらの標本も未知のスペクトルを呈し、そこにあらわれた不可解な輝線の多くは、前年、あの奇妙な隕石が示したものとそっくりだった。このスペクトルを発する特性は一ヵ月経つと消え、残った塵は主として、アルカリ性の燐酸塩と炭酸塩とから成っていた。

警官たちがその場で何かするつもりだと知っていたら、アミは井戸のことを話しはしなかったろう。もう日没が迫っていて、彼はその場を去りたくてならなかった。しかし、大きな撥ね釣瓶のそばにある石の井桁《いげた》をついチラチラと見てしまい、一人の刑事が問いただすと、ネイハムが井戸の底にいる何かを怖がっていたと言ってしまった——そのために、マーウィンとジーナスがいなくなっても、あそこを捜すことなどは考えもしなかったのだと。さあ、そうなると、さっそく井戸を浚《さら》ってみることになり、手桶で次々と臭い水が汲み出され、外の地面に撒《ま》かれてあたりをずぶ濡れにしている間、アミは震えながら待っていた。警官たちは井戸水の匂いを嗅いで顔をしかめ、終わり頃には、自分たちが掻き出している悪臭に鼻をつまんだ。作業はそれほど長くからなかった。水位が稀《まれ》に見るほど低かったからである。かれらが発見したものについて、あまりくわしく述べる必要はないだろう。マーウィンとジーナスは二人共そこにいたが、身体の一部分だけで、遺骸はおおむね白骨化していた。また仔鹿《こじか》一頭と大きな犬一匹が同様の状態で見つかり、小動物の骨もたくさんあった。底にたまっているネバネバした泥は、不思議なことに孔《あな》がたくさんあいて泡立っているように見え、一人の警官が長い竿《さお》を持ち、手探りで井戸に下りて行ったが、木の棒を泥の中にどこまで深く沈めてみても、硬い物には突きあたらなかった。

もう夕闇が下りていたので、家から角燈を持って来た。井戸からもう何も出て来ないことがわかると、一同は家の中に入り、古めかしい居間で話し合った。外では、幽霊のような半月のとぎれとぎれの光が、灰色の荒涼たる景色の上で弱々しく戯《たわむ》れていた。警官たちはこの事件全体にまったく困却し、植物の奇妙な状態と、家畜と人間の未知の病と、マーウィンとジーナスが不可解にも汚染された井戸の中で死んでいたことを結びつける有力な共通点を何も見つけることができなかった。たしかに、土地の者が口にする噂は聞いていたが、自然法則に反することが起こったなどとは信じられなかった。隕石が土壌を毒したことは疑いないが、その土で育ったものを何も食べていない人間や動物の病気は、それとは別問題である。井戸水のせいだろうか？　それは大いにあり得る。水を分析してみるのは良い考えかもしれない。しかし、二人の少年が井戸に飛び込んだのは、いかなる狂気のせいだというのだ？　二人の行動は良く似ている——そして死体の断片から、二人共灰色になり、脆くボロボロになって死んだことがわかる。どうして何もかも灰色になり、脆くなってしまうのだろう？

井戸のあたりが光っているのに最初に気づいたのは、庭の見える窓のそばに坐《すわ》っていた検死官だった。もうすっかり夜となって、忌むべき地面全体が、翳《かげ》っては射《さ》す月の光以外の光をほのかに発しているように見えたが、この新しい輝きはそれとはべつのはっきりしたもので、弱めた探照燈《サーチライト》の光のように、黒い穴から放たれているように見え、井戸水を撒いた地面の小さな水たまりにぼんやりと映っていた。それはじつに奇妙な色で、全員が窓際《まどぎわ》に集まって来た時、アミはハッと激しい驚きを示した。凄まじい瘴気が放つこの奇妙な光線の色は、彼にとって見慣れぬものではなかったからだ。彼はその色を見たことがあり、それが何を意味するかは考えるのも恐ろしかった。去年の夏、彼はあの隕石の中に入っていたいやらしい脆い小球体に、その色を見た。春の狂った植物にそれを見たし、ほかならぬその朝、口には到底言えないようなことが起こった、あの恐ろしい屋根裏部屋の小さい格子窓の向こうに一瞬見たと思った。その色がそこに一秒ほど閃《ひらめ》くと、冷やりとする不快な蒸気が、彼の横をかすめて行き――それから、可哀想なネイハムがあの色をした何物かに襲われたのだ。ネイハムは最後にそう言った――例の小球体や植物に似た色だと言った。そのあと、庭にいた馬が逃げ出し、井戸の水が跳ねた――そして今、その井戸が同じ悪魔的な色彩の、淡い陰険な光線を夜空に向けて吐き出しているのだ。

この緊迫した一時《いっとき》にも、本来科学的なある問題について首をひねったことは、アミの慧眼《けいがん》を物語っている。日中、朝空に向かって開いた窓の外にちらりと見た蒸気と、黒々と荒廃した風景を背にして燐光を放つ霧として見た夜の朦気《もうき》と――この両者から同じ印象を受けたことを、彼は怪しまずにいられなかった。これはおかしい――自然に反している――アミは打ちのめされた友が最後に言った恐ろしい言葉を思い出した。「あいつは、どこか知らんが、物事がここことはちがうところからやって来たんだ……教授《せんせい》がそう言うとった……」

外にいた三頭の馬は、路傍の一対のしなびた若木につないであったが、今は狂ったようにいななき、足掻《あが》いていた。御者《ぎょしゃ》は馬を鎮めるために戸口へ向かったが、アミが顫える手をその肩に置いた。「あすこへ出てっちゃならねえ」と彼はささやいた。「得体の知れねえものがいる。何か命を吸い取るものが、井戸の中に棲《す》んでるとネイハムは言うとった。去年の六月、隕石が落ちて来たろう。あの中に丸い球が入っとるのをわしらはみんな見たが、あれと同じようなものから育った何かにちげえねえ、と言うとった。命を吸って、焼くんだそうじゃ。今あすこに見える光みてえな色の煙でな、ほとんど目には見えんし、正体もわからん。あいつはあらゆる生き物を餌《えさ》にして、どんどん強くなるんだとネイハムは考えとった。先週あれを見たと言うておった。あいつは遠い空から来たものにちげえねえ。あの隕石がそうだと、去年大学の先生たちも言うとったがな。あいつは体の出来といい、やることといい、神様の世界のものじゃねえ。何か彼方《かなた》から来たものなんだ」

男たちがどうすれば良いかわからずにためらっていると、井戸からの光は次第に強まり、つないである馬たちはますます足掻き、ヒンヒンといなないた。本当に恐ろしい一時《いっとき》だった。あの古い呪われた家自体に恐怖があり、おぞましい残骸が四つ——二つは家から、二つは井戸から持って来たものが——裏の薪小屋に置いてあって、家の前のどろどろした井戸の底から、未知の不浄な虹色《にじいろ》の光の輻《や》が放たれている。アミは思わず御者を制止した時、屋根裏部屋であの色のついた蒸気が冷やりと横をかすめて行っても無事だったのを忘れていた。しかし、たぶん止めた方が良かったのだろう。

あの夜、外に何がいたかはこの先誰にもわからないだろうし、彼方から来た冒瀆的なものは、それまでは精神が弱っていない人間に害を加えなかったものの、あの最後の時には何をしたかわからない――あの時、そいつは力を増しているようだったし、ある目的を持っていて、月に叢雲《むらくも》の出ている夜空の下で、やがてその兆候《しるし》を見せたのだから。

突然、窓辺にいた刑事の一人がハッと鋭く息を呑んだ。ほかの者はそちらをふり向くと、すぐにその視線を追って、上の方の一点を見た。それまであちこちを見ていた刑事が突然ピタリと目を留めた場所を。言葉は必要なかった。土地の噂で言い争っていたことが、もう争いの余地もなくなり、この時いた全員がのちにこっそり話し合って取り決めたことの故に、アーカムでは不思議の日々の話を誰もしないのである。晩のその時刻に風は吹いていなかったことをまず前提としなければならない。しばらくすると吹きはじめたが、その時はまったく無風だった。灰色になって立ち枯れた垣根《かきね》芥子《がらし》のひからびた先端や、停まっている馬車の屋根の飾りさえ、そよぎもしなかった。それなのに、あの張りつめた邪悪な凪《な》ぎの中で、庭中の樹という樹の高い裸の大枝が動いていたのだ。枝々は病的に、発作的にヒクつき、ひきつけるような、癲癇《てんかん》のような狂気にかられて、月光に照らされた雲に爪を立てようとしていた。有害な空気の中でしゃにむに引っ掻いていたが、その様子はまるで樹々の真っ黒な根の下でのたうち、もがく地下の恐怖とつながっている、異様な、見えざる糸に引っ張られているかのようだった。

数秒間、誰一人息もつかなかった。それから、濃い雲が月の面《おもて》をよぎって、空をつかもうとする枝々の輪郭がいっとき消えた。この時、全員が叫んだ。畏怖《おそれ》に抑えられてはいたが、しわがれた、ほとんど同じ叫び声が全員の喉から発せられたのだ。というのも、恐怖は枝の輪郭と共に消えはせず、あたりがいっそう暗くなった恐ろしい瞬間に、一同は見たのである——弱い不浄な輝きをおびた数知れぬ小さい点が木の梢《こずえ》の高さにうごめき、聖《セント》エルモの火か、あるいは五旬節《ペンテコステ》の日、使徒たちの頭上に降りて来た火のように、大枝一本一本の先端《さき》に現われたのだ。それはおぞましき妖火《ようか》の集まりであり、屍肉《しにく》に食い飽いた蛍の群れが呪われた湿地で地獄のサラバンドを踊っているかのようだった。そしてその色は、アミが見憶《みおぼ》えて恐れるようになった名状しがたい侵入者と同じ色だった。一方、この間ずっと井戸から放たれていた燐光の輻《や》は次第次第に明るさを増し、身をすくめた男たちの心に、かれらの表層意識が形成し得るいかなる心象をもはるかに超えた破滅と異常さの感覚をもたらした。それはもう輝き出ているのではなく、あふれ出しているのだった。そして分類のできぬ色彩の形なき奔流は、井戸から出ると、そのまま空へ流れ込んで行くように見えた。

獣医は身震いして、頑丈な予備のかんぬきを掛けるために、正面の戸口へ歩いて行った。アミも同じくらい震えていて、樹々が次第に発光を増してゆくのに一同の注意を引こうとしたが、声がまともに出て来ないため、相手を引っ張ったり指差したりしなければならなかった。馬たちのいななきや足踏みもまったく恐ろしいほどになったが、古い家の中にいる男たちは誰一人、この世のいかなる褒美をくれると言われても、外に出はしなかっただろう。樹々の輝きは刻々と増し、落ち着きのない枝々はますます垂直に逆立つようだった。今は井戸の撥ね釣瓶の材木も輝いており、やがて警官の一人が、西側の石塀の近くにある木造の物置小屋と蜂の巣箱を無言で指さした。それらも輝きはじめたのだ――しかし、訪問者たちの馬車は今のところまだ影響を受けていないようだったが。やがて、道路の方が騒がしくなり、馬の蹄《ひづめ》の音がして、アミがもっと良く見るためにランプを消すと、狂乱した二頭の葦毛馬《あしげうま》が、若木を折って、馬車と共に走り去ってしまったことがわかった。

そのショックで何人かは口が利《き》けるようになり、困惑のささやきが交わされた。「このあたりのあらゆる有機物にひろがってるぞ」と監察医がつぶやいた。誰もそれに返事をしなかったが、井戸の中に入った男は、長竿が何か手に触れられないものを掻き立ててしまったにちがいないと仄《ほの》めかした。「あれは恐ろしかった」と彼は言い足した。「底がないんだ。ヌルヌルした泥と水泡《あぶく》ばかりで、その下に何か潜んでいるような感じだった」外の道ではアミの馬が今も足掻いて、耳を聾《ろう》するばかりの悲鳴を上げており、主人がまとまらぬ考えをもぐもぐと口にした時、その弱々しい顫《ふる》える声はほとんど掻き消されてしまった。「あの石から出て来たんだ……あすこで育った……生き物をみんなつかまえよった……心も体も餌にした……サッドとマーニー、ジーナスとナビー……最後はネイハムだった……みんな、あの水を飲んだ……みんな、あいつにやられた……あれは彼方から来た。物事がこことちがうところから……今、故郷に帰ろうとしとるんだ……」

この時、未知なる色の柱は突然激しく燃え上がると、幻怪な形らしきものを取りはじめ、見た者はのちにこれこれだったと説明したが、言うことはみな区々《まちまち》だった。繋《つな》がれた可哀想なヒーローは、人間が後にも先にも馬の声として聞いたことのない音を発した。天井の低い居間にいた者は誰も耳をふさぎ、アミは恐怖にかられ、吐気を催して、窓から目をそむけた。言葉にはとても言い表わしようがなかった——アミがふたたび外を見た時、不運な動物は、軽装馬車の割れた轅《ながえ》の間の、月光を浴びた地面に、体を丸くしてぐったりと横たわっていた。それがヒーローの最期《さいご》で、一同は翌日馬を葬ってやった。しかし、今は嘆いている時ではなかった。ほとんどこれと時を同じくして、刑事の一人が、一同のいる部屋で恐ろしいことが起こっているのに、無言で注意をうながしたからである。ランプの明かりが消えたため、かすかな燐光が部屋中にひろがりはじめたのがはっきりとわかった。幅の広い板を張った床や、ボロボロになった絨毯《じゅうたん》の切れ端が光り、小さいガラスの嵌まった窓の枠もチカチカとした。光はむきだしの隅の柱を上ったり下りたりし、棚やマントルピースのまわりで燦《きら》めき、扉や家具にまで伝染した。一分ごとに強くなって、ついに正常な生き物はその家から出なければならないことが明らかになった。

アミが一同を案内して裏口へまわり、畑を抜ける小径を登って、十エーカーの牧草地へ向かった。かれらは夢の中にいるような心地で、歩いてはつまずき、遠い高台に行きつくまではうしろをふり返らなかった。その小径があったのは嬉《うれ》しかった。正面の道を行って、あの井戸のそばを通ることはとてもできなかったからである。光る納屋や物置小屋、節くれだった悪魔のような輪郭を持って輝く果樹園の樹々のそばを通り過ぎるのも十分気味が悪かったが、幸いなことに、枝々は高い梢の方がねじれる以上の悪さをしなかった。チャップマン川にかかる丸木橋を渡った時、月が真っ黒な雲に蔽《おお》われ、そこから広々とした牧場までは闇の中を手探りで進んだ。

谷とその底にある遠いガードナー農場をふり返った時、男たちは恐るべき光景を目にした。農場全体がぞっとするような、入り混じった未知の色彩に輝いていたのだ。樹も、建物も、死をもたらす灰色の脆い状態に変わりきっていなかった牧草や草類までもが、そうだった。樹々の大枝はみな空に向かって突っ張り、枝先にはいやらしい炎の舌が燃え、同じ怪火がチロチロと舐《な》めるように、家の棟木《むなぎ》や、納屋や、物置小屋のまわりを這っていた。まるでフュースリの絵のような場面で、一切を領していたのは、あの輝く無定形なものの乱舞、井戸から発せられた謎めいた毒の、あの異様な、次元の法《のり》を超えた虹だった——それは宇宙的な、識別のできぬ色彩のうちに沸き立ち、ものに触り、舐《な》め、手を伸ばし、きらめき、張りつめ、有害な泡を立てていた。

やがて、何の前触れもなしに、醜怪なものは打ち上げ花火か隕石さながら、空に向かって垂直に飛び立つと、あとに何の尾も曳《ひ》かず、奇妙に形のととのった丸い穴を雲にあけて、消え去った。息を呑んだり叫んだりするひまもなかった。見た者は誰もその光景を忘れることができず、アミは茫然として、デネブが一際明るく瞬《また》いている白鳥座の星々を見つめていた。あの未知なる色彩はそのあたりで銀河に消えて行ったのである。しかし、次の瞬間、アミの視線は素早く地上に戻った。谷間でパリパリともののはじける音がしたためだ。音はまさにその程度だった。木が裂けたりはじけたりしたただけで、ほかの大勢が言うような爆発ではなかった。しかし、結果は爆発に等しかった。狂熱した万華鏡《まんげきょう》のような一瞬間に、あの不運な呪われた農場から、不自然な火花と物質の目眩《まばゆ》い洪水がどっと噴き上がった。それを見た二、三人の目はかすみ、我々の宇宙は断じて自分のものと認めぬであろう色とりどりの奇怪な欠片が、凄まじい豪雨さながらの勢いで天頂に飛び上がったのだ。それらは先に消えた大いなる病魔を追って、穴が開いてもすぐにふさがる蒸気を突き抜け、次の瞬間にはやはり消えてしまった。そのあと、谷底には暗闇だけが残り、男たちはそこへ戻って行こうとはしなかった。あたりに風が吹き起こり、その風は星間宇宙から吹き下ろして来る黒い厳寒の疾風のようだった。風は甲高く叫び、吠え、荒々しい宇宙的狂乱のうちに、畑や歪んだ森を打ちたたいたので、震えおののく一行は、谷底のネイハム農場がどうなったか見るために月が出るのを待っても無駄だとやがて悟った。

　七人の震える男たちは、畏怖《いふ》にかられて、あれこれと憶測を言う気にもならず、北の道を通って、アーカムにとぼとぼと引き返した。アミはほかの仲間よりも具合が悪く、どうかまっすぐ街へ帰らないで、自分が台所に入るまで見送ってくれと頼み込んだ。本街道に面した家に着くまで、風の鞭打《むちう》つ暗い森をたった一人で歩きたくなかったのだ。それというのも、ほかの者が免れたさらなる衝撃を受けたためで、以来ずっと心に覆いかぶさる恐怖に打ちのめされ、長年それを人に語りもしなかったのである。他の目撃者たちは、あの嵐の丘で呆然《ぼうぜん》と顔を道に向けていたが、アミだけは一瞬ふり返り、少し前まで非運の友人をかくまっていた谷間が、荒廃し、影に覆われているのを見た。すると、打ちのめされた遠くの一点から何かが弱々しく立ちのぼり、あの大きな形のない恐怖が空に飛び立った場所に、また沈み込むのが見えた。それはただの色だった——しかし、この地球の色でも天空の色でもなかった。アミにはそれが何の色かわかり、この最後のかすかな残滓《ざんし》が今もあの井戸の底に潜んでいるにちがいないことを知ったため、以来、完全に正気に返ったことがないのだ。

アミはあの場所に二度と近づこうとしない。恐ろしい事件が起こってから、もう半世紀以上経っているが、あそこへ行ったことはないし、新貯水池があの場所を覆い隠してしまった時は嬉しいだろう。私も嬉しく思うだろう。なぜなら、打ち棄《す》てられた井戸のそばを通り過ぎた時、井戸の口のあたりで陽の光の色が変わった、その変わり方が気に入らないからだ。私は貯水池の水がつねにうんと深いことを願っている——それにしても、けしてその水は飲むまい。今後、アーカム近郊を訪れることもないと思う。アミと同行した男のうち三人が、昼の光で廃墟を見るため翌朝現場に戻ったが、廃墟と言うべきものはなかった。ただ煙突の煉瓦と地下室の石組、あちらこちらに散らばった鉱物や金属の屑《くず》、そしてあの口にすべからざる井戸の縁があるばかりだった。一同はアミの馬の死骸を引っ張って行き、葬った。軽装馬車はすぐアミに返した。それ以外に、かつて生きていたものは何ひとつなくなっていた。塵のつもった灰色の物恐ろしい荒地が五エーカーにわたってあとに残ったが、そこにはその後何も育たない。まるで森と畑に酸の腐食した大きなしみができたかのように、今日に至るまで、むきだしで空の下にひろがっている。そして地元の噂話を聞きながらも、敢《あ》えてこの土地を一瞥《いちべつ》したわずかな者が「腐《あざ》れが原」と名づけたのである。

土地の噂話は奇妙なものだ。街の人間や大学の化学者たちが関心を持って、使われなくなったあの井戸の水や、風もけっして吹き散らさないように思われる灰色の塵を分析してみたら、もっと奇妙な噂が立つかもしれない。植物学者もあの地面周辺のいじけた植物群を研究してみるべきだ。そうすれば、胴枯れ病が次第次第に――およそ一年に一インチの割合で――広がっているという土地の風説に光を照《あ》てられるかもしれないからだ。この近辺では春に生える草の色が少しおかしく、冬の薄雪に野生動物が奇妙な足跡を残すと言われている。腐《あざ》れが原では、よそのように雪が深く積もることはけしてないように見える。馬は――この自動車時代に残っているわずかな馬は――あの静まり返った谷間に入ると、やたらに跳ねる。猟師たちも、あの灰色がかった塵のつもった地面に近づきすぎると、犬があてにならなくなるという。

また精神的な影響も非常に悪いらしい。ネイハムが死んでから数年の間に大勢の者がおかしくなり、そうした者はきまって、よそへ出て行く力がないのだった。やがて精神の強い者はみんなこの地を去り、外国人だけが崩れかけた古い農場に住もうとした。だが、かれらも住みつづけることはできなかった。連中は放埒《ほうらつ》で奇怪な魔術を使うというが、そのために、我々よりも優れた洞察力を持っていたのだろうかと思うことがある。あのグロテスクな土地では夜に何とも恐ろしい夢を見るとかれらはいうが、たしかに、あの暗い地域の様子を見ただけでも病的な空想が掻き立てられるだろう。あの深い渓谷へ行くと、妙な気分にならない旅人はいないし、画家は鬱蒼とした森を描いているうちにゾッと身震いをする――その森の謎は眼の謎であるのみならず、魂の謎でもあるからだ。私自身、アミの話を聞く前に、一度だけ独りであそこを歩いた時の感覚に興味をおぼえる。黄昏《たそがれ》が迫った時、私は雲が出てくれれば良い、と何となく思った。頭上の空という深い虚空に対する奇妙な臆病《おくびょう》さが、私の魂に忍び込んでいたからだった。

私の意見は訊かないでいただきたい。私にはわからない――ただそれだけだ。質問できる相手はアミしかいなかった。アーカムの人々は不思議の日々について話そうとしないし、隕石と色のついた小球体を見た三人の教授はみな死んでしまったからだ。小球体はほかにもあった——それは間違いない。一つはたっぷり餌を食って逃げ出したにちがいなく、たぶん、もう一つ逃げ遅れたやつがいたはずだ。そいつは間違いなく今もあの井戸の底にいる——瘴気を放つあの井戸の縁の上に見た陽光は何か変だったことを私は知っている。村人の話によると、胴枯れ病は一年に一インチずつ広がっているそうだから、おそらく今でも何かが成長しているか、栄養分を吸っているのだろう。しかし、あそこにいかなる魔物の子が孵《かえ》っているにもせよ、そいつは何かに繋ぎ止められているにちがいない。さもなければ、あっという間に広がっているだろうから。宙を掻きむしる、あの樹々の根に縛りつけられているのだろうか？　現在アーカムに流布《るふ》している風説の一つは、太い樫《かし》の樹が夜になると光って、あり得べからざる動き方をするというものである。

そいつが何であるかは、神だけが知っている。物質という観点からいえば、アミが事細かに説明したものはガスと呼ぶべきだろうが、このガスは我々の宇宙の法則とはべつの法則に従っていた。我々の天文台の望遠鏡や写真感光版に輝いている惑星や恒星が生み出したものではなかった。天文学者がその運行や広大さを測定したり、巨《おお》きすぎて測定できないと考えたりする、そうした天空からの息吹《いぶ》きではなかった。それはまさに異次元の色彩――我々が知る自然の彼方にある、形をなさぬ無限の領域から来た恐ろしい使者だったのだ。そのようなものが存在すると知っただけで、我々の狂乱した眼の前に暗黒の超宇宙の深淵が広がり、我々の頭脳は愕然《がくぜん》として麻痺する、そんな領域からやって来たのだ。

私にはアミが故意に嘘《うそ》をついたとはどうも思えないし、街の連中が警告したように、彼の話がすべて狂気の戯れだとも思わない。何かしら恐ろしいものが隕石に乗って、あの丘と谷間へやって来た。そしてその恐ろしいものは――どれほどの割合かわからないが――今でも残っているのだ。私はあそこに水が来るのを見れば嬉しいだろう。それまでアミに何事も起こらなければ良いがと思う。彼はさんざんあの怪物を見たし――そいつの影響力はじつに油断がならない。彼はなぜよそへ移ることができないのだろう？　彼はネイハムの最期の言葉をはっきりと憶《おぼ》えていた――「逃げられねえ……引っ張られるんだ……何かが起きるのはわかってるが、どうにもできねえんだ……」アミはじつに気の良い老人だ――貯水池をつくる連中が仕事を始めたら、アミの様子に気をつけてくれと主任技師に手紙を書かなければいけない。このところ私の眠りをますますひどく悩ませつづける、灰色の、ねじくれた、脆く崩れる異形の物に彼がなってしまったなどと考えたくもないから。

ダンウィッチの怪

ゴルゴンやヒュドラやキマイラ――ケライノーと化鳥《ハーピー》達の恐ろしい物語は――迷信を抱く頭脳の中に自らを再現するかもしれない――しかし、かれらは以前からそこにあったのだ。かれらは転写《うつし》であり、型である――原型は我々のうちにあり、永遠のものだ。さもなければ、目醒《めざ》めている時の分別で嘘《うそ》だと承知しているもののことを語り聞かされたからといって、それがどうして我々の心を動かすことが出来よう？　我々はそうしたものが身に危害を加え得る能力を考えて、自然と恐怖を抱くのだろうか？――いや、けっしてそんなことはない！　こうした恐怖はもっと古いものだ。それは肉体よりも彼方まで遡る――あるいは、肉体がなくとも同じことだっただろう。……ここに取り扱った種類の恐怖が純粋に霊的なものであること――地上にその対象がないのに比例して強烈であること――罪のない幼年期に支配的な力をふるうこと――こうした難しい問題がもし解明されたなら、我々の生まれぬ前の状態について何らかの洞察が得られ、未生《みしょう》の影の国をチラと覗《のぞ》き見るくらいは出来るかもしれない。

――チャールズ・ラム「魔女その他夜の恐怖」

一

マサチューセッツ州の中央北部を旅する人が、ディーンズ・コーナーの少し先にあるエイルズベリー街道の岐《わか》れ道で間違った方へ行くと、寂しい奇妙なところに出る。地面が次第に上り坂になり、茨《いばら》に縁取られた石垣が、埃《ほこり》っぽい湾曲した道の車の跡に、だんだんと押し迫って来る。そこここにある森林帯の木々はあまりに大きすぎるように思われ、野草や、野薔薇《のばら》や、牧草も、人が住み着いた地域には珍しいほど良く茂っている。と同時に、作物の畑は妙に少なくて不毛に見え、まばらに建っている家々はどれもこれも一様に古く、汚く、荒れ果てた様子を呈しているのに驚くほどだ。崩れかけた戸口の石段や、岩があちこちにある傾斜した牧草地に、時折、節くれだった人の姿をポツポツと見かけるが、なぜか道を訊《き》くことがためらわれる。そうした人々は押し黙って、あたりを憚《はばか》るような様子があるため、何か関わりを持たぬ方が良い、禁断のものと相対《あいたい》しているような気がするからである。道が上り坂になって、深い森の上に山々が見えて来ると、この奇妙な不安感はいっそう強まる。山の頂《いただき》があまりにも丸く、均整のとれた形をしているため、慰めと自然な感じを与えないし、たいていの山の上には高い石柱が奇妙な環《わ》の形に並んでいて、時々、空にその輪郭がことさらにくっきりとあらわれるのだ。

深さの確《しか》とわからぬ峡谷や谷間が道と交差し、粗末な木の橋はどれも危なっかしげに見える。道路がまた下りになると、下の方には湿地帯が広がっているが、人は本能的にそこを嫌い、晩には恐ろしく思うほどだ。というのも、日が暮れると、そこでは姿の見えぬホイッパーウィル夜鷹《よたか》がけたたましく啼《な》き、異常におびただしい蛍の群があらわれて、耳障《みみざわ》りな声で歌う牛蛙《うしがえる》の騒々しい、背筋がむずむずするほど執拗《しつよう》なリズムに合わせて踊るのだから。ミスカトニック川上流の細い輝く条《すじ》は、妙に蛇を思わせる形で、水源地である円屋根のような山々の麓《ふもと》近くをうねりくねって行く。

山々が近づくと、人は石の環のある頂よりも、森におおわれた山腹の方に気をとられる。山腹はたいそう暗く、切り立って迫って来るので、もう少し離れていたらと思うのだが、それから逃げる道はない。屋根のついた橋の向こうに、小さな村が、川と円《ラウンド・マウンテン》山の垂直な斜面の間に身を丸めているのが見えて、朽ちかかった腰折れ屋根の集まりが、近隣の建物よりもいちだんと古い建築の時期を物語っていることに驚く。もっと近くへ寄って見ると、たいていの家は無人で荒れ果てており、尖塔《せんとう》の壊れた教会に、今はこの小村でただ一軒のだらしない商店が入っているが、あまり心強い眺めではない。暗いトンネルになった橋は渡っても大丈夫かどうか危ぶまれるが、避けて通ることはできない。渡ってしまうと、村の通りに、積もりつもった黴《かび》と数百年にわたる腐朽の匂《にお》いのような、かすかな、いやな臭《にお》いを感じずにはいられない。この場所を通り過ぎて、狭い道づたいに山々の麓をまわり、その先の平地を越えて、エイルズベリー街道にふたたび出ると、人はいつも安心する。そのあとで、自分が通り抜けたところはダンウィッチだと聞かされることがある。

よそ者はダンウィッチへなるべく行かないようにしているし、一時期、恐ろしいことがあって以来、この村を指す標識はすべて取り払われてしまった。村の景色は、普通の美的基準からすれば並以上に美しいのだが、画家や夏の観光客が押し寄せることもない。二百年前、魔女の血脈《ちすじ》だの、悪魔崇拝だの、森の奇妙な存在だのが笑いごとでなかった時代には、いろいろと理由をつけて、このあたりへ行くことを避けるのがつねだった。智慧《ちえ》の進んだ現代でも——一九二八年に起きたダンウィッチの怪事件が、町と世間の安寧を心がける人々によって揉《も》み消されて以来——人々ははっきり理由もわからぬままに、あそこを避ける。たぶん、一つの理由は——もっとも、これは何も知らないよそ者には当てはまらないが——あの土地に生まれた人間が、ニューイングランドの僻地《へきち》にありがちな退化の径《みち》をはるかに辿《たど》って、今や厭《いと》わしいほど頽廃《たいはい》していることだろう。かれらは一つの人種を形成しており、堕落と近親婚の精神的、肉体的特徴を明確に示している。知能水準は嘆かわしいほど低く、その年代記には公然の悪徳行為や、半ば隠された殺人、近親相姦《そうかん》、そしてほとんど名状しがたい暴力と倒錯が悪臭を放っている。昔の紳士階級——一六九二年にセイレムから移って来た（訳注・セイレムの街で有名な魔女裁判が開かれたのは、一六九二年から九三年にかけてだった）二、三の紋章佩用《はいよう》を許された家族がそれに当たるが——は一般の水準ほどに衰微してはいないけれども、多くの分家は零落して、あさましい衆庶《しゅうしょ》のうちに深く沈み込み、今はその名前だけが、かれらが辱《はずかし》める家柄を知る鍵《かぎ》となっている。ホウェイトリー家やビショップ家の家系には、長男をハーヴァード大学やミスカトニック大学にやるものも今なおいるが、こうした息子たちは、自分と先祖たちが生まれた、腐り崩れる腰折れ屋根の家へめったに帰って来ない。

誰にも、最近の怪事件に関する事情を知っている者にさえも、一体ダンウィッチのどこが問題なのかわからない。もっとも、古い言い伝えによると、かつてインディアンたちが不浄な祭をして秘密会議を開き、そのさなかに、大きな丸い山々から禁じられた影の妖怪《ようかい》たちを呼び出して、放恣《ほうし》な狂宴さながらの祈りを捧《ささ》げると、地面の中からパチパチ、ゴロゴロという大きな音が返って来たそうである。一七四七年、ダンウィッチ村の会衆派教会へ新しく赴任したアバイジャ・ホードリー師は、サタンとその小悪魔たちが身近にいることについて、記憶に残る説教をした。師はその中でこう言った。

「こうした地獄の悪魔どもの神を畏《おそ》れぬ振舞いが、否《いな》むべくもない周知の事実であることを認めねばならない。アザゼルやブズラエル、ベールゼブブやベリアルの呪《のろ》われた声が地中から聞こえて来たという信頼すべき証人が二十人以上も存命である。私自身、つい二週間程前、わが家の裏の山の中で邪悪な諸力の話し声をきわめてはっきりと聞いた。その際にはガラガラ、ゴロゴロという音や、呻《うめ》き声や、甲高い叫びや、しゅうしゅうという音がしたが、この地上の生き物が発するような声ではなく、黒魔術のみが発見でき、悪魔のみが鍵を開けられる洞窟《どうくつ》から聞こえて来たにちがいなかった。」

ホードリー氏はこの説教をしてからまもなく失踪《しっそう》したが、スプリングフィールドで印刷された説教の本文は現存する。山中の物音は毎年報告され、現在でも地質学者や地形学者にとっての謎《なぞ》となっている。

他の言い伝えによれば、山の頂上に環状に並んだ石柱のそばに行くといやな臭いがするとか、ある時刻になると、大きな谷間の底の決まった場所から、目に見えぬ何物かが飛び立つ音がかすかに聞こえるという。一方、またべつの言い伝えは、〝悪魔の舞踊場〟ができた理由を説明しようとする——そこは荒涼とした、草木の枯れた丘の斜面で、木も、灌木《かんぼく》も、草も生えないところなのである。それからまた、この土地の人間は、生暖かい夜になると騒がしく啼き立てる夥《おびただ》しいホイッパーウィル夜鷹を死ぬほど怖がっている。この鳥は冥界《めいかい》への案内者で、死にかけた人間の魂を待ち受け、病人の断末魔の息に合わせて無気味な啼き声を上げるのだという。魂が肉体を離れる時、逃げてゆく魂をつかまえることができれば、たちまち悪魔が笑うようなさえずり声を立ててハタハタと飛び去るが、もし失敗《しくじ》ると、次第に静かになって、失望の沈黙に落ち込むのである。

もちろん、こんな話は時代遅れのたわごとにすぎない。なにぶん大昔からの言い伝えだからだ。ダンウィッチは実際、呆《あき》れ返るほどに古い——近隣三十マイル以内にある、どんな町や村よりもずっと古いのだ。村の南へ行くと、古めかしいビショップ家の地下室の壁や煙突が今でも見られるが、この家は一七〇〇年以前に建てられたものだ。一方、滝のところにある廃墟《はいきょ》となった工場は一八〇六年に建てられたもので、ここで見られるもっとも現代的な建築物だ。工業はこの村では栄えず、一九世紀の工場建設の機運も長続きしなかった。何より一番古いのは、山の天辺《てっぺん》にある荒削りな石柱の大きな環だが、これは入植者というよりも、インディアンが造ったものだと一般に思われている。これらの環の内側や、センティネル・ヒル（訳注・歩哨の丘くらいの意）にある、テーブルに似たかなり大きな岩のまわりからは、頭蓋骨《ずがいこつ》や他の骨が埋められているのが発見されて、それはこうした場所がかつてポカムタック族の埋葬地だったという俗信を裏づけている。もっとも、多くの民族学者はそのような説は馬鹿《ばか》げた、あり得ないことだと無視し、遺骨は白人のものだと信じて譲らない。

二

ウィルバー・ホウェイトリーが、一九一三年二月二日、日曜日の午前五時に生まれたのは、ダンウィッチの郡区に於《お》いてであった。家は村から四マイル離れ、ほかのどの人家からも一マイル半は離れたところの山腹を背にした農家で、大きな建物の一部分に家族が住んでいた。人がこの日を憶《おぼ》えているのは、ちょうど聖燭節《せいしょくせつ》だったからで、奇妙なことに、ダンウィッチの人々はこの祭日をべつの名で呼んで祝っていた。またもう一つの理由は、その前夜、夜通し山鳴りがして、近隣の犬という犬が吠《ほ》えてやまなかったからである。また、さほど注意に値することではないが、ウィルバーの母親は落ちぶれたホウェイトリー一族の一人であって、身体《からだ》に少し畸形《きけい》がある、不縹緻《ぶきりょう》な白子の、三十五歳になる女だった。年老いて半分気の狂った父親と暮らしていたが、この父親が若い頃には、妖術にまつわる、いとも恐ろしい噂《うわさ》がささやかれていた。ラヴィニア・ホウェイトリーには人の知る夫はいなかったが、この地方の習慣に従って、子供を否認しようとはしなかった。父親が誰かについて、村の連中は勝手に好きなことを考えれば良いのだし——事実、そうしたのである。それどころかラヴィニアは、奇妙なことに、肌が異様に白く、ピンクの眼をした自分とは好対照の、色の浅黒い、山羊《やぎ》に似た赤ん坊を自慢に思っている様子で、この子は尋常でない能力《ちから》を持っている、将来は凄《すご》いものになるだろう、といった奇妙な予言をしきりにつぶやいていたのだった。

ラヴィニアはいかにもそんなことを言いそうな女だった。孤独な人間で、雷雨のさなかに山をさまよったり、父親が遺産として受けついだ黴臭い大きな書物を読もうとしたりしていたからだ。それらはホウェイトリー家二百年の蔵書で、歳月と虫食いのため、急速にボロボロになりつつあった。彼女は学校へ行ったことはなかったが、ホウェイトリー老人が教えた古い伝承の雑然とした断片を頭の中に詰め込んでいた。この人里離れた農家は、ホウェイトリー老人が黒魔術を行うという噂のためにつねづね恐れられていたし、ラヴィニアが十二歳の時、ホウェイトリー夫人が不可解な横死を遂げたことも、この場所の評判を良くはしなかった。奇妙な影響力の中に独りで置かれたラヴィニアは、奔放で気宇《けう》壮大《そうだい》な白日夢と奇異な気晴らしを好んだ。家事の心配に閑《ひま》を取られることもあまりなかった。整理整頓《せいとん》や清潔さの規範というものは、彼女の住む家から、とうの昔に消え去っていたからである。

ウィルバーが生まれた夜、山鳴りや犬の吠え声よりも一際《ひときわ》高く、恐ろしい叫び声が響き渡ったが、医者や産婆《さんば》が出産に立ち会ったという話は聞かない。近所の者が赤ん坊のことを知ったのは一週間後で、その時、ホウェイトリー老人が橇《そり》で雪の中をダンウィッチ村まで行き、オズボーン雑貨店で屯《たむろ》していた連中に、支離滅裂な話をしたのだった。老人は少し変わったようだった――頭はもともと呆《ぼ》けていたが、それに加えて、こそこそとあたりを憚《はばか》るような様子が見え、恐れられていた人間が何かを恐れる人間へと微妙に変化していた――しかし、彼はありきたりな家庭内の出来事に動揺する男ではなかったのだが。そんな中にも、老人は、のちに娘が見せたような自慢らしいそぶりをいくらか示し、彼が子供の父親について語ったことは、聞いた者の多くが後々まで憶えていた。

「人がどう思おうと、かまやせん――ラヴィニーの子供がもしお父《と》っさん似なら、おまえたちが思うような顔形にはならんじゃろうよ。世の中にいるのは、ここいらにいるような連中ばかしだと思うちゃいかん。ラヴィニーは本も読んどるし、たいがいの者《もん》が話に聞くだけのものを見ておるんじゃ。あいつの男は、エイルズベリーからこっちじゃ、またとないほど良い旦那《だんな》じゃぞ。それに、もしおまえたちがわしほど山のことを知っておったら、あれより立派な教会の結婚式を望みやせんじゃろう。ひとつ、教えてやろうか――いつか、おまえたちは、ラヴィニーの子供がセンティネル・ヒルの天辺で父親の名前を呼ぶのを聞くじゃろうよ！」

生まれて最初の月にウィルバーを見た人間は、落ちぶれていないホウェイトリー家のゼカライア・ホウェイトリー老人と、アール・ソーヤーの内縁の妻、メイミー・ビショップだけだった。メイミーが訪問したのははっきり言うと好奇心からであって、見聞きしたことをあとで存分に言いふらした。だが、ゼカライアは、ホウェイトリー老人が息子のカーティスから買ったオルダニー種の乳牛を二頭、届けに来たのだ。これを皮切りに小さなウィルバーの家族は牛を買いつづけ、それは一九二八年、ダンウィッチの怪物が現われて去った時、ようやく終わった。しかし、ホウェイトリー家のオンボロな納屋《なや》に家畜が犇《ひしめ》いているように見えたことはなかったのである。そのうち、人々は好奇心をつのらせて、古い農家の上の急傾斜な山腹へこっそりと登って行き、危なっかしく草を食《は》んでいる牛を数えてみたが、血の気が足りないような弱々しい牛がせいぜい十頭か十二頭いるだけだった。明らかに何かの病菌か伝染病が——おそらく、不健康な牧草地か不潔な納屋の有害な菌類や木材から発生して——ホウェイトリーの家畜の死亡率を高めているとおぼしい。姿の見える牛は何か切開の痕《あと》に似た妙な傷か腫《は》れ物に悩まされているようだった。そして、赤ん坊が生まれてからの数ヵ月の間に一度か二度、訪問客のうちのある者は、髭《ひげ》を剃《そ》らない白髪の老人と、だらしない格好をした縮れっ毛の白子の娘の喉《のど》にも同じような腫れ物があるのを見たと思った。

ウィルバーが生まれてから最初の春が来ると、ラヴィニアは身体と不釣り合いな長さの腕に浅黒い子供を抱いて、以前のように山をぶらつきはじめた。たいていの村人が赤ん坊を見てしまうと、ホウェイトリー家に対する世間の関心は薄らいだので、この子供が日に日に示しているらしい速い成長ぶりについて、どうこう言う者もいなかった。ウィルバーの育ち方はまことに驚異的だった。生後三ヵ月の間に、一歳未満の幼児には普通見られないほど身体が大きくなり、腕力も強くなった。その動作も、声《こわ》音《ね》さえも、幼児にしてはきわめて稀《まれ》な抑制と慎重さを示していて、七ヵ月になると、よろけながら一人歩きを始め、さらに一月経《た》つと、もうよろめきもしなくなったが、それをさして意外に思う者はいなかった。

　それからしばらくして――万聖節（訳注・十一月一日。その前の夜は死者の霊がやって来ると信じられていた）の宵祭に――センティネル・ヒルの頂上に、真夜中、大きな焔《ほのお》が見えた。そこは古い人骨を埋めた塚の真ん中に、テーブル状の石が立っている場所である。サイラス・ビショップ――落ちぶれていないビショップ家の――が自分の見たもののことを話すと、噂が相当に広がり始めた。彼は焔があらわれる一時間ほど前、少年が母親の前に立って、あの山を元気に駆け登って行くのを見たのだ。サイラスは迷子《まいご》になった若い雌牛を連れ戻そうとしていたのだが、角燈《ランタン》の弱い明かりで二つの人影をチラリと見たとたん、自分の務めを忘れそうになった。二人は下生えの中をほとんど音もなく駆け抜けたが、仰天したサイラスはかれらが丸裸だと思ったらしかった。あとで考えてみると、子供については確信がなく、房のついたベルトのようなものを締めて、黒っぽい半ズボンかズボンを穿《は》いていたかもしれないと言った。ウィルバーはその後、生きて意識がある限り、人前ではいつもきちんと服を着て、ボタンをしっかりと締め、服装を乱されたり、乱されそうになったりすると、必ず怒りと不安に駆られる様子を見せた。この点、薄汚ない身《み》形《なり》をした母親や祖父とはじつに対照的だと思われたのだが、一九二八年の怪事件が起こった際に、なるほどという理由が暗示されたのである。

翌年の一月、噂好きな連中は、「ラヴィニーの黒い餓鬼」がしゃべりだし、しかも、まだ生後十一ヵ月だということに幾分の興味を惹《ひ》かれた。子供の話し方は二つの点で目立っていた。一つは、この土地の通常の訛《なま》りとは違うこと、もう一つは、幼児らしい舌足らずなしゃべり方——三つや四つの子供なら、それでも自慢にして良いのだが——をしなかったことだ。少年はおしゃべりではなかったが、口を利《き》くと、ダンウィッチとその住民がまったく持っていない、何かつかみどころのない成分を反映しているように思われた。奇妙な点は彼が言うことにあるのでも、彼が使う単純な慣用句にあるのでもなく、その抑揚、あるいは話し声を出す体内の器官に何となく関係があるようだった。顔つきも目立って大人びていた。母親や祖父に似て顎《あご》が細かったが、しっかりした、子供にしては整った鼻は、大きくて黒い、ラテン系のような眼の表情と相俟《あいま》って、大人びた、ほとんど異常な知性を備えているように感じさせた。しかし、彼は賢そうには見えるが、きわめて醜かった。厚ぼったい唇や、毛穴の大きい黄色っぽい肌、粗い縮れた髪、そして妙に長い耳には、まるで山羊に似た動物的なところがあった。彼はやがて母親や祖父以上にはっきり嫌われるようになり、人が彼について憶測をめぐらす時には、ホウェイトリー老人が昔魔術を行っていたことが必ず引き合いに出され、彼がかつて石の環の真ん中で、開いた大きな本を腕にかかえて、ヨグ・

ソトホートという恐ろしい名を叫んだ時、山々が鳴動した話が出た。犬は少年を忌《い》み嫌い、少年はふだんいろいろな自衛手段を取って、吠え立てる脅威から身を守らねばならなかった。

三

一方、ホウェイトリー老人は相変わらず牛を買いつづけていたが、彼の牛の群は目立って増えることもなかった。老人はまた材木を切って、家の使っていない部分を修繕した——この家はだだっ広い、とんがり屋根のついた代物《しろもの》で、後ろの方は岩だらけの山腹にすっかりもぐり込んでおり、老人と娘が住むには、一階のあまり荒れ果てていない三つの部屋だけでつねに十分だった。それほどの重労働ができるところを見ると、老人にはまだ驚くべき力が残っているにちがいなく、彼は今でも時々狂ったようにわけのわからぬことを口走るが、工事を見れば、ちゃんと計算を立てて行ったことがわかった。仕事はウィルバーが生まれるとすぐに始まり、たくさんある物置小屋の一つが急に整理されて、下見板が張られ、頑丈な新しい錠前が取りつけられた。今は使っていなかった家の二階も直していたが、老人はやはり徹底した職人だった。彼の狂気を示していたのは、修繕した部分の窓という窓を板でぴったりふさいでしまったことだけだった——もっとも、こんな家を修繕すること自体、イカレていると言う者も大勢いたが。生まれて来た孫のために、一階のべつの部屋を手直ししたのは、さほど不思議ではなかった——数人の訪問客がその部屋を見ているが、ぴったりと板張りした二階へは誰も入れてもらえなかった。老人はこの孫の部屋に高い丈夫な棚をつくり、朽ちかけた古い本や本の片割れをそこに少しずつ、見たところ整然と並べはじめた。老人が若い時には、そうした書物はあちこちの部屋の隅に乱雑に積み重ねてあったのだが。

「わしも、少しは本を役に立てたが」彼は錆《さ》びた台所の焜炉《こんろ》でこしらえた糊《のり》で、黒体文字の印刷された破れたページを直そうとしながら、言うのだった。「じゃが、あの子の方が、読みこなす力がある。なるべく良い状態にして置いてやらにゃいかん。あの子の勉強は本だけじゃからな」

一歳七ヵ月になった時——一九一四年九月のことだ——ウィルバーは体格も知恵も人を仰天させるほどだった。体は四歳児のように育ち、しゃべり方は流暢《りゅうちょう》で、信じられないほど知的だった。野山を自由に駆けめぐり、母親がぶらぶら歩きをする時は、いつもついて行った。家では祖父の書物に載っている風変わりな絵や図表を熱心に見入り、ホウェイトリー老人は長い静かな午後、少年に物を教えたり、問答をしたりするのだった。この頃には家の修繕は終わっていて、その様子を見ていた者は、二階の窓の一つが頑丈な板戸に作り変えられたのはなぜだろう、と怪しんだ。その窓は東側の切妻屋根の裏、山のすぐ近くにあった。地面からその窓まで、転び止めのついた木の斜路が築かれた理由も、誰にも見当がつかなかった。この工事が完成した頃、人々は、ウィルバーが生まれてからしっかりと錠を下ろし、窓もなにも下見板で覆《おお》った古い物置小屋がまた使われなくなったのに気づいた。扉は無頓着《むとんちゃく》に開け放されて揺れており、アール・ソーヤーが一度、牛を売りにホウェイトリー老人を訪ねて来たあと、中に入ってみたところ、異様な匂いがしたので度肝を抜かれた――生まれてからこの方あんなひどい臭いは嗅《か》いだことがない、と彼は断言した。あるとすれば、山のインディアンがつくった石の環の近くで嗅いだくらいだが、ともかく、あれはまっとうなものから来る匂いでも、この地上の匂いでもないと。もっとも、ダンウィッチの連中の家や小屋は、昔から匂いの点でとくに清浄だと言われたためしはないのである。

そのあとの数ヵ月間は目に見える出来事もなかったが、ただ謎めいた山鳴りがゆっくりと、しかし確実に大きくなって来たと誰もが口をそろえて言った。一九一五年の五月祭の前夜には、エイルズベリーの人々でさえ感じた震動があり、そのあとの万聖節の宵祭には地面の下でゴロゴロという音がして、それはセンティネル・ヒルの頂上から上がる焔――「魔女のホウェイトリーの奴《やつ》らの仕業だ」と人々は言った――と妙に調子が合っていた。ウィルバーは気味の悪いほど成長し、四歳になろうとする頃には十歳の少年のように見えた。今では独りで本を貪《むさぼ》り読んだが、以前よりずっと口数が少なくなった。いつも押し黙って人を相手にしなくなり、人々は初めて、彼の山羊のような顔に兆《きざ》した邪悪な表情のことをはっきりと語るようになった。彼は時々聞き慣れない符牒《ふちょう》をぶつぶつと言い、奇怪なリズムで何かを唱えたが、それを聞いた者は説明のつかぬ恐怖を感じてゾッとした。犬が彼を嫌うことはもう広く知れ渡り、彼は安全に田舎道を通るため、ピストルを持ち歩かねばならなかった。時々その武器を使うので、番犬の飼主たちの間でも評判は芳《かんば》しくなかった。

稀《まれ》に人がかれらの家を訪問すると、ラヴィニアが一階に一人でいることが多かったが、板張りをした二階で奇妙な叫び声や足音が響いていた。ラヴィニアは父親と息子が上で何をしているのかけして話さなかったが、ある時、魚の行商人がふざけて階段へ通じる鍵のかかった扉を開けようとすると、真っ青になって、異常なほどの恐怖を示した。その行商人はダンウィッチ村の雑貨屋に屯している連中に、階上《うえ》の床を馬が踏み鳴らす音が聞こえたような気がする、と言った。人々は二階の扉と斜路のこと、それに牛がどんどん消えて行くことを考えて、憶測に耽《ふけ》った。それから、ホウェイトリー老人が若い頃の話、然《しか》るべき時に雄牛をある異教の神々への生贄《いけにえ》に捧げると、地中からおかしなものが喚《よ》び出せるという話などを思い出して、戦慄《せんりつ》した。これはしばらく前から誰も気づいていたことだが、犬どもはウィルバー少年個人を憎み、怖がるのと同じほど、ホウェイトリー農場全体を憎み、怖がるようになっていた。

一九一七年に戦争が起こり、治安判事ソーヤー・ホウェイトリーは、土地の徴兵委員会の委員長として、割り当てられた人数の若者をダンウィッチで集めるのに大苦労した。戦場はおろか、新兵訓練所に送るにふさわしい若者すら容易に見つからなかったのである。政府はこの地域全体がそれほど衰頽《すいたい》の兆しを示しているのに驚き、何人かの役人と医療専門家を派遣した。そして実地調査を行ったが、ニューイングランドの新聞の読者はそのことを今も御記憶かもしれない。この調査に伴って世間の耳目が集まったため、新聞記者はホウェイトリー家を追いかけ、「ボストン・グローブ」紙や「アーカム・アドヴァタイザー」紙に派手な日曜版向けの記事が載った。それらはウィルバー少年の早熟さやホウェイトリー老人の黒魔術、奇妙な本が並んだ棚、古い農家の密閉された二階、この地域全体の気味の悪さや山鳴りについて語った。ウィルバーは当時四歳半だったが、十五歳の若者のように見えた。唇と頬は粗くて黒いうぶ毛におおわれ、声変わりがはじまっていた。

アール・ソーヤーは記者とカメラマンの一団を引き連れて、ホウェイトリー農場へ出かけて行き、今では密閉された二階から洩《も》れて来るかに思われる奇妙な悪臭に一同の注意を促した。彼が言うには、それは家の修繕が完了して使われなくなった物置小屋でした匂いにそっくりであり、山の石の環の近くで時々嗅いだような気がするかすかな臭気にも似ていた。新聞に記事が出るとダンウィッチの人々はそれを読み、明らかな間違いを見つけてはニヤニヤ笑った。またホウェイトリー老人はいつも牛を買うのに、きわめて古い時代の金貨で支払ったが、記者たちがその事実をどうしてそんなに大袈裟《おおげさ》に取り上げるのか、わからなかった。ホウェイトリー一家はあからさまな不快の念を示して訪問者を迎えたが、激しく抵抗したり、口を利かなかったりして、さらなる注目を招くことはしなかった。

四

それから十年間、ホウェイトリー家の年代記は病的な村全般の生活の中に埋没して、これといったこともなかった。村人はかれらの風変わりな振舞いに慣れっこになっていたし、五月祭の前夜や万聖節の宵祭に騒ぐことも気にしなくなっていた。かれらは年に二回、センティネル・ヒルの天辺で火を焚《た》き、その時はゴロゴロという山鳴りが何べんも聞こえて、次第に激しくなるのだった。一方、人里離れた農家では一年中奇妙で不吉なことが行われていた。やがて、訪問者たちは家族全員が階下《した》にいる時でも、密閉された二階から物音がしたと言うようになり、雌牛や雄牛が犠牲にされるペースが速かったり遅かったりするのはどうしてだろうと不思議がった。動物虐待《ぎゃくたい》防止協会に訴えてみようという話もあったが、ダンウィッチの連中は外の世間の注目を惹くことを好まなかったので、何も実現しなかった。

一九二三年頃、十歳になったウィルバーは心も、声も、背丈も、鬚《ひげ》の生えた顔も、すっかり大人の印象を与えたが、この頃、古い家では二度目の大工事が行われていた。すべて密閉された二階の内部の工事で、捨てられた木材から人々が結論したところによると、少年と祖父は仕切りを全部取っ払って屋根裏部屋の床まで剝《は》がしてしまい、一階ととんがり屋根との間に、巨大なぽっかりした空間だけを残したのだった。かれらは家の中央の大きい煙突まで取り壊し、脆《もろ》いブリキの煙突が外側についている錆びた竈《かまど》を据えつけた。

この工事が終わったあとの春頃、ホウェイトリー老人は、コールド・スプリング峡谷から来て、夜、窓の下でさえずる夜鷹の数が次第に増えて来たことに気づいた。彼はそれを重大なことのように思っている様子で、オズボーンの店に屯する連中に、わしもそろそろお迎えが近いらしいと言った。

「あいつら、今はわしが息をするのに調子を合わせて啼くんじゃ。わしの魂をつかまえようと狙《ねら》っておるんじゃろうよ。そろそろ出て来ることがわかっとるから、逃がすまいという腹なんじゃ。おまえさんたち、わしが逝《い》ったら、あいつらがわしをつかまえたかどうかわかるぞい。もしつかまえたらな、夜鷹どもは夜明けまで歌って笑っておるじゃろうよ。もししくじったら、まあ静かになるじゃろう。あいつらは追っかけてゆく魂と、時々、派手に取っ組み合うこともあるからな」

一九二四年の収穫祭の夜、エイルズベリーのホートン医師は、ウィルバー・ホウェイトリーに慌《あわただ》しく呼び出された。ウィルバーは一頭だけ残った馬を鞭《むち》打って暗闇《くらやみ》の中を走り、村のオズボーンの店から電話をかけたのだった。医師が駆けつけた時、ホウェイトリー老人はもう重態で、心臓の動きも、ゼエゼエという息づかいも、最期《さいご》が遠くないことを告げていた。不格好な白子の娘と妙に鬚むじゃらな孫が傍らに立ち、頭上の空虚な深淵《しんえん》からは、平らな渚《なぎさ》に波が寄せるような、水が規則的に押し寄せたり小《さざ》波《なみ》を立てたりするさまを思わせる、不気味な音が聞こえてきた。しかし、医師をとくに悩ましたのは、外で鳴き騒ぐ夜鳥《よとり》だった。およそどれほどいるかわからぬ夜鷹の大群が、瀕死《ひんし》の男のゼエゼエという喘《あえ》ぎに悪魔のように調子を合わせて、果てしなく何事かを繰り返し叫んでいるのだ。それは気味悪く、不自然だった――緊急の呼び出しを受けて、いやいやながら入って来たこの地域全体にあまりにもよく似ている、とホートン医師は思った。

午前一時頃、ホウェイトリー老人は意識を取り戻し、苦しい息を詰まらせながら、孫に二言三言言った。

「もっと場所が要る、ウィリー、じきにもっと場所が要るぞ。おまえも大きくなるが――あいつはもっと速く大きくなる。もうじき、おまえの役に立つじゃろう。あの長い詠歌を口誦《くちず》さんでヨグ・ソトホートのために門を開けるんじゃ。歌は完全版の七五一ページに出ておる。そうしたら、牢獄《ろうごく》に火をつけるんじゃ。地上の火では、あいつはけして焼けんからな」

老人は完全に狂っているようだった。しばしの間があった。その間に、外にいる夜鷹の群が前とは変わったテンポに啼き声を合わせ、一方、はるか遠くの方から、奇妙な山鳴りらしきものが聞こえて来た。やがて老人はさらに少しばかり言い足した。

「きちんと食い物をやるんだぞ、ウィリー、量に気をつけてな。じゃが、早く育ちすぎて、あすこに入らなくなるといかんから、そうならんようにな。ヨグ・ソトホートに門を開く前に家をぶち破って外に出たら、もうおしまいで、役には立たん。彼方《かなた》から来た奴らだけが、あいつを増やして働かせることができるんじゃ。……あいつらだけ、帰って来たがっておる古い連中だけが……」

だが、言葉は途切れて、また喘ぎ声に変わり、夜鷹どもがその変化に調子を合わせるので、ラヴィニアは金切り声を上げた。一時間以上そんなふうだったが、ついに喉がゴロゴロと断末魔の音を立てた。ホートン医師が萎《しな》びた目蓋《まぶた》をどんより濁った眼の上に閉ざしてやっていると、鳥の大騒ぎはいつのまにか静まり、あたりはしんとした。ラヴィニアはすすり泣いたが、ウィルバーはクスクス笑って、山鳴りがかすかにゴロゴロというのを聞いていた。

「あいつら、じいさんをつかまえそこなったぜ」彼は太く低い声でつぶやいた。

この頃、ウィルバーは、片寄ってはいるものの博大な知識を積んだ学者になっており、昔の禁じられた稀覯本《きこうぼん》を所蔵している遠方各地の多くの図書館員に、文通によってひそかに知られていた。ダンウィッチ近辺ではますます嫌われ、恐れられていたが、それというのは、若者が何人か失踪して、疑いが漠然と彼に向けられたからである。しかし、彼は脅かしたり例の昔の金貨を使ったりして、穿鑿《せんさく》する者をつねに黙らせることができた。彼は今でも祖父の時と同様、牛を買うのにその金貨で代金をきちんと支払い、金額は次第に嵩《かさ》む一方だった。今ではもう恐ろしく大人びた風貌《ふうぼう》で、身長は通常の大人の背丈の限界に達し、それよりももっと伸びて行きそうだった。一九二五年のある日、文通していたミスカトニック大学の学者が訪れて、青ざめ、困惑して帰った時、彼は優《ゆう》に六フィート九インチの背丈があった。

ウィルバーは幼い時から、半ば畸形で白子の母親をないがしろにしていたが、それはますますひどくなり、ついには、五月祭の前夜と万聖節の宵祭に一緒に山へ行くことを禁じた。そして一九二六年、哀れな女はメイミー・ビショップに息子が恐ろしいとこぼしたのである。

「あの子には、私は知ってるけど、あなたになんか言えないことがいっぱいあるのよ、メイミー。近頃じゃあたしにだってわからないこともあるんだ。神様に誓って言うけど、あの子が何を欲しがってるのか、何をやろうとしてるのか、わからないのよ」

その年の万聖節の宵祭に、山鳴りは今までよりも大きく響き、センティネル・ヒルの上ではいつものように焔が燃えた。だが、人々がそれよりも注意を向けたのは、不自然なほど季節遅れの夜鷹がおびただしい群をなして、リズミカルに叫んでいることだった。かれらは明かりの消えたホウェイトリー農場のそばに集まって来たようだった。真夜中を過ぎると、その甲高い啼き声はあらゆる悪魔がいっせいにどっと哄笑《こうしょう》するような声に変わり、あたり四方に響き渡って、夜明けにようやく静まった。夜鷹どもはそれから南へ向かって大急ぎで飛び去ったが、本来ならたっぷり一月は早くそちらへ渡っているはずだったのだ。これが何を意味するのか、あとになるまで誰にも確信が持てなかった。このあたりで死んだ者は誰もいないようだったが——可哀《かわい》そうなラヴィニア・ホウェイトリー、ねじくれた白子の女は二度とふたたび姿を見せなかった。

一九二七年の夏、ウィルバーは農場の構内にある小屋を二つ修繕して、本や手回り品をそちらへ移しはじめた。そのあとすぐアール・ソーヤーがオズボーンの店にいる連中に語ったところによると、ホウェイトリー農場ではまたもや大工工事が始まったということだった。ウィルバーは一階の扉や窓を全部ふさいでしまい、彼と祖父が四年前、二階でやったように、仕切りを取り払っているようだった。彼は小屋の一つに住んでいて、何か異様に心配し、怖がっているようだとソーヤーは思った。人々はおおむねウィルバーが母親の失踪について何か知っていると疑っていたので、今では彼の家のそばに寄りつく者もめったにいなかった。彼の身長は七フィートを越えていたが、成長がとまりそうな気配はなかった。

五

その年の冬、ウィルバーがダンウィッチ地域の外へ初めて旅行するという椿事《ちんじ》が起こった。彼はハーヴァードのワイドナー図書館、パリの国立図書館、大英博物館、ブエノスアイレス大学、そしてアーカムのミスカトニック大学図書館と手紙のやりとりをしたが、読みたくてたまらない本を貸し出してはもらえなかった。そこでとうとう、みすぼらしく薄汚い鬚むじゃらの風体《ふうてい》で、無骨な方言を丸出しにしながら、ミスカトニック大学の所蔵本を見に自ら出向いたのである。地理的に、この大学が一番近かったからだ。身長はほとんど八フィートに迫り、オズボーンの雑貨屋で買ったばかりの安い旅行鞄《りょこうかばん》を提げた、この浅黒い山羊のような怪人は、ある日アーカムに姿を現わした。彼が探し求めるのは、大学図書館に鍵をかけて保管されている恐ろしい書物――狂えるアラビア人アブドゥル・アルハザードが書いた忌まわしい『ネクロノミコン』のオラウス・ウォルミウスによるラテン語訳で、十七世紀にスペインで印刷されたものだった。彼はそれまで大きな街というものを見たことがなかったが、大学へ行く道を探す以外には何も考えなかった。大学でも、白い牙《きば》を持つ大きな番犬の前をうっかり通ったため、犬は異常に怒り狂い、敵意もあらわに吠えかかって、丈夫な鎖を狂ったように引っ張った。

ウィルバーは祖父が遺《のこ》してくれた、貴重だが不完全なディー博士の英訳を持参しており、ラテン語訳の閲覧を許されると、さっそく両者を校合《きょうごう》しはじめた。その目的は、自分の本には欠けている七五一ページにあったはずの、ある章句を見つけることだった。礼儀上、彼はそのことを司書に言わざるを得なかった――司書はあの博学なヘンリー・アーミティッジ（ミスカトニック大学文学修士、プリンストン大学学術博士、ジョンズ・ホプキンズ大学文学博士）、以前農場へ訪ねて来た人物で、礼儀正しくいろいろな質問を彼に浴びせた。ウィルバーは、ヨグ・ソトホートという恐ろしい名前の出て来る一種の式文ないし呪文《じゅもん》を探していることを認めざるを得なかった。自分の持っている本には食いちがいや、重複や、曖昧《あいまい》な点があり、はっきり意味を限定することが困難なので、途方に暮れているのだと説明した。ウィルバーがようやく選び出した式文を書き写している時、アーミティッジ博士は開いているページを肩ごしに何げなく覗いて見た。その左側のページには、ラテン語訳で、世界の安全と正気を脅《おびや》かすとんでもない内容が記してあった。

「また、人間が」アーミティッジは原文を頭の中で、こう翻訳した。「地球の最古にして最後の支配者であるとか、通常の生命と物質が世界を独歩しているなどとも考えてはならぬ。〝古きものら〟はかつていたし、〝古きものら〟は今もおり、〝古きものら〟は将来もいるであろう。〝かれら〟は我々の知る空間をではなく、その間を悠然と原初からの存在として歩み、次元の法《のり》を超えているため、我々の目には見えない。ヨグ・ソトホートがその門を知っている。ヨグ・ソトホートは門である。ヨグ・ソトホートは門の鍵であり、守護者である。過去、現在、未来はすべてヨグ・ソトホートのうちにあって一つである。彼はその昔〝古きものら〟が突破した場所、〝かれら〟がふたたび突破するであろう場所を知っている。〝かれら〟が大地の野のいずこを踏んだかを知り、今なお踏むところを知り、〝かれら〟が踏む時、何故《なにゆえ》に誰にも〝かれら〟が見えないのかを知る。人は時に匂いによって〝かれら〟がそばにいることを知り得るが、〝かれら〟の姿形は何人《なんぴと》も知ることができない――〝かれら〟が人類の胎《はら》を借りて生ませたものの外形を通じて見る以外には。それにはさまざまな種類があり、人間と少しも変わらぬ像《エイドーロン》から、目に見えず実質もない形、すなわち〝かれら〟であるところのものまで、外見も異なっている。〝かれら〟は〝言葉〟が語られ、〝季節〟が唸《うな》り声を上げた寂しい場所を、目に見えず、悪臭を放って歩く。風季節〟に〝祭〟

は〝かれら〟の声でしゃべり、大地は〝かれら〟の意識によってつぶやく。〝かれら〟は森をひしぎ、都市を押しつぶすが、森も都市も撃つ手を見ることはできない。凍てつく荒野にあるカダスは〝かれら〟を知っているが、何人《なんぴと》がカダスを知ろう？〝南〟の氷の砂漠と〝大洋《おおうみ》〟の沈める島々には〝かれら〟の印を刻んだ石があるが、深い氷に閉ざされた都市や、長い間海藻や藤壺《ふじつぼ》の花輪をかけられている封印された塔を見たことのある者がいようか？　大いなるクトゥルーは〝かれら〟の従兄弟《いとこ》だが、彼にも〝かれら〟の姿はぼんやりとしか見えない。イア！　シュブ＝ニグラトフ！　汝《なんじ》らは〝かれら〟を悪臭を放つものとして知るであろう。〝かれら〟の手は汝らの喉にかかっているが、汝らに〝かれら〟は見えぬ。そして〝かれら〟の住居は、汝らが護《まも》る敷居と一つである。ヨグ・ソトホートこそは、天球と天球が出会う門への鍵である。人が今支配する場所を〝かれら〟はかつて支配した。〝かれら〟はまもなく支配するであろう——人が今支配する場所を。夏のあとに冬が来て、冬のあとに夏が来る。〝かれら〟は忍耐強く、力強く待っている。ここはふたたび〝かれら〟が統治するのだから」

アーミティッジ博士は自分が今読んでいる文章と、ダンウィッチとそこの不気味な存在について聞いた話、ウィルバー・ホウェイトリーと、いかがわしい出生から母親殺しの疑惑に至るまで、彼にまつわる曖昧で忌まわしい霊気について聞いた話を考え合わせた。すると、霊廟《れいびょう》の冷たくじっとりした隙間風《すきまかぜ》のように、肌に触れる恐怖の波を感じたのだった。目の前に身を屈《かが》めている山羊に似た大男はべつの惑星か次元の落とし子で、一部分が人間であるにすぎず、力と物質、空間と時間のあらゆる領域を越えて巨大な幻影のごとく広がる、本質と実体の暗黒の深淵に結びついているような気がした。やがてウィルバーは面《おもて》を上げ、あの奇妙な響き渡る声でしゃべりはじめたが、その声は普通の人類とは異なる発声器官から出て来るかのようだった。

「アーミティッジさん」と彼は言った。「この本は家に持って帰らなきゃしょうがねえと思うんです。こいつに書いてあることを試してみなけりゃならねえんですが、それには条件があって、ここじゃその条件が整わねえですから。お役所主義の規則でもって、おれの邪魔をするのは地獄《じごく》堕ちの罪ですぜ。持って行かして下さいよ、ねえ、誰にもわかりっこねえんです。もちろん、本は大事にします。このディーの本をこんなにボロボロにしちまったのは、おれじゃねえんで……」

司書の顔に固い拒絶の色が浮かぶのを見ると、ウィルバーは言葉を切り、彼自身の山羊めいた顔も狡賢《ずるがしこ》い表情になった。アーミティッジは、必要な個所の写しを取っても良いと言いそうになっていたが、何が起こるかわからないと急に思い直して、言うのをやめた。こうした相手に、あのように冒瀆《ぼうとく》的な外部領域への鍵を預けることは、あまりにも責任重大だった。ホウェイトリーは形勢を察すると、軽い調子で応《こた》えようとした。

「そうですか、そんなふうにお思いなら、しょうがねえ。きっと、ハーヴァード大学は、あんたほどやかましくねえかもしれませんぜ」それ以上何も言わず立ち上がって、扉を通るたびに身を屈めながら、建物を出て行った。

アーミティッジは大きな番犬がけたたましく吠え立てるのを聞いて、窓から見える構内を、ホウェイトリーがゴリラのように大股《おおまた》に歩いて行く様子を観察した。彼はこれまで耳にした荒誕な話のことを考え、「アドヴァタイザー」紙の古い日曜版に載った記事を思い出した。こうしたことと、そして自分が一度だけダンウィッチへ行った時に農民や村人から聞き取った言い伝えを。地球のものではない——少なくとも三次元の地球のものではない——見えざる存在が、悪臭を放っておぞましくもニューイングランドの峡谷を駆け抜け、山々の天辺に穢《けが》らわしく巣構《く》っているというのだ。彼はずっと前から、このことを確かだと思っていた。今は侵入して来る恐怖の恐ろしい一部分を間近に感じ、いにしえの、そしてかつてはおとなしかった悪夢の真っ暗な領土の中で、地獄のような何かが前進して来るのを垣間見たような気がした。彼は嫌悪《けんお》の身震いをして『ネクロノミコン』をしまい込んだが、部屋にはまだ不浄な、得体の知れぬ臭気が漂っていた。「汝らはかれらを悪臭を放つものとして知るであろう」というあの本の言葉を彼は口に出した。そうだ――その臭いは、三年ほど前、ホウェイトリー農場を訪問した時、彼に吐き気を催させた臭いと同じだった。彼はまた山羊に似た不気味なウィルバーのことを考え、その父親に関する村の噂話を笑いとばした。

「近親相姦だって？」アーミティッジは半分声に出してつぶやいた。「いやはや、何て馬鹿な連中だろう！　あいつらにアーサー・マッケンの『パンの大神』を読ませたら、ダンウィッチでよくある醜聞だと思うにちがいない！　だが、一体どんなものが――この三次元の地球の内外にある、いかなる呪われた無形の影響力が――ウィルバー・ホウェイトリーの父親なんだろう？　聖燭節に生まれた――ということは、一九一二年の五月祭の前夜から九ヵ月後だ。あの時は、妙な地鳴りの話がアーカムにも伝わって来たが――あの五月祭の前の晩に、山の上を何が歩いていたのだろう？　聖十字架発見記念日（訳注・五月三日）のいかなる恐怖が、半ば人間の血と肉となって、この世界にしがみついたのだろう？」

そのあとの数週間、アーミティッジ博士は、ウィルバー・ホウェイトリーとダンウイッチ周辺に潜む無形の存在に関して、可能な限り、あらゆる情報を集めにかかった。ホウェイトリー老人の臨終に立ち会ったエイルズベリーのホートン医師と連絡を取り、医師から聞いた祖父の最後の言葉に、考えるべき材料を多く見出《みいだ》した。ダンウィッチ村へ行っても新しい発見はあまりなかったが、『ネクロノミコン』の、ウィルバーがあれほど夢中になって探していた個所を丹念に読んでみると、この惑星をかくも漠然と脅かしている奇妙な悪の性質や、方法や、欲望への新しい恐るべき手がかりが得られるように思った。ボストンで古代の伝承の研究家数名と話し合い、べつの場所にいる他の大勢の研究家に手紙で問い合わせた結果、博士はつのりゆく驚きを感じ、それは危懼《きく》のさまざまな段階をゆっくりと経て、激しい霊的恐怖の状態に達した。夏が近づくにつれて、博士は、ミスカトニック川上流の渓谷に潜む恐怖と、ウィルバー・ホウェイトリーという名前で人間社会に知られている怪物的存在について、何かしなければいけないと漠然と感じたのである。

六

ダンウィッチの怪事件それ自体は一九二八年の収穫祭と秋分の間に起こり、アーミティッジ博士はその奇怪な幕開けを目撃した一人だった。彼はそれまでにホウェイトリーの異様なケンブリッジ旅行のこと、彼がワイドナー図書館で『ネクロノミコン』を借りるか筆写しようと、必死になって頑張ったことを聞いていた。それでも無駄に終わったのは、アーミティッジがあらかじめ、この恐るべき書物を管理するすべての図書館司書に、非常に強い調子で警告しておいたからである。ウィルバーはケンブリッジへ行った時、恐ろしく神経質になっていた。本は見たくてたまらないが、ほとんどそれと同じくらい家に帰りたがっていて、まるで長い間留守にすると、何かが起こるのを恐れているかのようだった。

八月の初め、半ば予期していた事件が出来《しゅったい》した。三日の深夜、アーミティッジ博士は、大学構内にいる獰猛《どうもう》な番犬がいきなり激しい凶暴な声で吠えはじめたのに眠りを破られた。太い、恐ろしい、啀《いが》むような、半ば狂った唸り声と吠え声がつづいた。声は次第に大きくなる一方だったが、時々、意味ありげに気味悪く途切れることがあった。やがて、犬とはまったくちがうものの叫び声が上がった――眠っていたアーカム市民の半数を起こし、その後ずっとかれらの夢を悩ませる叫び声――地球で生まれた、あるいは完全に地球で生まれた存在が立てるとは思われない叫び声だった。

アーミティッジは急いで服を着ると、通りと芝生を横切って大学の建物まで走って行ったが、ほかにも何人か自分の前を駆けて行く姿が見え、侵入警報器の音がまだ図書館から甲高く鳴り響いていた。窓が一つ、月光の中に黒々と口を開いていた。賊は果たして中に入り了《おお》せたのだ。吠え声と悲鳴はもう急速に弱まり、低い唸りと呻き声が混じったものに変わっていたが、明らかに建物の中から聞こえて来たからである。そこで起こっていることを心構えのできていない人間に見せてはならない、とアーミティッジは本能的に感じたので、威丈高に群衆を押し戻し、玄関の扉の鍵を開けた。その場にはウォーレン・ライス教授とフランシス・モーガン博士がいた。この二人には自分の推測と懸念《けねん》を多少話していたので、一緒に中へ入ってくれと身ぶりでうながした。中の音はこの頃にはもう収まり、犬が用心深く、低い声で鼻を鳴らしているだけだった。だが、アーミティッジは灌木の植込みの中で騒がしく鳴いていた夜鷹が、まるで死にかけた人間の最後の息と声を合わせるかのように、忌まわしいリズミカルな歌い方をはじめたのに気がついて、ハッとした。

建物には、アーミティッジ博士が知りすぎるほど良く知っている、恐るべき悪臭がこもっていた。三人は急いで玄関広間を駆け抜けると、犬の低い鼻声が聞こえて来る小さい系図学の読書室へ行った。一瞬、誰も思いきって明かりをつけようとしなかったが、アーミティッジは勇気を奮い起こし、スイッチを入れた。三人のうちの一人

——誰だったかはさだかでない——が、目の前の乱れた机や転倒した椅子《いす》の間に長々と横たわっているものを見て、思わず悲鳴を上げた。ライス教授はよろけたり倒れたりはしなかったが、一瞬、完全に意識をなくしたと語っている。

黄緑色の膿漿《のうしょう》とタール状の粘液の中にくの字になって横臥《おうが》していた怪物は、身の丈が九フィート近くあり、犬が衣服をすっかり剝いで、皮膚の一部も引き裂いていた。まだ死にきっておらず、無言で時々ピクピクと痙攣《けいれん》し、その胸は外で待ちかまえている夜鷹どもの狂った鳴き声とおぞましく調子を合わせて、起伏していた。ちぎれた靴の皮と服の切れ端が部屋中に散らばり、窓のすぐ内側には空っぽの粗布の袋があって、これはそこに投げ込まれたらしかった。中央の机のそばに回転式拳銃《けんじゅう》が落ちており、弾薬筒は凹《へこ》んでいるが発射されておらず、不発だったことがあとでわかった。だが、その時は、その怪物自体が他の一切の映像を締め出していた。筆舌に尽くしがたいと言うのは陳腐だし、必ずしも正確でないだろうが、次のように言っても差しつかえあるまい——容貌とか外形とかの観念が、この惑星と既知の三次元のありふれた生物形態にあまりにも密接に縛りつけられている人、そういう人にはその姿を生々しく想像することはできないだろうと。そいつの一部分は間違いなく人間で、人間によく似た両手と頭を持ち、顎の小さい山羊のような顔には、ホウェイトリー家特有の面《おも》ざしがあった。だが、胴体と下半身は途方もない畸形で、全身に衣裳《いしょう》を着込んでいたからこそ、この地上を歩いても何とか見とがめられず、退治もされなかったと思えるものであった。

腰から上は半ば人間の形をしていた。しかし、胸は——犬はなおも用心深く、引き裂く前足をその上にのせていたが——クロコダイルかアリゲーターのような、ガサガサした網状の皮におおわれていた。背中は黄色と黒の斑《まだら》で、どことなくある種の蛇の鱗《うろこ》におおわれた外皮を思わせた。だが、腰から下は最悪だった。ここでは人間らしさは皆無となり、まったくの空想が始まっていたからである。肌はごわごわした黒い毛に厚く被《おお》われ、下腹から、真っ赤な吸盤がいくつもついた長い灰緑色の触腕が二十本もぐんにゃりと突き出していた。触腕の並び方は奇妙で、何か地球にも太陽系にも知られていない宇宙の幾何学の均整に従っているようだった。尻《しり》の左右には、睫毛《まつげ》のある桃色がかった一種の眼窩《がんか》の中に、退化した眼とおぼしいものが深く嵌《は》まっていた。一方、尻尾《しっぽ》の代わりに象の鼻か触角のようなものが垂れ下がっていて、それには紫色の環状の斑紋《はんもん》があり、未発達の口か喉であることを示す多くの形跡があった。両脚は、黒い毛皮をべつとすれば、先史時代の地球にいた巨大な蜥蜴《とかげ》類の後脚におおよそ似ており、その先端は蹄《ひづめ》でもなければ鉤爪《かぎづめ》でもない、血管が隆起した肉趾《にくし》だった。怪物が呼吸をすると、尾や触腕の色が規則的に変わった。まるで、こいつの人間でない片親にとっては正常な血液循環上の作用によるかのようだった。触腕では緑がかった色が濃くなるのだったが、尻尾では、紫色の環の間の部分に、黄色っぽい色と気味の悪い灰緑色がかわるがわる現われた。血液らしい血液はなかった。ただ悪臭《わるぐさ》い黄緑色の膿漿が、粘液の溜《た》まっている半径を越えてペンキ塗りの床を流れ、そのあとは床が奇妙に変色した。

三人の男がやって来たので、死にかけた怪物は興奮したらしく、ふり向きも頭を上げもせずに、何かもぐもぐと言いはじめた。アーミティッジ博士はそいつが言ったことを書き残さなかったが、英語は一言もしゃべらなかったと断言している。初めのうち、その言葉はこの世のいかなる言語とも比較できないものだったが、終わりの方になると、『ネクロノミコン』――怪物はあの途方もない冒瀆の書を手に入れようとして、死んだのだ――の文句とおぼしい切れぎれの言葉が混じった。それはアーミティッジの記憶によれば、このようなものだった。「ン・ガイ、ン・グハ・グハア、ブッグ＝ショッゴグ、イ・ハア――ヨグ・ソトホート、ヨグ・ソトホート……」その声は、夜鷹どもが不浄な期待に心躍らせて、リズミカルに、次第に声を高めながら叫んでいる間にだんだん細くなって、消えた。

すると、苦しげな呼吸が止まり、犬は頭を上げて長々と陰気な遠吠えをした。横たわっているものの黄色い山羊のような頭に変化が起こり、大きな黒い眼がぞっとするほど落ちくぼんだ。窓の外では夜鷹の甲走《かんばし》った鳴き声が急に止《や》み、次第に集まって来る人々のつぶやき声を圧して、慌《あわ》てふためいて翼を羽ばたき、飛びまわる音がした。見張っていた鳥どもは大きな雲となって月を背に飛び立ち、狙っていた餌食《えじき》を半狂乱になって追いかけながら、たちまち視界から消え去った。

と、突然、犬がとび上がって怯《おび》えた声で吠えると、神経質な様子で、入って来た窓から外に跳び出した。群衆から悲鳴が上がり、アーミティッジ博士は外にいる男たちに、警察か検死官が来るまで誰も入れてはならないと大声で言った。彼は窓が高くて中を覗き込めないことに感謝し、一つ一つの窓に注意深く黒いカーテンを引いた。その頃には二人の警察官が到着した。モーガン博士が玄関でかれらを出迎え、あなたたちの身のためだから、検死官が来て、横たわっているものに被いをかけるまでは、悪臭に満ちた読書室に入るのを見合わせた方が良いと説得していた。

その間に、床の上では恐ろしい変化が起こっていた。アーミティッジ博士とライス教授の眼前で起こった収縮と分解の種類と速度を詳述する必要はあるまい。しかし、こう言うことは許されるだろう——顔と両手の外見をべつにすると、ウィルバー・ホウェイトリーの本当に人間らしい要素はごくわずかだったにちがいない。検死官が到着した時、ペンキを塗った床板の上にはねばねばする白い塊が残っているだけで、凄《すさ》まじい臭いも消えかけていた。見たところ、ホウェイトリーには頭蓋骨もその他の骨もなかったようだった——少なくとも、真の骨、あるいは安定した骨という意味では。彼は正体の知れぬ父親に幾分似ていたのだ。

七

しかし、こういったこともすべて、ダンウィッチの怪事件そのものに較《くら》べれば、ただの幕開けにすぎなかった。面食らった役人たちが型通りの手続きを済ませ、異常な細かい経緯《いきさつ》は新聞や世間には然《しか》るべく隠されて、係官が何人かダンウィッチとエイルズベリーに派遣された。故ウィルバー・ホウェイトリーの財産を調べ、相続人がいれば告知するためだった。行くと、地元は大騒ぎだった。一つには、丸屋根のような山々の下からゴロゴロという音がだんだん強く聞こえて来るし、一つには、大きながらんどうの外郭だけとなったホウェイトリー農場の板張りした家の中から、嗅ぎ慣れない悪臭と、水が押し寄せ小波《さざなみ》を立てるような音が、日増しに強く洩れて来るからだった。ウィルバーの留守中、馬と牛の世話をしていたアール・ソーヤーは深刻な神経症にかかっていた。役人たちは口実を設けて、悪臭のする板張りされた家に入ろうとせず、故人の住んでいた部屋と新しく修理し直した小屋とを一回だけ検分して事足れりとした。かれらはエイルズベリーの郡庁舎で重々しい報告書を作り、遺産相続に関する訴訟は、ミスカトニック川上流の渓谷にいる貧富さまざまな無数のホウェイトリー家の間で、今も係争中だという。

大きな帳面に見慣れぬ文字で、果てしなくつづくかのように書かれた手稿が、机代わりに使われていた古い用箪笥《ようだんす》の中から見つかった。字や行の空き具合、それにインキや筆勢がさまざまであることから一種の日記と判断されたが、発見者たちには不可解な謎だった。一週間も議論した末、手稿は故人の蒐《あつ》めた奇書と共に、調査と可能ならば翻訳のためミスカトニック大学へ送られたが、一流の言語学者たちも、それを容易に解読できないことがすぐにわかった。ウィルバーとホウェイトリー老人がいつもそれでつけを払った昔の金貨も、いまだにまったく見つかっていない。

恐ろしいものが解き放たれたのは、九月九日の夜だった。晩方、山鳴りがひどく激しくなり、犬は一晩中狂ったように吠えた。十日の朝早く起きた者は、空気に妙な臭いが漂っているのに気づいた。コールド・スプリング峡谷とダンウィッチ村の間にジョージ・コーリーの農場があるが、ここに雇われているルーサー・ブラウンという少年は、朝の放牧のために牛を十エーカー牧草地へ連れて行ったところ、七時頃、半狂乱になって駆け戻った。よろめきながら台所へ入って来た時は、恐怖のあまりひきつけを起こしそうだった。外の庭では、同じくらい怯えた牛たちが蹄《ひづめ》で地面を掻《か》き、哀れな声でモウモウと鳴いていた。かれらもやはり恐慌に陥り、少年について戻って来たのである。ルーサーは喘ぎながら、たどたどしい言葉で、コーリー夫人にわけを語ろうとした。

「谷の向こうの、あの上の方の道にね、奥さん――あすこに何かいるんだよ！　雷様みてえな匂いがして、藪《やぶ》も小さい木も道から押しのけられて、まるで家がそこを通ったみてえなんだ。それだけじゃねえんだぜ。道に足跡がついててね、コーリーさん――樽《たる》の鏡板くらい大きくて真ん丸い足跡なんだ。そいつが、象でも歩いたみてえに地面に深く食い込んでるんだ。でも、足が四つじゃできねえようなものだったんだよ。おいら、逃げ出す前に一つ二つ見たんだけどね、どの足跡も一ヵ所から条《すじ》が広がっていて、ちょうど大きな棕櫚《しゅろ》の葉っぱの扇を――でも、それより二、三倍もでっかいやつを――道に打ち込んだみてえだった。それに匂いがひどかったよ、妖術使いのホウエイトリーん家《ち》のまわりみてえに……」

彼はここで口ごもり、逃げ出した時の恐怖が心に蘇《よみがえ》って、また震えているようだった。少年からそれ以上の情報は聞き出せなかったので、コーリー夫人は近所に電話をかけはじめた。こうして話は人から人へ伝わり、恐怖の本番を先触れする恐慌《きょうこう》の序曲が始まったのである。ホウェイトリー家に一番近いセス・ビショップの家の家政婦をしているサリー・ソーヤーに電話をかけてみると、今度はコーリー夫人が話を聴く番になった。というのは、サリーの息子チョーンシーが、前の晩寝つかれずに、山を登ってホウェイトリー家の方へ行ったのだが、ホウェイトリー農場と、ビショップ氏の牛が夜通し放されていた牧草地を一目見ると、怯えて、とんで帰って来たのだった。

「そうなのよ、コーリーさん」サリーの震える声が共同加入電話から聞こえて来た。「チョーンシーがついさっき大慌てで帰って来てね、怖くて口も利けないほどだったのよ！　あの子が言うには、ホウェイトリーの家《うち》がすっかり吹っ飛んでいて、中でダイナマイトでも破裂したみたいに、材木がそこら中に散らばってたんですって。ただ一階の床だけは残ってたけれども、タールみたいな、ひどい匂いのするものに被われていて、壁の材木が吹っ飛んじゃったところでは、床の端から地面にしたたってるんですって。それに庭には変な跡がついていて――大樽よりも大きい、丸い跡なの。それに、吹っ飛んだ家についてるのとおんなじようなものが、ベタベタついていてね。

チョーンシーが言うには、その跡は牧場までつづいていて、牧場へ行くと、草が帯みたいに圧《お》しつぶされているんだけれど、その幅が納屋よりも広いんですって。そいつが通ったところは、どこもかしこも石垣が崩れてるのよ。

それで、あの子が言うにはね、コーリーさん、おっかなかったけれども、セスの牛を探しに行ったんだそうよ。そしたら、牛は上の〝悪魔の舞踏場〟のそばの牧場で恐ろしい有様になっていたんですとさ。牛の半分はきれいにいなくなって、半分近く残っていたのは、血をカラカラに吸い取られていたうえに、ラヴィニーの真っ黒い餓鬼が生まれてから、ホウェイトリーの牛にいつもついていたような爛《ただ》れた跡がついていたのよ。セスが今見に行ってるけれども、妖術使いのホウェイトリーの家にはあんまり近寄りたくないでしょうよ！　チョーンシーは、草の圧しつぶされた跡が牧場を出てからどこまでつづいてるか、注意してよく見なかったけれども、たぶん、村へ行く谷間の道の方へ向かって行ったと思うって言ってるわ。

いいこと、コーリーさん、これは何か出て来ちゃいけないものが出て来たのよ。あたしが思うには、あの真っ黒けなウィルバー・ホウェイトリーが——あいつは日頃の行いの報いで、ひどい死に方をしたけどさ——こっそりあいつを育てたのよ。あたしはいつもみんなに言ってるけど、ウィルバー本人だって、まるきりの人間じゃなかった。あいつとホウェイトリー爺《じい》さんと二人して、釘《くぎ》づけにしたあの家ん中で何かを育てたにちがいないわ。ウィルバーよりももっと人間離れしたやつをね。ダンウィッチのまわりには、いつも目に見えないものがいる――生きてるものが――人間じゃなくて、人間のためにならない奴らがね。

昨夜《ゆうべ》は地面が唸っていたし、チョーンシーが言うには、明け方、コールド・スプリング峡谷で夜鷹がうるさく鳴いて眠れなかったそうなのよ。そのあと、妖術使いのホウェイトリーの家の方で、何かべつの音がかすかにしたみたいなんですって――木を裂くか割るかしたみたいな、遠くで大きい箱か柳籠《やなぎかご》でも開けるような音が。それやこれやで、あの子はお日様が昇るまで眠れなかったから、今朝起きて来ると、さっそくホウェイトリーのところへ行って、様子を見たんです。まあ、とんでもないものを見たのよ、コーリーさん！　これは良いことじゃないから、男衆が集まって何かしなきゃいけないと思うわ。あたしにはわかるけど、何か恐ろしいものがうろついてるのよ。もうじき、あたしもやられるような気がする。そいつが一体何なのかは神様だけが御存知だけどね。

おたくのルーサーは、あの大きな足跡がどこに向かってるか、考えてみなかったの？　いいこと、コーリーさん、もしもあれが谷間のこっち側の道にいて、まだお宅まで来ていないんなら、谷間そのものへ向かって行くにちがいないわ。きっと、そうよ。あたしはいつも言ってるけどね、コールド・スプリング峡谷は健全な、まっとうな場所じゃありませんよ。あすこじゃ夜鷹や蛍が神様のおつくりになった生き物みたいに振舞わないし、それに人の話じゃ、岩の崖《がけ》と〝熊の棲家《ベアーズ・デン》〟の間のある場所に立ってると、変なものが空中を飛んで行ったり、しゃべったりするのが聞こえるっていいますからね」

その日の正午までには、ダンウィッチの男や少年の優に四分の三が、廃墟と化したホウェイトリーの家とコールド・スプリング峡谷の間の道や牧場に隊を組んで繰り出し、巨《おお》きい奇怪な足跡や、傷を負ったビショップの牛、奇妙な、いやな臭いのする農家の残骸《ざんがい》、野や道端の圧しつぶされた草などをこわごわと調べてまわった。この世界にとび出して来たものが何であるにしても、そいつは間違いなく、あの大きい不気味な峡谷へ下りて行ったにちがいなかった。土手の木々がすべて曲がったり折れたりしていたし、崖にかかっている下生えの中に大きい通り道がえぐり抜かれていたからである。まるで一軒の家が雪崩《なだれ》に押し流されて、ほとんど垂直に近い斜面の、からみもつれた草木の中を滑り下りて行ったかのようだった。下からは何の音も聞こえず、遠くから、何とも言えない悪臭がかすかに匂ってくるだけだった。だから、男たちが谷底に下りて正体の知れない巨大な怪物の巣へ乗り込むより、崖っぷちにとどまって議論する方を好んだのも不思議はない。一行が連れて行った三匹の犬は最初のうち猛烈に吠えていたが、谷間に近づくと怖気《おじけ》づいて、先へ行きたがらなかった。誰かが「エイルズベリー・トランスクリプト」紙にこの報《しら》せを電話で伝えた。しかし、編集長はダンウィッチからの与太話《よたばなし》に慣れているので、それについて滑稽《こっけい》な文章をものしただけだった。その記事はすぐＡＰ通信によって配信された。

その夜は誰もが家に帰り、どこの家にも納屋にもできるだけ頑丈なバリケードが築かれた。言うまでもなく、牛は牧場に出したままにしておかなかった。午前二時頃、コールド・スプリング峡谷の東の外れに住んでいるエルマー・フライの家の者は、恐ろしい悪臭と犬がさかんに吠え立てる声に目を醒まし、どこか家の外からくぐもったヒュッヒュッという音や、小波のヒタヒタ寄せるような音が聞こえて来ることを全員が認めた。フライ夫人は近所に電話してみようと言い、エルマーも賛成しかけていたが、そんな相談をしているところへ、いきなり木の割れる音が聞こえた。音は納屋からして来たようで、そのあとすぐ、牛どもの間からおぞましい悲鳴と足を踏み鳴らす音が聞こえた。犬はよだれを垂らして、恐ろしさに呆然《ぼうぜん》としている家族の足元にうずくまった。フライは習慣の力でやっと角燈を点《つ》けたが、真っ暗な庭に出て行けば死ぬのはわかっていた。女子供はしくしく泣いたが、叫び声を上げなかったのは、何かおぼろげな、かすかに残った防衛本能で、静かにしていなければ命はないと知っていたからだった。しまいに牛どもの騒ぎは静まって、哀れな呻き声になり、ポキポキ、ガラガラ、バリバリという大きな音がつづいた。フライ家の人々は居間に身を寄せ合って、最後の谺《こだま》がコールド・スプリング峡谷の奥の方へ消えて行くまで、身動きもしなかった。それから、家畜牛屋から聞こえて来る陰気な呻き声と、谷間にいる季節外れの夜鷹の悪魔のような啼き声のさなかで、セリーナ・フライはよろよろと電話器のところへ行き、怪事件の第二の局面について、自分に言える限りの報せを広めた。

次の日、地元はすっかり恐慌に陥っていた。恐ろしいことが起こった場所に、怯えて物も言えぬ人々の群れが来ては立ち去った。破壊の跡が二条《ふたすじ》の巨大な帯となって峡谷からフライ家の農場の構内まで伸び、ところどころ草の生えていない地面は奇怪な足跡に蔽《おお》われ、古くて赤い納屋の片側は完全に陥没していた。牛のうちで発見され、見分けがついたものは四分の一だけだった。中には妙な具合にバラバラにされた牛もいて、生き残った牛も全部撃ち殺さねばならなかった。アール・ソーヤーはエイルズベリーかアーカムに救援を頼もうと提案したが、ほかの者は、そんなことをしても無駄だと言い張った。ゼビュロン・ホウェイトリー老人は、まっとうな家と落ちぶれた家の真ん中あたりにいる分家の人間だったが、陰気な面持ちで、山の上で祭を行うべきだという突飛な提案をした。彼は伝統が強く残っている家系の出身で、大きな石の環の中で詠唱をした記憶があると言い、それはウィルバーやその祖父とは必ずしも関係がなかった。

恐慌に襲われた村一帯に闇が下りたが、人々は消極的で、まともな自衛手段を講じなかった。近い親族が団結して一つ屋根の下に集まり、暗闇を見張る例も二、三あったが、たいていは前夜と同じバリケードを築き、マスケット銃に弾をこめたり、熊手《くまで》を手近なところに置くといった無駄な気休めをするだけだった。しかし、山鳴りが少しした以外は何も起こらなかったので、朝になると、この新しい怪物は、来た時と同じようにすみやかに去ったのだと楽観する者も大勢いた。攻撃部隊を組んで峡谷へ行ってみようという勇敢な連中もいたが、今もって乗り気でない大多数の者に実際の手本を示そうとはしなかった。

ふたたび夜が来ると、またバリケードが築かれたが、親族が身を寄せ合う家は少なかった。朝になると、フライ家の者もセス・ビショップの家の者も、犬が興奮し、遠くからぼんやりした音が聞こえて、悪臭が漂って来たと報告した。一方、朝早く付近を見まわった者は、センティネル・ヒルのまわりの道に新しい奇怪な足跡がついていることに気づいて、慄然《りつぜん》とした。前と同様、道の両側には、怪物の冒瀆的なまでに途《と》轍《てつ》もない大きさを示す跡がついていた。一方、足跡の形状からすると、怪物は二方向に行き来をしたことが察せられ、動く山はコールド・スプリング峡谷から出て来たのち、同じ道を通って引き返したようだった。山の麓では幅三十フィートにわたって灌木の若木が圧しつぶされ、その帯状の跡が険しい崖を上っていた。見まわった人々は、この仮借《かしゃく》ない引きずり痕が、もっとも切り立った場所でさえ、わきに外《そ》れることがなかったのを見て、息を呑《の》んだ。怪物の正体が何であるにせよ、そいつはほとんど垂直な石の絶壁をよじ登ることができるのだ。そして、調べに来た一行がもっと安全な経路からこの山の頂上へ登ってみると、引きずり跡はそこで終わり――というよりも、逆戻りしていた。

ホウェイトリー家の者たちはかつて五月祭の前夜と万聖節の宵祭に、ここにあるテーブル状の石のそばで地獄のような火を焚き、地獄のような祭文を詠唱したのだ。今はほかならぬその石が、山のような怪物によって打ちのめされた広い空間の中心となっており、石の少しくぼんだ表面にはタールのようにねばねばした液体がべっとりと付着し、悪臭を放っていた。それは怪物が逃げ出した時、壊滅したホウェイトリー農場の家の床についていたのと同じものだった。人々は互いに顔を見合わせて、つぶやいた。それから、山の下を見た。怪物は明らかに登って来た時と同じ道を降りて行ったのだ。あれこれ考えても無駄だった。理性も、論理も、動機というものに関する通念も、混乱してなすすべを知らなかった。ただ、一行の中にいなかったゼビュロン老人ならば、この状況を正しく理解するか、もっともな説明をつけられたかもしれない。

木曜の夜も初めのうちは同じようだったが、終わりはもっと悲惨だった。谷間の夜鷹が異様にしつこく叫びつづけたため、大勢の者が眠れず、午前三時頃、すべての共同加入電話が震えおののくように鳴った。受話器を取った者は、恐怖に狂わんばかりの声が絶叫するのを聞いた。「助けて、ああ、神様……」ある者は、その叫び声が途絶えたあとに、ガラガラとものが崩れるような音を聞いたと思った。それっきりだった。誰も何もしようとせず、電話がどこからかかって来たのか、朝まで誰にもわからなかった。朝になると、あの声を聞いた者は全戸に電話をかけてみたが、フライの家だけ応答がなかった。真相が明らかになったのは一時間後で、この時、慌しく集まった武装した男たちが、峡谷の外れにあるフライの家へ重い足取りで歩いて行ったのである。そこは恐ろしい有様だったが、予期していたことではあった。草の圧しひしがれた跡と奇怪な足跡は増えていたが、家はもうなかった。まるで卵の殻のようにつぶされており、残骸の中からは生きたものも死んだものも見つからなかった。ただ、ひどい悪臭とタール状のねばねばした液体があるだけだった。エルマー・フライ一家はダンウィッチから消滅してしまったのである。

八

一方、アーカムでは、書棚の並ぶ部屋の閉ざされた扉の向こうで、この怪事件のもっと穏やかだが、精神的にはいっそう深刻な局面が暗澹《あんたん》と繰り広げられていた。ウィルバー・ホウェイトリーが残した奇妙な手書きの記録ないし日記は、翻訳のためミスカトニック大学に送りとどけられたが、古代近代の言語の専門家たちを散々悩ませ、困惑させていた。その字母《じぼ》にしてからが、全体にメソポタミアで用いられた装飾の多いアラビア文字と似てはいるものの、協力を得ることのできたいかなる権威者もまったく知らないものだった。言語学者たちの最終結論はこうだった――問題の文書は、暗号の役割を果たす人工的な字母で書かれている。しかし、通常の暗号解読法では何の手がかりも得られないようで、筆者が使った可能性のあるすべての言語に基づいて試してみても駄目だった。ホウェイトリーの部屋から持って来た古い書物は、哲学者や科学者にとってはきわめて興味深く、場合によっては、新たな恐るべき研究分野を拓《ひら》く見込みのあるものだったが、この件に関してはまるで役に立たなかった。そうした本の一冊――鉄の留金のついた重厚な大冊は、もう一つの未知の字母で書かれており――こちらの字は全然異なる特色を有していて、他の何よりもサンスクリットに似ていた。古い帳面は結局アーミティッジ博士が保管を全面的にまかされたが、その理由は、第一に博士がホウェイトリーの一件に特別の関心を寄せていること、第二に、言語学の幅広い素養を持ち、古代中世の神秘主義宗教の式文に通じていたからである。

アーミティッジは考えていた――この字母はある種の禁じられた教団が秘密裡《ひみつり》に用いるもので、その教団は古代から連綿と続き、サラセン世界の妖術師たちの礼式や伝承を多く受け継いでいるのだろう、と。しかし、彼はその問題をさして重要と思わなかった。なぜなら、もし博士が考えているように、それらの記号が現代語の暗号として使われているのであれば、べつに記号の由来を知る必要はないからである。手記の量が膨大であることを考えると、これを書いた人間は、ある種の特別な式文や呪文はべつとして、自分の言葉以外の言語をわざわざ使おうとは思わなかっただろう。そこで、博士は手稿の大部分が英語だと仮定して、解読に取りかかった。

同僚たちの度重なる失敗から、謎は深く複雑であり、単純な解読法は試みる値打ちもないことをアーミティッジ博士は承知していた。彼は八月の下旬を通じて、暗号法の知識を山程頭に詰め込んだ。自分の大学の図書館のあらゆる資料を使い、トリテミウスの『多元複写法』、ジャン＝バッティスタ・ポルタの『秘密暗号論』、ド・ヴィジェネールの『暗号概論』、フォルコナーの『秘密記号解読』、デイヴィスとシックネスが十八世紀に書いた諸論文、そしてブレア、フォン・マルテン、クリューベルの『暗号法』といったかなり新しい権威に至るまで、数々の書物の奥秘《おうひ》のさなかを夜毎《よごと》跋渉《ばっしょう》した。こうした本を研究しながら手稿そのものにも取り組み、やがて次のような確信に至った――自分が相手にしなければならないのは、いとも巧妙で独創的な暗号の一つであり、その方法では、独立した文字対応表がいくつも掛け算表のように配列されていて、文面は、秘伝を受けた者だけが知る恣意《しい》的なキーワードで組み立てられているということである。新しい権威よりも、むしろ昔の権威の方が役に立ちそうに思われ、この手稿の記号体系は非常に古く、秘教を奉ずる実験者たちが代々伝えて来たものにちがいない、とアーミティッジは結論した。彼は何度か解決の曙光《しょこう》の射《さ》すところに近づいたが、いつも思いもよらぬ障碍《しょうがい》によって後退させられた。しかし、九月が近づいて来ると、雲は晴れて来た。手稿のいくつかの個所に用いられている特定の文字が、はっきりと疑いの余地なく正体をあらわし、文章は果たして英語であることが明白になった。

九月二日の晩、最後の大きな障壁が崩れ去り、アーミティッジ博士は初めてウィルバー・ホウェイトリーの記録の一節を続けて読んだ。誰もが考えていたように、それはやはり日記で、それを書いた存在のオカルティズムに対する博識と、一般的な学問のなさとをはっきりと示す文体で綴《つづ》られていた。アーミティッジがほぼ最初に解読した長い一節には一九一六年十一月二十六日の日付があり、きわめて驚くべき、不穏な内容だった。博士の記憶によると、これを書いたのは三歳半の子供で、しかも見かけは十二歳から十三歳の少年のようだったのである。

「今日はサバオトのためにアクロ文字を習う」とそれには書いてあった。「好きじゃない。山からは答えられるけれど、空からはこたえられないからだ。二階のやつは思ったよりも僕より進んでいて、あまり地球の頭脳は持っていないらしい。イーラム・ハッチンスのコリー犬ジャックが僕を咬《か》もうとしたので撃つ。イーラムは僕を殺してやりたいと言う。たぶん、そんなことはしないだろう。お祖父《じい》さんは昨夜《ゆうべ》、僕にドホウの式文をずっと唱えさせて、僕は二つの磁極にある内なる都市を見たように思う。僕は地球を片づけたら、あの磁極へ行くだろう。それをやった時、ドホウ゠フナの式文でも突破できなかったら。空から来る連中がサバトの時に言っていたが、地球を片づけるには何年もかかるそうだ。その頃、お祖父さんは死んでしまっているだろうから、僕は平面のすべての角度と、〝イル〟から〝ヌフフングル〟までのすべての式文をおぼえなければならないだろう。外から来る連中も助けてくれるだろうが、あいつらは人間の血がないと肉体を持つことができない。二階のやつはちゃんとした形になりそうだ。ヴーアの身ぶりをするか、イブン・ガジーの粉をふりかけてやると、あいつの姿が少し見えるが、五月祭の前夜、山にいる連中に似ている。もう一つの顔はそのうち消えるかもしれない。地球が片づいて、地球の連中がいなくなったら、僕はどんなふうに見えるだろう。アクロのサバオトと一緒に来たやつは言った――僕には外側の部分がたくさんあって、そこに働きかけることができるから、変身できるだろうと」

翌朝、アーミティッジ博士は冷たい恐怖の汗を掻き、目醒めて意識が集中したまま狂乱状態に陥っていた。一晩中手稿を離さず、電燈《でんとう》の下で机に向かい、暗号で書かれた文章を精一杯早く解読しながら、震える指でページを次々にめくっていたのだ。神経質な声で、今晩は帰らないと妻に電話しておいたのだが、妻が家から朝食を持って来てもほとんど一口も食べられなかった。彼はその日一日読みつづけ、時折、複雑なキーワードをあてはめ直す必要があって中断すると、地団駄を踏むのだった。昼食と夕食が運ばれたが、どちらもろくに手をつけなかった。翌晩の真夜中頃に椅子でうとしたが、もつれ合った悪夢からすぐに目醒めた。その夢は、彼が明らかにした真実と人間の生存への脅威にも劣らないほど忌まわしいものだった。

九月四日の朝、ライス教授とモーガン博士が、どうしても顔を見たいといってやって来たが、二人は震えながら蒼白《そうはく》になって帰って行った。その晩は博士も床に就いたが、眠りは浅かった。水曜日――次の日――はまた手稿の前に戻り、今読んでいる部分とすでに解読した部分から、たくさんのメモを取りはじめた。その夜は、うんと遅くなってから仕事部屋の安楽椅子に腰かけて少し眠ったけれども、夜明け前にはまた手稿を読みはじめた。正午少し前に、かかりつけの医師ハートウェル博士が様子を見に来て、仕事を休まなければいけないと言った。アーミティッジ博士は拒んだ。自分にとって、この日記を読み終えることがいかに重要であるかを仄《ほの》めかし、いずれ時が来たら説明すると約束した。

その日の夕方、ちょうどあたりが黄昏《たそが》れる頃、彼は恐ろしい解読を終え、憔悴《しょうすい》しきって、椅子に背を凭《もた》せた。妻が夕食を運んで来た時は半ば昏睡《こんすい》状態に陥っていたが、彼女が自分の取った覚え書きになにげなく目を向けると、鋭い叫び声を上げて、やめさせるだけの意識はあった。彼は弱々しく立ち上がって、書き殴った紙をまとめ、全部大きな封筒に封緘《ふうかん》して、そのまま上着の内ポケットに入れた。家に帰るだけの体力はあったが、明らかに医師の助けが必要だったため、ハートウェル博士がさっそく呼ばれた。医師がベッドに寝かした時、彼は何度もこうつぶやくばかりだった。「だが、一体、我々に何ができるというんだ？」

アーミティッジ教授は眠ったけれども、翌日少し譫妄《せんもう》状態の気味があった。ハートウェルには何も説明しなかったが、いくぶん気が落ち着くと、ライスとモーガンにどうしても会って、ゆっくり話し合わねばならないと言った。取り乱した時に口走ったことは、まったく驚くべき内容だった――板張りした農家の中にいる何かを退治しなければならない、と半狂乱になって訴えたり、べつの次元から来る、恐ろしい、大昔からいる種族が、全人類とすべての動植物を地球から絶滅させようと企《たくら》んでいる、などと荒唐無稽なことを言った。彼は大声で叫ぶのだった――この世界は危機に瀕《ひん》している。なぜなら、〝太古のものたち〟が地球を丸裸にして、太陽系と物質宇宙から引きずり出し、どこかべつの存在の平面ないし相に引き込もうと望んでいる――地球は、かつて数那由他《なゆた》の永劫《えいごう》の昔、そこから落ちて来たのだ、と。またべつの時は、恐るべき『ネクロノミコン』とレミギウスの『悪魔崇拝』を持って来いと怒鳴るのだった。

それらの本の中に、彼が空想する危険を食いとめるための式文が書いてあると思っているようだった。

「あいつらを止めろ！　あいつらを止めろ！」と彼は叫んだ。「ホウェイトリーのやつらは、あいつらを呼び込むつもりだった。それに、一番性質《たち》の悪いやつがまだ残っている！　何とかしなければいけないとライスとモーガンに言ってくれ——こちらにはやつが見えないが、私は粉の作り方を知っている……あいつは八月二日、ウィルバーがここへ来て死んでから、餌《えさ》をもらってないんだ。この調子では……」

しかし、アーミティッジは七十三歳の高齢にもかかわらず健康な身体を持っていたので、その晩眠ると不調はおさまり、大して熱が出ることもなかった。金曜日の遅い時間に目が醒めると、頭は冴《さ》えていたが、たえまなく心をさいなむ恐怖と重大な責任を感じていた。土曜の午後、彼は気分が良くなったので図書館へ行き、ライスとモーガンを呼び寄せて相談し、三人は日が暮れるまで途方もないことを考え込んだり、激しく議論したりして、脳漿《のうしょう》を絞った。奇妙な恐るべき書物が、書架や倉庫の厳重に管理された場所から大量に運び込まれ、図形や式文が、熱に浮かされたように急いで、驚くほどたくさん書き写された。誰も微塵《みじん》も疑いを抱かなかった。三人とも、ほかならぬその建物の一室で、床に横たわっているウィルバー・ホウェイトリーの死体を見ていたから、日記を狂人のたわごととして扱うなどという気持は少しも持てなかったのである。

マサチューセッツ州警察に通報するかどうかについては意見が分かれ、結局しないことになった。この事件には、実物を見ない者には到底信じられないような事柄が関わっていたからだが、実際、後に調査が行われると、その通りだったのである。話し合いはその夜遅く、確たる計画も立てられずに散会となったが、日曜日、アーミティッジは式文を比較したり、大学の実験室から調達した化学薬品を調合したりして、一日中忙しかった。あの地獄のような日記のことを考えれば考えるほど、ウィルバー・ホウェイトリーが残して行った存在を撲滅するのに、物質的な薬品などが効果を持つかどうか疑わしく思われた――地球を脅かすその存在は、それから二、三時間も経つと、博士の知らないうちに外にとび出し、由々《ゆゆ》しきダンウィッチの怪物となるのである。

月曜日も、アーミティッジ博士は日曜日と同じことを繰り返した。彼の取り組んでいる課題は、果てしない調査と実験を必要としたからだ。奇怪な日記をさらに良く調べてみると、計画にさまざまな変更を加えねばならなくなり、不確かな点は最後の最後までたくさん残るにちがいないことを博士は知った。彼は火曜日にははっきりした行動の計画を立てており、一週間以内にダンウィッチへ行ってみるつもりだった。すると、水曜日に大きな衝撃が襲った。「アーカム・アドヴァタイザー」紙の片隅に、AP通信から配信されたふざけた小記事が目立たぬ形で押し込まれていて、ダンウィッチの密造ウイスキーが記録破りの怪物を喚び出した旨《むね》を語っていた。アーミティッジは卒倒しそうになり、やっとのことでライスとモーガンに電話をした。三人は夜更《よふ》けまで議論を交わし、翌日は三人とも準備に大わらわだった。アーミティッジは自分が恐るべき力に干渉しようとしていることを知っていたが、ほかの者が先に行ったもっと深刻かつ有害な干渉を無効にするには、ほかの方法はないこともわかっていた。

九

金曜日の朝、アーミティッジとライスとモーガンは自動車でダンウィッチへ向かって出発し、午後一時頃、村に着いた。うららかな陽気だったが、明るい日射しの中にも、恐怖に襲われたこの地域の奇妙な円屋根の形をした山々と、深い、影のさす谷間には、一種の静かな恐れと予兆がわだかまっているように思われた。時折、山の上に気味の悪い石の環が、空を背にしてチラリと見えた。三人はオズボーンの店の静まりかえった恐ろしげな雰囲気から何か忌まわしいことが起こったのを悟り、やがてエルマー・フライの家が建物も人もなくなってしまったことを聞かされた。その日の午後ずっと、かれらはダンウィッチ周辺を車で乗りまわし、土地の者に何が起こったのかを尋ね、恐怖が惻々《そくそく》と迫るのを感じながら、自分の目であちこちを見た――タール状のねばねばしたものが今も残っている、荒涼たるフライ家の廃墟や、フライ農場の庭についた冒瀆的な足跡、傷ついたセス・ビショップの牛、そしてさまざまな場所にある、草木の圧しひしがれた巨大な帯状の跡。センティネル・ヒルへ登り下りした引きずり跡は、アーミティッジにはほとんど驚天動地の由々しき意味を持つように思われ、彼は山の頂上にある祭壇に似た不気味な石をいつまでも見ていた。

やがて三人は、州警察の一隊が来ていると聞き、警官たちを探して、できるだけ情報を交換することにした。警官たちはその朝、フライ家の悲劇について電話で第一報をうけ、エイルズベリーから出向いて来たのである。ところが、これは思うようにいかなかった。警官隊の姿はどこへ行っても見つからなかったからだ。かれらは五人で車に乗って来たが、車は今、フライ家の庭の残骸に近いところに乗り捨ててあった。土地の者はみな警官と話をしており、初めのうちはアーミティッジらと同様に首を傾《かし》げていた。やがて、サム・ハッチンス老人が何か思いついて青くなり、フレッド・フアーを肘《ひじ》で小突いて、近くにぽっかりと口を開いている湿った暗い窪地《くぼち》を指さした。

「何てこった」彼は息を呑んだ。「谷間へ下りて行っちゃなんねえとわしゃア言ったんじゃ。あんな足跡はあるし、匂いはするし、あすこじゃ夜鷹どもが真っ昼間も闇の中で鳴いておる。あんなところへ下りて行く奴は、まさかあるまいと思うとった……」

土地の者も訪問者たちも、背筋を冷たい戦慄が走り、誰もが本能的に、無意識のうちに耳を澄ましているようだった。怪物とそのおぞましい所業に実際に直面したアーミティッジは、己の責任を感じて武者震いした。もうじき夜になるが、山のような冒瀆的怪物が不気味な道筋をのし歩くのは、その時なのだ。幽暗《くらき》にはあゆむ疫癘《えやみ》あり（訳注・旧約聖書「詩篇」九一の六からの引用）……老いた図書館司書は暗記した式文を復唱し、暗記していないべつの式文が記してある紙片をつかんだ。懐中電燈がちゃんと点くのをたしかめた。傍らにいるライスは害虫駆除に使うような金属製の噴霧器を鞄《かばん》から取り出し、モーガンは狩りで大物を撃つ時のライフル銃をケースから取り出した。物質的な武器は役に立つまいと同僚が警告したにもかかわらず、この銃を頼りにしていたのである。

アーミティッジはあの忌まわしい日記を読んでいたので、どんなものが現われるかを知りすぎるほど知っていたが、よけいなことを仄めかしたり、手がかりを与えたりして、ダンウィッチの人々の恐怖をつのらせはしなかった。自分たちがどんな恐ろしい災厄を免れたか、それを世間には知らせずに、怪物を退治できるかもしれないと思っていたのだ。夕闇が深まるにつれて、地元の連中は三々五々家路についた。戸締りして家の中にこもっていたかったからだが、その気になれば、木を曲げ、家を押しつぶすこともできる力を前に、人間のつくった錠もかんぬきも無力であることは、目の前にある証拠が示していた。三人が峡谷に近いフライ家の廃墟で見張りに立つつもりだと言うと、人々は首を振り、かれらに二度とふたたび会うことはあるまいと思いながら、その場を去った。

その夜、山の下でゴロゴロと音が鳴り、夜鷹どもが脅《おど》すように鳴いた。風が時折コールド・スプリング峡谷から吹き上げ、重苦しい夜の空気にかすかな、何とも言えぬ悪臭を運んで来た。見張り人たちは三人とも、その臭いを前に一度嗅いだことがあった。十五年と半年の間、人間として通って来たものの死に際を見た時である。だが、待ちかまえていた恐ろしいものは現われなかった。谷間にいる何物かは時機をうかがっているので、暗闇の中で攻撃を仕掛けるのは自殺行為だ、とアーミティッジは同僚たちに言った。

青ざめた朝が来て、諸々《もろもろ》の夜の音は歇《や》んだ。どんよりした薄寒い日で、時折小糠雨《こぬかあめ》が降った。北西の山々の向こうに、雲がますます重く積み重なって行くようだった。アーカムから来た男たちはどうするべきか決めかねていた。フライ家の壊されなかったわずかな小屋の一つに入って、次第に強まる雨を避けながら、このまま待っているのが賢明か、それともこちらから打って出て、名状しがたい奇怪な獲物を探しに谷間へ下りて行った方が良いかと話し合った。雨はいよいよ大降りになり、彼方の地平線から、遠雷の音が聞こえて来た。幕電（訳注・稲妻が雲に反射して幕のように光る現象）が明滅し、やがて枝分かれした稲妻が、まるで呪われた谷間そのものに落ちたかのごとく、目と鼻の先に閃《ひらめ》いた。空は真っ暗になり、見張り人たちは、嵐《あらし》が激しくともすぐに終わって、そのあと綺麗《きれい》に晴れれば良いと思った。

それから一時間ばかりあとに、あたりはまだ暗く物凄まじかったが、がやがやという人声が道の先から聞こえて来た。しばらくすると、その数十二人を越える恐怖に駆られた人間たちが大声を上げ、ヒステリックな泣き声さえ洩らしながら走って来るのが目に入った。先頭に立った者がすすり泣きながらしゃべりはじめ、その言葉がまとまりのある形になって来ると、アーカムの男たちは激しい驚きにかられた。

「ああ、何てこった、何てこった」とその声はむせぶように言った。「また動き出したぞ。しかも、今度は昼日中だ！　あいつが出て来た――出て来て、たった今も動いてる。俺たちもいつやられるかわかんねえ！」

語り手は息が切れて黙り込んだが、もう一人が言葉を継いだ。

「一時間ばかり前によ、ここにいるゼブ・ホウェイトリーが電話の鳴るのを聞いたんだ。電話はコーリーさん、ジョージの奥さんだった。分かれ道のとこに住んでる人だ。奥さんが言うにはよ、あのでっかい雷が落ちたあと、あの家《うち》で雇ってるルーサーの餓鬼が外に出て、嵐だから牛を中に追い込んでたんだ。そしたら、谷間の入口ンとこで――ここは反対側で――木っていう木が圧し曲げられるのを見た。それに、この前の月曜日の朝、でっかい足跡を見つけた時に嗅いだのと同じ、あのひでえ匂いがした。それで、奥さんが言うにはよ、ルーサーが言うことには、木や藪が折れ曲がっても立たねえようなヒュッ、ヒュッとかピチャピチャとかいう音がして、それからいきなり、道端の木が片方になぎ倒されて、泥んこの中でおそろしく足を踏んだり、水をはねかしたりする音が聞こえたんだそうだ。だが、いいかい？　ルーサーはなんにも見なかったんだ。木と下生えが圧し曲げられるのが見えただけなんだ。

それから、もっとずうっと先の、ビショップ川が道の下を流れるところで、橋の上からおそろしくギシギシ、ミシミシいう音がした。木が裂けて割れはじめる音だったそうだよ。ところが、その間なんにも見えなくて、木と藪が圧し曲げられるだけだった。ヒュッ、ヒュッという音がずっと遠くへ——妖術使いのホウェイトリーの家とセンティネル・ヒルの方へ向かって——道を行っちまうと、ルーサーの奴は度胸があって、初めに音がしたところへ行って、地面を見た。そこは泥んこと水ばかしで、空は暗いし、雨が降ってそこいらの足跡なんかをどんどん流しちまった。それでも、木が動いた谷間の入口から始まって、月曜日に見たような、樽みてえにでっかい足跡が残ってたそうだよ」

ここで、第一の興奮した語り手が口を挟んだ。

「でも、今はそれどころじゃねえんだ——そいつはただの始まりでな。ここにいるゼブが人を呼んで、みんな話を聴いてるところに、セス・ビショップの家から電話がかかって来た。家政婦のサリーが死ぬほど取り乱していてな——道端の木が折れ曲がるのをたった今見たっていうんだ。それに、象が息を吐いて、のしのし歩いて来るみてえな柔かい音が家の方へ向かって来る。それから急に恐ろしい匂いがするって言い出した。息子のチョーンシーがわめいてる——月曜の朝、ホウェイトリーの家の廃墟で嗅いだ匂いにそっくりだとわめいてる——って、こう言うんだ。それから犬がいっせいにワンワンきゃんきゃん吠えだした。

それから、サリーはもの凄い大声を上げて言った——道路の先にある小屋が、まるで嵐でも吹いたみてえに、ぺしゃんこになった。でも、そんなに強い風は吹いちゃいねえっていうんだ。俺たちゃア、みんな耳を澄まして聴いていた。大勢が電話のまわりで息を呑んでいたよ。するとまたサリーがいきなり大声で言った——前庭の杭垣《くいがき》がたった今崩れたが、押しつぶした奴の影も形も見えねえっていうんだ。それから、チョーンシーとセス・ビショップ爺さんまでわめいてるのが、電話のまわりにいるみんなに聞こえたよ。サリーが金切り声で言った。何か重たい物が家にぶつかった——稲妻でも何でもねえ、何か重たい物が家の正面にぶちあたって、何度も何度もぶつかってくる。それなのに、正面の窓からは何も見えねえ。それから……それから……」

全員の顔に恐怖の皺《しわ》が深く刻まれた。アーミティッジは動揺していたが、それでも何とか平静を保ち、語り手に話をつづけるよううながした。

「それから……サリーが大声で叫んだ。『ああ、助けて。家がぺしゃんこになる』……それから電話ごしに恐ろしい、物の崩れるような音がして、みんなの悲鳴が聞こえた……エルマー・フライの家がやられた時とおんなじだが、もっとひどい……」

男は口ごもり、群衆の中のべつの一人が言った。

「それっきりさ——電話からはもうウンともスンとも聞こえて来ねえ。シーンとしちまってな。電話を聞いていた俺たちは、フォードやら馬車やらを繰り出して、身体が丈夫な男をなるたけ大勢コーリーさんのとこへかき集めたんだ。それから、どうすれば一番良いか、あんたたちの意見を聞こうと思って、ここへ来たのさ。もっとも、こりゃア、俺たちの不正に神様が罰をお与えになるんで、人間にはどうにもならんことだっていう気もするんだがね」

アーミティッジは積極的に行動すべき時が来たのを悟り、怯えてたじろいでいる村人たちにきっぱりと言った。

「君たち、あいつを追いかけなければいかん」彼はできるだけ人を安心させるような声を出した。「やっつける見込みはあると信じている。あのホウェイトリー一家が妖術使いだったのは、みんな知ってるだろう――そう、こいつは妖術で出て来た化物だから、同じやり方で鎮《しず》めなければならんのだ。私はウィルバー・ホウェイトリーの日記を読み、あいつが読んでいた奇妙な古い書物も何冊か読んだ。だから、どういう呪文を唱えれば化物が消えるかも知っておるつもりだ。もちろん、必ずという自信はないが、一かバチかやってみることはできる。あいつは目に見えない――私はそうだろうと思っていた――だが、遠くまでとどくこの噴霧器にはある粉末が入っていて、これを噴きかけると、一瞬だけ姿が現われるのだ。あとで試してみよう。あいつは生かしておくと厄介な化物だが、ウィルバーがもっと長生きしたら呼び寄せていたはずのものほど恐ろしくはない。この世界がどれほどの危機に瀕していたか、諸君はけして知ることはないだろう。今、我々はこの一匹だけと戦えば良いので、あいつは増えることができない。それでも大きな害を及ぼし得るから、ためらわずに人間社会から取り除かなければならん。

あいつを追いかけるんだ——まず手始めに、壊されたばかりの場所へ行ってみることだ。誰か、道案内をしてくれ——私はこのあたりの道を良く知らないが、人の敷地を横切る近道がありはしないかね？　どうだね？」

男たちはしばらく言を左右にしていたが、やがてアール・ソーヤーが汚ない指で、次第に小降りになった雨の向こうを指さしながら、静かに言った。

「セス・ビショップのところへ行く一番の近道はな、ここの低い牧場を横切って、小川の浅瀬を渡って、キャリアーの草刈り場と、その先の林を登って行けばいいと思う。そうすれば、セスん家《ち》の近くの、上の道に出る——向こう側のな」

アーミティッジはライスとモーガンを連れて、教えられた方向に歩き出した。地元の者も大半がゆっくりとついて行った。空はだんだん明るくなり、嵐は過ぎ去ったようだった。アーミティッジがうっかりして間違った方向へ行こうとすると、ジョー・オズボーンが注意して、正しい道を教えるために自分が先頭を歩いた。一同は勇気も出、自信も増して来た。といっても、近道の終わるあたりは、木に覆われた、ほとんど垂直な山の斜面となっていて薄暗かったし、そこの幻怪な古木の中を梯子《はしご》を昇るように這《は》い上がって行かねばならず、これはそうした勇気や自信を厳しく試すものであった。

ようやくぬかるんだ道に出ると、太陽が姿を現わした。一同が辿り着いたのは、セス・ビショップの家よりも少し先のところだったが、折れ曲がった木々や、見まごうべくもない醜悪な足跡は、そこを何が通り過ぎたかを示していた。曲がり角を曲がってすぐのところにある廃墟を調べるには、いくらも時間《ひま》はかからなかった。まったくフライ家の事件の繰り返しで、ビショップの家と納屋だった倒壊した建物のどちらにも、死体も生きている者も見つからなかった。悪臭とタール状のねばねばしたものが残っているその場所に留まりたい者はなく、全員が本能的に恐ろしい足跡の方をふり返った。足跡は壊れたホウェイトリー農場と天辺に祭壇があるセンティネル・ヒルの斜面へ向かっていた。

ウィルバー・ホウェイトリーの住居があった敷地を通る時、男たちは目に見えて身震いし、熱意にまたも気後れが混じって来たようだった。家のように大きくて、目には見えないが、悪魔のあらゆる残忍な害心を持つものを追いかけるのは、冗談事ではなかった。足跡はセンティネル・ヒルの裾《すそ》で道から外れ、怪物が以前《まえ》に頂上まで登り下りした径路を示す幅広い帯に沿って、新たに木や草が曲がったり、つぶされたりしているのが目についた。

アーミティッジはかなり倍率の高い小型望遠鏡を取り出すと、急峻《きゅうしゅん》な緑の山腹を仔《し》細《さい》に見た。それから、自分よりも目の良いモーガンに望遠鏡を渡した。モーガンはしばらく見つめていたあと、あっと叫んで望遠鏡をアール・ソーヤーに渡し、斜面の一点を指で示した。ソーヤーは光学機器を使い慣れない人間らしく、しばらく無器用に望遠鏡をいじっていたが、やがてアーミティッジに助けられて、レンズの焦点を合わせた。その時、彼の叫び声はモーガンのそれよりも大きかった。

「何てこった、草と茂みが動いているぞ！　あいつが登って行く――ゆっくりとだ――もう今にも頂上へ這い上がるぞ。一体、何のためなんだろう？」

すると、捜索者たちの間に動揺の兆しが広がってゆくようだった。名状しがたい存在を追うのと、それを見つけるのはべつである。呪文が効くかもしれないが――もし効かなかったら？　怪物について何を知っているのかと一同はアーミティッジに質問を始めたが、納得のゆく答は得られなかったらしい。自分が自然と禁断の存在との諸相に近づき、人類の正常な経験からまったく逸脱してしまったことを誰もが感じているようだった。

十

結局、アーカムから来た三人——年老《としと》った白鬚のアーミティッジ博士と、がっしりした身体つきで鉄灰色の髪をしたライス教授と、痩《や》せて若々しいモーガン博士——この三人だけで山を登った。かれらは焦点の合わせ方と使い方を辛抱強く教えたあと、望遠鏡を、道に残っている怯えた男たちに残して行ったので、三人が山を登る間、男たちは望遠鏡を順繰りにまわしながら、その様子をつぶさに見ていたのだった。登るのは大変で、アーミティッジは一度ならず助けてもらわねばならなかった。骨折って進んで行く三人のずっと上で、大きな、なぎ倒された草木の跡が震えていた——その跡をこしらえた地獄の怪物が、蝸牛《かたつむり》のように悠然と、そこをふたたび通っているのだ。やがて、追跡者たちは目に見えて間を詰めていった。

カーティス・ホウェイトリー——落ちぶれていない分家の——が望遠鏡を覗《そ》いていた時、アーカムの一行は、なぎ倒された跡から全然べつの方向へ外れた。カーティスがほかの者に言うには、三人は山の頂よりも低いもう一つの峰に登ろうとしているらしい。そこに行けば、灌木が今へし曲げられているところよりもかなり先の一点から、怪物の通り道を見下ろすことができるのだと。果たして、それは本当だった。三人は見えない冒瀆的怪物がそこを通り過ぎたすぐあと、やっと小さな小高い場所に辿り着いた。

それから、望遠鏡を手に取ったウェズリー・コーリーが大声で言った——アーミティッジがライスの抱えている噴霧器を調整している。もうじき何かが起こりそうだ、と。群衆は、この噴霧器が見えない怪物を一瞬見えるようにするはずだということを思い出して、不安げにざわめいた。目をつぶる男も二、三人いたが、カーティス・ホウェイトリーは望遠鏡を奪い取って、精一杯目を凝らした。見ると、三人はあの存在を背後から見下ろす好都合な場所にいるので、ライスは強力な粉末を撒《ま》いて驚くべき効果を上げる絶好の機会をつかんだことがわかった。

望遠鏡を持たない者は、一瞬、山の頂の近くで灰色の雲が閃くのを見ただけだった——そこそこに大きな建物ほどもある雲。望遠鏡を持っていたカーティスはつんざくような金切り声を上げて、くるぶしほどの深さがある道のぬかるみに望遠鏡を落としてしまった。彼はキリキリ舞いをして、ほかの二、三人がつかまえて支えなかったら、地面に倒れていただろう。彼にできたのは、半分聞き取れない呻き声をあげることだけだった。

「ああ、ああ、神様……あれは……あれは……」

誰もが夢中になって質問を始め、一人ヘンリー・ホイーラーだけが、落とした望遠鏡を拾って泥を拭《ぬぐ》い落とすことを考えた。カーティスにはとても脈絡のあることは言えず、切れぎれの返事をすることさえ容易でなかった。

「納屋よりでっけえ……うごめく縄でできてる……恐ろしくでっけえ鶏の卵みてえな形でよ、大樽みてえな脚が十二本もついてて、歩くと半分引っ込むんだ……硬いところはどこにもねえ――どこもかしこもゼリーみてえで、のたくる縄を押して固めてできてる……そこら中に大きい眼がとび出してる……口だか鼻だかが十か二十、わき腹から突き出していて、それがストーブの煙突みてえに太くて、持ち上がったり、開いたり、閉じたり……どこも灰色で、青か紫の環みてえなものがある……それに、ああ、神様――てっぺんに顔が半分ついていやがる！……」

この最後の記憶は、たとえそれが何であれ、気の毒なカーティスには耐えられないものだった。彼はそれ以上何も言えずに、すっかり気を失った。フレッド・ファーとウィル・ハッチンスが彼を道端に運んで、濡《ぬ》れた草の上に寝かした。ヘンリー・ホイーラーは震えながら、救い出した望遠鏡を山の方に向けて、何が見えるかと覗き込んだ。レンズごしに三つの小さな人影が見え、急な斜面を精一杯の速さで頂上に向かって駆け上がっているようだった。ただそれだけ――ほかには何も見えなかった。やがて、背後の深い谷間と、またセンティネル・ヒルの下生えの中でも、妙に季節外れな音がするのに誰もが気づいた。それは数えきれないほどの夜鷹の鳴き声で、その甲高い合唱には、張りつめた邪悪な期待の調子がひそんでいるようだった。

今度はアール・ソーヤーが望遠鏡を取って、報告した――三つの人影は今一番高い山の背にいて、祭壇の石とほぼ同じ高さだが、そこからはかなり離れている。一人がリズミックな間隔を置いて、両手を頭の上に上げているようだ。ソーヤーがその様子を伝えた時、一同の耳には、遠くからかすかな歌声が聞こえて来たようだった――まるでその仕草に合わせて大声で詠唱をしているような。遠い峰に立つ不気味な人影はこの上なくグロテスクで印象的な観物《みもの》だったにちがいないが、見ている者は誰も美的な鑑賞をする気分ではなかった。「たぶん、呪文を唱えてるんだぜ」ホイーラーは望遠鏡を取り返しながら、ささやいた。夜鷹は激しく鳴いていたが、その声は、目に見える儀式のそれとはまったく異なる、いとも奇妙な不規則なリズムに乗っていた。

突然、陽の光が、さえぎる雲もないのに翳《かげ》ったように思われた。それはじつに異様な現象で、誰もが明らかに気づいていた。山々の下からゴロゴロという音がして来たようで、はっきり空から聞こえて来る、それに同調するゴロゴロという音と奇妙に混じり合った。高空に稲妻が光り、不思議に思った群衆は嵐の兆しを探したが、見つからなかった。アーカムから来た男たちが詠唱していることはもう間違いなく、ホイーラーは望遠鏡で、かれらがみなリズミックな呪文を唱えながら両腕を上げているのを見た。どこか遠くの農場から、犬が狂ったように吠える声が聞こえた。

日の光はますます変質し、群衆は訝《いぶか》しんで地平線のあたりを見つめた。空の青さが異様に濃くなったところ、そこから紫がかった暗闇の一点が生まれ、鳴り響く山々に迫って来た。やがて、稲妻がふたたび前よりも少し明るく閃き、群衆は、遠い山の祭壇のまわりに霧のようなものが見えたと思った。だが、その瞬間は誰も望遠鏡を使っていなかった。夜鷹どもは相変わらず不規則に脈を打つ調子で鳴きつづけ、ダンウィッチの男たちは、大気がそこはかとなく脅威をおびて来たように感じて、ぐっと気を引き締めた。

その時、何の前ぶれもなく、あの太い、割れた、耳障りな音声が聞こえて来た。それは、恐怖に打たれた人々の記憶から、けして消え去ることはあるまい。人間の喉から生まれたものではなかった。人間の発声器官がそのような歪《ゆが》んだ音響を発することはできない。むしろ地獄そのものから聞こえて来ると言いたいほどだったが、音の源は間違いなく峰の祭壇の石だった。それを音声と呼ぶことすら、ほとんど誤りに近い。なぜなら、その凄まじい超低音の大部分は、耳よりもはるかに鋭敏な、意識と恐怖の仄暗い座所に語りかけたからだ。それでも、そう呼ばざるを得ないのは、その形が、漠然としてはいるが、たしかに半ば分節的な言葉の形だったからである。その声は大きかった——山鳴りや雷も大きかったが、それより一段と高く鳴り響いた——しかし、目に見える存在から聞こえて来るのではなかった。人間の想像力は、不可視の存在の世界にも音の源を推測できるので、山の麓に身を寄せ合っていた群衆はいっそう身を寄せ合い、何かの打撃を予想するかのように縮み上がっていた。

「イグナイイー……イグナイイー……トフルトクフ・ングハア……ヨグ・ソトホート……」虚空《こくう》から忌まわしいしわがれ声が聞こえた。「イ・ブトフンク……へ・エーイエー——ン・グルクドル・ルー……」

しゃべろうとする衝動は、ここで弱まったようだった——あたかも、何か恐ろしい心霊的な闘いがつづいているかのように。ヘンリー・ホイーラーは望遠鏡を覗いて目を凝らしたが、見えたのはただ、峰の上にいる三人のグロテスクな影が、呪文が終わりに近づくにつれて、奇妙な仕草で腕を激しく動かしている様子だけだった。あの半ば分節的な、雷のごときしわがれ声は、一体いかなる冥府の恐怖や感情の暗い井戸から、いかなる宇宙外の意識、あるいは隠微な、長く潜伏していた遺伝の底知れぬ深淵から聞こえて来たのであろう？　やがて、それは新たに力と一貫性を取り戻し、まったくの、純然たる、窮極の狂乱をつのらせていった。

「エー・ヤ・ヤ・ヤハアー――エ・ヤヤヤヤアアア……ングハ・アアアアア……ングハ・アアアア……フ・ユー……フ・ユー……助けてくれ！　助けてくれ！……と――と――と――父さん！　父さん！　ヨグ・ソトホート！……」

だが、それで終わりだった。路上にいる青ざめた一団は、あの恐ろしい祭壇のそばの狂乱せる虚空から、まぎれもないいいいい英語がどろどろと雷のように流れ落ちたことに愕《がく》然《ぜん》として、いまだに浮足立っていたが、二度とそんな言葉を聞くことはなかった。そのかわり、山々を引き裂くような恐るべき爆発音を耳にして、とび上がった。それは耳を聾《ろう》する驚天動地の轟音《ごうおん》で、地中にもせよ空にもせよ、その源がどこなのかは誰にも言いあてることができなかった。一条の雷光が紫の天頂から祭壇の石を撃ち、見えない力と言うにいわれぬ悪臭の大津波が、山からあたり一帯に広がった。木々も、草も、下生えも、めちゃくちゃに掻きまわされ、山の麓で怯えていた群衆は死ぬほどの悪臭に弱り、窒息しそうになって、足元もおぼつかなかった。遠くで犬が吠え、緑の草や木の葉はしおれて、奇妙な、病的な黄灰色に変わり、野や森のあちこちに夜鷹の死骸が転がっていた。

悪臭はすぐに消えたが、植物はそれ以来けして正常に戻らなかった。今日でも、あの恐ろしい山の上や、まわりの草木には何か妙な穢《けが》らわしいものがある。カーティス・ホウェイトリーの意識が戻ったのは、ふたたび清浄に輝きはじめた陽の光の中で、アーカムの男たちがゆっくりと山を下りて来た時だった。かれらの様子は重々しく、無口で、土地の男たちをガタガタ震えさせたものよりも、もっと恐ろしい記憶と思案に心を掻き乱されているようだった。山ほどの質問に対して、三人はただ首を振り、一つの重要な事実を繰り返し断言するだけだった。

「怪物は永久にいなくなった」とアーミティッジは言った。「分裂して、もともとあいつがそこからつくられたものに還《かえ》ってしまったから、二度と存在することはできない。正常な世界ではあり得ないものだったのだ。あいつのほんの一部分だけが、我々が知っている意味での物質だった。あいつは父親似で——あいつの大部分は、我々の物質宇宙の外にある漠とした領域か次元にいる父親のもとへ帰ってしまった。その漠とした深淵から、神を畏れぬ人間のもっとも呪われた祭儀だけが、山の上にやつを束《つか》の間《ま》呼び出すことができたのだ」

短い沈黙があり、その間に、気の毒なカーティス・ホウェイトリーの千々に乱れた意識がつながって、まとまりを持つものになって来た。すると彼は呻き声を上げて、両手を頭にあてた。記憶の途切れていた個所が戻ったらしく、彼を卒倒させたあの光景の恐ろしさが突如心に蘇った。

「ああ、ああ、神様、あの半分の顔――あいつのてっぺんについてる半分の顔……眼が赤くて、縮れた真っ白な髪の毛で、顎が小さい、ホウェイトリーの連中みてえな顔……あいつは蛸《たこ》で、百足《むかで》で、蜘蛛《くも》みてえなものだったが、てっぺんに人間の顔が半分くっついていて、妖術使いのホウェイトリーに似ていた。ただ、さしわたしが何ヤードも何ヤードもあった……」

彼は力尽きて黙り込み、土地の男たちは当惑してまじまじと見つめていたが、その気持ちは新たな恐怖というまでには至らなかった。ただ一人、ゼビュロン・ホウェイトリー老人は、それまで昔のことを取りとめもなく思い出しながら口をつぐんでいたのだが、大きな声で言った。

「十五年前のことじゃったよ。ホウェイトリー爺さんがこう言うとった。いつかラヴィニーの子供がセンティネル・ヒルの天辺で父親の名を呼ぶのを、おまえらは聞くだろうってな……」

しかし、ジョー・オズボーンがそれをさえぎり、アーカムの男たちにあらためて訊《たず》ねた。

「それにしても、あれは何だったんです。それに、妖術使いの倅《せがれ》のホウェイトリーは、あいつをどうやってあの空から呼び出したんです？」

アーミティッジはごく慎重に言葉を選んだ。

「あれは——うむ、あれは主として、我々の宇宙には属さない一種の力だった。我々が知っている自然法則とはちがう法則によって行動し、成長し、形をなす一種の力だ。我々はそんなものを外部から呼び込むべきではないし、非常に邪悪な連中と非常に邪悪な教団だけがそれを試みたのだ。ウィルバー・ホウェイトリー自身にも、その力がいくらかあった——おかげで奴は悪魔になり、早熟な怪物になり、あいつの死にざまは中々恐ろしい光景だったよ。わしはあいつの呪われた日記を焼いてしまうつもりだ。諸君もあそこの祭壇の石をダイナマイトで吹っ飛ばして、ほかの山の上に立っている石の環もみんな取り壊した方が賢明だよ。ああいうものが、ホウェイトリー家の連中が大好きだった存在を連れて来たのだ——連中はその存在を呼び込んで、手に触れられる実体にしていた。それは何か名状しがたい目的のために人類を一掃して、地球をどこか名状しがたい場所へ引っぱってゆくためだった。

しかし、我々がたった今送り返したこの怪物について言うと——ホウェイトリーの連中はいずれ行動を起こす時、恐ろしい役割を演じさせるために、あいつを育てたのだ。あれが急激に成長したのは、ウィルバーが急激に成長したのと同じ理由からだった——しかし、あいつの方が外なるものの要素をたくさん持っていたから、ウィルバーの上を行ったのだ。ウィルバーがどうやってあいつを空から呼び出したかと尋ねるには及ばない。呼び出したりはしなかった。あいつはウィルバーの双子の兄弟だったが、ウィルバーより父親似だったのだよ」

クトゥルーの呼び声

（ボストン在住の故フランシス・ウェイランド・サーストンの書類中に見つかった手記）

「そのような偉大な諸力や存在がどこかに生き残っていることは考えられる……それは悠遠の昔からの生き残りで……意識がさまざまな姿や形に顕現したが、それらは遥《はる》か昔、潮の如《ごと》く押し寄せる人類の到来を前にして影をひそめた……詩や伝説だけが、こうした形のたまゆらの記憶をとらえ、それをあらゆる種類の神々や、怪物や、神話的な存在の名で呼んだ……」

——アルジャノン・ブラックウッド

一　粘土板の恐怖

思うに、この世で一番慈悲深いことは、人間の精神がそのうちにあるすべてのものを関連づけて考える能力《ちから》を持たないことだ。我々は無限という暗黒の海に浮かぶのどかな無知の島に暮らしており、遠くまで旅するようには定められていない。諸科学はおのおのの方向に邁進《まいしん》しているだけだったので、これまでは我々にほとんど害をなさなかった。しかし、いつの日か、分散した知識が綜合《そうごう》されて、恐るべき現実の見通しがひらけ、その中にいる我々の戦慄《せんりつ》すべき位置がわかると、我々はそのために気が狂うか、あるいは、死をもたらす光から逃げ出して、新たなる暗黒時代の平和と安寧のうちへ潜り込むかのどちらかであろう。

神智《しんち》学者たちは、宇宙が畏《おそ》るべき壮大な循環を繰り返していて、その循環の中では、我々の世界も人類もほんの束《つか》の間《ま》の出来事にすぎないことを推測した。かれらはまた、あたりさわりのない楽観主義で糊塗《こと》しなかったならば我々の血を凍らせるような言葉で、奇怪な生き残りがいることを仄《ほの》めかしている。しかし、禁じられた永劫《えいごう》の時がただ一度だけ片鱗《へんりん》をあらわしたのは——私はそれを考えると寒気がし、そのことを夢に見ると気も狂いそうになるのだが——神智学の教えによってではない。その片鱗は、真実の恐ろしい片鱗がみなそうであるように、まったくべつべつの事柄——この場合は、古い新聞記事と物故《ぶっこ》した教授の覚え書き——を偶然つなぎ合わせたことから、電光のごとく脳裡《のうり》に閃《ひらめ》いたのだ。私以外の誰もこれらをつなぎ合わせることができなければ良いのだが。私がもし生きながらえたとしても、かくも忌《い》まわしい鎖の環《わ》を故意に繫《つな》ぐことはけしてするまい。思うに、教授もまた、彼の知った部分については沈黙を守るつもりだったろうし、突然の死に襲われなければ、覚え書きを破棄していただろう。

私が初めてそのことについて知ったのは一九二六年から二七年にかけての冬で、その冬、私の大伯父にあたるジョージ・ギャメル・エインジェルが亡《な》くなった。大伯父はロード・アイランド州プロヴィデンスにあるブラウン大学のセム語族諸言語科の名誉教授だった。エインジェル教授は古代碑文に関する権威として世に聞こえ、有名な博物館の館長たちが頼りにすることもよくあったから、齢《よわい》九十二歳で逝去したことは、多くの人が記憶しているだろう。地元では、死因がはっきりしなかったために、人々の関心をいっそう惹《ひ》いた。教授はニューポートで船から降りて帰る途中、不幸に見舞われた。目撃者の談によると、船員らしい風体《ふうてい》の黒人がぶつかって来たあと、突然倒れたのだという。その黒人は切り立った丘の斜面の怪しげな暗い路地から出て来たが、そこは海岸からウィリアムズ街にある故人の家へ行く近道だった。医師たちもこれといった病気を発見することはできず、困って議論した末に達した結論は、あのような高齢者が急な坂道を急ぎ足で登ったため、心臓に何らかの病変が起こって死に至ったのだということだった。当時、私にはこの見解に異を唱える理由が見つからなかったのだが、近頃では訝《いぶか》しく思い――いや、訝しむ以上のことを考えるようになったのである。大伯父は妻を亡くし、子供もいなかったので、相続人であり遺言執行者でもあった私は、彼の残した書類にあらかた目を通さねばならず、そのために、綴《と》じ込み帳だの書類箱だの一式をボストンの私の家へ持って来た。私が整理した資料の多くは、いずれアメリカ考古学協会から出版される予定だが、一つだけ、私にはどうにもわけがわからなくて、他人に見せることを躊躇《ちゅうちょ》した箱があった。それには鍵《かぎ》がかかっており、鍵は最初見つからなかったが、そのうちふと思いついて、教授がいつもポケットに入れていた私用の鍵束を調べてみると、その中にあった。それで箱は開いたけれども、その結果は、さらに大きく、さらに厳重な鍵のかかった障壁にぶつかっただけのようだった。というのも、箱には風変わりな粘土の浅浮彫りと、支離滅裂な走り書きやとりとめのない文章、それに新聞の切り抜きが入っていたが、こうしたものに一体何の意味があるのだろうか？　大伯父も、晩年は子供だましのペテンを信じ込むようになったのだろうか？　私は老人の心の平和を掻《か》き乱した張本人とおぼしい、変わり者の彫刻家を探し出してやろうと決めた。

問題の浅浮彫りはほぼ長方形で、厚さは一インチに満たず、大きさは縦五インチ横六インチほど。明らかに現代人のつくったものだった。しかし、その意匠は、雰囲気といい、それが暗示するものといい、現代から遠く懸け離れていた。というのも、立体派《キュービズム》や未来派の酔狂な作品は数多く奔放だが、有史以前の文字に潜む、あの謎《なぞ》めいた規則性を再現するものは少ないからだ。しかも、これらの意匠の大部分は、ある種の文字を表わしているにちがいなかった。もっとも、私は大伯父の書き物や蒐集品《しゅうしゅうひん》に慣れ親しんでいたにもかかわらず、この種の文字が何であるかは記憶になかったし、それに少しでも似通ったものを思いつくことさえできなかった。

これらの象形文字らしいものの上には、明らかに絵画的な意図を持った物の形が描かれていたが、印象派風の描きぶりであるために、その性質をはっきりとつかむことはできなかった。一種の怪物か、怪物をあらわす記号のようで、病める空想のみが思いつくような形だった。仮に私のいささか突飛な想像力が、蛸《たこ》と、龍《ドラゴン》と、人間の戯画《カリカチュア》を同時に思い浮かべたと言ったならば、この絵の真意に違《たが》うことにはなるまい。触手のあるどろどろした頭が、退化した翼のある、グロテスクで鱗《うろこ》におおわれた胴体の上にのっていたが、そいつを驚くほど恐しいものにしているのは、全体の輪郭だった。この姿の背景には、何か巨石建造物を漠然と暗示するものがあった。

この奇妙な物とともに箱に入っていたのは、新聞の切り抜きの山をべつとすれば、エインジェル教授がつい最近書いた手記だったが、文章の体裁などにはかまわずに書き綴《つづ》ったものだった。主要な文書と思われるものには「クトゥルー教」と見出しをつけてあったが、その字は、聞き慣れない言葉を誤読されないように、労を惜しまず活字体で記してあった。この手稿は二部に分かれ、第一部には、「一九二五年――ロード・アイランド州プロヴィデンス、トマス街七番地在住、H・A・ウィルコックスの夢と夢の作品」という見出しが、第二部には「一九〇八年、アメリカ考古学協会の会合に於《お》ける、ルイジアナ州ニューオーリンズ、ビエンヴィル街一二一番地在住、ジョン・R・ルグラス警視正の談――これについての註釈とウェブ教授の説明」という見出しがあった。他の手稿はみな短い覚え書きで、あるものは異なる人々が見た奇妙な夢についての説明であり、あるものは神智学の書物や雑誌（ことに、W・スコット＝エリオットの『アトランティスと失われたレムリア』）からの引用、残りは、長く命脈を保っている秘密結社や秘密宗教への論及で、フレイザーの『金枝篇《きんしへん》』やマリー女史（訳注・マーガレット・アリス・マリー1863-1963 イギリスの考古学者・民俗学者）の『西欧に於ける魔女崇拝』など、神話学や人類学を扱った書物のどこそこを見よという注意書きが付せられていた。新聞の切り抜きは、主として、一九二五年の春に発生した奇怪な精神病や、集団的愚行ないし狂気の勃発《ぼっぱつ》に言及したものだった。

　主要な手稿の前半はきわめて特異な話を語っていた。それによると、一九二五年三月一日、痩《や》せた、色の浅黒い青年が、神経病にでもかかっているような興奮した面持ちで、エインジェル教授のもとを訪れたらしい。青年は風変わりな粘土の浅浮彫りを持っていたが、それはまだ生乾きで、でき上がったばかりと見えた。青年の名刺にはヘンリー・アンソニー・ウィルコックスとあり、大伯父は彼を知っていた。多少近づきのある名家の末子で、最近はロード・アイランド美術学校で彫刻を学び、学校の近くのフレール・ド・リス・ビルディングに独り住まいをしていたのである。ウィルコックスは人も知る神童だったが、たいそうな変わり者で、幼い頃から始終不思議な物語や奇妙な夢を語って注目をあつめていた。自分は「心霊的過敏症」なのだと称していたが、この古い商業都市の実直な人々は、彼をただ「変人」と呼んで済ましていた。彼はあまり自分の同類と交わることがなく、次第に社交の場から姿を消して、今ではよその町から来た審美家たちの小さなグループに知られるだけだった。プロヴィデンス美術クラブでさえ、保守主義の堅持を標榜《ひょうぼう》しているだけあって、この青年は度しがたいと考えていた。

教授の手稿によると、訪問の際、彫刻家はいきなりこんなことを切り出した――浅浮彫りに彫ってある象形文字の正体を知るため、教授の考古学的知識の恩恵を蒙《こうむ》りたい、というのだ。青年は夢見るような大袈裟《おおげさ》な調子でしゃべり、そこには気取りやよそよそしさが感じられたので、大伯父は少し突《つ》っ慳貪《けんどん》に返事をした。その粘土板は見るからに真新しいもので、考古学とは縁がなさそうだったからである。これに対するウィルコックス青年の返答は大伯父に強い印象を与えたため、大伯父は一語一句思い出して、記録に留めている。その言葉は幻想的なまでに詩的な性格のもので、彼の会話はすべてそんな調子だったにちがいなく、私も、のちにそれが彼のはっきりした特徴であることを知った。青年はこう言ったのだ――「たしかに、これは新しいものです。僕が昨夜《ゆうべ》、不思議な街々の夢を見ながらつくったのですから。しかし、夢は沈鬱《ちんうつ》なテュロスよりも、瞑想《めいそう》に耽《ふけ》るスフィンクスよりも、庭園に囲まれたバビロンよりも古いのです」

それから、彼はとりとめのない話を始めたが、それが眠っていた記憶をふと呼び起こし、大伯父に熱狂的な関心を抱かせたのだ。その前日の晩、小さい地震が起こった。ニューイングランドではここ数年のうちに感じられたもっとも顕著な地震で、ウィルコックスの想像力は強い影響を受けた。彼は寝《しん》に就《つ》くと、それまで見たこともない夢を見た。巨大な石の塊と天を衝《つ》く一本石の柱、それらが緑のヌメヌメしたものを滴《したた》らせ、何か恐ろしいものが隠れているような不気味な気配が漂っている――そんな巨石建造都市の夢である。壁や柱には一面に象形文字が彫りつけてあり、どこかわからないが下の方から、声とも言えぬ声が聞こえて来た。それはただ空想のみが音に変換できる混沌《こんとん》とした感覚だったが、青年はそれをほとんど発音不可能に近い文字の羅列で表わそうとした――「クトゥルー・フタグン」と。
この言葉の羅列が鍵となって蘇《よみがえ》った記憶がエインジェル教授を興奮させ、心を掻き乱したのだった。教授は科学者らしい綿密さで彫刻家にいろいろと質問し、まるで狂ったような熱心さで、くだんの浅浮彫りを調べた。青年は夢から次第に醒《さ》めてまだぼんやりとしている時、ふと気がつくと、寝間着姿で寒さに震えながら、その浮彫りをつくっていたのだという。のちにウィルコックスから聞いたが、象形文字と図像が何かすぐに気づかなかったのは、老齢《とし》のせいだ、と大伯父はこぼしたそうである。大伯父のした質問の多くは、訪問者にはおよそ的外れなものに思われ、ことに、青年と奇妙な教団や結社とのつながりを探ろうとする質問がそうだった。大伯父は世界に広がる神秘主義的ないし異教的な宗教団体のことを話し、それに入れてくれたら必ず沈黙を守る、と再三約束したが、ウィルコックスには何のことかさっぱり理解できなかった。彫刻家は本当に、秘密の知識を有する教団や組織のことを何も知らないのだと確信すると、エインジェル教授は、今後また夢を見たら教えてくれとしつこく頼み込んだ。これは十分な成果を生んだ。手稿によると、青年は最初に会って以来毎日のように訪れ、夜毎《よごと》見る映像の驚くべき断片を物語った。その中でいつも繰り返されるのは、暗い、粘液のしたたる石組がはるかに続いている恐ろしい巨石建造都市の光景、そして、わけのわからぬ早口とでも表現するしかない謎めいた感覚効果によって単調に叫びつづける、地下からの声ないし通信だった。その中でもっとも頻繁に繰り返される二つの音は、「クトゥルー」「ル・リエー」といった文字に表わされるものだった。

三月二十三日——と手稿はさらに述べている——ウィルコックスは現われなかった。宿所に問い合わせてみると、青年は正体不明の熱病にかかり、家族が住むウォーターマン街の家へ連れて行かれたという。彼は夜中に大声で叫んで、同じ建物に住む何人かの美術家を目醒めさせた。それ以来、意識を失っているか、錯乱しているかのどちらかだった。大伯父はさっそく青年の家族に電話をかけ、その時からずっと病人の様子を良く見守っていた。主治医はトビー博士だと聞いて、セイヤー街にある博士の診療所もたびたび訪れた。青年の熱病に浮かされた心は奇妙なことばかり考えているらしく、医師はその話をしながら時折身震いした。青年のする話には、以前夢に見たものが繰り返し現われるだけでなく、「高さが何マイルもある」巨大なものがあたりを歩いたり、重々しく動きまわったりするといった途方もない話も出て来た。青年はそのもののことをくわしく説明しなかったが、時々狂乱して口走る言葉をトビー医師から聞くと、巨大なものというのは、青年が夢を見ながら浮彫りに描こうとした、名状しがたい怪物にちがいないと教授は確信した。医師がさらに言うことには、青年はこのものの話をしたあと、決まって昏睡《こんすい》状態に陥るのだという。奇妙なことに、彼の体温は平熱よりさほど高くなかったが、それ以外は、症状全体が精神異常というよりも真の熱病を思わせるのだった。

四月二日の午後三時頃、ウィルコックス青年の病は突然、きれいさっぱりとおさまった。彼はベッドの上に起き直り、両親の家にいることを知って愕然《がくぜん》としていた。三月二十二日の夜以来、夢の中で起こったことも、現実に起こったこともまったく知らなかった。医師に全快したと言われて、三日後宿所に戻ったが、もうエインジェル教授の役には立たなかった。回復と共に奇妙な夢を見ることはなくなり、大伯父はそれから一週間、ごく普通の夢の無意味で筋違いな内容を書きとめたあと、青年の夜の思いを記録するのをやめた。

ここで手稿の第一部は終わるが、バラバラな覚え書きのいくつかを参照すると、考える材料はたくさんあった――それは本当に多かったので、私があの芸術家を疑いつづけたのは、当時私の人生観を形造っていた根深い懐疑主義の故《ゆえ》としか説明がつかない。問題の覚え書きは、ウィルコックス青年が奇妙な幻想に取り憑《つ》かれていた期間、さまざまな人物が見た夢を記述したものだった。大伯父は気兼ねなく質問のできる友人ほとんどすべてを相手に、おそろしく広範囲な問い合わせの体制を急遽《きゅうきょ》つくりあげたらしい。毎晩どんな夢を見たかを報告し、過去一定の期間にこれはという不思議なものを見たら、日付を教えて欲しいと頼んだのだ。この依頼への反応はさまざまだったらしいが、少なくとも、秘書がいなければ常人には捌《さば》ききれないほどたくさんの返事が返って来たにちがいない。手紙そのものは保存されていないが、大伯父の覚え書きは周到で、じつに意味深い要約をなしていた。社交界と実業界の通常の人々——ニューイングランドの伝統的な「地の塩」たち——はほぼ完全に否定的な答を返して来たが、それでも、不安な、形をなさぬ夜の印象を語る例がここかしこに散見され、それはつねに三月二十三日から四月二日までの間——ウィルコックス青年が譫妄《せんもう》状態に陥っていた時のことだった。科学者もやはりほとんど影響を受けなかったが、曖昧《あいまい》な描写をしている四つの回答は、不思議な風景を垣間見たことを仄めかしており、一つの回答は、何か異常なものへの恐怖に触れていた。

的を射た返事が返って来たのは芸術家や詩人からで、かれらがもし互いの手紙を見せ合うことができたら、恐慌《きょうこう》が起こったにちがいない。じつをいうと、もとの手紙が残っていないので、私はそれを編纂《へんさん》した教授が誘導訊問《じんもん》をしたか、自分が内心見たがっていたものを確証するため、書簡を編集したのではないかと半分疑っていた。それ故に、ウィルコックスがどういうわけか大伯父の所有する古い資料のことを知って、老練な科学者を欺《あざむ》いたのだという気持ちが消えなかったのである。こうした審美家たちからの返答は、不穏な話を語っていた。二月二十八日から四月二日にかけて、かれらの大部分は非常に奇怪なものを夢に見、その夢の生々しさは、彫刻家が譫妄状態にあった期間、限りなく強烈だった。何らかの報告をした人間の四分の一以上が、ウィルコックスが語ったような光景や音らしきものを報告しており、夢を見た者の何人かは、終わりの方で、途方もなく巨大な名状しがたいものへの強い恐怖を感じたことを告白している。覚え書きがとくに強調して述べている一つの事例は、まことに悲惨だった。そこに出て来るのは広く世に知られた建築家で、神智学やオカルティズムに関心を持っていたが、ウィルコックス青年が発病した日、激しい狂気に陥り、数ヵ月後、地獄から逃げ出して来た魔物から助けてくれ、と絶叫しつづけた末に息絶えたのだ。大伯父はこうした例を述べるのに人の名前を記さず、番号だけを用いているが、もしそうでなかったら、私は裏づけを取って個人的な調査を試みただろう。実際にはほんの数人しか回答者の氏名をつきとめられなかったけれども、その人たちは全員、覚え書きが正しいことを十分に証明した。私はよく思うのだが、教授が質問をした相手はみな、このわずかな人たちと同様に当惑していたのではなかろうか。これからも、かれらにはけして事情を知らせない方が良い。

前にも言った通り、新聞の切抜きは、問題の期間恐慌に駆られたり、狂ったり、奇行に走ったりした事例に触れていた。エインジェル教授は切抜き通信社を雇ったにちがいない。抜粋の数は膨大で、情報の出処は世界各地に散らばっていたからである。ここにはロンドンで起きた夜の自殺事件がある。独りで眠っていた者が凄《すさ》まじい悲鳴を上げて、窓から跳び下りたというのだ。またここには、南アメリカの某新聞の編集長に宛《あ》てた取りとめのない手紙があり、それを書いた狂信者は自分が見た夢を根拠に、悲惨な未来を予測している。カリフォルニアからの特電は、神智学者の集団が何かけして起こりはしない「輝かしき成就《じょうじゅ》」のために、そろって白衣をまとうさまを説明するし、インドからの記事は、三月末頃、現住民の間に深刻な不穏の空気がみなぎったことを慎重な言葉遣いで語る。ハイチではヴードゥー教の秘祭が増え、アフリカの駐屯地は不吉なつぶやきを報告する。フィリピン駐在のアメリカ軍将校は、この時期、いくつかの部族が手に負えなくなったと言うし、ニューヨークの警官は、三月二十二日から二十三日にかけての夜、興奮したレヴァント人の群衆に襲われる。アイルランド西部にも荒誕な流言蜚語《ひご》が飛び交い、アルドワ・ボノという幻想画家は、パリで一九二六年春の展覧会《サロン》に、「夢の風景」という冒瀆《ぼうとく》的な絵を掛ける。精神病院で起こった騒ぎの記録はおびただしいもので、医者仲間が奇妙な類似性に気づいて見当外れの結論を出さなかったとしたら、それこそ奇蹟《きせき》と言うべきだろう。要するに、これは気味の悪い切抜きの山だった。今になってみると、私には自分がいかなる冷淡な合理主義に凝り固まってこうしたものを無視したのか、わからない。しかし、私はあの頃、教授が言及している古い出来事をウィルコックス青年が知っていたと思い込んでいたのだった。

二　ルグラス警視正の話

彫刻家の夢と浅浮彫りを大伯父が重要な意味のあるものだと思ったのは、その古い出来事の故だったが、大伯父の長い手稿の後半はそのことが主題となっている。前に一度、エインジェル教授は名状しがたい怪物の地獄のような外形を見、未知の象形文字に首をひねり、「クトゥルー」とでも表記するしかない不気味な言葉を聞いたことがあったようだ。しかも、そうしたことがひどく興奮を掻き立てる恐るべき脈絡をなしていたので、彼がウィルコックス青年を質問攻めにし、情報を求めたのも無理はない。

教授の古い体験とは十七年前、一九〇八年のことで、この年、アメリカ考古学協会はセント・ルイスで年次大会を開いたのだった。エインジェル教授は、その権威と学識にふさわしく、すべての討論で顕著な役割を演じた。会場には、この会議を利用して疑問に正しく答えてもらい、専門家に問題を解決してもらおうという部外者が何人も来ていたが、教授はそうした人々が最初に近づいた人の一人であった。

　こうした部外者の筆頭で、いっとき大会出席者全員の関心を集めたのは、平凡な外見の中年男だった。彼はニューオーリンズに住んでいたが、地元では得られない特殊な情報を求めて、はるばるやって来たのだった。男の名はジョン・レイモンド・ルグラスといい、職業は警視正だった。あるものを持参しており、じつはそのために大会へ来たのだが、それはグロテスクな、いやらしい、見たところ非常に古い小さな石像で、どういう出所のものなのか彼には見当もつかなかったのである。ルグラス警視正が考古学に少しでも関心を持っているなどとお思いになってはいけない。彼が知恵を借りたいというのは純粋に職務上の動機からだった。その小像、偶像、呪物《じゅぶつ》――いや、何であろうと、そいつは数ヵ月前、ニューオーリンズの南にある森に囲まれた沼地で、ヴードゥー教の集会とおぼしきものに手入れをした際、押収したのだった。この像と関連のある祭の儀式はあまりにも異様かつ醜悪であったため、警察は自分たちがまったく未知の、アフリカのヴードゥー教徒のもっとも邪悪な連中よりもはるかに悪魔的な、秘密の教団に遭遇したのだと気づいた。その教団の起源については、捕えた信徒たちから聞き出した突飛な信じがたい話をべつとすると、何一つわからなかった。そこで、警察としては恐ろしい象徴の正体を知り、この宗教の淵源《えんげん》を突きとめるのに役立ちそうな古物研究家的知識を欲しがっているのである。

ルグラス警視正は、自分の差し出した物がよもやそれほどの大騒ぎを惹き起こそうとは思っていなかった。集まった科学者たちはそれを一目見ただけで激しい興奮状態に陥り、たちまち警視正のまわりに群がって、小さな像に見入った。その像のまったくの目新しさと、本当に途轍《とてつ》もなく古そうな様子は、知られざる太古の世界の展望を力強く暗示していたからである。この恐ろしい物体に命を吹き込んでいるのは、既知のいかなる彫刻の流派でもないが、正体のわからぬ石の薄曇《うすぐも》って緑色をおびた表面には、何百年、ことによると何千年の時が記録されているようだった。

石像は、最後にはゆっくりと手から手へまわされて、綿密な吟味を受けたが、高さは七インチから八インチの間で、精巧な細工だった。輪郭がどこか人間に似た怪物をあらわしていたが、その頭は蛸に似て、顔は触手のかたまりであり、鱗に蔽《おお》われた胴体はゴムのようで、後足と前足に長い爪《つめ》があり、背には細長い翼が生えていた。この怪物は自然に悖《もと》る恐るべき悪意をみなぎらせているように見え、幾分むくんだように肥満して、判読できぬ文字におおわれた長方形の石塊《いしくれ》ないし台座の上に、凶々《まがまが》しくうずくまっていた。翼の先端が石のうしろの縁《へり》に触れ、中央を尻《しり》が占め、一方、膝《ひざ》を折ってしゃがんだ後脚の長い湾曲した爪は石塊の前の縁をつかみ、台座の下に向かって、四分の一ほどの長さまで伸びていた。頭足類を思わせる頭は前方に傾いているため、顔の触手の端が、立てた膝をつかんだ巨大な前足の甲をかすっていた。全体の様相は異常に真に迫っており、由来がまったくわからないだけに、いっそういわく言いがたい恐ろしさがあった。途方もなく、恐ろしく、測り知れないほど古いものであるのは明らかだったが、文明の揺籃期《ようらんき》に——いや、いかなる時代に属するものにせよ、既知の芸術とのつながりを何一つ示していなかった。完全に孤立した存在で、その材質自体が謎だった。金色や虹色《にじいろ》の斑《まだら》や細い縞《しま》の入った、石鹼《せっけん》のような暗緑色の石は、地質学者や鉱物学者が慣れ親しんだいかなるものにも似ていなかったのである。台座に刻まれた文字も不可解で、この分野を研究する世界的権威の大半が顔を連ねていたが、誰一人として、それにほんの少しでも似た言語を思いつくこともできなかった。それらの文字は像の主題や材質と同様、我々の知る人類とは恐ろしくかけ離れたものに属していた——我々の世界も、我々の想像も与《あずか》り知らぬ、古く不浄な生命の周期を恐ろしく暗示する何物かに。

学者たちは誰も首を振って、警視正の質問に答えられないことを認めた。だが、そのうち会場にいた一人が、この奇怪な姿と文字に妙なことだが見憶《みおぼ》えがあると言って、自分の知っているささやかな事実をおずおずと語り出した。この人物はウイリアム・チャニング・ウェッブといい、すでに故人となったが、プリンストン大学の考古学教授であり、名うての探険家だった。ウェッブ教授は四十八年前、ルーン文字の碑文を探して、グリーンランドとアイスランドへ遠征に出たことがある。目当ての碑文は発掘できなかったが、グリーンランド西部の海岸の高所で、退化したエスキモーの特異な部族ないし教団と遭遇した。その連中の宗教は奇妙な形態の悪魔崇拝だったが、ことさら血に飢え、嫌悪《けんお》を催させるもので、教授の心胆を寒からしめた。他のエスキモーたちはその信仰についてほとんど知らず、その話をする時は身震いして、この世界ができる前の、恐ろしく遠い昔から伝わる信仰なのだと言った。名状しがたい儀式と人身御供《ひとみごくう》のほかに、ある至高の古《いにしえ》の悪魔、すなわちトルナスクに語りかける奇妙な先祖伝来の祭文があった。ウェッブ教授はその文句を年老いたアンゲコク、すなわち呪術師司祭から聞いて、入念に音写しておいた——発音をローマ字でできる限り表現したのだ。しかし、今もっとも重要なのはこの教団が大切にしていた呪物で、極光《オーロラ》が氷の崖《がけ》の上に空高く舞う時、かれらはそのまわりで踊ったのだ。教授によると、それはごく粗雑な石の浅浮彫りで、いやらしい絵と謎めいた文字から成っている。そして教授に言える限りでは、本質的な特徴すべてに於いて、今集まった人々の前にある穢《けが》らわしいものにおおよそ似ているというのだ。

この情報は大会の出席者に緊張と驚愕をもって受けとられたが、ルグラス警視正にとってはことのほか刺激的で、警視正はさっそくウェッブ教授に質問を浴びせはじめた。彼は部下が逮捕した沼地の邪教崇拝者たちが唱えた祭文を書き留めておいたので、エスキモーの悪魔崇拝者から採取した言葉をできるだけ正確に思い出してくれ、と教授にせがんだ。それから、二人は細部を徹底的に照らし合わせ、やがて会場は心底畏《い》怖《ふ》に打たれて静まり返った。遠く離れた場所で行われた二つの地獄のような儀式に、事実上同じ文句が使われていたことについて、刑事と科学者の意見が一致したからである。エスキモーの呪術師とルイジアナの沼地の祭司が同種の偶像に向かって誦《ず》した文句は、おおむねこのようなものだった——単語の区切りは、声に出して誦する時、伝統的に間《ま》を入れる個所から推測したのである。

フングルイ　ムグルウ・ナフ　クトゥルー　ル・リエー　ウガー・ナグル　フタグン

ルグラスは一つの点でウェブ教授より先んじていた。彼がつかまえた混血の囚人の何人かが、年上の祭司からこの言葉の意味だと教えられたことを、彼に聞かせたからである。その内容は次のようなものだった。

ル・リエーなる館《やかた》にて、死せるクトゥルーは夢見て待つ

そして今、列席者全員の熱心な求めにこたえ、ルグラス警視正は沼地の崇拝者たちとのいきさつをできる限り詳細に語ったのだが、大伯父はその物語に重大な意味を感じとったことが察せられた。それには神話の作り手や神智学者の奔放な夢を思わせるところがあり、そのような欧亜混血人種や最下層民たちが持っているとはとても思えないような、驚くほどの宇宙的想像力を示していた。

一九〇七年十一月一日、ニューオーリンズ警察に、南の沼沢地帯から半狂乱の援助要請が来た。その土地に住む開拓民はおおむねラフィット（訳註・ジャン・ラフィット。十九世紀初めにメキシコ湾を荒らした海賊）の手下の子孫で、素朴だが善良な人々である。それが、夜中に忍び寄って来る得体の知れぬもののために凄まじい恐怖の虜《とりこ》となっているのだ。ヴードゥー教徒の仕業らしかった

が、今まで知っていたヴードゥー教徒よりも恐ろしい手合いだった。住民は誰も近づかない、魔物が取り憑いた真っ黒な森の奥から、引っきりなしに太鼓《トム・トム》を打つ不気味な音が聞こえ始め、それ以来、女子供が何人も行方知れずになった。狂ったようなわめき声と傷《いた》ましい絶叫、魂を凍らせる詠唱の声、踊る悪魔の火――そんなわけで、怯《おび》えた使いの者が語るには、人々はもうこれ以上耐えられないというのだった。

そこで、二十人の警官隊が二台の馬車と一台の自動車に乗って、震える開拓民を道案内に、午後遅く出発した。車の通れる道路が終わると、一同は乗物を降りて、陽光がけして射《さ》すことのない恐ろしい糸杉の森の中を、水をはねかしながら何マイルも黙々と進んだ。醜悪な木の根や、サルオガセモドキの憎々しく垂れ下がった輪縄が一行を悩ました。時折、湿った石の積み重ねや腐りかけた壁の一部が、そこに病的な住居があったことを仄めかして、奇怪な格好の木や茸《きのこ》のみっしり生えた小島が醸《かも》し出す暗澹《あんたん》たる気分をいっそう深めるのだった。ついに開拓民の村が、惨《みじ》めな掘立て小屋の寄り集まりが見えて、ヒステリックになった住民が走って出て来ると、角燈《ランタン》を揺らしている警官隊のまわりに群らがった。今では低い太鼓《トム・トム》の音が遠い遠い前方からかすかに聞こえ、風向きが変わると、時たまゾッとするような金切り声が聞こえて来た。それに、夜の森の果てしない並木の彼方《かなた》に、蒼白《あおじろ》い下生えを透かして赤味をおびた輝きがうっすらと見えるようだった。怯えた開拓民たちはふたたび置いて行かれるのもいやがっていたが、穢《けが》れた崇拝が行われている場所へ一歩でも近づくことは、誰もがきっぱりと拒んだ。それで、ルグラス警視正と十九名の同僚は、道案内もなしに、住民がいまだかつて足を踏み入れたことのない、真っ暗な恐怖の拱廊《きょうろう》の中へ突き進んだ。

警官隊が今入り込んだ地域は昔から悪い噂《うわさ》の絶えない場所で、白人は事実上そこを知らないし、通ったこともなかった。伝説によると、人間が見たことのない隠された湖があり、そこには輝く眼をした巨大な、形のない、白いポリプのようなものが棲《す》んでいるという。そして真夜中になると、地下の洞窟《どうくつ》から蝙蝠《こうもり》の翼を持つ悪魔たちが飛び出して来て、そのものを崇《あが》めるのだと開拓民たちは密《ひそ》かに言い合っていた。そのものは、ディベルヴィル（訳註・ピエール・ル・モワン・ディベルヴィル1661-1706 十七世紀、ミシシッピーにフランスの植民地をつくった冒険家）よりも、ラ・サール（訳註・ロベール・カヴリエ・ド・ラ・サール1643-1687 フランスの探検家。ミシシッピー川盆地をラ・ルイジアーヌと命名した）よりも、インディアンよりも、森のまっとうな獣や鳥よりも以前《まえ》からそこにいるのだという。そいつは悪夢そのものであり、見た者は死んでしまう。しかし、そいつは人に夢を見させるので、近寄ってはならないということがわかったのだ。現在ヴードゥーの秘祭が行われているところは、この忌み嫌われた区域のほんの外縁《そとべり》にすぎなかったが、その場所でも十分恐ろしかった。だから、おそらく開拓民たちは、衝撃的な音や出来事よりも崇拝の場所そのものを怖がっているのだった。

ルグラスの一行は赤い光と太鼓《トム・トム》のくぐもった響きの方へ向かって、黒い沼地を骨折りながら進んで行ったが、その時、かれらが聞いた音は詩か狂気でなければ表現できないだろう。人間の声には特有の性質があり、獣の声にも特有の性質がある。声の主がその一方を発するべき時に、それとは違う声が聞こえて来るのは恐ろしいものである。ここでは動物的な激しさと魔宴の放埒《ほうらつ》が、咆哮《ほうこう》し、忘我のうちにわめき叫んで自らを鞭打《むちう》ち、悪魔的興奮の高まりに達していた。その声は、地獄の深淵から吹きつける悪疫《あくえき》の大嵐《おおあらし》のように、夜の森をつんざいて響き渡った。時折、乱雑な吠え声は止《や》んで、しわがれた声の良く訓練された合唱とも思われるものから、抑揚のない詠唱の調子で、あのおぞましい成句ないし祭文が聞こえて来た。

フングルイ　ムグルウ・ナフ　クトゥルー　ル・リエー　ウガー・ナグル　フタグン

やがて一行が樹々《きぎ》のまばらな場所に辿《たど》り着くと、儀式の光景そのものがいきなり視界に飛び込んで来た。警官のうち四人は思わずよろめき、一人は失神し、二人は気が動転して半狂乱の悲鳴を上げたが、幸い、秘祭の狂った不協和音に掻き消された。ルグラスは失神した男の顔に沼の水を浴びせ、全員が恐ろしさにガタガタと震え、ほとんど催眠状態になって立ちつくしていた。

　沼沢地の自然にひらけたところに一エーカーほどの広さの草の生えた島があって、そこは木も生えておらず、そこそこに乾いていた。今この島の上に、シームかアンガローラのような画家でもなければ描けないような、筆舌に尽くしがたい異常な人間の群れが、跳んだり、身をよじったりしていたのである。この混血種の人間どもは、一糸まとわず、輪の形をした巨大な篝火《かがりび》のまわりで驢馬《ろば》や牛のようにわめき、怒鳴り、のたうちまわっていた。時々、焔《ほのお》のカーテンに切れ目ができて、篝火の中央に、高さ八フィートばかりの大きな花崗岩《みかげいし》の一本柱が立っているのが見えた。柱の上には、それと不釣り合いなほど小さい、不快な彫像がのっていた。焔に囲まれたその一本柱を中心として、十基の処刑台が等間隔に、大きな輪になって並んでいる。そこから、失《しっ》踪《そう》したかよわい開拓民の奇妙に傷つけられた死骸が、逆さ吊りにされていた。崇拝者たちは、この処刑台の輪の内側で跳びはねたり、わめいたりしており、全体に左から右へまわって、死体の輪と火の輪の間で果てしない狂態を繰り広げていた。

　ただの想像だったかもしれないし、反響にすぎなかったかもしれないが、警官の一人で興奮しやすいスペイン人の男は、古い伝説と恐怖に満ちた森のもっと奥の真っ暗な場所から、祭文にこたえて歌う応唱歌のような声が聞こえて来たように思った。私はのちにジョーゼフ・D・ガルヴェスというこの人物に会って、いろいろ訊《き》いてみたが、果たして彼は気が変になるほど想像力が強かった。実際、大きな翼が羽ばたく音をかすかに聞いたとか、遠い木々の向こうに、輝く眼と山のような白い巨体がチラと見えたとか、そんなことまで仄めかしたのである——しかし、きっと原住民の迷信話を聞きすぎたのだと思う。

警官たちが怯えて立ちすくんでいたのは、実際には比較的短い間だった。職責が第一だった。そこには混血種の信徒が百人近くいたはずだが、警察は火器を頼りに、吐気を催すような乱徒の中へ決然と突入した。それから五分間の騒ぎと混沌たるありさまは筆舌に尽くしがたかった。乱暴な殴り合いがあり、銃が発砲され、逃げ出す連中もいたが、しまいにルグラスはむっつりした信徒たちを四十七人も逮捕することができて、かれらに急いで服を着せ、二列に並んだ警官の間に並ばせた。崇拝者のうち五人は死に、重傷を負った二人は、仲間の囚人が急ごしらえの担架で運んだ。一本柱の上にあった小像は、もちろん、ルグラスが注意深く取り下ろして、持ち帰った。

ひどく緊張し、疲れる旅のあとに、警察本部で取り調べを受けた逮捕者は全員非常に柄《がら》の悪い、血の混じった、精神的に異常な人間であることが判明した。大部分は船員で、黒人とムラート（訳注・白人と黒人の間に生まれた者）――主に西インド諸島の人間かケープ・ヴェルデ群島から来たブラヴァ島のポルトガル人――がチラホラ混じっていたことが、多くの異分子を含むこの教団にヴードゥー教の色彩を与えていた。だが、さして多くの質問をしないうちから明白になったのは、黒人の呪物崇拝よりもはるかに深くて古い何かがそこに関わっていることだった。連中は堕落し、無知蒙昧《もうまい》ではあったけれども、忌まわしい信仰の核心をなす考えは、驚くほどの一貫性をもって墨守していたのである。

この連中が言うことには、かれらが崇めているのは〝大いなる古きものら〟であって、この神々は人間が生まれるはるか前に住んでいた。まだ若かった地球に空からやって来たのだ。そうした〝古きものら〟はもう地中か海の底に行ってしまったけれども、かれらの死せる肉体は最初の人間たちに夢で秘密を教え、その人間たちが、けして滅びることのない教団をつくった。これがその教団であって、囚人たちが語るには、今までつねに存在したし、これからもつねに存在するであろう――世界中の遠い荒地や暗い場所に隠れ、大祭司クトゥルーが水の底の大いなる都ル・リエーにある暗い館から立ち上がり、地球をふたたび支配下に置く時を待つのだ。いつの日か、星々が然《しか》るべき位置についたなら、クトゥルーは呼びかけ、秘密の教団は彼を自由にするべくいつまでも待っているであろう。

今のところ、これ以上言うことはできない。たとえ拷問《ごうもん》を受けても話せない秘密がある。地球にいる存在で意識を持つのは人類だけではない。いろいろな姿をしたものたちが闇《やみ》の中から少数の忠実な人間のところへやって来る。だが、これらは〝大いなる古きものら〟ではない。いまだかつて誰も〝古きものら〟を見たことはない。あの彫刻の像は大いなるクトゥルーだけれども、ほかのものがそっくり同じような姿をしているかどうかは、誰にもわからない。今では古い文字を読める者はいないが、口伝えにいろいろなことが語られている。詠唱したあの祭文は秘密ではない――秘密はけして大きな声では語られず、ささやかれるだけだ。詠唱の意味はこういうことにすぎない――「ル・リエーなる館にて、死せるクトゥルーは夢見て待つ」

囚人のうち、絞首刑《こうしゅけい》に処せるほど正気だったのは二人だけで、他の者はさまざまな施設に送られた。祭儀で殺人に加担したことは全員が否定し、殺したのは〝翼ある黒きものら〟で、そいつらはあの憑かれた森の中にある、悠久の昔からの集まり場所から来たのだ、と言い張った。しかし、その謎めいた協力者について筋道の通った説明は何も得られなかった。警察が聞き出した内容は、主として、カストロというひどく年老《としと》ったメスティーソ（訳注・スペイン人とインディオの間に生まれた者）が話したことだった。この男は若い頃、あちこちの不思議な港へ船で行ったことがあり、シナの山中で、くだんの教団の不死なる指導者たちと話をしたことがあると言っていた。

カストロ老人が断片的に憶えていたおぞましい言い伝えは、神智学者の思索を顔色《がんしょく》なからしめ、人間とこの世界はつい最近現われた束の間の存在にすぎないと思わせるものだった。かつて他の〝ものら〟が地球を支配していた永劫の時間があって、〝かれら〟はいくつも大都市を持っていた。そうした〝都市〟の名残りは——不死のシナ人たちに教わったとカストロが言うところでは——今も、大平洋の島々の巨石として見ることができる。かれらはみな人間が現われる前の遠い昔に死んだが、永遠の時の廻《めぐ》りの中で、星々がふたたび然るべき位置に戻った時、〝かれら〟を蘇らせることのできる秘術がある。実際、〝かれら〟自身星々から来たのであり、〝自分たち〟の像を携えて来た。

この〝大いなる古きものら〟は——とカストロは語りつづけた——完全に肉と血から成っているのではない。かれらは形を持つ——そのことは、星の世界で造られたこの像が証明しているではないか？——だが、その形は物質でできてはいない。星々が然るべき位置にあれば、〝かれら〟は惑星から惑星へ空を飛びまわることができるが、星々の位置が悪いと、生きていられない。しかし、もはや生きていないといっても、けして本当に死ぬことはない。〝かれら〟はみな偉大なるクトゥルーの呪文に護《まも》られて、大いなる都ル・リエーの石の館に横たわり、輝かしき復活を待っている。それは、星々と地球がふたたび〝かれら〟のために条件を整える時だ。だが、その時は、外部からの力が〝かれら〟の肉体を解放するために働きかけねばならない。〝かれら〟を無傷で保存している呪文は〝かれら〟が自ら動き出すことを妨げもするので、〝かれら〟は計り知れぬ長い年月が流れ去る間、目醒めて暗闇の中に横たわっているしかないのだ。〝かれら〟は宇宙で起こっていることを何でも知っている。〝かれら〟の会話の方法は思考の伝達だからである。今の今も、〝かれら〟は墓の中で話している。無限の混沌の後に最初の人間が現われた時、〝大いなる古きものら〟は感受性の強い者を選び、その夢を形造ることによって語りかけた。〝かれら〟の言葉を哺乳類《ほにゅうるい》の肉体を持つ精神にとどけるには、これが唯一《ゆいいつ》の方法だからだ。

やがて、とカストロは声をひそめて言った、最初の人間たちは、〝大いなるものら〟が見せた小さな偶像を中心にして、この教団をつくった。暗い星々からおぼろな霊気につつまれてもたらされた偶像である。星々がふたたび然るべき位置に戻り、秘密の祭司たちに墓から呼び起こされた大いなるクトゥルーが彼の臣下を蘇らせ、地球をふたたび彼の支配下に置くまで、この教団はけして滅びはしないだろう。その時が来たことを知るのはたやすい。なぜなら、その時、人類も〝大いなる古きものら〟のようになっているだろうから。自由で、奔放で、善悪を超越し、法律も道徳もかなぐり捨て、万人が叫び、殺し、浮かれ騒いで喜ぶのだ。その時、解放された〝古きものら〟は叫び、殺し、浮かれ騒ぎ、楽しむ新しいやり方を人間に教える。全地球が恍惚《こうこつ》と自由の大虐殺《だいぎゃくさつ》によって燃え上がるだろう。その日が来るまで、教団は然るべき祭儀によって古《いにしえ》の記憶を生かしつづけ、かれらの復活の予言を示さなければならない。

昔は選ばれた人間たちが墓に葬《ほうむ》られた〝古きものら〟と夢の中で話し合ったが、その後、何かが起こった。一本柱や奥津城《おくつき》のある大いなる石の都市ル・リエーが波の下に沈んで、思考すらも透過することのできない原初の謎に満ちた深い海が、異様な交信を遮断したのだ。だが、記憶はけして死なず、星々が然るべき位置に戻る時、あの都市はまた水の上に現われるだろうと高僧たちは言った。その後、地中から黒い地の精霊があらわれた。黴臭《かびくさ》く、影につつまれた者たちで、忘れられた海底の洞窟で聞いた曖昧な噂をたくさん伝えた。だが、かれらについてカストロ老人はあまり語らなかった。急に口をつぐみ、いかに説得しても、かまをかけても、この方面のことは聞き出せなかった。妙なことに、彼は〝古きものら〟の大きさについても話そうとしなかった。くだんの教団について、その中心はアラビアの道なき砂漠、〝列柱の都市〟イレムが昔のままに隠されて夢見るところにあるのだろう、と老人は言った。それはヨーロッパの魔女崇拝とは関係がなく、信徒以外にはほとんど知られていない。この教団について仄めかした書物はないが、不死のシナ人たちが言うには、狂えるアラビア人アブドゥル・アルハザードの『ネクロノミコン』には二通りの意味に解釈できる個所がいくつもあって、入信者はそれを好きなように読むことができる。とりわけ、多く論じられた次の対句がそうである。

「永遠《とこしえ》に寝《い》ぬるものは死せるにあらず
奇《く》しき永劫ののちには死もまた死すべし」

ルグラスは深い感銘を受けるとともに少なからず当惑し、この教団と他の団体との歴史的な協力関係について問いただしたが、徒労に終わった。それがまったく秘密の教団だというカストロの言葉は本当のようだった。トゥレイン大学の専門家たちは、教団に関しても像に関しても何も明らかにできなかったので、刑事は今、国内でもっとも権威のある人々のもとへ足を運んだわけだが、ウェッブ教授のグリーンランドの話以上のことは聞けなかったのである。

ルグラスの話と、それを裏づける小石像によって、会場では熱狂的な関心が掻き立てられ、そのことは出席者たちが後日交わした手紙のやりとりからもうかがわれる。とはいえ、協会の公式な出版物にはほとんど言及されていない。時としていんちきやペテンに出くわすことに慣れている学者たちは、慎重第一を心がけているからだった。ルグラスは彫像をしばらくの間ウェッブ教授に貸したが、教授が死ぬと像はルグラスに返却されて、彼の手元に残っている。私はしばらく前にそれを見せてもらった。たしかに恐ろしいもので、ウィルコックス青年が夢を見ながらつくった彫刻に似ていることは、間違いなかった。

大伯父がこの彫刻家の話を聞いて興奮したのも不思議はないと思った。ルグラスから例の教団のことを知らされたあとで、感受性の強い青年の話を聞いた時、大伯父の心には一体どんな考えがわき起こったことだろう？　青年は、沼地で見つかった像やグリーンランドの悪魔の石板にあった図像と象形文字をそっくりそのまま夢に見たのみならず、エスキモーの悪魔崇拝者と混血種のルイジアナ人たちがひとしく唱えた呪文のうち、少なくとも三つの単語を夢の中で正確に聞いたのである。エインジェル教授がただちに徹底的な調査を開始したのは当然のことだったが、それでも、私はひそかにウィルコックス青年を疑っていた。青年は例の教団のことを又聞きにでも聞いていたのではないか。謎を深め、長続きさせるために一連の夢の話をでっち上げ、大伯父に無駄な骨折りをさせたのではあるまいか。教授が集めた夢の話と新聞の切抜きは、もちろん有力な裏づけになったが、私の合理主義とこの一件全体の途方もなさが、私を一番まっとうに思われる結論へ導いた。そこで、手稿を徹底的に吟味し直し、神智学や人類学に関する覚え書きと、あの教団に関するルグラス警視正の話とを照らし合わせた上で、例の彫刻家に会うためプロヴィデンスへ赴いた。篤学《とくがく》の老人を大胆不敵に欺いたことに対して、当然の非難を浴びせようと考えていたのだった。

ウィルコックスはトマス街にあるフレール・ド・リス・ビルディングに今も独りで住んでいた。そこは十七世紀のブルターニュの建築を模倣したヴィクトリア朝の醜悪な建物で、古めかしい雰囲気の丘に植民地時代風の美しい家々が立ち並び、アメリカでもっとも立派なジョージ王朝風の尖塔《せんとう》が影を落とすところに、化粧漆喰《しっくい》を塗り立てた家表《やおもて》をひけらかしている。行くと、青年は自室で製作中だったが、あたりに散らばっている作品を見れば、彼の才能が本物で、じつに深遠なものであることがすぐにわかった。彼はいずれデカダン派の大芸術家の一人として名を上げるにちがいない。というのも、アーサー・マッケンが散文で喚《よ》び起こし、クラーク・アシュトン・スミスが詩と絵画で見せてくれる、あの悪夢と幻想を粘土の彫刻に結晶させており、いつの日か大理石によって映し出すだろうからだ。

青年は色が浅黒く、華奢《きゃしゃ》で、少しだらしない恰好《かっこう》をしていた。私が扉を叩《たた》くと大儀そうにふり返り、坐《すわ》ったまま何の用かとたずねた。私が何者であるかを告げると、いくぶん関心を示した。大伯父は彼の奇妙な夢のことを根掘り葉掘り訊いたが、その理由をけして説明しなかったために、青年の好奇心をそそっていたからである。私はその点について何も教えず、巧《うま》く誘いをかけて、話を聞き出そうとした。まもなく、彼がまったく嘘《うそ》をついていないのを確信した。彼が夢のことを語る口調は、誤解の余地のないものだったからだ。その夢と、夢が潜在意識に残したものが彼の芸術に深い影響を与えており、彼は一つの病的な彫刻を見せてくれたが、その全体の輪郭は凶々しい暗示の強さで私を慄然とさせた。彼はこの彫像の原型を、自分が夢の中でつくった浅浮彫り以外に見た憶えがなかったが、その外形は、手を動かしているうちに、いつのまにかでき上がったのだという。それは間違いなく、彼が譫妄状態に陥っている時口にした、あの巨大な物の姿だった。大伯父が容赦ない質問攻めの最中にふと洩《も》らした内容をべつとすると、青年が秘密教団について本当に何も知らないことは、やがて明らかになった。そこで、またしても私は、彼がこうした不気味な印象をどこから受けとったか、その可能性を考えようとした。

青年は夢のことを妙に詩的な口調で語った。ヌルヌルする緑の石でできている湿った巨石都市——その幾何学はまったく狂っていると彼は奇妙なことを言った——が恐ろしいほどまざまざと私の目に浮かび、地下から小止《おや》みなく聞こえて来る、精神に直接とどくような呼びかけ——「クトゥルー・フタグン」、「クトゥルー・フタグン」という声を、私は恐怖と期待の入りまじった気持ちで聞いたのだった。これらの言葉は、ル・リエーの石の墓窟《はかぐら》で夢見ながら時を待つ死せるクトゥルーのことを語る、恐るべき祭文の一部をなしており、合理的な信念を持っていた私も深く動揺した。私は思った——ウィルコックスはきっと何かの機会《おり》にあの教団のことを聞いたのだけれども、同じように不気味な内容の本を読んだり、想像に耽ったりしているうちに忘れてしまったのだろう。しかし、その印象が強烈だったため、やがて潜在意識的な表現として、夢や、例の浅浮彫りや、私が今見ている恐ろしい彫像になった。だから、意図して大伯父をペテンにかけたわけではないのだ。青年は少し気取っていると同時に少し無作法な、私がけして好きになれないタイプの男だったが、今は彼の才能と誠実さを認めるにやぶさかでなかった。私はにこやかに暇《いとま》を告げ、彼の天分が約束する成功を祈った。

例の教団のことは依然私の心を魅《ひ》きつけ、私は時々、その起源と他の宗教との関連を研究して、個人的な名声をかちえることを空想した。私はニューオーリンズを訪れ、ルグラス警視正や、かつて手入れに参加した人々と話し、あの恐ろしい彫像を見、まだ生き残っている混血種の囚人たちにも質問してみた。カストロ老人は、残念ながら数年前に死んでいた。こうして当事者たちから直接《じか》に聞いた生々しい話は、大伯父が記したことを詳しく確認するものにすぎなかったけれども、あらためて私を興奮させた。自分が現実の、ごく秘められた、非常に古い宗教のあとを追っており、それを発見すれば名高い人類学者になれると確信したからだった。それでも私の態度はやはり完全な唯物主義者の態度で——今もそうだったら良いのにと思うが——エインジェル教授の集めた夢の覚え書きと奇妙な切抜きの内容が一致していることを、ほとんど説明のしがたい頑《かたくな》さで軽視していた。

一つ、私が疑いはじめ、今では事実だと思っていることは、大伯父の死が自然死ではないことだった。大伯父は、混血種の外国人がうようよしている古い波止場から登って行く、丘の狭い通りで倒れた。黒人の船乗りが不注意にぶつかったあとだった。私はルイジアナの教団の信徒に混血の船員が多かったことを忘れなかったし、秘密の祭や信仰と同じくらい無慈悲で、同じくらい古くから伝わる秘法や毒針があると言われても驚くまい。たしかに、ルグラスとその部下は何もされなかったが、ノルウェーではいろいろのものを見た船員が死んでいる。大伯父は彫刻家の夢について知ったあと、さらに深く調査を進めたが、そのことが良からぬ連中の耳に入ったのではなかろうか？　エインジェル教授が死んだのは、彼があまりに多くのことを知りすぎたためか、知りそうだったためだと思う。私も同じ運命を辿るかどうか、今にわかる。私ももう知りすぎたからである。

三　海からの狂気

もしも天が一つ望みをかなえてくれるならば、私が願うのは、一つの偶然がもたらした結果をことごとく消し去ることだ。その偶然によって、私は屑《くず》新聞の切れ端に目を留めたのだが、日々普通に生活していて、そんなものに出くわすことは、まずありそうもなかった。というのも、それはオーストラリアの新聞の古い号で、一九二五年四月十八日付の『シドニー・ブレティン』紙だったからである。それは、発行当時、大伯父の研究のために貪欲《どんよく》に材料を集めていた切抜き通信社も見逃したものだった。

その頃、私はエインジェル教授が「クトゥルー教」と名づけたものの研究を大方《おおかた》取りやめ、ニュージャージー州パターソンにいる博学な友人のもとを訪ねていた。この男は地元の博物館の学芸員で、名だたる鉱物学者だった。ある日、博物館の奥の部屋で保管棚に乱雑に置かれた予備の標本を調べていると、石の下に敷いた古新聞にのっている奇妙な写真が目にとまった。それは前述の「シドニー・ブレティン」紙だった。私の友人は、外国のあらゆる場所に幅広く知己を持っているからである。写真は醜怪な石像の網版写真で、その像はルグラスが沼地で見つけたものとほとんど同じだった。

私は夢中になって、その包み紙から貴重な中身を取り除《の》け、記事を良く読んだが、あまり長い記事ではないのにがっかりした。それでも、その記事が示唆《しさ》することは、停滞していた私の探求に由々しき意味を持つものだったので、私はさっそく丁寧に切り抜いた。内容は次のようなものだった。

謎の漂流船発見さる

ヴィジラント号、航行不能のニュージーランドの武装快速船を曳航《えいこう》して入港。

船上に生存者一名と死者一名。海上の死闘と死の話。

救出された船員は奇妙な体験の

詳細を語ることを拒む。

所持品中に奇怪なる偶像あり。
取り調べは後日。

バルパライソから来たモリソン社の貨物船「ヴィジラント号」が、今朝方ダーリング港の埠頭《ふとう》に到着した。交戦し、無力化されたが、重度に武装したニュージーランド、ダニーディンの蒸汽快速船「アラート号」を曳航《えいこう》していた。「アラート号」は四月十二日、南緯三十四度二十一分、西経一五二度十七分の海上で発見され、生存者一名死者一名を乗せていた。「ヴィジラント号」は三月二十五日にバルパライソを出港し、四月二日、異例の暴風と大波のため、航路よりかなり南へ流された。四月十二日、漂流船を目撃。無人かと思われたが、乗り込んでみると、半ば譫妄状態にある生存者一名と死後一週間を経たとおぼしい死者一名を発見した。
生存者は由来のわからぬ恐ろしい石像を握りしめていた。像は一フィートほどの高さで、その性質については、シドニー大学、王立協会、コレッジ街のオーストラリア博物館の専門家がいずれも首を傾《かし》げるという。生存者はこれを快速船の船長室で、石像と同様の模様が彫刻された小さな箱の中に見つけたという。

この男は正気に返ると、海賊と虐殺に関するきわめて奇妙な話を語った。彼はグスタフ・ヨハンセンという多少もののわかるノルウェー人で、オークランドの二本マストのスクーナー船「エマ号」の二等航海士だった。同船は二月二十日、乗組員十一名を乗せ、カヤオへ向かって出帆した。彼が言うところによると、「エマ号」は三月一日の大嵐で進路を大きく南に外《そ》れ、三月二十二日、南緯四九度五一分、西経一二八度三四分の海上で、奇妙な人相の悪いカナカ族と欧亜混血種の人間が乗り組んだ「アラート号」と遭遇した。引き返せと高飛車に命令されて、コリンズ船長が拒んだところ、奇妙な乗組員たちは無謀にも、警告なしに、快速船に取りつけられている異様に強力な真鍮砲《しんちゅうほう》でスクーナー船を砲撃し始めた。生存者によれば、「エマ号」の乗組員も応戦し、スクーナー船は喫水線《きっすいせん》の下に何発も砲撃を受けて沈み始めたものの、何とか敵船に横づけして乗り込み、快速船の甲板《デッキ》で野蛮な乗組員と格闘した。人数は相手の方がやや多かったが、敵はいささか拙劣ながら、異常に嫌悪すべき死に物狂いの闘い方をしたので、全員殺さねばならなかった。

「エマ号」の乗組員は、コリンズ船長と一等航海士グリーンを含む三名が殺された。残る八名は、二等航海士ヨハンセンの指揮下に捕獲した快速船を操縦して、もとの進路を進み、引き返せと命じられた理由が何かあるのかどうかをたしかめようとした。翌日、かれらは小島を見つけて上陸したようだが、その海域に島があることは知られていない。そして六名が何らかの事情により島で死亡したが、ヨハンセンはこの部分については妙に口が重くなり、岩の裂け目に落ちたのだと語るのみである。その後、ヨハンセンともう一人は快速船に乗って、何とか操縦しようとしたが、四月二日の暴風に翻弄《ほんろう》された。それから十二日に救助されるまでのことはほとんど記憶しておらず、仲間のウイリアム・ブライデンがいつ死んだかも思い出せない。ブライデンの死因ははっきりせず、おそらく興奮のためか低体温症のためと思われる。ダニーディンからの電信情報によると、「アラート号」は同地では島めぐりの貿易船として良く知られていたが、波止場での評判は悪かった。所有者は欧亜混血人種の奇妙なグループで、始終集会を開き、夜の森へ出かけて行くため、少なからず人の好奇心をそそったという。同船は三月一日の嵐と地震の直後、大慌《おおあわ》てで出航した。オークランドの本紙特派員によると、「エマ号」とその乗組員は評判が良く、ヨハンセンは落ち着いた立派な人物だという。海事裁判所は明日からこの事件全体を調査するが、その際には、ヨハンセンにこれまでよりも多くを語らせるため、あらゆる努力が尽くされるであろう。

記事はこれだけで、あの地獄めいた像の写真が添えてあったが、私の心のうちには、何という考えが次から次と浮かんで来たことだろう！　ここには〝クトゥルー教〟に関する新資料の宝庫があり、この教団が陸上のみならず海上にも奇妙な関わりを持っていることの証拠がある。混血の乗組員たちは一体いかなる動機から、忌まわしい偶像を持って船を乗りまわし、「エマ号」に引き返せと言ったのだろう？「エマ号」の乗組員六名が死に、ヨハンセン航海士がそれについて語ろうとしない未知の島とは何なのだろう？　副海事裁判所の調査によって、どんなことが明るみに出たのか？　ダニーディンで活動していた邪教について、どんなことが知られているのか？　そしてもっとも驚くべきは、この深遠な、偶然を超えた日時の一致である。それは大伯父が入念に書き留めたさまざまな出来事に、悪意に満ちた、もはや否定できない意味合いを与えている。

三月一日――国際日付変更線に従えば、我々の二月二十八日である――地震と嵐が起こった。すると、ダニーディンから「アラート号」と性質《たち》の悪い乗組員が、まるで緊急の召集でもかかったように急いでとび出して行き、地球の反対側では、詩人や芸術家が奇妙な濡《ぬ》れた巨石都市の夢を見はじめ、一人の若い彫刻家が眠りながら恐るべきクトゥルーの像をつくったのだ。三月二十三日、「エマ号」の乗組員は未知の島に上陸し、六人の死者を残して行った。その同じ日に、感受性の強い人々の夢はいちだんと生々しくなり、巨大な怪物が悪意を持って追って来るという恐怖に暗く彩《いろど》られる一方、建築家が一人発狂し、彫刻家が一人、突然の譫妄状態に陥ったのである！　そして、四月二日のこの嵐はどうだろう――この日、濡れた都市の夢は一切終わり、ウィルコックスは無事に奇妙な熱病の縛《いまし》めから抜け出した。こうしたことは――それに、星から生まれ、海に沈んだ〝古きものら〟とやがて訪れるかれらの支配、かれらの忠実な教団と、かれらが夢を操ることについてカストロ老人が仄めかした言葉は、一体何を意味するのだ？　私は人間の忍耐力を越えた宇宙的恐怖の縁でよろめいているのだろうか？　もしそうだとしても、それは精神だけの恐怖であるにちがいない。人間の魂に包囲攻撃をはじめた奇怪な脅威がいかなるものであれ、なぜか四月二日を境にふっつりと熄《や》んだからである。

急いで電報を打ち、支度をして一日が過ぎたあと、私はその晩友人に別れを告げて、サンフランシスコ行きの列車に乗った。一月もしないうちにダニーディンへ行ったが、古い海辺の居酒屋に屯《たむろ》していた奇妙な教団の連中については、ほとんど何も知られていないことがわかった。港に人間の屑が集まるのは珍しくもないからである。もっとも、この混淆《こんこう》人種たちが一度、内陸に入って行ったことについては曖昧な噂が流れていた。その時は、遠くの山々からかすかな太鼓の音が聞こえ、赤い焔がちらついたという。オークランドで聞いた話によると、ヨハンセンはシドニーでおざなりの、要領を得ない尋問を受けて帰って来た時、黄色かった髪が真っ白になっていたそうである。そのあと、ウェスト街の小さい家を売り払って、妻と故郷のオスロへ帰ってしまった。自分の異様な体験については、友人にも、裁判所の役人に語った以上のことは語ろうとしなかったので、かれらにできるのは私にオスロの住所を教えることだけだった。

そのあと、私はシドニーへ行き、船員や副海事裁判所の職員と話したが、収穫はなかった。今は売られて商船に使われている「アラート号」をシドニー湾のサーキュラー埠頭で見たけれども、何も語らぬ船体から得るところはなかった。烏賊《いか》の頭に竜の胴体、鱗の生えた翼を持ち、象形文字の刻まれた台座の上にうずくまっている像は、ハイド・パークの博物館に保管してあった。私はそれをじっくりと観察したが、忌まわしくも見事なできばえで、まったく謎めいていることや、恐ろしく古いものであること、この世ならぬ不思議な材料でできていることなどは、ルグラス警視正が見つけたもっと小型の像と同じだった。学芸員の話によると、地質学者たちがこれを調べてみたが、どうにもお手上げだったという。地球にこんな岩は存在しないと学者たちは断言したのだ。その時、私はゾッと身震いして、カストロ老人がルグラスに語った原初の〝大いなるものら〟のことを思い出した。「〝かれら〟は星々から〝自分たち〟の像を携えて来た」

いまだかつてない精神的動揺に襲われた私は、オスロにいるヨハンセン航海士を訪ねてみる決心をした。ロンドンへ行くと、すぐに船を乗り換え、ノルウェーの首都を目ざして、ある秋の日、エーゲベルグの山影にある小綺麗《こぎれい》な波止場に上陸した。ヨハンセンの住所は、ハーラル苛烈王《かれつおう》ゆかりの旧市街であることがわかった。この街は、都市全体が「クリスチャニア」と偽りの名を名のっていた数世紀の間も、オスロの名前を生かしつづけたところである。私はタクシーに乗ってまもなくそこに着くと、胸をはずませながら、正面に漆喰を塗った小綺麗な古い建物の扉を叩いた。黒服を着た悲しげな顔の婦人があらわれたが、たどたどしい英語で、グスタフ・ヨハンセンはもうこの世にいないことを告げたので、私はひどく落胆した。

細君《さいくん》の語るところによると、ヨハンセンは帰国後、長くは生きていなかったそうである。一九二五年に海で起こった事件のため、身も心もぼろぼろになっていたのだ。彼は妻にも公に語った以上のことを話さなかったが——本人が言うには「専門的な事柄」について——長文の手記を遺《のこ》した。それは英語で書いてあって、細君が何かの折に読んだりしないよう気遣ったらしい。ヨハンセンはヨーテボリ埠頭のそばの細道を歩いている時、屋根裏部屋の窓から落ちて来た紙の束が頭にぶつかり、昏倒《こんとう》したのだという。二人のインド水夫がすぐ駆け寄って助け起こしたが、救急車が到着する前に死んでいた。医者にはそれらしい死因がわからず、心臓疾患と衰弱のせいと診断した。

私はこの話を聞くと、暗い恐怖が身体《からだ》のうちを蝕《むしば》むのを感じた。その恐怖は、「偶然」によってであれどうであれ、私もまた最後の安らぎにつくまで、消えることがないだろう。私はヨハンセンのいう「専門的な事柄」に関係があるので、手記を読む資格が十分あるのだと未亡人を説得して文書を借り受け、ロンドン行きの船の上で読みはじめた。それは訥々《とつとつ》としたまとまりのない文章――質朴な船乗りが事後に日記をつけようとしたもの――で、あの最後の恐ろしい航海を一日一日思い出そうとしていた。はっきりせぬ、重複の多い原文を一字一句書き写すことはとてもできないが、あらましをここに記そう。それを読めば、船腹に打ちつける波の音が私には耐えがたくなり、綿で耳栓をした理由もおわかりになろう。

ヨハンセンはあの都市とあの〝もの〟を見たとはいっても、幸いなことにすべてを知ったわけではない。だが、私は日常生活の背後の時空につねに潜む恐怖と、古い星々から来た不浄な冒瀆的なものたちのことを思うと、二度と安眠できないだろう。

かれらは海底に眠っており、かれらの存在を知って崇める悪夢のごとき教団は、ふたたび地震が起きて巨大な石の都を持ち上げ、陽光と空気のもとに晒《さら》せば、かれらをこの世界に解き放そうといつでも待ちかまえている。

ヨハンセンの航海は、彼が副海事裁判所に語った通りに始まった。「エマ号」は底荷だけで、二月二十日、オークランドの港を出、地震が原因で起こった大嵐の威力をまともに受けたのだが、その地震こそが、人々の夢に現われた恐ろしいものを海底から隆起させたにちがいない。船はふたたび操縦できるようになると順調に進んで行ったが、三月二十二日、「アラート号」に行手をさえぎられた。私には、船が砲撃されて沈むくだりを記す時の航海士の無念さが感じられた。「アラート号」に乗り組んでいた教団の色の黒い悪党どもについて、彼は著しい嫌悪感をこめて語っている。連中には何か異様に穢らわしい性質があったため、かれらを殺すことはほとんど義務のように思われた。ヨハンセンは査問会議の審問の際、自分たちが残虐行為の責めをうけたことに率直な驚きを示している。一行はそれから好奇心に駆られて、ヨハンセンの指揮の下に、捕獲した快速船に乗って前進し、海から巨大な石柱が突き出しているのを見、南緯四七度九分、西経一二六度四三分の海上で、泥と、粘液と、海藻のからみついた巨大な石組の入り混じった海岸線に遭遇する。それこそは地球のこの上もない恐怖が、手に触れられる実体に凝り固まったもの——悪夢の如き屍《しかばね》の都市ル・リエー、有史以前の無量の永劫を遡《さかのぼ》る昔に、暗い星々から舞い下りて来た厭《いと》わしい怪物たちが建てた都でしかあり得ない。そこには大いなるクトゥルーとその眷族《けんぞく》が、泥におおわれた緑の墓窟《はかぐら》に隠れ、数えきれぬ周期ののちにようやく思念を送りはじめたのだ。それは感受性の強い人間の夢に恐怖を広げ、忠実な信徒たちには、わが解放と復位のため巡礼の旅に出よ、と緊急の呼び出しをかけている。こうしたことをヨハンセンは夢にも思わなかったが、神ぞ知る、やがて彼はいやというほどのものを見たのだ！

実際に水面から現われたのは、ただ一つの山の頂上、一本石が立っている忌まわしい砦《とりで》だったのではないかと思う。大いなるクトゥルーが葬られた場所である。その下に鬱然と広がっているかもしれない一切のものの規模を考えると、私は今すぐ自殺したくなるほどだ。ヨハンセンと仲間たちは、古《いにしえ》の魔物が建てたこの水の滴るバビロンの宇宙的荘厳さを目《ま》のあたりにして、畏怖に打たれた。そして、それがこの惑星のものでも、いや、いかなる正常な惑星のものでもないことを自《おの》ずと推測したにちがいない。緑色がかった石組の信じられぬ大きさ、彫刻を施した大きな一本石の目も眩《くら》む高さ、そこにある数々の巨大な彫像と浅浮彫りが、「アラート号」の箱に入っていた奇妙な像と同じものをあらわしているという、気も遠くなるような事実——そうしたものへの畏れが、航海士の恐怖に満ちた記述の一行一行にはっきりと窺《うかが》われる。

ヨハンセンは未来派美術がどんなものか知らなかったが、この都市のことを語る時、それに近いことをやり遂げた。彼は明確な構造や建築を描写する代わりに、巨大な角度や石の表面の大まかな印象だけを述べるのだ――そうした表面はあまりにも大きすぎて、この地球にふさわしい、まっとうなものの表面ではなく、神を畏れぬ奇怪な図像や象形文字に蔽《おお》われている。ヨハンセンが角度について語っていることを記すのは、ウィルコックス青年が話した恐ろしい夢のことを連想させるからである。青年が言うには、彼が見た夢の場所の幾何学は異常で、ユークリッド幾何学ではなく、我々の世界のものとはかけ離れた球面や次元が、胸の悪くなるほど満ちあふれていた。今、学のない船員も、恐るべき現実を見ながら同じことを感じたのだ。

ヨハンセンと仲間たちは、この奇怪なアクロポリスの傾斜した泥だらけの岸に上陸し、人間の階段だったとは思われぬ、途方もなく巨大な、ヌルヌルする石塊を足を滑らせながら登った。海に浸《つ》かっていたこの倒錯的な建造物からあふれ出す、光を偏光させる瘴気《しょうき》を透かすと、空の太陽さえも歪《ゆが》んで見えた。刻まれた岩は、ある瞬間凸面と見えたものが、次に目をやると凹面に見え、その狂ったような、とらえどころのない角度の中に、ねじくれた悪意と不安がひそんでいた。

岩と軟泥と海藻以上にはっきりしたものを見る前から、恐怖によく似た感情が探検者全員の胸を蔽《おお》っていた。仲間の嘲《あざけ》りが怖くなければ、誰もみな逃げ出していただろう。かれらは何か土産に持って帰れるものを探したが――それも結局、無駄に終わった――心ここにあらずというありさまだった。

一本柱の下部をよじ登って、おかしなものがあると大声に叫んだのは、ポルトガル人のロドリゲスだった。ほかの者もあとに続き、今は見慣れた烏賊のような竜の浅彫りが彫りつけてある巨大な扉を好奇の目で見つめた。そいつは大きな納屋《なや》の扉のようだったとヨハンセンは言っている。装飾を施した楣《まぐさ》や、敷居や、脇柱《わきばしら》があったので一同は扉だと思ったのだが、落とし戸のように真っ平らになっているのか、家の外にある地下室の扉のように斜めになっているのか、判然としなかった。ウィルコックスならそう言ったろうが、この場所の幾何学はすっかり狂っていたのである。海と地面が水平なのかどうかもさだかではなく、それ故に、あらゆるものの相対的位置が幻影のように変化して見えるのだった。

ブライデンが石を何個所か押してみたが、何も起こらなかった。それから、ドノヴァンが扉の縁《へり》を慎重に触ってまわりながら、一つ一つの個所を別々に押した。彼はグロテスクな石の刳形《くりかた》を果てしなくよじ登り――もしその扉が水平でなかったなら、よじ登っていたことになるだろう——男たちは、この宇宙にこんなに大きな扉があり得るものだろうかと思った。すると、たいそう静かにゆっくりと、一エーカーもある羽目板の天辺《てっぺん》が内側に動きはじめ、一同はその羽目板がある線を軸にして平衡を保っていたことを知った。ドノヴァンは滑ったかどうだかして脇柱を下り、あるいは伝って、仲間のところへ戻った。全員が、奇怪な彫刻を施された入口が奇妙な具合に引っ込んで行くのを見守っていた。プリズムのように歪められたこの幻怪な光景の中で、それは変則的に対角線に進むような動き方をしたため、物質と遠近の法則がすべて引っくり返っているように見えた。

空いた隙間《すきま》はほとんど物質的な闇に黒々と塗り込められていた。その暗さは実際、能動的な性質を持っていたのだ。それは内壁の見えるべき部分を暗くし、永劫にわたる幽閉から解き放たれて煙のように噴き出すと、太陽を目に見えて暗くしながら、膜状の翼を羽ばたかせて、縮んだ凸状の空へコソコソと逃げ込んで行った。新たに開いた深みから立ち上る臭気は耐えがたいもので、そのうち、耳敏《みみざと》いホーキンズは、下の方で水がはねるような、いやな音がしたと思った。全員が耳を澄ました。そしてまだ耳を澄ましているうちに、〝そいつ〟はよだれを垂らすように重苦しく動いて姿を現わし、膠《にかわ》状の緑の巨体を真っ黒な戸口から、毒された狂気の都市の汚れた外気の中へ探るように押し出して来た。

気の毒なヨハンセンの筆跡は、このくだりを書いている時、判読しがたいほど乱れていた。船に帰り着かなかった六人のうち、二人はその呪《のろ》われた瞬間に恐怖のあまり死んだのだと彼は考えている。その〝もの〟を描写することはできない――そのような、絶叫する太古からの狂気の奈落《ならく》を、あらゆる物質と、力と、宇宙の秩序に反する奇怪な矛盾を言い表わす言葉はない。山が歩いた、いや、よろめいたのだ。神よ！あの精神感応《テレパシー》が行われた瞬間、地球の向こう側で大建築家が発狂しようと、気の毒なウィルコックスが熱に浮かされてうわごとを言おうと、何の不思議があろう？　像に彫られた〝もの〟、緑のねばねばする星々の落とし子が、己の支配を取り戻すべく目醒めたのだ。星々はふたたび然るべき位置に戻り、悠遠の昔からある教団がしようとしてし果たせなかったことを、何も知らぬ船乗りたちが偶然為《な》し遂げたのだ。数千那由他《なゆた》の年月を経て、大いなるクトゥルーはふたたび解き放たれ、快楽を貪《むさぼ》ろうとしていた。

誰もふり返る間もないうちに、三人の男がぐにゃぐにゃした爪《つめ》につかみとられた。神よ、かれらに安息を与えたまえ――この宇宙に安息というものがあるならば。やられたのはドノヴァンとゲレラとアングストロームだった。残る三人は半狂乱になって、果てしなくうちつづく緑の皮に蔽われた岩の上を、ボートめがけて一散に走ったが、パーカーが足を滑らした。ヨハンセンが誓って言うには、彼はそこにあるはずのない石組の角に呑《の》み込まれたのだという。その角は鋭角だったが、鈍角であるかのように振舞った。そんなわけで、ブライデンとヨハンセンだけがボートへ辿り着き、「アラート号」に向かって必死で漕《こ》いだ。その間に、山のような怪物はヌルヌルする石の上を身を投げ出して下りて来たが、水際《みずぎわ》で足掻《あが》きながらためらっていた。

　乗組員は全員上陸していたが、蒸気機関は完全に火を落としていなかったので、操縦室と機関室の間をしばらく夢中で行ったり来たりしていると、「アラート号」はまた動くようになった。船はゆっくりと、あの筆舌に尽くしがたい場面の歪んだ恐怖のさなかで、死の水を掻きまわしはじめた。一方、大地の岸ではない、あの納骨堂の岸の石組の上では、星界から来た途方もなく巨大な〝もの〟が、逃げ行くオデュッセウスの船に向かって悪態をつくポリュペーモス（訳注・ホメロスの「オデュッセイア」に登場する一つ目の巨人）さながらに、よだれを流し、何やらわめいていた。やがて、物語の一つ目巨人よりも勇敢な大いなるクトゥルーは、ずるずると水の中へ滑り込み、宇宙的な力で水を掻いて大波を立てながら追って来た。ブライデンはうしろを見て気が狂い、けたたましく笑い出した。それ以来ずっと間をおいて笑っていたが、ある夜、船長室で死神につかまり、その時、ヨハンセンは譫妄状態で歩きまわっていたのである。

だが、ヨハンセンはまだ諦《あきら》めなかった。蒸気機関が目一杯稼働《かどう》しなければ、あの〝もの〟は必ず「アラート号」に追いつくことを知っていたので、一か八《ばち》かの賭《か》けに出、最大速度を出すように機関を調整すると、稲妻のごとく甲板を駆け抜けて、舵輪《だりん》を逆廻しにした。悪臭を放つ海には大渦と水泡《あわ》が立っていて、蒸気力が次第に高まって来ると、勇敢なノルウェー人は追いかけて来るゼリー状の怪物に船首を向けた。怪物は悪魔のガレオン船の船尾さながら、不浄な泡の上に身体を高々とそびやかしている。のたうちまわる触手のついた恐るべき烏賊の頭が、頑丈な快速船の第一斜檣《しゃしょう》の間近に迫ったが、ヨハンセンは容赦なく突き進んだ。空気袋がはじけたように何かが破裂し、マンボウを裂いたようなドロドロした汚物が飛び散り、千の墓をあばいたような悪臭がして、一つの音が聞こえたけれども、記録者はそれがどんな音かを紙に書き留めていない。船は一瞬、目にしみる緑の雲におおわれて何も見えなくなったが、そのあとは、ただ後方の海が毒々しくたぎっているだけだった。そこでは――ああ、神よ！――あの名状しがたい空の落とし子の、四散したが可塑性《かそせい》のある体が、渦を巻いて、忌まわしい元の形に再結合しつつあったのだ。だが、「アラート号」は次第に蒸気が強まって勢いがつき、距離は一秒ごとに広がって行った。

それで終わりだった。そのあと、ヨハンセンは船長室で例の偶像を前にして考え込み、自分と傍らで笑う狂人のために、食べ物をいくらか用意するだけだった。果敢な逃走をやりとげたあとは、船を操縦しようともしなかった。反動で、彼の魂から何かがすっぽり抜けてしまったのだ。やがて四月二日の嵐が起こり、意識が朦朧《もうろう》として来た。無限に広がる液体の渦の中をキリキリ舞いしているような異様な感覚、箒星《ほうきぼし》の尾に乗って、旋回する諸宇宙を翔《と》んで行くような目眩《めくるめ》く感覚、そして奈落の底から月へ、月からまた奈落の底へ、ヒステリックにとび下りたりとび上がったりする感覚——浮かれてはしゃぐ歪んだ古き神々と、蝙蝠の翼を持ち、嘲り笑う冥府《めいふ》の緑の小鬼たちがそのさまを見、声を合わせてゲラゲラと笑い、囃《はや》し立てている。

そんな夢の中から、救いの手が現われた——「ヴィジラント号」、副海事裁判所の法廷、ダニーディンの街並、そしてエーゲベルクの麓《ふもと》にあるなつかしい故郷の家への長い船旅。彼には言えなかった——気が狂ったと思われるだろうから。死ぬ前に自分の知っていることを書き残しておきたいが、妻に勘づかれてはならない。死が記憶を拭《ぬぐ》い去ってくれるのならば、死は一つの恩恵となろう。

以上が私の読んだ文書の内容で、私は今この手記を、例の浅浮彫りとエインジェル教授の書類と共に、錫《すず》の箱に入れたところだ。私のこの記録も一緒にしておこう——

これは自分が正気かどうかを試すために書いたのだが、この中で結びつけた諸々《もろもろ》の事柄を、余人がふたたび結びつけて考えないことを願う。私はこの宇宙が擁《よう》する恐ろしいものをすべて見てしまったから、春の空も、夏の花も、この先ずっと私にとっては毒とならざるを得ない。とはいえ、私の人生は長くないと思っている。大伯父が逝《い》き、気の毒なヨハンセンが逝ったように、私も逝くだろう。私は知りすぎたし、あの教団はまだ生きている。

クトゥルーもまだ生きていると思う。太陽がまだ若かった頃から彼を護りつづけて来た岩の裂け目にふたたび身を隠しているにちがいない。彼の呪われた都はふたたび沈んだ。四月の嵐のあと、「ヴィジラント号」が海上のあの場所を通っていることが、その証拠だ。しかし、地上にいる彼の僕《しもべ》たちは今なお寂しい場所で、偶像を天辺にのせた一本柱のまわりでわめき、跳ねまわり、生贄《いけにえ》を殺している。彼は暗黒の深淵にいる間に、地盤沈下によって閉じ込められてしまったにちがいない。さもなければ、今頃世界は恐怖と狂乱の悲鳴を上げていることだろう。だが、先のことは誰にわかろう？　浮かび上がったものは沈みもするし、沈んだものは浮かび上がりもする。忌まわしいものは深海で時を待ちつつ夢見ているし、ぐらついて倒れそうな人間の街々には頽廃《たいはい》が広がってゆく。いつか、その時が来る――だが、私は考えてはならないし、考えられない！　もし私がこの手記を書いてからまもなく死ぬようであれば、遺言執行者が大胆さよりも用心を第一にして、これが他人の目に触れないように気をつけてくれることを祈るばかりだ。

ニャルラトホテプ

ニャルラトホテプ……這《は》い寄る混沌《こんとん》……私は最後の一人だ……耳傾ける虚空《こくう》を相手に語ろう……

あれがいつ始まったのか、はっきりとは憶《おぼ》えていないが、なにしろ何ヵ月も前のことだった。世の中の張りつめた空気は恐ろしかった。政治的、社会的な大変動の時節に、凄《すさ》まじい肉体的な危険が身にふりかかりはしないかという、奇妙な重苦しい不安が加わった。それはあまねく広がって何もかも包み込む危険、夜のもっとも恐ろしい幻想の中でしか想像もできない危険だった。今でも憶えているが、人々は蒼《あお》ざめた不安そうな顔で歩きまわり、警告や予言をささやき合うが、誰もそれを二度と繰り返して言ったりはしないし、そういうことを聞いたと自分に認めもしないのだった。途方もない罪の意識が国中にあり、星々の間の奈落《ならく》の底から冷たい流れが吹き下りて、暗く寂しい場所にいる人々を震えさせた。四季の順序に禍々《まがまが》しい変化が起こり――秋の暑さが恐ろしく長びいて、この地球も、そしておそらく宇宙も、我々の知る神々と諸力の支配下から、知られざる神々と諸力の支配下に移ったのではないかと誰もが感じていた。

ニャルラトホテプがエジプトから来たのは、ちょうどそんな時だった。彼の素性は誰にもわからなかったが、古いエジプトの血を引いており、風貌《ふうぼう》はファラオさながらだった。土地の農夫たちは彼を見ると跪《ひざまず》いたが、なぜかと問われても答えられなかった。自分は二十七世紀にわたる暗黒の中から立ち現われた者で、この惑星にはない場所からの言伝《ことづて》を聞いている、と彼は言った。諸々《もろもろ》の文明国へニャルラトホテプはやって来た――色は浅黒く、痩身《そうしん》で、不気味で、いつもガラスと金属でできた奇妙な器械を買っては、それを組み合わせて、いっそう奇妙な器械をつくった。科学の――電気学や心理学の――ことを多く語り、強力な見世物を行って、観《み》た者は茫然《ぼうぜん》としてものも言えずに帰って行ったが、そのために彼の名声はいやが上にも高まった。人々はニャルラトホテプを見るべきだと勧め合い、戦慄《せんりつ》した。そしてニャルラトホテプの行くところ、安息は消え失《う》せた。夜更《よふ》けの時間が悪夢の悲鳴に劈《つんざ》かれたからである。悪夢の悲鳴がそれほどの社会問題になったことはかつてなく、今や賢い人々は夜更けに眠ることを禁止できれば良いのにと思うほどだった――そうすれば、蒼ざめた哀れむ月が、橋の下を流れる緑の水や、病める空を背にして崩れゆく古い尖塔《せんとう》を照らす時、街々の絶叫が月をこんなにひどく悩ますこともあるまい、と。

ニャルラトホテプが私の街へ——数知れぬ犯罪の温床である、大きな、古い、恐ろしい街へ来た時のことを憶えている。友人が私に彼のことを語り、彼の啓示が人を魅了し、誘惑すると言ったので、私は彼の神秘の奥底を探りたいという思いに燃えた。友人は言った——それは君のもっとも熱をおびた想像も越えるほど、恐ろしくて印象的なものだ、と。明かりを消した部屋でスクリーンに映し出されたものが、ニャルラトホテプ以外の誰も敢《あ》えて予言せぬことを予言し、彼が火花をパチパチ飛ばすと、人間から何かが吸い取られる——それは今まで取られたことのないものだが、目にだけは見えるのだ、と。またニャルラトホテプを知る者は、他の者は見たことのない光景を目にするという噂《うわさ》が巷《ちまた》にささやかれるのを私は聞いた。

あれは暑い秋のことだった。私は不穏な群衆と共に、ニャルラトホテプを見ようと夜の闇《やみ》の中を歩いていた。息苦しい闇の中を歩いて、果てしない階段を上がり、むっと息の詰まるような部屋の中へ入った。そして廃墟《はいきょ》にいる頭巾《ずきん》をかぶった人影や、崩れた記念碑のうしろから覗《のぞ》き込む黄色い邪悪な顔がスクリーンに映っているのを見た。また私は見た、この惑星が暗黒と戦うのを——いやはての宇宙から押し寄せる破壊の波と戦い、暗くなって冷えてゆく太陽のまわりで旋転し、奔騰《ほんとう》し、もがくさまを。やがて火花が観衆の頭のまわりを驚くほど飛びまわり、髪の毛が逆立つ一方、とても口では言えないほどグロテスクな影があらわれて、私たちの頭上に蔽《おお》いかぶさった。そして他の観客よりも冷静で科学に通じた私が「ペテンだ」「あれは静電気だ」と顫《ふる》える声で抗議の言葉をつぶやくと、ニャルラトホテプは私たちを全員外へ追い出し、私たちは目の眩《くら》むような階段を下りて、蒸し暑く、人気《ひとけ》のない真夜中の街路《とおり》へ出た。私は大声で叫んだ――俺は怖くないぞ、怖がらせることなんかできないぞ、と。すると他の者も慰めを求めて、私と共に叫んだ。この街は少しも変わりやしないし、まだ生きている、と私たちは断言し合った。そして電燈《でんとう》が消えはじめると、電力会社を何度も何度も罵《ののし》り、お互いに変な顔をしているのを見て笑った。

私たちは緑色がかった月から何かが下りて来るのを感じたように思う。というのも、月の光を頼りに物を見はじめると、いつのまにか妙な隊形を組んで歩いていたからだ。行先はわかっているようだったが、そのことは考えたくもなかった。一度舗道を見ると敷石が緩《ゆる》んでいて、そこに雑草が茂り、路面電車が走っていた場所を示す銹《さ》びた線路もわずかにあるかないかだった。また路面電車がただ一台、窓ガラスもなく、壊れかけて、ほとんど横倒しになっているのが見えた。地平線に目を凝《こ》らすと、川岸の三番目の塔が見つからなくて、二番目の塔は天辺《てっぺん》の輪郭がギザギザになっていることに気づいた。それから私たちは細い列に分かれ、そのそれぞれが違う方向へ引かれて行くようだった。一つの列は左側の狭い小路に消え、恐ろしい呻《うめ》き声の谺《こだま》だけをあとに残した。もう一つの列は雑草の生い茂る地下鉄の入口にぞろぞろと下りて行きながら、狂った笑い声を響かせた。私自身の列はひらけた郊外に吸い寄せられて行って、そのうちに、暑い秋のものではない冷気を感じた。暗い湿原を進んで行くうちに、まわりを見ると、邪悪な雪が月光を浴びて地獄のように燦《きら》めいていたのである。人の通った跡もない不可解な雪は一方向だけが払いのけられ、そこに地の裂け目が、雪の壁が両側に輝いているため、一際《ひときわ》黒々と口を開《あ》いていた。行列は足取りも重く、夢見るように裂け目の中へ下りて行ったが、すっかりまばらになっているようだった。私はうしろの方でためらっていた。緑の光に照らされた雪の中の真っ黒な亀裂《きれつ》は恐ろしかったし、私の仲間が消えて行く時、穏やかならぬ泣き声の反響が聞こえたように思ったからである。だが、とどまろうとする私の力は弱かった。私は先に行った者に招かれるかのように、半ば宙に浮いて、巨大な雪の吹きだまりの間を、震えながら、怖がりながら、想像もつかないものが待ち受ける、何も見えない渦の中へ入って行った。

叫び出したいほどに感覚を持ち、狂乱して物も言えぬ、その苦しみはかつて在りし神々のみぞ知る。病んだ敏感な一つの影が、手にはあらぬ手の中でのたうち、やみくもに放り出されてクルクルと旋回《まわ》りながら、腐りかけた被造物の恐ろしい真夜中を通り過ぎ、都市という腫物《はれもの》のある惑星の死骸《しがい》を横に見て、蒼ざめた星々をかすめて弱々しく瞬《またた》かせる納骨堂の風に吹きまわされる。諸惑星の彼方《かなた》に、奇怪なものどものおぼろな幻が浮かんでいる。不浄な神殿のぼんやりと見える柱が、宇宙空間の下にある名状しがたい岩の上に建てられ、光と闇の天球を越えた目眩《めくる》めく高さの真空に向かってそそり立つ。そして、この忌《い》まわしい宇宙の墓場に鳴り渡っているのは、時間《とき》の彼方にある想像を絶した暗い房室房室《へやべや》から聞こえて来る、くぐもった、狂おしい太鼓の音と、冒瀆《ぼうとく》的な笛のかぼそい単調な涙声。その可厭《いや》らしい乱打と笛の音に合わせて、ゆっくりと、ぎごちなく、滑稽《こっけい》に、巨大で暗鬱《あんうつ》な窮極の神々が踊っている――盲目の、声もなければ心もない鬼面像たち――その魂こそニャルラトホテプなのだ。

闇《やみ》にささやくもの

一

　結局のところ、実際に目に見える恐ろしいものは何も見ていないのだということを、良く心に留めておいていただきたい。私があああいうことを考えたのは精神的なショックが原因であり――そのショックが駄目押しとなって、もう我慢できなくなった私は、夜の夜中に寂しいエイクリーの農場をとび出し、他人《ひと》の車を勝手に借りて、ヴァーモント州の荒涼とした円屋根のような山々の間を走り抜けて行ったのだと言うことは、私の最後の体験に関する明々白々たる諸事実を無視することになる。私はヘンリー・エイクリーの知識や考えをかなりの程度共有していたし、いろいろなことを見聞きして鮮烈な印象を受けたことは認めるが、それにもかかわらず、今もって自分の忌《い》まわしい推測が正しいか間違っているかを証明することができないのだ。というのも、エイクリーの失踪《しっそう》は、結局何事を証拠立てるわけでもないからだ。彼の家にも、内外に弾痕《だんこん》があったほかには何もおかしな点は見つからなかった。彼はまるで山を散歩しにふらりと出かけて行って、それっきり戻らなかったかのようだった。家に客が来ていたようすもなく、書斎にあの恐ろしい円筒と機械があった痕跡も残っていなかった。彼は自分が生まれ育った場所の、寄り集まった緑の山々と果てしなくさらさらと流れる小川を死ぬほど怖がっていたが、そのことも何も意味しない。なぜなら、そういう病的な恐怖を抱く人間は何千人といるからである。それに、彼が終わりの頃に示した奇妙な行動や不安も、変人だったということで容易に説明がつく。

私に関する限り、事の発端は、一九二七年十一月三日にヴァーモント州で起こった歴史的な未曾有《みぞう》の洪水である。私は当時も、今と同じように、マサチューセッツ州アーカムのミスカトニック大学で文学の教師をしており、ニューイングランドの民間伝承を素人《しろうと》ながら熱心に研究していた。洪水が起こってまもなく、被災者の難儀苦衷や救援活動に関するさまざまな報告が新聞を埋め尽くした中に、増水した川に浮かんでいるのが発見されたものについての奇妙な話がいくつか載った。それを見て、私の友人の多くは風変わりな議論を始め、その問題について、できる限り知恵を貸してほしいと私に訴えた。私は自分の民俗研究を真面目《まじめ》に受けとってもらえたので得意になり、どう見ても古い田舎の迷信から派生したとおぼしい、荒誕で曖昧《あいまい》な話をさんざん貶《くさ》してやった。噂話《うわさばなし》の底には、何か隠微な歪曲《わいきょく》された事実の層が隠されているかもしれないと、何人もの教育のある人間が主張するのが、私には愉快だった。

このようにして私の注意を惹《ひ》いた話は、主に新聞記事の切抜きから来ていた。もっとも、一つの法螺話《ほらばなし》は最初口伝えに伝えられて、私の友達にヴァーモント州ハードウィックに住む母親が手紙で書いて来たものだった。語られることの型《タイプ》はいずれも根本的に同じだったが、三つのべつべつの事例がそこに関わっているようだった――一つは、モンペリエに近いウィヌースキ川に関係があり、もう一つはニューフェインの向こうのウィンダム郡のウェスト川にまつわることで、三番目は、リンドンヴィルより北に位置するカレドニア郡のパサムプシック川を中心とするものだった。もちろん、片々《へんぺん》たる記事の多くが他の例にも触れていたが、煎《せん》じ詰めると、すべてこの三つに帰するようだった。いずれの場合にも、田舎の人が、人跡到《いた》らぬ山から流れ下る川の激流の中に、何とも異様な、気味の悪いものを一つないし複数見かけたと報告している。そして、これを機会に、老人たちが素朴な半ば忘れられた一群の伝説――ひそかにささやかれていた話をふたたび持ち出し、こうした目撃談と結びつける傾向が広まっていた。

人々が見たと思ったものは、今までに見たことのないような形をした生物だった。当然ながら、その悲劇的な時期にはたくさんの人間の遺体が川に流されたが、こうした奇妙な形をしたもののことを語る人々は、大きさや全体の輪郭に多少似たところがあるにしても、それらは人間ではないという確信を持っていた。それに、目撃者たちが言うには、ヴァーモント州で知られているいかなる動物でもあったはずがない。それらは体長五フィートほどの、薄桃色のものだった。甲殻類のような胴体に、巨《おお》きな一対の背鰭《せびれ》ないし膜状の翼と、関節のある手脚が五、六対ついている。そして、普通なら頭があるはずの場所に、たくさんのごく短い触角におおわれた回旋状の楕円体《だえんたい》があるのだという。出所がさまざまに異なる報告がじつに細かい点まで一致しているのは、本当に驚くべきことだった。もっとも、一時期この山岳地帯に共有されていた古伝説は、病的に生々しい描写を伝えており、それが目撃者全員の想像力に影響を与えたかもしれないと考えれば、さほど不思議でもなかった。そういう目撃者たち——いずれも単純素朴な僻地《へきち》の人々——は、渦巻く流れの中に人間か農場の動物の叩《たた》きつぶされ、膨張した死体をチラリと見、うろおぼえの言い伝えについ影響されて、こうした哀れな物体に空想的な性質を与えてしまった、というのが私の結論だった。

問題の古い民間伝承は模糊《もこ》としてとらえどころがなく、今の世代はおおむね忘れているが、非常に特異な性格を持ち、さらに古いインディアンの物語の影響を明らかに反映していた。私はヴァーモント州へ行ったことはなかったけれども、イーライ・ダヴェンポートの稀有《けう》な論文を通じて、そのことを良く知っていた。その論文には、一八三九年以前に同州の古老たちから口伝えに採集した資料が載っている。おまけに、この資料は、ニューハンプシャーの山地で私が土地の老人たちから直接聞いた物語とぴったり一致していたのだ。手短に要約すると、それは怪物めいた存在の隠れた種族が、どこか人里離れた山の中に——高い峰の深い森や、小川が未知の源泉から細々と流れる暗い谷間に潜んでいることを仄《ほの》めかすものである。こうした存在はめったに人の目に触れないが、ある山の斜面をふだんより高く登ったり、狼《おおかみ》さえ近寄らない深い切り立った峡谷にふだんより奥まで踏み入った人々が、かれらの存在する証拠を報告していた。

小川の縁《ふち》や不毛な地面の泥の中に妙な足跡か鉤爪《かぎづめ》の跡がついていたし、風変わりな石の環《わ》があって、そのまわりの草がすり切れており、石は自然にそこにあるのでもなく、まったくの自然石でもないように思われた。また、山々の中腹に深さの確《しか》とわからぬ洞窟《どうくつ》があり、入口を大きな丸石でふさがれているが、その様子がとても偶然とは思われず、例の奇妙な足跡が普通よりも多く、入口を出入りするように——仮にその足跡の向きが正しく判断できるとすれば——ついている。何よりも悪いのは、冒険好きな連中が人里遠い谷間や、通常は山登りでも登らない高い急勾配《きゅうこうばい》な鬱林《うつりん》の薄暗がりで、ごく稀《まれ》に見る怪物がいるということだった。

　この怪物について時折聞く話が互いに一致していなければ、さほど不安を抱かせることもなかっただろう。ところが実際は、ほとんどすべての噂にいくつかの共通点があった。問題の生き物は一種の巨大な淡紅色の蟹《かに》で、何対もの脚を持ち、背中の真ん中に蝙蝠《こうもり》に似た大きな翼が二ついているというのだ。かれらは全部の脚で歩くこともあれば、一番うしろの一対だけで歩き、ほかの脚を使って、何やらわからぬ大きなものを運ぶこともある。ある時はかなり大勢でいるところを目撃されたが、一部分が群れから離れて、訓練をうけたとおぼしい整然たる隊形をとり、三匹ずつ横並びに、森の浅い流れに沿って水の中を歩いていた。またある時は、一匹が空を飛んでいた——夜、寂しい禿山《はげやま》の天辺《てっぺん》から飛び立って、羽ばたく大きな翼が満月を背に一瞬黒い輪郭をあらわしたあと、空に消えて行ったという。

　怪物たちは、概して人間とは没交渉でいることを良しとしているようだったが、時々、冒険好きな人間——ことに、ある谷間に近すぎる場所や、ある山々の高すぎる場所に家を建てた人間が行方不明になると、かれらのせいにされた。多くの土地が住むには適さないところとわかり、その感覚は、理由が忘れ去られたあとも長い間残っていた。人々は近くの山の絶壁を見上げてぞっと身震いするのだったが、それは、そうしたいかめしい緑の歩哨《ほしょう》たちの低い斜面で、何人の開拓者が行方知れずになったかを、何軒の農家が焼けて灰となったかを思い出さなくても、同じことだった。

もっとも古い伝説によると、生き物たちはかれらの秘密を侵犯した者だけに害をなしたようだけれども、あとになると、人間に好奇心を抱き、人間世界にひそかな前哨《ぜんしょう》基地を設けようとしたという話も伝えられる。朝、農場の窓のまわりに奇妙な鉤爪の跡が見られたとか、魔物が出るとわかっている区域の外で、人が時折姿を消すといった話がある。それから、深い森の道や細道でブンブンという声が人間の言葉を真似《まね》て、一人旅の旅人に驚くような申し出をするとか、原始林がつい前庭まで迫っているところで、子供が怪しいものを見聞きして、恐ろしさに正気を失うという話もあった。伝説の最後の層——迷信が衰え、恐ろしい場所との密な接触が断たれる直前の層——に於《お》いては、隠者や人里離れた土地に住む農夫についての驚くべき話がある。そうした人々が人生のある時期に精神の不快な変化を来《きた》したらしく、奇妙な存在に己を売り渡した人間として嫌われ、蔭口《かげぐち》をきかれるというのである。北東部のある郡では、一八〇〇年頃、偏屈で評判の悪い世捨て人を、忌まわしい怪物どもの味方か代理人だといって詰《なじ》ることが流行したらしい。

怪物たちの正体については——当然のことながら、説明はさまざまに異なる。かれらは「あいつら」とか「古いものら」とか呼ばれるが、地方によって、また一時的にべつの呼名が使われることもあった。おそらく、清教徒《ピューリタン》の開拓者の大部分はかれらをあからさまに悪魔の使い魔と決めつけ、畏怖《いふ》に満ちた神学的思索の土台にしたであろう。ケルト伝説を自らの遺産のうちに持つ者——主として、ニューハンプシャーに住むスコットランド系、アイルランド系の分子と、ウェントワース総督（訳注・ベニング・ウェントワース1696–1770　ニューハンプシャー総督として、ヴァーモント州の一部地域への入植を認めた）の特許によってヴァーモント州に入植したその親属——は、かれらを沼地や土砦《どさい》に住む悪い妖精《ようせい》や「小さい人々」に漠然と結びつけ、先祖代々伝わるささやかな呪《まじな》いによって身を守った。だが、インディアンたちは中でも一番荒唐無稽《むけい》な説を持っていた。部族によって伝説は異なるが、いくつかの肝腎《かんじん》な点に於いては信ずるところが明白に一致していた。あの生き物たちは地球に生まれたものではない、とみな一様に認めていたのである。

ペナクック族の神話はもっとも首尾一貫しており、絵のような趣があるが、このように言っていた——〝翼あるものら〟は空の大熊座からやって来て、この地球の山々に鉱山をつくり、よその星では手に入らない石を採るのだと。神話によれば、かれらは地球に住んでいるのではなく、前哨基地を置いているだけで、膨大な石の荷物を持って、北方にある自分たちの星へ飛んで帰るのだという。かれらが害するのは、近づきすぎたり、かれらの様子を窺《うかが》ったりした地球人だけだ。動物がかれらを避けるのは本能的な憎しみからであって、狩られるからではない。かれらは地球の物や動物を食べることができず、食料は星々から持って来る。かれらに近づくのは良くないことで、時々、かれらの山に入った若い猟師が帰って来なくなる。かれらは蜜蜂《みつばち》のような声で人間の声を真似ながら、夜の森の中でささやくが、その声に聴き耳を立てるのも良くない。かれらはあらゆる種類の人間――ペナクック族やヒューロン族、五つの国の人間たち――の言葉を知っているが、自分たちの言葉は持っていないし、その必要もないらしい。かれらは頭で話をするが、その頭はさまざまに色が変わってさまざまなことを伝えるのだ。

もちろん、伝説はすべて、白人の伝説もインディアンの伝説も十九世紀の間に死に絶え、たまさか先祖返りのように再燃するだけだった。ヴァーモント州の人間の生活習慣が安定して、人々のふだん通う径《みち》や住居が一定の計画に沿って定まってしまうと、いかなる恐れや忌避がその計画を決定したのかも、そもそも恐れや忌避があったことすらも次第に忘れられていった。ある山地は非常に健康に悪く、儲《もう》けもなく、全体に住むには縁起の悪いところで、そういう場所から遠ざかるほど、普通は暮らし向きが良くなる——たいていの人が知っているのはそれだけだった。やがて習慣と経済的利益の轍《わだち》が、良しとされた場所に深く刻み込まれると、もはやそこから出て行く理由はなくなり、魔物の出る山々は意図してというよりも自然に打ち棄《す》てられていた。たまにどこかで人々が恐れ騒ぐこともあったが、そんな時をべつとすると、不思議を愛するお婆《ばあ》さん連や昔を懐《なつか》しむ九十代の老人が、山に棲《す》む存在のことをささやくだけだった。そして、そういうヒソヒソ話ですら、怪物たちも今では家や開拓地があるのに慣れたし、人間もかれらが選んだ地域を放っておくように厳しく注意しているから、やたらに怖がることはないと認めていた。

こうしたことを、私は書物とニューハンプシャーで採取した民話から知っていた。だから、洪水の時に噂が流れはじめると、それがいかなる想像の背景から出て来たかを容易に推測できたのである。私は大苦労《おおくろう》してこのことを友人たちに説明したが、議論好きな幾人かの連中は、諸々《もろもろ》の報告に真実の要素が含まれているかもしれないと主張しつづけるので、中々愉快だった。そうした連中が指摘しようとしたのは、古い伝説には興味深い一貫性と統一性があり、ヴァーモントの山々は事実上踏査されていないに等しいから、そこにどんなものが棲んでいるかいないかについて、独断的になるのは賢明でないということだった。ああした神話はすべて人類の大部分に共通する周知の類型に属するものであって、つねに同じ型《タイプ》の幻想を生む、空想体験の初期の様相によって決まるのだ、と言い聞かせても、かれらを黙らせることはできなかった。自然を擬人化した伝説は人類に普遍的なもので、それが古代世界を牧神や森の精やサテュロスで満たし、近代ギリシアのカリカントザロイを思いつかせ、未開のウェールズやアイルランドに、洞居人や穴居人といった奇妙な、背の低い、恐ろしい隠れた種族のことを暗く仄めかしたのだが、ヴァーモント州の神話はそれと本質的にほとんどちがわないことを、そういう相手に示しても無駄だった。またネパールの山地の部族は恐るべき〝ミ＝ゴウ〟あるいは「忌まわしき雪男」が、ヒマラヤ山脈の氷と岩の尖峰《せんぽう》の間におぞましくも潜んでいることを信じていて、これなどはもっと驚くほど類似した信念だと指摘しても無駄だった。私がこうした証拠を持ち出すと、論争相手はそれを逆手《さかて》に取って、こう主張した――それは昔の物語に史実性があることを示唆《しさ》するもので、人類よりも以前に奇妙な地球種族が実在したことを示している。その種族は、人類が現われて優勢になると追い払われて姿を隠したけれども、数こそ減ったが、割合と最近まで――いや、ことによると現在でも生き残っていることが大いに考えられる、と。

私がそうした説を笑えば笑うほど、頑固な友人たちは強く言い張り、たとえ伝説という遺産がなくとも、最近の報告は話し方が明確で、筋が通っていて、詳しく、正気の人間が言うことらしく散文的だから、まったく無視するわけにはゆかないと言い添えた。二、三の狂信的な極論家は、隠れている存在が地球外から来たものだという古いインディアンの物語には意味があるかもしれないとまで言い出し、他の星や外宇宙からの冒険者がたびたび地球を訪れていると主張する、チャールズ・フォートの突飛な本を引き合いに出した。しかし、私の論敵の大多数は単なるロマンティストで、アーサー・マッケンの素晴らしい恐怖小説によって有名になった、隠れひそむ「小さい人々」の幻想的な言い伝えを、現実世界に持ち込もうとしているにすぎなかった。

二

このような状況では当然のことだったが、人の興味をそそるこの論争はしまいに「アーカム・アドヴァタイザー」紙への手紙という形で活字になった。手紙のいくつかは、洪水の物語の出所《でどころ》であるヴァーモント地方の新聞にも転載された。「ラトランド・ヘラルド」紙は半ページを割いて両陣営の手紙の抜萃《ばっすい》を掲載し、一方、「ブラトルボロ・リフォーマー」紙は問題を歴史的、神話学的に要約した私の長い文章の一つを全文再録した上、私の懐疑的結論を支持し、喝采《かっさい》を送る「ペンドリフター」の思慮深い記事に載った解説を添えた。一九二八年の春頃には、私はヴァーモント州へ足を踏み入れたこともないのに、彼の州《か》でほとんど有名人になってしまった。ヘンリー・エイクリーからの挑戦的な手紙が来たのは、その頃である。その手紙は私にいとも深い印象を残し、それ故《ゆえ》に、私はあとにも先にもただ一度だけ、緑の絶壁が寄り集まり、森の流れがつぶやく、あの魅惑的な地方へ赴いたのだった。

私が現在ヘンリー・ウェントワース・エイクリーについて知っていることの大部分は、彼の寂しい農場を訪れたあと、彼の隣人やカリフォルニアにいる一人息子と文通して知ったのだ。彼は故郷を代表する名家の最後の一人で、昔から法曹家や、行政官や、趣味の農業経営者を輩出した、地元では有名な一族の出だったことがわかった。しかし、彼の代になって、一族の精神は実際的な事柄から純粋な学問に方向を変え、彼はヴァーモント大学で数学、天文学、生物学、人類学、および民俗学の研究家として名を成していた。私はそれ以前に彼の名を聞いたこともなかったし、彼は自分の経歴について手紙でも詳しく語らなかった。けれども、私は最初から、彼がおよそ世間に疎《うと》い世捨て人ではあるけれども、ひとかどの個性と教養と知性の持主であることを見て取った。

彼が主張するのは信じがたい性質のことだったが、私はすぐさまエイクリーを、私の見解に挑戦する他の誰よりも真剣に扱わざるを得なかった。一つには、彼がグロテスクな思索をめぐらす対象であるところの現象――目に見え、触れることのできる実際の現象――の間近にいるためであり、また一つには、彼が真の科学者らしく、結論を仮説のままにしておくことを厭《いと》わないのに驚いたからである。彼には個人的にどういう意見を持ち出したいということがなく、つねに確実な証拠とみなすものに導かれていた。もちろん、私も初めは彼が間違っていると思ったが、間違い方が知的であることはたしかだった。エイクリーの友人の中には、彼の考えや寂しい緑の山々への恐怖を狂気のせいにする者もいたが、私は一度もそれに与《くみ》しなかった。この男には相当な言い分があるのがわかったし、彼が報告することは――たとえ、彼が考えている空想的な理由とはほとんど関係がないとしても――必ずや調査に値する不思議な状況から来ているのを知っていた。のちに私は彼からある物的証拠を受け取り、そのために問題はそれまでといささか異なる、当惑するほど奇怪な基礎の上に置かれたのである。

エイクリーが自己紹介した長い手紙を、可能な限り全文ここに書き出すのが一番良いだろう。この手紙は、私自身の精神史に於いて画期的な事件となった。もう私の手元にはないが、その由々しき内容はほとんど一字一句記憶に残っており、私はこれを書いた人間が正気だったことを確信する、ともう一度言っておく。文面は以下の通りだ――この文章は静かな学究生活の間、世間とあまり交わらなかったらしい人物の読みにくい古風な走り書きの筆跡で、私の手にとどいた。

地方無料郵便配達　#2
ヴァーモント州
ウィンダム郡タウンシェンド
一九二八年五月五日

マサチューセッツ州アーカム
ソールトンストール街一一八番
アルバート・N・ウィルマース様

拝啓
「ブラトルボロ・リフォーマー」紙（二八年四月二十三日付）に再録された、あなたのお手紙をまことに興味深く拝読しました。昨秋、当地の氾濫《はんらん》した川に奇妙な死骸《しがい》が浮かんでいるのを見たという最近の風説、そして、それらとじつに良く符合する奇妙な民間伝承に関するお手紙です。外部の方があなたのような立場をとる理由は良くわかりますし、「ペンドリフター」紙があなたと同意見である理由さえわかります。それはヴァーモント州の内外を問わず教育を受けた人々が一般に取った態度ですし、私自身若い頃に（今は五十七歳です）取っていた態度です。私も研究――一般的研究とダヴェンポートの本の研究――のためにこのあたりの山々の、通常は人が行かぬところで調査をする以前は、そういう態度を取っておりました。

私がこうした研究を始めるようになったのは、以前、無知な年とった農夫たちから聞いた奇妙な古い物語がきっかけですが、今ではこんなことに手を出さなければ良かったと思っております。私は人類学と民俗学という分野にけして門外漢ではないと言っても、不遜《ふそん》ではあるまいと思います。大学でかなり学びましたし、タイラー、ラボック、フレイザー、カトルファージュ、マリー、オズボーン、キース、ブール、G・エリオット・スミスといった定評ある権威の著作に通じております。隠れた種族の物語が人類と同じくらい古いということは、私には耳新しい報《しら》せではありません。私は「ラトランド・ヘラルド」紙に載ったあなたのお手紙と、あなたと議論する人々の手紙を見ましたから、あなた方の論争が現在どのようなところに立ち至っているかを知っているつもりです。

私が今申し上げたいのは、道理があなたの側にあるように見えても、遺憾ながら、論敵の方が真実に近いのではないかということです。かれらは自分で気がついている以上に真実に近いのです――と申しますのは、もちろん、かれらは理論だけに頼っており、私の知っていることを知らないからです。もし私がこの件について、かれらと同じくらいのことしか知らなかったならば、かれらの信じるようなことを信じるべきだとは思わないでしょう。完全にあなたの側についたでしょう。

私が中々要点を切り出せずにいるのが、おわかりでしょう。おそらく、肝腎なことを話すのが本当は怖いからなのだと思います。しかし、単刀直入に申しますと、人が行かない高い山の上の森に、怪物のような生き物が実際に棲んでいる証拠を私は持っているのです。報告されたように、川に浮かんでいるのを見たことはありませんが、ここに繰り返すのも恐ろしい状況で、あれと似たものを見ました。足跡も見ましたし、最近では、今は申し上げたくもないほど私自身の家（私は黒山(ダーク・マウンテン)の山腹にある、タウンシェンド村の南の古いエイクリー農場に住んでおります）に近いところで見ました。それに、森のいくつかの個所で声を洩《も》れ聞きましたが、その場所を紙に詳しく記す気もありません。ある場所ではその声をよく聞くので、蓄音機——口述録音再生器と蠟管《ろうかん》が付いているものです——を持って行きました。いずれ私がした録音をお聞きいただけるように手配するつもりでおります。この近辺に住む何人かの老人にそのレコードをかけて聞かせたところ、老人たちは一つの声を聞いて、恐ろしさのあまり縮み上がってしまいました。それはかれらのお祖母《ばあ》さんたちが話をして、真似してみせた声（ダヴェンポートが言及している、森の中のブンブンという声）に似ているというのです。「声を聞いた」などという話をする男のことを、たいていの人がどう思うかは知っています——しかし、結論をお出しになる前に、ぜひともこのレコードを聞いて、僻地の老人たちにどう思うかと尋ねていただきたいのです。もしもあなたに尋常の説明がおできになるなら結構ですが、この背後には何かがあるにちがいありません。火のないところに煙は立たずですから。

さて、私がこうして手紙を書いているのは議論を始めるためではなく、あなたのような御趣味の方が深く関心を抱かれるであろう情報をさし上げるためです。

これは内密に願います。公には、私はあなたの味方なのです。というのも、ある事情からわかったのですが、世間の人がこの件について知りすぎるのはよろしくないからです。私自身の研究は今は完全に私的なもので、何かを言って世間の注目を惹いたり、私の探検した場所に人を行かせたりはしたくありません。これは事実――恐ろしい事実なのですが――人間ではない生き物が常時我々を見張っており、我々の中にスパイを放って、情報を集めているのです。私がこの件に関する手がかりの大部分を得たのは、一人の惨《みじ》めな男からでしたが、もし彼が正気だったとすると（私は正気だったと思います）、彼はそういうスパイの一人だったのです。この男はのちに自殺しましたが、現在ほかにもスパイがいると考えるべき理由があります。

あの怪物たちは他の惑星からやって来るもので、星間宇宙でも生きられ、不器用ですが力強い翼で、そこを飛ぶことができます。その翼はあるやり方でエーテルに抵抗することができますが、飛ぶ方向を定めるのが下手なため、地球上で動きまわるにはあまり役に立ちません。私を気狂《きちが》いだと思って今すぐ突き放さないでくださるなら、このことについてはあとでお話ししましょう。連中がここへ来るのは、山の下を深く掘り下げている鉱山で金属を採るためですが、私はその金属が採れる場所を知っているつもりです。かれらは放っておけば何も危害を加えませんが、かれらのことをあまり穿鑿《せんさく》すると、どんなことが起こるかわかりません。もちろん、人間が大勢でかかれば、かれらの採掘拠点を一掃することもできるでしょう。かれらはそれを恐れています。しかし、もしそうなったら、もっと大勢の連中が外部からやって来るでしょう——いくらでも。地球を征服することも容易でしょうが、今のところそれを試みないのは、必要がないからです。かれらはむしろ面倒を省くために、今のままのやり方で行きたいのです。

かれらは私がある物を発見したので、私を厄介払いする気なのだと思います。ここよりも東にあたる円山《ラウンド・ヒル》の森で、私は消えかかった未知の象形文字が刻んである、大きな黒い石を見つけました。それを家へ持ち帰ってから、すべてが変わりました。もし私が多くのことに勘づきすぎたと思ったなら、かれらは私を殺すか、地球から連れ出し、かれらのいたところへ連れて行くでしょう。かれらは人間界の事情に疎《うと》くならないために、時々学問のある人間を連れて行きたがるのです。

あなたにお便りをした二次的な目的は、ここから来ているのです——つまり、あなたに現在の議論をこれ以上世間に広めず、むしろ静かにさせていただきたいのです。人をこの山々から遠ざけねばなりません。そのためには、かれらの好奇心をこれ以上煽《あお》ってはいけないのです。それでなくとも、危険はかなりあります。なにしろ、宣伝屋や不動産会社のおかげで、大勢の避暑客がヴァーモント州へどっと押しかけ、未開の土地に群らがって、山を安っぽいバンガローだらけにするのですから。

今後もあなたと連絡を取りたいと思います。お望みなら、例のレコードと黒い石を（これは磨滅がひどくて、写真ではよくわかりませんから）試しに速達便でお送りするつもりです。「試しに」と申し上げたのは、どうもあの生き物たちは、このあたりのものをいじくりまわす便宜を得ているらしいからです。村の近所の農場にブラウンという、むっつりした胡散臭《うさんくさ》い男がいるのですが、私はこいつがかれらのスパイだと思っています。私がかれらの世界について知りすぎているため、かれらは私を少しずつ私の世界から切り離そうとしているのです。

かれらは驚くべきやり方で、私が何をしているかを探り出します。この手紙も、もしかすると、お手元にとどかないかもしれません。事態がこれ以上悪化したら、私はこの土地を去って、カリフォルニア州のサンディエゴで息子と暮らさなければならないかもしれませんが、自分が生まれ、家族が六代も住んで来た場所を棄てるのは、なかなか容易ではありません。それに、あの生き物たちが目をつけてしまったからには、この家を売る気にもなれません。かれらは黒い石を取り返し、レコードを破壊したがっていますが、できる限り、そうはさせないつもりです。うちには大きな警察犬がいるので、かれらはいつも尻込《しりご》みします。というのも、ここにはまだ連中の数は少なく、連中は動きまわるのが不得手《ふえて》だからです。前に言った通り、かれらの翼は地上で短い距離を飛ぶにはあまり役に立ちません。私はもう少しであの石の文字を——恐ろしいやり方で——解読できそうなのですが、あなたには民俗学の知識がおありですから、足りないところを補って、私を助けることがおできになるかもしれません。あなたは地球に人間が現われる前のことを語る、あの恐ろしい神話——ヨグ・ソトホートとクトゥルーの物語群——について、何もかも御存知でしょう。『ネクロノミコン』に仄めかされている話です。私は以前あの本を見たことがありますが、聞くところによると、あなたの大学の図書館にも一冊鍵《かぎ》をかけて保管してあるそうですね。

　結論を申しますと、ウィルマースさん、私たちはそれぞれの研究によって、お互いの役に立つことができると思うのです。あなたを危険に曝《さら》したくありませんので、あの石とレコードを所持することはあまり安全でないと警告しておかなければなりませんが、あなたは知識のためなら、いかなる危険も冒す値打ちがあるとお思いになるでしょう。何でも送って良いとおっしゃった物は、ニューフェインかブラトルボロへ車で行って送るつもりです。急行列車の貨物受け渡し局は、そちらの局の方が信用できますから。私は今は一人きりで暮らしていると言って良いでしょう。使用人が居つかないからです。怪物どもが夜になると家に近づこうとして、犬がひっきりなしに吠《ほ》えるものですから、誰もここに住み込んでくれません。妻の存命中、この件に深入りしなくて良かったと思います。妻は気が狂ってしまったでしょうから。

こんな手紙を差し上げて、ひどくお邪魔をしているのでなければ良いのですが。この手紙を狂人のたわごととして紙屑籠《かみくずかご》に放り込まず、私に連絡して下さることを願います。

草々

ヘンリー・W・エイクリー

追伸　私が撮った写真を少し余分に焼きつけておりますが、これは私が述べた多くの点を証明するのに役立つかと思います。土地の老人たちは恐ろしく真に迫っていると言います。もし御興味がおありでしたら、さっそくお送りします。

H・W・A

この奇妙な手紙を初めて読んだ時の気持ちを言い表わすとなると難しかろう。通常の規準からすれば、私はこの途方もなく突飛な話に大声を上げて笑うべきだった。それ以前に私を愉快がらせた諸々の説の方が、これよりはずっと穏健だったのだから。しかし、この手紙の口調には何かがあって、逆説のようだが、私はこれを真剣に受けとったのだった。手紙の差出人が語る星界から来た秘密の種族のことを、一瞬たりとも信じたわけではない。そうではなく、初めは重大な疑惑を抱いたものの、やがてこの男が正気で誠実であることを奇妙に確信しはじめたのである。彼は何か本物の、しかし奇妙で異常な現象に遭遇し、それをこんな空想的なやり方でしか説明できないのだと思いはじめた。それは彼が考えているようなものではないに決まっているが、反面、調査に値するものにちがいない。この男はあるもののことでむやみに興奮し、警戒しているようだが、それにまったく理由がないとは考えづらい。彼の言うことはある面ではたいそう具体的で論理的であり――何といっても、彼の法螺話はいくつかの古い神話――いとも荒唐なインディアンの伝説にさえ、不気味なくらいぴったりと合致するのだ。

彼が山中で気になる声を本当に洩れ聞いたこと、手紙にある黒い石を本当に見つけたことは、十分にあり得る。とはいえ、彼が立てた推測は馬鹿《ばか》げている——そうした推測は、おそらく、自分が地球外の存在のスパイだと称し、のちに自殺した男に暗示されたのだろう。その男は完全に狂っていたにちがいないが、彼の言うことには一抹《いちまつ》のひねくれた表面的な論理があり、そのために素直なエイクリーは——すでに民間伝承の研究によって、そうしたものを受け入れる下地ができていたため——彼の話を信じ込んだと結論することは容易だった。最近の事態に関していえば——エイクリーのお手伝いが居つかないことからすると、近隣の村人たちも、彼の家が夜になると無気味なものに包囲されると彼同様に信じ込んでいるようだ。犬も実際に吠えたのだろう。

それから、例のレコードだが、これは彼が言ったように録音したのだとしか信じられない。それにも何か意味があるにちがいない。動物が人の声に似た音を立てるのか、あるいは下等動物とさして変わらぬほどに退化した人間が隠れて夜うろついている、その声なのか。私はまた象形文字が刻まれているという黒い石のことに思いを返し、それが何を意味するのだろうと思案に耽《ふけ》った。それに、エイクリーがこれから送ると言い、老人たちがいかにも本物らしくて恐ろしいと思った写真はどうだ？

わかりにくい筆跡の手紙を読み返しているうちに、何でも容易に信じ込む我が論敵たちの言うことには、私が認めて来た以上に理があるかもしれないと、それまでになく強く感じた。結局、あの忌み嫌われる山々には、言い伝えにある星で生まれた怪物族ではないにしても、何か奇妙な、おそらく遺伝的に畸形《きけい》があって、社会を逐《お》われた人々が棲んでいるのかもしれない。もしそんなものがいるなら、洪水であふれた川に奇妙な死骸が浮かんでいたというのも、まったく信じられない話ではあるまい。古い伝説も最近の報告も、背景にこれだけの現実があると想定するのは、勝手すぎるだろうか？　しかし、私はこういう疑いを抱きながらも、ヘンリー・エイクリーの途方もない手紙のように荒唐無稽な怪奇譚《かいきたん》から、その疑いが起こったことを恥ずかしく思っていた。

結局、私はエイクリーの手紙に返事を書き、好意的な関心を持っている調子で、さらに詳しいことを教えていただきたいと言った。返事はほとんど折り返し便で来て、約束通り、彼が言うことの例証となるような風景や物を写したコダック写真が同封してあった。その写真を封筒から取り出してチラと見た時、私は妙な恐怖感と、禁断のものに近づいたような気分をおぼえた。写真はおおむねぼやけていたけれども、恐ろしい暗示力を持ち、その力はそれが絵でなく本物の写真――被写体との実際の光学的なつながりであり、偏見も、誤謬《ごびゅう》も、虚偽もない、非人格的な伝達過程の所産であるという事実によって、いっそう強められていたからである。

それらを見れば見るほど、エイクリーと彼の話を真剣に受け取ったのは間違っていなかったことがわかった。これらの写真は、たしかに、少なくとも私たちの通常の知識や信念の範囲からずっと逸脱した何物かが、ヴァーモント州の山々にいることの決定的な証拠を収めていた。一番恐ろしいのは、例の足跡だった——どこか人気《ひとけ》のない高台で、泥んこの地面に陽が射《さ》しているところを写したものだ。安っぽいつくりものでないことは一目でわかった。その写真の視野には砂利や草の葉が鮮明に写っていて、ものの大きさのはっきりした指標となり、インチキな二重露出の可能性を残さなかったからだ。私はあれを「足跡」と呼んだが、「鉤爪の跡」と言った方が良いだろう。あれがどんなものだったかは今でも上手《うま》く表現できない。言えるのはただいやらしく蟹に似ていて、どちらを向いているのかはっきりしないということだけだ。その跡はあまり深くも新しくもなかったが、平均的な人間の足ほどの大きさに見えた。中央の肉趾《にくし》から、鋸《のこぎり》の歯のような鋏《はさみ》が何対か反対方向に突き出していて——もし、これが移動のためだけの器官だとすれば、どう機能するのか不思議だった。

もう一枚の写真は——深い蔭の中で、長時間露光で撮影したとおぼしいが——丸い整った形の大石にふさがれている、森の洞窟の入口を写したものだった。洞窟の前の裸の地面に奇妙な跡がぎっしりと網の目のようについているのがかろうじて見分けられ、虫眼鏡で良く見ると、その跡がもう一枚の写真の足跡に似ていることが確信されて、私は不安になった。三枚目の写真には、荒涼とした山の頂上に立っている、ドルイド教の遺跡のような石の環が写っていた。謎《なぞ》めいた環の周辺では草がひどく踏みしだかれ、擦り切れていたが、虫眼鏡で見ても足跡は見つからなかった。非常に人里離れた場所であることは、背景に人の住まぬ山々が海のごとく重畳《ちょうじょう》し、霞《かす》んだ地平線の方へ広がっていることから明らかだった。

だが、その写真の中で一番心を掻《か》き乱すのが足跡の写真だとすれば、一番奇妙な暗示を与えるのは、円山《ラウンド・ヒル》の森で見つけた大きな黒い石の写真だった。エイクリーはそれを書斎のテーブルらしいものの上で撮っていた。というのは、背景に本が並んでおり、ミルトンの胸像があったからだ。石は、縦一フィート横二フィートのいささか不規則に湾曲した面を垂直に立てて、カメラに向かっているようだったが、その表面について、また石全体の形について何かはっきりしたことを言おうとしても、ほとんど言語には言い表わせない。いかなる奇異な幾何学的原理に基いて、その石を切断したのか——というのも、それは間違いなく人工的に切ってあったからだ——私には想像もつかなかったし、かくも奇妙に、まぎれもなく、この世界とは異質な感じを与えるものをいまだかつて見たことがなかった。表面に刻まれた象形文字はごくわずかしか見分けられなかったが、一つ二つわかったものは私にいささかの衝撃を与えた。もちろん、イカサマかもしれなかった。私のほかにも、狂えるアラビア人アブドゥル・アルハザードの奇怪な、忌まわしい『ネクロノミコン』を読んだ人間はいるからだ。だがそれでも、いくつかの表意文字をそこに認めた時、私は身震いした。それらが、地球や太陽系の他の惑星ができる以前に、一種の狂った半存在を有していたものたちについての、血も凍りつく冒瀆《ぼうとく》的なささやきと関係があることを、私は研究の末に知っていたからである。

残る五枚の写真のうち三枚は沼地と山の風景で、そこには何か不健全なものが隠れ棲んでいる形跡があるようだった。もう一枚はエイクリーの家のすぐ近くの地面についた、奇妙な跡の写真だった。エイクリーによれば、ある夜犬がふだんより激しく吠え、その翌朝に撮ったものだという。ひどくブレているので、それを見てもたしかなことは何も言えなかったが、人気《ひとけ》のない高台で写されたもう一つの跡、ないし鉤爪の跡に、恐ろしくも似ているような気がした。最後の写真はエイクリーの家そのものを写していた。屋根裏部屋のある小綺麗《こぎれい》な白い二階家で、百二十五年ほど前に建てられ、手入れの良い芝生があり、石垣のついた小径が、趣味の良い彫刻を施されたジョージ王朝風の玄関までつづいていた。芝生に数匹の大きな警察犬が、白い顎鬚《あごひげ》を短く刈り込んだ、感じの良い顔をした男のそばにうずくまっていた。私はそれがエイクリー本人だと思った――右手に管をつないだバルブを握っているところからして、自分で自分を撮っているのだろう。

私は写真を見終えると、ぎっしりと書き込んだ嵩《かさ》ばる手紙自体に目を向け、それから三時間というもの、言うに言いがたい恐怖の深淵《しんえん》に沈んでいた。エイクリーは、前に概略だけ述べたことを、今度は詳細に記していた。夜、森で洩れ聞いた言葉を長々と書き出し、黄昏時《たそがれどき》に山の藪《やぶ》で見た奇怪な薄桃色の姿について長々と説明し、自殺した、狂った自称スパイが過去にえんえんと語ったことに深い多岐にわたる学識を応用して、恐ろしい宇宙的な物語を語っていた。気がついてみると、私はよそでいとも戦慄すべき物事との関係から耳にした名前や用語と向き合っていた――ユッグゴトフ、大いなるクトゥルー、ツァトホッグァ、ヨグ・ソトホート、ル・リエー、ニャルラトホテプ、アザトホート、ハストゥル、イアン、レン、ハリの湖、ベトゥムーラ、黄の印、ル・ムール＝カトゥロス、ブラン、そして大いなる名づけ得ぬもの《マグヌム・インノミナンドゥム》――いつしか私は名状しがたい永劫《えいごう》の時と想像もできぬ諸次元を通って、『ネクロノミコン』の狂える著者がごく曖昧に推測しただけの、古き外部の存在の世界に引き込まれていた。そこに語られていたのは、原初の生命がいる奈落《ならく》のこと、そこから細々と流れ出た幾《いく》条《すじ》もの川のこと、そして最後に、それらの川の一つから出て、我々の地球の運命とからみ合った細い小川のことだった。

私は頭がクラクラし、前には物事を合理的に説明し去ろうとしていたのに、今はいとも異常な信じがたい驚異《ふしぎ》を信じかけていた。ずらりと並んだ重要な証拠は忌々しいほど大きくて圧倒的だったし、エイクリーの冷静で科学的な態度――狂った、狂信的な、ヒステリックな、いや、法外に思索的な態度とさえおよそ懸け離れた態度――は私の考えや判断に由々しい影響を及ぼした。恐ろしい手紙を読み終える頃には、私も彼が味わった恐怖を理解でき、人々をあの未開な、魔物の憑《つ》いた山々から遠ざけるために、自分の力の及ぶことなら何でもしようという気になっていた。今は時が経《た》って印象も薄らぎ、自分自身の体験と恐ろしい疑惑を半分疑うようになってしまったが、それでもなお引用する気にも紙に書く気にもなれない事柄が、エイクリーのあの手紙には書いてあった。あの手紙も、レコードも、写真も今はもうないことを嬉《うれ》しく思うほどだ――そして、理由はもうじき明かすが、海王星の向こうの新しい惑星が発見されなければ良かったのにと私は思っている。

あの手紙を読んだために、ヴァーモント州の怪事件に関する私の公開論争は永久に終わった。論敵の主張には答えずに放っておくか、いずれ答えると約束して先に延ばすかし、しまいに議論はだんだんと下火になって、忘れ去られた。五月末から六月にかけて、私はエイクリーとたえず手紙のやりとりをしていた。もっとも、時々手紙がなくなり、そんな時は話題をあと戻りさせて、骨の折れる書き直しをしなければならなかった。全体として、二人がやろうとしていたのは、隠微な神話学的問題について知識を交換し、ヴァーモントの怪事件と原始社会の伝説の総体とをもっと明確に照し合わせることだった。

一例として、私たちは、こうした怪物と地獄のようなヒマラヤのミ＝ゴウが同種の悪夢の化身だという結論に事実上到達した。また非常に興味深い動物学的憶測もあり、それについては私の大学のデクスター教授に問い合わせてみたかったが、この問題は誰にも言ってはならないとエイクリーが厳命したので、やめておいた。今、私がその命《めい》に背《そむ》いているように見えるとすれば、理由は次のことにほかならない。この段階では、ヴァーモントの奥地の山々について――また大胆な探検家たちがますます登攀《とうはん》の決意を固めているヒマラヤの峰々についても――警告した方が、黙っているより公共の安全に資すると思うからだ。私たちが特にやろうとしていた一つのことは、あの忌まわしい黒い石に刻まれた象形文字の解読だった——それが解読できれば、私たちはかつて人間が知ったいかなる秘密よりも深い、目眩《めくる》めくような秘密を手に入れられるかもしれないのだ。

三

六月末頃、レコードが来た——ブラトルボロから発送されたものだ。エイクリーはそれよりも北の支線の状態を信用しなかったからである。彼は自分が監視されているのをしだいに強く感じはじめていたが、私たちの手紙が何通か失《な》くなったために、その気持ちはいっそう強まっていた。彼は隠れた存在の手先と睨《にら》んでいる男たちの陰険な行いについて、さまざまなことを言った。とりわけ彼が疑っていたのは、むっつりした農夫のウォルター・ブラウンで、この男は深い森の近くの山腹にある荒廃した家にたった一人で住んでいたが、ブラトルボロ、ベロウズ・フォールズ、ニューフェイン、サウス・ロンドンデリーといった町のあちこちを、何の動機もなさそうなのに、なぜかぶらついているところをよく見かけるのだった。ブラウンの声は、エイクリーがある時聞いた恐ろしい会話の中の声の一つだと確信していたし、一度、ブラウンの家のそばで足跡だか鉤爪の跡だかを見つけたことがあり、それには非常に不吉な意味がありそうだった。足跡は奇妙なことに、ブラウン自身の足跡――そいつに面と向かっているような足跡――のそばにあったのだ。

そんなわけで、レコードはブラトルボロから発送されたのだが、エイクリーは自分のフォードに乗り、寂しいヴァーモントの裏街道を通ってブラトルボロへ行ったのである。彼は同封された短い手紙の中で告白しているが、この頃はそうした道がだんだん怖くなり、今はタウンシェンドへ買い物に行くにも、真っ昼間でなければ行かないという。あのひっそりした怪しい山々から遠く離れていない限り、知りすぎることは割に合わないと彼は何度も繰り返した。自分はもうすぐカリフォルニアへ行き、息子と暮らすつもりである――自分の思い出や先祖代々の感情が集まっている場所を去るのは辛《つら》いことだが、と。

大学の事務棟から借りて来た市販の蓄音機にレコードをかける前に、私はエイクリーのさまざまな手紙に書いてある説明をすべて入念に読み返してみた。彼が言うところによると、このレコードは一九一五年五月一日の午前一時頃、黒山《ダーク・マウンテン》の森におわれた西斜面がリーの沼地からそびえ立つところにある、洞窟のふさがれた入口のそばで録音したものである。そこは以前から奇妙な声が異常に多く聞こえる場所で、それ故に、彼は結果を期待して蓄音機と口述録音再生器と蠟管を持って行ったのだった。それまでの経験からすると、五月祭の前夜――ヨーロッパの秘密の伝説にいう忌まわしきサバトの夜――はおそらく他のどの夜よりも成果がありそうだったが、果たして期待は裏切られなかった。しかし、その場所で、これ以後二度と声を聞かなかったことは注目に値する。

森で聞いたたいていの声とちがい、レコードに入っている声は半ば儀式的なもので、はっきり人間の声とわかるものが一つ交じっていたが、エイクリーにはその声の主が誰かついにわからなかった。ブラウンの声ではなく、もっと教養のある男の声のようだった。しかしながら、第二の声こそ、この録音の真の核心だった――というのも、これこそあの呪《のろ》われたブンブンという声で、ちゃんとした英語の文法に則《のっと》り、学者風の口調で人間の言葉をしゃべってはいたが、人間らしさが少しもなかったからである。

録音用の蓄音機と口述録音再生器は必ずしも上手く働かなかったし、洩れ聞こえる儀式の声は遠く離れ、くぐもっていたため、録音にはもちろん非常に不利だったから、実際に聞こえる言葉はごく断片的だった。エイクリーは話された言葉と信ずるものを書き写してくれたので、私は機械を動かす準備をしながら、それにもう一度目を通した。その文言はあからさまに恐ろしいというよりも曖昧で謎めいていたが、その出所と録音の状況を知っていると、いかなる言葉も持ち得ない、連想による恐ろしさを感じさせた。全文を憶《おぼ》えている通り、ここに記しておこう――私はエイクリーが書きとめたものを読んだばかりでなく、レコード自体何回もかけてみたから、正確に諳《そら》んじている自信がある。なにしろ、容易に忘れられるものではないのだ！

（はっきり聞きとれない音）

（教養ある男性の声）

……は森の主なり、まさしく……そしてレンの民の才能……されば、夜の泉より宇宙の深淵へ……空間の深淵より夜の泉へ……大いなるクトゥルーへの、ツァトホッグァへの、そして〝その名を言うべからざる者〟への礼賛《らいさん》をつねに〝かれら〟への礼賛を、そして〝森の黒山羊《くろやぎ》〟には豊饒《ほうじょう》を。イア！　シュブ＝ニググラトフ！　〝千の子を持つ山羊〟よ！

（人間の言葉を真似るブンブンという声）

イア！　シュブ＝ニググラトフ！　〝千の子を持つ森の黒山羊〟よ！

(人間の声)

そして、かかること起こりたり。〝森の主〟は……七と九、縞瑪瑙《しまめのう》の階段を下り……〝深淵〟のうちなる〝彼〟、アザトホートに(捧げ)物を、〝汝《なんじ》〟が我らにその驚(異)を教えし〝彼〟……夜の翼によりて、空間の彼方《かなた》より、彼方……ユッグゴトフはその末子である〝彼《か》のもの〟は……の縁《ふち》なる黒きエーテルの中を独り転々し……

(ブンブンいう音)

……人間の中に出て行き、その事情を知れ、〝深淵〟にいる〝彼〟が知り得るように。〝大いなる使者〟ニャルラトホテプにすべてを語るべきなり。〝彼〟をして人の似姿を、蠟の仮面と、身を隠す長衣をまとい、〝七つの太陽〟の世界より降り来て、嘲《あざけ》らしめ……

(人間の声)

……(ニャルラ)トホテプ、〝大いなる使者〟、虚空《こくう》をよぎり、ユッグゴトフに不思議なる喜びをもたらす者、〝百万の愛《め》でられしものら〟の父、……を闊歩《かっぽ》する者……

（レコードが終わり、話し声は中断）

レコードをかけ、耳を澄ますと聞こえてきたのはこのような言葉だった。私はまぎれもない恐れと気遅れをわずかに感じながらレバーを押して、サファイアの針が最初に立てるザアザアという雑音を聞いたが、最初のかすかな切れぎれの言葉が人間の声だったのを嬉しく思った——それは柔らかな、教育をうけた人間の声で、どことなくボストン風の口調に思われ、ヴァーモントの山中に生まれた者の声でないことはたしかだった。じれったいほど弱々しい再生音を聴いているうちに、その言葉が、エイクリーが入念に書きとめた文句と同じであるように思われて来た。その何者かは柔らかいボストン風の声で詠唱をつづけた……「イア！　シュブ＝ニググラトフ！〝千の子を持つ山羊よ〞！……」

やがて、もう一つの声が聞こえて来た。エイクリーの説明によって心構えはできていたけれども、それを聞いてどんな衝撃を受けたかを思い出すと、今でも身震いがする。その後、このレコードのことを話して聞かせた人は、安っぽいぺてんか狂気の沙《さ》汰《た》としか思われないと公言する。しかし、あの呪われたレコードそのものを聞くことができたら、あるいは、エイクリーがくれた山程の手紙（とくに、あの恐ろしい百科全書的な二番目の手紙）を読んだら、考えが変わるにちがいない。エイクリーの言うことに逆らって、他人にレコードをかけて聞かせなかったのは、今となるとかえすがえすも残念だし——彼の手紙をすべて失ったことも、かえすがえす残念でならない。実際の音からじかに印象をうけ、背景や周囲の状況を知っている私にとって、あの声はとんでもないものだった。その声は人間の声のすぐあとに続いて儀式上の受け応《こた》えをしたが、私の想像の中で、それは想像もできぬ外部の地獄から、想像もできぬ深淵を越えて飛んで来る病的な谺《こだま》だった。最後にあの冒瀆的な蠟管レコードをかけてから二年以上経っているが、今この時も、いや、いつでもそうだが、あの弱々しく凶々《まがまが》しいブンブンという音は、初めて聞いた時のようにはっきりと今も聞こえる。

「イア！　シュブ＝ニグラトフ！　〝千の子を持つ森の黒山羊〟よ！」

だが、あの声はいつも耳底に残っているのに、それを生々しく描写できるほど巧《うま》く分析することは、今もってできない。それは何かいやらしい巨大な昆虫の低い唸《うな》り声を、異種生物の分節的な言葉にたどたどしく変形させたようで、それを発する器官が人間の発声器官に、いや、いかなる哺乳《ほにゅう》動物の発声器官にも似ていないことを、私は完全に確信している。音質にも、音域にも、倍音にも奇異な特徴があり、それゆえにこの現象は、人間と地球生命の領域からかけ離れた外部にあると知れるのだった。最初の時、それがふいに聞こえて来ると、私は茫然《ぼうぜん》としてほとんど我を失い、レコードの残りの部分を一種上《うわ》の空《そら》な、ぼんやりした心地で聞いた。ブンブンいう音がもっと長くつづく個所に来ると、その前の短い個所で感じたあの冒瀆的な無限という感覚が、いちだんと強まった。しまいに録音は、ボストン訛《なま》りの人間の声がいやにはっきりとしゃべっている間に突然終わったが、私は機械が自動的に止まったあとも、長いこと呆《うつ》けたように目を丸くして、坐《すわ》っていた。

言うまでもないが、私はあの驚くべきレコードを何度もかけ、エイクリーと意見を交わしながら、分析と批評を徹底的に試みた。私たちの出した結論をここにすっかり繰り返しても無駄だし、わずらわしいだけだろうが、これだけは仄めかしてもよかろう――私たちは人類太古の秘密宗教に於ける、いとも嫌悪《けんお》すべき原始的習慣のあるものの起源を探る糸口を手に入れた、と二人とも信じたのだ。また隠れひそむ外部の生き物たちと人類の一部の間に、古くから複雑な同盟関係があったことも明白だと思われた。こうした同盟関係がどこまで広範囲にわたっていたか、現在の状態が昔の状態と較《くら》べてどうであるかといったことは推し測るすべもなく、せいぜいのところ、恐怖に駆られて果てしなく憶測をつづける余地があるだけだった。人間と名状しがたい無限との間には、いくつかの明確な段階をたどって、悠久の昔からの恐るべきつながりがあるようだった。地上に現われた冒瀆的な怪物たちは、太陽系の外れにある暗い惑星ユッグゴトフから来たことが暗示されていたが、この星自体も、星間を渡る恐ろしい種族の人口の多い前哨地点にすぎず、かれらの究極の源は、アインシュタイン的な時空連続体や既知のもっとも大きい宇宙からさえ遠く離れた外部にあるにちがいない。

一方、私たちはあの黒い石と、それをアーカムへ運ぶ最善の方法について相談をつづけた——エイクリーは、私が彼の悪夢のごとき研究の現場へ行くのはよくないと考えていたからだ。何らかの理由で、エイクリーは通常の、予想できる運送経路にあの物を託することを危惧《きぐ》していた。彼が最後に思いついたのは、ベロウズ・フォールズまで石を持って行き、キーン、ウィンチェンドン、フィッチバーグを経由するボストン＝メイン鉄道で発送することだった——そのためには、ブラトルボロまでの幹線道路よりも寂しい、山中の森を突っ切る道を車で行かねばならなかったが。彼が言うには、レコードを送った時、ブラトルボロの貨物受け渡し所のあたりで一人の男を見かけたが、その男の挙動や表情がひどく怪しかったそうなのである。この男は事務員たちとやたらにしゃべりたがっていたようだし、レコードを運ぶ列車に乗り込んだ。じつは、無事に届いたと私から聞くまで、レコードのことが少し心配だったのだとエイクリーは告白した。

この頃――七月の第二週――私の手紙がまた行方不明になり、私はそのことをエイクリーからの不安そうな便りで知った。それ以降、彼は手紙の宛先《あてさき》をタウンシェンドとはしないで、郵便物はすべてブラトルボロ郵便局の局留めにしてくれと言った。彼はブラトルボロまでなら車か長距離バスでよく出かけるというのだった。そのバス路線は最近、鈍《のろ》い鉄道の支線に代わって旅客サービスを始めたのだった。私には彼がますます不安になっていることがわかった。闇夜の晩に犬が今までよりもひどく吠えるようになったことや、朝になると、彼の農場の裏手の道やぬかるみに時折真新しい鉤爪の跡がついていることを、細々《こまごま》と書いてよこしたからだ。一度などは、足跡の大群がズラリと一列に並んで、それと同じようにみっしりと並んだ犬の足跡が、決然とそれに向き合っていたと言って、その証拠に、いとわしい、不気味なコダック写真を一枚送って来た。それは犬がいつになく激しく吠え立て、遠吠えをした夜の翌朝のことだった。

七月十八日水曜日の朝、私はベロウズ・フォールズから電報を受け取った。それによると、エイクリーは黒い石を至急運送便で送るという。標準時の午後十二時十五分にベロウズ・フォールズを発《た》ち、午後四時十二分ボストン北駅に到着予定のボストン

＝メイン鉄道五五〇八号列車で送るのだそうだ。それならば、遅くとも翌日の正午にはアーカムに届くはずだと私は計算して、荷物を受けとるために、木曜日の午前中はずっと家にいた。ところが、正午になっても荷物は届かず、受け渡し局に電話してみると、私宛の荷物は着いていないと言われた。次第に不安がつのる中で、私が次に取った行動は、ボストン北駅にある運送会社の事務所に長距離電話をかけることだった。すると、私への委託貨物は来ていないと知らされたが、私はほとんど驚かなかった。五五〇八号列車は前日、三十五分遅れただけで到着したが、私宛の箱は積んでいなかったのだ。それでも事務員は調査すると約束し、私はエイクリーに状況のあらましを伝える夜間電報を打って、その日を終えた。

　翌日の午後、称賛に値する迅速さで、ボストンの事務所から報告があった。事務員は事実を知ると、さっそく電話して来たのだ。五五〇八号列車の急送貨物の係員は、私宛の荷物がなくなったことと大いに関係のありそうな出来事を憶えていた――列車がニューハンプシャーのキーン駅で待っていた時、痩《や》せて薄茶色の髪の毛をした、いかにも田舎者らしい様子の、じつに奇妙な声をした男と言い争ったというのだ。標準時間の一時を少し過ぎた時のことだった。

　その男は、自分宛の大きい箱が届くはずだが、その列車には積んでいないし、会社の台帳にも載っていないといって、たいそう興奮していたという。スタンリー・アダムズと名乗ったが、かすれた、低く唸るような妙な声だったので、男の話を聴いていると、係員は異様な目眩《めまい》をおぼえ、眠くなって来た。話がどのようにして終わったかを係員は思い出せないが、列車が動き出した時、ハッと目が醒《さ》めたことは憶えていた。ボストンの事務員がつけ加えて言うには、この係員はまったく嘘《うそ》をつかぬ信頼できる青年で、素姓もわかっているし、社に勤めて長いということだった。

その晩、私はボストンへ行き、くだんの係員とじかに会った。彼の名前と居所は会社から教わったのだ。係員は率直で感じの良い男だったが、すでに言ったこと以外には何も知らないのがわかった。奇妙なことに、彼はあの見知らぬ男にまた会っても、それとわかるかどうかさえ自信がないと言った。彼にはもう話すことが何もないのを悟り、私はアーカムへ引き返して朝まで机に向かい、エイクリーと、運送会社と、キーンの駅職員宛に手紙を書いた。係員に何とも奇妙な力を及ぼした妙な声の男というのが、この不吉な出来事の中心にいるにちがいないと思って、キーン駅の職員と電報局の記録とが、この男について、また彼がどういうわけであの時間、あの場所でたまたま問い合わせをしたのかについて、何か教えてくれるかもしれないと期待したのである。

しかしながら、私の調査はすべて無駄だったことを認めなければならない。妙な声を出す男は、実際、七月十八日の午過《ひるす》ぎにキーン駅のまわりで姿を認められているし、そのあたりをぶらついていた人間の一人は、彼が重そうな箱を持っていたようだと曖昧なことを言ったらしい。しかし、男はまったく見も知らぬ人間で、あとにも先にもその時しか姿を見せなかった。私にわかった限りでは、彼は電報局を訪れてもいないし、電報を受けとってもいなかった。あの黒い石が五五〇八号列車に運ばれているという予告と考えても良い報せが、局を通じて誰かのもとへとどけられた形跡もなかった。当然ながら、エイクリーも私と一緒に調査をし、駅のまわりにいた人々にものを尋ねるため、自らキーンへ足を運んだ。しかし、この一件に対する彼の態度は、私よりも諦観的だった。箱がなくなったことは、必然の趨勢《すうせい》が不吉で脅迫的な形を取ったのだと考え、戻ってくることを少しも期待していないようだった。彼は山の生き物たちとその手先が、精神感応《テレパシー》や催眠術の能力を持っていることは疑いないと語り、ある手紙の中で、石はもう地球上にないと思うと仄めかした。私の方は当然腹を立てていた。少なくとも、あの古いすり減った象形文字から深遠な驚くべきことを学ぶチャンスがあったと感じていたからである。この一件はいつまでも私の心に苦くわだかまっていたことだろう――エイクリーがそのあとすぐによこした手紙が、恐るべき山の問題に新局面をもたらし、たちまち私の注意をすべて惹きつけなかったならば。

四

未知なるものたちは——とエイクリーは気の毒なほど震える字で書いていた——決意のほどをまったく新たにして、彼に迫りはじめた。おぼろ月夜か闇夜というと犬は必ず吠え立てるのだが、それが今はひどくなった。昼間、寂しい道を渡らねばならない時、何者かが襲って来ようとすることが何度もあった。八月二日、自動車で村に向かっていると、幹線道路が深い森を通るところで、道に木が倒れていた。その時、連れて行った二匹の大きな犬が猛然と吠え立てたので、怪しいものが近くに潜んでいることは間違いなかった。犬がいなかったら、どうなっていたか——彼は考えてみる気にもならなった——だが今では、外出する時、忠実で力の強い群のうちから少なくとも二匹は連れて行くようにしている。八月五日と六日にも路上で出来事が起こった。一度は弾丸が車をかすめ、一度は犬が吠えて、不浄な森の存在がいることを教えた。八月十五日、私は狂ったような手紙を受けとり、すっかり不安になった。エイクリーが独り沈黙を守るのをやめにして、法の助けを求めれば良いのにと思った。十二日から十三日にかけての晩、恐ろしいことが起こったのである。農場の外を銃弾が飛び、朝になると、十二匹いた大きな犬のうち三匹が撃ち殺されているのが見つかった。道に無数の鉤爪の跡があり、その中に人間ウォルター・ブラウンの足跡も混じっていた。エイクリーは犬をもっと送ってもらうためブラトルボロに電話をかけたが、十分話をするひまもないうちに電話線が不通になった。そのあと車でブラトルボロへ行ってわかったが、電話線の主線が、ニューフェインの北の人気のない山々を通るところで、きれいに切られているのを架線工夫が見つけたそうである。それでも、彼は立派な犬を新しく四匹買い、大物用の連発銃の弾薬数箱を仕入れて、これから家に帰るところだった。手紙はブラトルボロの郵便局で書かれ、遅滞なく私のもとへとどいた。

この頃になると、私のこの一件に対する態度は、科学的なものから不安を持つ一個人のものへ急速に変わりつつあった。私は辺鄙《へんぴ》な寂しい農場にいるエイクリーのために心配していたし、今ではこの奇妙な山の問題とはっきり関わりを持ってしまったため、半分は自分のことも心配していた。事態がそれほど広がっていたからだ。それは私も巻き込み、呑《の》み込んでしまうだろうか？　エイクリーの手紙への返事で、私は彼に助けを求めるよう促し、もしもそうしないなら、私が行動を起こすかもしれないと仄めかした。彼の意には反するが、私自らヴァーモント州へ出向いて、当局に事情を説明する手助けをしようと言った。しかし、その返事にはベロウズ・フォールズから電報が来ただけで、文面はこうだった——

オキモチハ　アリガタイガ　ナニモデキズ　コウドウヲ　オコスナカレ　フタリニガイアランノミ　オッテ　セツメイスル

ヘンリー・エイクリー

しかし、事態は着実に進行していた。電報に返事を出すと、エイクリーから震える字で書いた短信が来たが、それには仰天する報せが書いてあった——彼は電報など打っていないばかりか、その電報より前に来たはずの私の手紙を受けとってもいないというのである。彼がベロウズ・フォールズで急遽《きゅうきょ》問い合わせたところ、電文を局に預けたのは、奇妙な、薄茶色の髪の毛をした男で、妙にかすれた、低く唸るような声でしゃべったというが、それ以上は何もわからなかった。局員は発信人が鉛筆で走り書きした原文を見せてくれたが、まったく見憶えのない筆跡だった。エイクリーという署名の綴《つづ》りが間違って A-K-E-L-Y になっており、二番目の「E」が抜けているのが注意を惹いた（訳注・エイクリーの綴りはAkeley）。当然、いろいろなことが憶測されたが、明らかな危機のさなかにいる彼はそうしたことを深く考える余裕もなかった。

彼は手紙で、犬がまた死に、さらに何匹か買ったこと、闇夜の晩は銃を撃ち合うのがあたりまえになってしまったことを語った。今ではいつも道路や農場の裏手に、鉤爪の跡に混じって、ブラウンの足跡と、それ以外に少なくとも一人か二人の靴を履いた人間の足跡がついている。かなりひどい状況になったとエイクリーも認めた。遠からず、古い家屋敷が売れても売れなくても、カリフォルニアへ行って息子と住まなければなるまい、と。しかし、本当にわが家と思えるただ一つの場所を去ることは、容易でない。もう少し頑張ってみなければいけない。ことによると、侵入者たちを脅して追い払えるかもしれない——かれらの秘密を窺い知るための試みなど、もう一切する気はないことをあからさまに示しておけば、なおさらだ。

私はすぐエイクリーに手紙を書いて、あらためて援助を申し出、そちらへ行って、当局に差し迫った危険を納得させる手助けをしようと言った。彼の返事を見ると、これまでの態度から予想されたほど、私の提案に反対ではないようだったが、もうしばらく先延ばししたいと言って来た——身辺を整理して、ほとんど病的なまでの愛着がある生まれ故郷を去るという考えを受け入れる時間が欲しいと。人々は彼の研究や思索を胡乱《うろん》な目で見ていたから、この近辺に騒ぎを起こし、世間の人が自分の正気を疑うような真似をしないで、静かに立ち去った方が良いだろう。自分もこんな苦しみはもうたくさんだが、できれば品位を保って出て行きたい、と。

この手紙が届いたのは八月二十八日で、私はできるだけ励ましになりそうな返事をしたためて、出した。励ましは効を奏したらしい。エイクリーが私の短信を受けとったと言って来た時、恐ろしい話はあまり書いていなかったからである。とはいえ、彼はさほど楽天的ではなく、あの生き物たちが近寄って来ないのは満月の頃だからだと思うと言った。厚い雲のかかる晩があまり多くなければ良いがと言い、月が欠けて来た時はブラトルボロに下宿をしようかなどと曖昧なことを語った。私はまた励ましの手紙を書いたが、九月五日、明らかに私の手紙と行き違いで配達されたとおぼしい新しい報せがあり、これにはそんな希望に満ちた返事はできなかった。重要性をかんがみて、その手紙は全文――といっても、あの震える筆跡の記憶から掬《すく》い出せるだけを――御覧に入れた方が良いと思う。おおよそ次の通りである。

月曜日

親愛なるウィルマース――

これは前の手紙への、少々気の重くなる追伸である。昨夜は雲が厚く――雨は降らなかったが——月の光は少しも射さなかった。状況は相当悪く、我々はいろいろ希望を持ったけれども、最後が近づいて来ているように思う。真夜中過ぎに何かが家の屋根に上がり、犬はそれが何だか見ようとしていっせいに駆けつけた。家のまわりで咬《か》みついたり、引き裂いたりする音が聞こえて、それから、一匹の犬が低い建物の袖《そで》から跳び上がり、何とか屋根に上がった。上で凄《すさ》まじい格闘がはじまり、一生忘れられないような、恐ろしいブンブンいう音が聞こえた。それから、ゾッとするような臭《にお》いがした。それとほぼ同時に銃弾が何発か窓を破り、私をかすめていった。犬が屋根に上ろうとして散り散りになった隙《すき》に、山の生き物たちの主力が家に近づいて来たのだと思う。屋根の上に何がいたかはいまだにわからないが、生き物たちは宇宙空間を飛ぶ翼で動きまわるのがだんだん上手になって来たようだ。私は明かりを消し、窓を銃眼代わりに使って、ライフル銃を犬にあたらない程度の高さに向けると、家のまわり中を撃った。それで一件は片づいたように思われたが、朝になって見ると、庭に大きな血だまりがいくつもできており、その上、緑色のねばねばする液体もたまっていて、今まで嗅《か》いだこともないほどひどい臭いがした。屋根に登ってみると、そこにもねばねばするものがついていた。犬のうち五匹が死んだ——一匹は、私が低いところを狙《ねら》いすぎて弾があたってしまったのだと思う。背中を撃たれていたからだ。今、私は銃弾で割れた窓ガラスを直しているところで、また犬を買いにブラトルボロへ行くつもりだ。犬屋の連中は私の気が狂ったと思っていることだろう。追って、また手紙を出す。たぶん、一、二週間もすれば、引っ越しの用意がととのうだろう。それを考えると死ぬほど辛くなるが。

取り急ぎ——　エイクリー

だが、私の手紙と行き違いになったエイクリーからの手紙は、これだけではなかった。翌朝——九月六日——さらに、もう一通来た。今度は狂ったような殴り書きで、私はすっかり動揺し、次に何と言ったら良いか、何をするべきか、途方に暮れた。これも記憶が許す限り忠実に、本文を引用するに如《し》くはあるまい。

火曜日

雲は晴れず、また闇夜だ——いずれにしても、月は欠けはじめている。家に電線を引いてサーチライトを取りつけたいくらいだが、いかんせん、あいつらは電線を直すそばから切ってしまう。

私は頭が変になりかけているようだ。これまで手紙に書いて来たことは、全部夢か妄想かもしれない。今までもかなりひどかったが、今度はひどすぎる。昨夜、あいつらは私に話しかけて来たのだ――あの呪われたブンブンという声でしゃべり、とても君には繰り返して言えないことを語った。やつらの声は犬の吠え声にも負けないで、はっきりと聞こえ、一度掻き消された時は人間の声が手助けをした。君はもう手を引け、ウィルマース――これは君や私が思ってもみなかったほど性質《たち》が悪い。やつらは、もう私をカリフォルニアへ行かせるつもりはない――私を生きたまま、あるいは理論的、精神的に生きているのと同等の状態で連れ去ろうとしている――ユッグゴトフへだけではなく、さらにその先へ――銀河の外、そして、おそらく宇宙の最後の湾曲した縁の彼方へ。私はやつらの望むところへなど行かない、少なくとも、やつらが考えている恐ろしい方法では行かないと言ったが、それも無駄だろうと思う。私の家は人里遠く離れているから、そのうち、やつらは昼も夜もやって来るかもしれない。また六匹の犬が殺され、今日、車でブラトルボロへ行った時、森の中を通る道ではずっとやつらの気配を感じた。

あのレコードと黒い石を君に送ろうとしたのは間違いだった。手遅れにならないうちに、レコードは砕いてしまった方が良い。明日もまだここにいたら、また便りをする。本や荷物をブラトルボロへ持って行って、あちらに下宿する手配ができれば良いのだが。できれば何も持たずに逃げ出したいが、心の中の何かが引きとめるのだ。ブラトルボロへこっそり行くことはできるし、あそこなら安全なはずだが、あそこへ行っても家にいるのと同様に、囚《とら》われ人のような気持ちがする。それに、何もかも捨ててやってみても、あまり遠くへは行けないことがわかっているような気がする。恐ろしい――君はこの一件に巻き込まれてはいけない。

草々　エイクリー

この恐ろしい手紙を受けとったあと、私は一晩中眠れず、エイクリーにどのくらい正気が残っているだろうと思い悩んだ。手紙の内容は完全に狂気の沙汰だったが、表現の仕方には――これまでに起こったことをすべて考え合わせると――厳然たる説得力があった。私は返事を出そうとしなかった。エイクリーが暇を見つけて、私の最後の連絡に答えるまで待った方が良いと思ったのだ。果たして返事は翌日来たが、そこに書いてあった新しい事柄は、私がその前の手紙で持ち出した問題をすべて小さくしてしまうものだった。ここに私が憶えている文面を掲げておくが、これは明らかに半狂乱になって、大急ぎで書き殴ったものである。

水曜日

W――

君の手紙は来たが、もう何を話し合っても無駄だ。私はすっかり諦めた。やつらと戦って追い払うだけの気力が残っているかどうかも怪しい。何もかも放り出して逃げようとしたところで、逃れられない。つかまってしまうだろう。

昨日、やつらから手紙が来た――私がブラトルボロへ行っている間に、地方無料郵便の配達人が持って来たのだ。タイプライターで打ち、ベロウズ・フォールズの消印があった。私をどうしたいかが書いてある――繰り返して言う気にはなれない。君も気をつけろ！　あのレコードを粉々に割ってしまえ。曇った晩がつづき、月はずっと欠けてゆく。誰かの助けを得られればいいのに――そうすれば、気力がまた蘇《よみがえ》るかもしれない――だが、ここへ来てくれる者がいても、何か証拠がなければ私を狂っていると言うだろう。まったく理由もなしに、人に来てくれとは頼めない――誰とも人づきあいをしないで何年も過ごして来たのだから。

だが、ウィルマース、最悪のことはまだ話していないのだ。気を引きしめて読んでくれ。ショックを受けるだろうから。しかし、これから言うことは本当なのだ。それは、こういうことだ――私は怪物の一匹を、あるいは、怪物の一匹の一部分をこの目で見て、触ったのだ。何ともはや、恐ろしい！　もちろん、そいつは死んでいた。犬の一匹がやっつけたので、今朝、犬小屋のそばで見つけた。私は人にこの事件を信じさせるため、そいつを薪小屋にとっておこうとしたが、二、三時間経つと蒸発してしまった。何も残っていない。知っての通り、溢《あふ》れかえった川に浮かんでいたものは、みんな洪水の翌朝にしか目撃されていない。そして最悪のことというのは、これだ。私は君のためにそいつを写真に撮ろうとしたが、フィルムを現像してみると、薪小屋以外、何も写っていないのだ。あのものは何でできていたんだろう？　私は見たし、触りもした。やつらはみんな足跡を残した。物質でできていることはたしかだが――どんな種類の物質なのだろう？　あいつの形は上手く言い表わせない。大きな蟹のようなもので、人間なら頭があるところに、たくさんのピラミッド状の肉の環か厚い粘着性の塊がついていて、それが触角におおわれていた。あの緑色のねばねばするものは、あいつの血か体液なのだ。そして、あいつらは今にも、もっとたくさん地球へ来ることになっている。

ウォルター・ブラウンがいなくなった——ここいらの村でふだんぶらついているどの場所に行っても、見かけない。私の銃弾《たま》があたったにちがいないが、あの生き物たちはいつも死傷者を連れて行って隠そうとするらしい。

今日の午後は何事もなく町に着いたが、やつらはもう私をどうにでもできるので、近寄らないことにしたのではないかと思う。これを書いているのは、ブラトルボロの郵便局でだ。これがお別れの手紙になるかもしれない——もしそうなったら、カリフォルニア州サンディエゴのプレザント街一七六番にいる息子のジョージ・グッディナフ・エイクリーに手紙を書いてくれ。だが、ここへは来るな。一週間経っても私から便りがなかったら、息子に手紙を書いてくれ。そして、新聞のニュースを気をつけて見ていてくれ。

私はこれから、最後に残った二枚の切札を切ろうと思う——その気力が残っていればだ。まず、あいつらに毒ガスを試してみる（然《しか》るべき化学薬品を手に入れたし、自分と犬のためのマスクも用意した）。そして、それが効かなかったら郡保安官に訴える。連中がそうしたければ、私を精神病院に閉じ込めても良い——い、い、い、あの生き物たちがすることよりは、その方がましだろう。もしかすると、家のまわりについた足跡に、かれらの注意を惹くことができるかもしれない——足跡はかすかだが、毎朝見つかるのだ。もっとも、私がその足跡をどうかしてこしらえたのだと警察が言ったら、どうだ。連中はみんな、私を変人だと思っているのだから。

州の警察官を一晩ここに泊めて、自分の目で見てもらわなければいけない——もっとも、生き物たちはそれを知って、その晩は近寄らないかもしれないが。やつらは私が夜に電話をかけようとすると、必ず電話線を切ってしまう——架線工夫たちはそれを変に思っているから、私のために証言してくれるかもしれない——私が自分で切っているなどと想像さえしなければ。私はもう一週間以上、電話線を修理させずに放ったらかしている。

何人かの無知な連中に、この恐怖が現実のものだと証言させることはできるかもしれないが、かれらが何を言っても人に笑われるし、どのみち連中は長いこと私の家を忌み嫌って寄りつかないから、最近起こったことは知らない。あの疲れきった農夫たちは、人情ずくでも金ずくでも、私の家から一マイル以内に来やしないだろう。郵便配達人は連中のする話を聞いて、そのことで私に冗談を言うが——神よ！　それが現実なのだと彼に言ってやれたら！　彼が足跡に気づくようにさせたいが、配達人が来るのは午後で、足跡はその頃たいてい消えかけているのだ。もし、そいつを保存するために箱か皿でもかぶせておいたら、彼はきっとつくりものか冗談だと思うだろう。こんな世捨て人にならなければ良かった。そうすれば、人も以前のように近寄ってくれただろうに。私は無知な人々以外に黒い石やコダック写真を見せたり、レコードを聞かせたりはしなかった。ほかの連中は、すべて私のでっち上げだと言って笑うだけだろう。それでも、写真を人に見せてみよう。あの鉤爪の跡ははっきり写っている。たとえ、その跡を残したもの<u>は</u>写真に写らなくとも。今朝、あの怪物が消えてしまわないうちに誰かに見せられなかったのは、じつに残念だ！

だが、気に病むことはないのかもしれない。こんな目に遭ったあとでは、精神病院も他の場所と変わらない。医者は私がこの家から離れる決心をするのを助けてくれるだろうし、それだけが私を救う道なのだ。

私からしばらく便りがなかったら、息子のジョージに手紙を書いてくれ。さようなら、あのレコードは粉々にして、このことには巻き込まれるな。

草々――エイクリー

この手紙は、正直なところ、私を暗澹《あんたん》たる恐怖の中に突き落とした。私は何と返事をしたら良いかわからず、取りとめのない忠告と励ましの言葉を書き散らし、書留で送った。すぐにブラトルボロへ引っ越して、当局に保護してもらうようエイクリーに勧めたのを憶えている。私もレコードを持ってその町へ行き、彼が正気であることを法廷に信じさせるのに力を貸す、とも付け加えた。人間社会でこんなことが起きているのを、世間一般の人々に警告すべき時だとも書いたと思う。緊迫したこの一時《いっとき》、エイクリーが言ったり主張したりしたことを私はほとんど信じきっていたのがおわかりになろう。もっとも、彼が死んだ怪物の写真を撮りそこなったのは自然の悪戯《いたずら》ではなく、彼自身が興奮してしくじったのだと考えていたが。

五

それから、私の取りとめのない短信と明らかに行き違いになって、九月八日土曜日の午後、手紙が届いた。それは奇妙に調子が異なり、こちらの気を鎮《しず》める内容で、新しいタイプライターできれいに打ってあった。私を安心させて、家に招くその奇妙な手紙は、寂しい山地の悪夢のような劇全体に驚くべき変化が起こったことを告げるものにちがいなかった。これも記憶から引用しておこう――とくに理由があって、原文の調子をなるべくそのままに伝えるつもりだ。消印はベロウズ・フォールズで、本文だけでなく署名までタイプで打ってあった――タイプライターを使いはじめたばかりの者にありがちなことだ。だが、文章は初心者にしては驚くほど正確だったから、エイクリーは以前――たぶん大学で――タイプライターを使ったことがあるにちがいない、と思った。この手紙を読んで安心したというのが私の偽らざる気持ちだが、安心の底には不安の下層が隠れていた。もしエイクリーが恐怖を感じていた時に正気だったとすると、今恐怖から解放された彼は正気なのだろうか？　それに、ここに書いてある「交信改善」の類《たぐい》……これは一体何なのだろう？　エイクリーの態度が以前とは正反対にひっくり返ったことを、全体の文面が示していた！　ともあれ、ここに原文のあらましがある。私がいささか自慢に思っている記憶力によって、慎重に書きとったものである。

ヴァーモント州、タウンシェンド
一九二八年九月六日木曜日

親愛なるウィルマース――

これまで君に手紙で書いた馬鹿なことに関して、君を安心させることができるのは本当に嬉しい。もっとも、今「馬鹿な」と言ったのは、ある種の現象について私が記したことではなく、怯《おび》えていた私の態度が愚かだったと言っているのだ。ああした現象は本物で、重要なものだ。私の誤りは、それに対して常軌を逸した態度を取ったことにあるのだ。

君にも言ったと思うが、奇妙な訪問者たちは私と連絡を取りはじめ、意思の疎《そ》通《つう》を試みていた。昨夜、この言葉のやりとりが実際に行われた。ある種の合図に応じて、私はあの外部からの使者――急いで言わせてもらうが、我々と同じ人間だ――を家に入れた。彼は君も私も想像すらしていなかったことを多く語り、〝外のものら〟がこの惑星に秘密の居留地を維持している目的について、我々が完全に誤り、勘違いしていたことを明瞭《めいりょう》に示した。

かれらが人間に差し出したものと地球に関して望んでいることについて、いろいろと良からぬ伝説が伝わっているけれども、それらはすべて喩《たと》え話を無知ゆえに誤解した結果なのだ――そうした話は、むろん、我々が夢にも思わないような異なる文化的背景や思考の習慣によって形造られている。正直なところ、この私自身の推測も、無学な農民や蒙昧《もうまい》なインディアンの考えたことと同じように、まったく見当外れだった。私が病的で、恥知らずで、不名誉だと思っていたことは、実際は畏怖すべき、精神を拡張する、輝かしいとさえ言えるものだった――私のそれまでの判断は、まったく異質なものを憎み、怖《おそ》れ、尻込みする、人間のつねに変わらぬ傾向の一局面にすぎない。

今の私は、夜毎《よごと》の小競《こぜ》り合いで、この外来の信じがたい存在たちに危害を加えたことを後悔している。初めから、平穏かつ理性的に話し合っていれば良かったのに！　しかし、かれらは私に恨みを抱いていない。かれらの感情は、我々のそれとは大分ちがったふうに組織されているのだ。ヴァーモント州でかれらの代理をした人間が――例えば、死んだウォルター・ブラウンのようにきわめて劣等な連中だったことは、かれらの不運だった。このブラウンという男が、私にかれらに対するひどい偏見を植えつけたのだ。実際、かれらは人間にわざと害をなしたことはなく、我々の種族によってしばしば残酷な仕打ちを受けたり、こっそり見張られたりしたのだ。じつは、邪悪な人間どもの秘密教団があり（神秘主義に造《ぞう》詣《けい》の深い君なら、その連中はハストゥルと〝黄の印〟に関係があると言えば、私の言いたいことを理解してくれるだろう）、他の次元からやって来る巨大な諸力のためにかれらを追いまわし、傷つけることに専念している。〝外のものら〟が徹底した警戒措置をとるのは――通常の人類に対してではなく――この侵略者に対してなのだ。ちなみに、なくなった我々の手紙の多くは〝外のものら〟ではなく、この悪質な教団の密偵に盗まれたのだとわかった。

〝外のものら〟が人間に望むことは平和と、邪魔しないことと、知的な交信を増やすことだけだ。交信をすることは、もうどうしても必要になっている。発明や工夫によって我々人間の知識と活動の幅が広がり、〝外のものら〟の必要とする前哨地点がこの惑星に秘密裡に存在することは、ますます難しくなって来たからだ。この外来の存在たちは、人類をもっと十分に知り、哲学と科学に於ける人類の少数の代表者に、自分たちのことをもっと知ってもらいたがっている。そうやってお互いに知り合えばあらゆる危険は去り、満足のゆく暫定《ざんてい》協定が結ばれるだろう。かれらが人類を奴隷にしたり、堕落させたりしようとしているなどという考えは馬鹿げている。

この交信改善の手始めとして、〝外のものら〟が私を――私はかれらについてすでにかなりの知識があるので――地球に於ける第一の通訳に選んだのは、当然だった。昨夜は私に多くのことが――いとも由々しき、展望のひらける性質のことが――語られたが、追って口頭か書簡でさらに多くのことが伝えられるだろう。

私は当面、外部へ旅をすることは求められないだろう。もっとも、あとになったら、私はそうすることを望むかもしれないが——その旅は特別な手段を用い、我々がこれまで人間の経験として考えるのに慣れて来た、あらゆるものを超越して行われるのだ。私の家が包囲されることはもうないだろう。すべてが正常に復し、犬たちには仕事がなくなるだろう。恐怖の代わりに、私は知識と知的冒険という贈物をふんだんに与えられた。ほかにこうした恩恵を分け与えられた人間はほとんどいない。

〝外のものら〟は、全時空の内外を通じて、おそらくもっとも驚異的な生物である——宇宙規模の種族の仲間で、他の生命体はすべてこの種族の退化した変種にすぎない。かれらは動物というよりも植物で——かれらを構成する物質に、こんな言葉を用いることができるとすれば——やや菌類に似た構造を持っている。とはいえ、葉緑素に似た物質ときわめて特異な栄養器官がある点では、真の茎葉植物的な菌類とは異なっているが。実際、この型《タイプ》の生物は、我々のいる宇宙とはまったく異質な物質形態によって構成されている——電子の振動率が全然ちがうのだ。だから、この存在は我々の目には見えても、我々が知っている宇宙の通常の写真フィルムや感光板には写らない。ただし、然るべき知識を持つ優れた化学者なら、かれらの姿を記録できる写真乳剤をつくることができるだろう。

この種属は、完全な肉体を持ったまま、熱もなく空気もない星間の虚空を渡ることができるという点で独特である。変種のうちのある者は、機械の助けを借りたり、奇妙な外科手術による器官の入れ替えをしなければ、それができない。ヴァーモント州にいる種類に特徴的な、エーテルに抵抗する翼を持つのは、ほんの二、三種にすぎない。旧世界の人里離れた山峰に住む者たちは、べつの方法で連れて来られた。かれらの外見が動物に似ており、我々が物質的と理解する構造に似ているのは、両者に近い親族関係があるからではなく、別個に同様の進化を遂げたのである。かれらの脳の容量は現存する他のいかなる生命形態をも凌《しの》いでいる。もっとも、我々の山嶽《さんがく》地帯にいる翼を持った型《タイプ》はけっして一番発達した種類ではないが。かれらの通常の会話手段は精神感応《テレパシー》だが、発声器官も痕跡的に残っており、ちょっとした手術をすれば（かれらの間では外科手術が信じられないほど発達しており、日常茶飯事になっているからだ）、いまだに言葉を使う生物の言葉をおおよそ真似ることができる。

かれらが目下主として住んでいるところは、いまだ未発見の、ほとんど光のない惑星で、我々の太陽系のまさに最果て——海王星の彼方にあり、太陽から九番目に遠い。それは、我々が推測した通り、ある種の古い禁断の書物の中で「ユッグゴトフ」として神秘的に仄めかされているものである。そこではまもなく、精神的交信を容易にするため、我々の世界に思念を集中する奇妙なわざが行われるだろう。天文学者たちがこの思念の流れを感じて、〝外のもの〟が望む時にユッグゴトフを発見したとしても、私は驚くまい。しかし、ユッグゴトフはもちろん足がかりにすぎない。あの存在の大部分は、いかなる人間の想像も絶した、遠い彼方の奇妙な構造を持つ深淵に住んでいる。我々が宇宙存在の総体とみなしている時空の小球体は、かれらのものである真の無限に於ける一原子にすぎない。そしてこの無限のうちで、人間の頭脳にとらえられる限りのものが、やがて私に明かされようとしている。それを開示された人間は、人類が生まれて以来五十人を越えないのだ。

　ウィルマース、君も初めのうちは、きっとこれをたわごとと言うだろうが、私が出くわしたこの途轍《とてつ》もない好機の価値は、君にもいずれわかって来るだろう。君にもできるだけ多くのことを知ってもらいたいし、そのために、紙に書くわけにはゆかないことをたくさん話さなければならない。以前、私は会いに来るなと警告した。今はすっかり安全になったから、喜んでその警告を撤回し、君を招待する。

大学の新学期が始まる前に、こちらへ来られないかね？　来られれば、素晴らしく楽しいだろう。参考資料として、レコードと私の手紙を全部持って来てくれたまえ——この途方もない話をつなぎ合わせるために、必要となるだろうから。それから、コダック写真も持って来てくれ。私はこのところ興奮して、ネガと自分のプリントをどこかへやってしまったようだから。しかし、こういう手探りで集めた試験的な材料に、私はどれほど豊かな事実を付け加えることができるか——そして、材料を補うのに、何という素晴らしい仕掛けがあることか！　ためらうことはない——今はスパイもいなくなったし、君が不自然なものや気味の悪いものに出遭うことはあるまい。とにかく来たまえ。ブラトルボロ駅まで車で迎えに行かせてくれ——なるべくゆっくり滞在できるように用意をして、人間の想像も及ばない物事を幾晩も論じ合うつもりで来たまえ。もちろん、誰にもこのことを言ってはいけない——この一件を無節操な大衆に知られてはならないから。

ブラトルボロまでの汽車の便は悪くない——時刻表はボストンで買える。ボストン＝メイン鉄道でグリーンフィールドまで行き、それから乗り換えて、また少し汽車に乗るのだ。午後四時十分——標準時の——ボストン発の列車が便利だから、お勧めする。この汽車は七時三十五分にグリーンフィールドへ着き、九時十九分にそこから汽車が出て、十時一分、ブラトルボロに到着する。これは週日《ウィーク・デイ》の話だ。日にちを知らせてくれ。そうしたら、駅へ車をまわしておく。

タイプライターで打った手紙で失礼するが、知っての通り、私は最近字が震えて、長い文章は書けそうもないのだ。昨日、ブラトルボロでこの新しいコロナのタイプライターを買った——非常に調子が良いようだ。

連絡を待つ。そしてもうすぐ会えるのを楽しみにしている。レコードと私の手紙と——それからコダック写真を忘れずに持って来てくれ。

御光来を待つ

ヘンリー・W・ウェイクリー

アルバート・N・ウィルマース様

マサチューセッツ州アーカム

ミスカトニック大学

この奇妙な思いがけない手紙を再三読み返して、考えに耽った時の複雑な気持ちは上手く言い表わすことができない。私は安心すると同時に不安に駆られたと言ったが、この言い方は、安心と不安の双方を含む、多様で、主として潜在意識的な感情のニュアンスを大雑把に表わしただけだ。第一に、この手紙に書いてあることは、それに先立つ恐怖の連続と真っ向から食いちがい——純然たる恐怖から冷静な満足、そして歓喜にすら至る気分の変化がいかにも唐突で、稲妻のようで、徹底していた！　水曜日の、あの最後の狂ったような報告を書いた人間の心理的展望が、たった一日で——その日にどんなことが明かされて安心したにしても——これほど変わるとはちょっと信じられなかった。時折、何か非現実のもの同士がせめぎ合っている感じがして、遠くから伝えられる空想的な諸力の劇全体が、主に私の心の中で創《つく》り上げられた、半ば幻覚めいた夢なのではあるまいかと思った。それから、レコードのことを思い出すと、さらに大きな当惑に陥った。

この手紙は、およそ予想外のものだった！　自分の受けた印象を分析しているうちに、それが二つのはっきり異なる面から成っていることに気づいた。第一に、エイクリーが以前も正気だったし今も正気だと仮定しても、ここに示された状況の変化それ自体があまりにも急激で、考えられない。第二に、エイクリー自身の様子や、態度や、言葉遣いの変化が通常の、あるいは予測できる変化の幅をはるかに越えている。この男の全人格がいつのまにか変異を遂げたかに思われて——じつに深刻な変異であるため、彼の二つの面がいずれも同じ正常さをあらわしていると仮定したのでは、両者に折り合いをつけられない。言葉の選び方、綴《つづ》り——何もかも微妙に違うのだ。それに私は学者なので散文の文体に敏感だから、彼のごく普通の反応やリズム感に深い相違を見つけ出すことができた。たしかに、これほど根本的な転覆を引き起こし得る感情的な激変ないし啓示は、よほど極端なものにちがいない！　しかし、べつの見方をすると、その手紙にはいかにもエイクリーらしい特徴があった。変わらない無限への情熱——学者らしい探究心。手紙が偽造だとか、悪意のあるすり替えだとかいった考えは一瞬たりとも——あるいは、ほんの一瞬しか——心に浮かばなかった。私を招いている——自ら進んで手紙の真贋《しんがん》をじかに確かめさせようとしている——ことが、本物であることを証明しているではないか？

私は土曜日の晩寝ないで、受け取った手紙の背後にある影と驚異とを考えていた。私の心は過去四ヵ月にわたって、次から次と奇怪な考えに立ち向かって来たために疼《うず》いていたが、今度はこの驚嘆すべき新材料を相手にして、疑念と納得の輪の中を堂々めぐりしながら、以前の不思議を目《ま》のあたりにして経験した段階のほとんどを繰り返していた。やがて、夜明けにはまだ大分間のある頃、燃えるような興味と好奇心が最初の困惑と不安の嵐《あらし》に取って代わりはじめた。狂っていようと正気だろうと、人が変わろうと安心しただけであろうと、エイクリーは危険な研究をしているうちに、何か途方もない展望の変化を実際に体験した可能性が高い。その変化が彼の――現実の、あるいは空想上の――危険を小さくすると同時に、宇宙的な人智《じんち》を超えた知識の、目《め》眩《くる》めく新しい展望を拡《ひら》いたのだ。未知なるものを求める私自身の情熱が燃え上がって、彼のそれと同調し、私は自分も障壁を破りたいという病的な欲求に染まって来たのを感じた。時間と空間と自然法則の狂おしい、うんざりする限界を振り捨てること――広大なる外部とつながること――無限なるものと窮極なるものとの闇につつまれた深淵の秘密に近づくこと――たしかに、そういうことのためなら命も、魂も、正気も賭《か》ける値打ちがある！　それにエイクリーはもう危険はないと言った――前は来るなと警告したが、今は訪ねて来いと招いている。彼が今どんなことを話してくれるかと考えると、ワクワクした――最近まで包囲されていた寂しい農場の家で、外宇宙からの使者と話をした男と共に腰かけている。あの恐ろしいレコードと、エイクリーが以前の結論を要約した手紙の山を傍らに置いて――この考えには痺《しび》れるような魅力があった。

そこで、日曜日の正午《ひる》近く、私はエイクリーに電報を打ち、もし彼の都合が良かった。

たら、次の水曜日——九月十二日——ブラトルボロで会いたいと伝えた。ただ一つ彼の提案に従わなかったのは、どの汽車を選ぶかについてだった。正直なところ、魔に憑かれたあのヴァーモント地域に夜更《よふ》けに到着するのは気が進まなかったので、彼が選んだ列車には乗らず、駅へ電話して、べつの汽車を手配した。早起きして、午前八時七分（標準時）の列車に乗ってボストンへ行けば、九時二五分発のグリーンフィールド行きに間に合い、昼の十二時二十二分にグリーンフィールドへ着く。そうすれば、午後一時八分ブラトルボロ着の列車にちょうど乗り換えられる——エイクリーに会い、みっしりと群らがって秘密を護《まも》る山々へ車で入って行くには、十時一分よりもはるかに快適な時間である。

電報でこのことを伝えると、夕方近く返事が来て、エイクリーもそれでかまわないと言っているので、私は喜んだ。彼の電文はこうだった——

テハイ　ヨシ。スイヨウビ　一時八分ノ　レッシャヲマツ。レコードト　テガミト　シャシン　ワスレルナ。ユクサキヲ　ヒトニイウナ。オオキナ　ハッケンヲ　キタイセヨ。　エイクリー

エイクリーに送った電報――それはタウンシェンドの駅から配達人か、ふたたび通じるようになった電話で、彼の家に届けられたはずである――に対し、この返事がじかに返って来たので、私を当惑させたあの手紙の書き手について、潜在意識に残っていたかもしれない疑念は解消した。私の安心感は著しかった――実際、その時は説明できないほどほっとした。なぜなら、そうした疑念はすべて胸の奥に秘められていたからである。しかし、その夜はぐっすりと長時間眠り、続く二日間はせっせと旅行の準備をした。

六

水曜日、私は打ち合わせ通りに出発し、提《さ》げて行った旅行鞄《りょこうかばん》には簡単な日用品と科学的資料が一杯詰め込んであって、その中にはあの忌まわしいレコードとコダック写真、それにエイクリーの手紙が全部入っていた。言われた通り、行先は誰にも教えなかった。この一件は、たとえ事態が好転しているとしても、やはり厳重な秘密を要することがわかっていたからだ。外部から来た異質な存在と実際に精神的な接触をするという考えは、私のように訓練されて、多少心構えのできた者でさえ茫然とするものであった。だとすれば、それが事情を知らない一般大衆に与える影響はどれほどだろう？　ボストンで汽車を乗り換え、見慣れた地域をあとにして、馴染《なじ》みの薄い場所へ向かって西への長旅をはじめた時、私の心の中でもっとも優勢を占めていたのは、恐れだったのか、冒険への期待だったのかわからない。ウォルサム——コンコード——エア——フィッチバーグ——ガードナー——アソル——

私の乗った列車は七分遅れでグリーンフィールドに着いたが、北行きの接続列車は待っていてくれた。急いで乗り換え、やがて、いつも手紙などでは読んでいながら一度も訪れたことのない地方へ向かって、列車が早い午後の日射しの中をガタゴト走り出した時、私は妙に息を呑むような心地がした。私が今までずっと暮らしてきたのは、商業化され、都会化された南の沿岸地域だったが、そこよりもまったく古風で素朴なニューイングランドにいよいよ入ろうとしていたからである。そこはいまだに昔のままの、先祖伝来のニューイングランドであって、当世風に染まった地域のように外国人もいなければ、工場の煙や広告看板も、コンクリートの道路もない。そこには連綿とつづく土地本来の生活の風変わりな名残りがあるだろう——深く根を下ろしているがゆえに、その風景から生まれ育った唯一《ゆいいつ》の真正なものともいえる、連綿たる土地本来の生活は、不思議な昔の記憶を今に生かし、蔭深い、驚くべき、めったに口にされぬ信仰の土壌を肥やすのである。

時折、青いコネティカット川が日射しに輝いているのが見えたが、ノースフィールドを出たあと、汽車はこの川を渡った。前方に秘密めいた緑の山々がうっそりと現われ、車掌がまわって来た時、私はついに自分がヴァーモント州にいることを知った。車掌は時計を一時間遅らせるようにと言った。この北の山国では、近頃はじまった夏時間など使われていないからだという。言われた通りにしていると、暦もまた百年前に戻しているような気がした。

汽車は川沿いを走りつづけ、対岸のニューハンプシャーに、険しいワンタスティケット山の次第に近づいて来る山腹が見えた。この山にはいろいろと奇妙な古い伝説がまつわっている。やがて左手に街並が現われ、右手の流れの中には緑の島が見えた。乗客が席を立ち、列をつくって扉に向かったので、私もそのあとに続いた。汽車は停まり、私はブラトルボロ駅の長い屋根の下に降り立った。

人を待つ自動車の列を見渡しながら、どれがエイクリーのフォードなのか見当をつけるのにふと迷ったが、こちらが気づくよりも早く、先方が私を見つけてくれた。しかし、私を迎えに出て手を差し出し、アーカムのアルバート・N・ウィルマースさんですかと慇懃《いんぎん》な言葉遣いで尋ねたのは、明らかにエイクリー本人ではなかった。その男はスナップ写真に写っていた、顎鬚を生やし、白髪まじりのエイクリーとは似ても似つかず、もっと若い都会的な人間で、流行の服を着、小さな黒い口髭《くちひげ》を生やしているだけだった。その洗練された声にはどこか聞き憶えのあるような、妙に気になるところがあったが、はっきりと記憶の中に位置づけることはできなかった。

私が相手をしげしげと見ている間に、男は説明した――自分はエイクリーの友人で、彼の代わりにタウンシェンドから来たのだという。エイクリーは急に喘息《ぜんそく》の発作が起き、外気に触れて遠出をすることができない、と男は言うのだった。しかし、そう大事《おおごと》ではないから、私の訪問に関しては予定を変更する必要はない、と。私にはこのノイズ氏――と男は名のった――がエイクリーの調査と発見についてどの程度のことを知っているのか見定めがつかなかったが、無頓着《むとんちゃく》な態度からして、どちらかというと部外者のように思われた。エイクリーがまるきり世捨て人だったことを思うと、このような友人がすぐ手伝いに来てくれるとは少し驚きだったが、不可解に思いながらも、乗れとうながす自動車に乗ることをためらわなかった。それはエイクリーの説明から予想していた小さな古い車ではなく、大きくて汚点《しみ》一つない新型車で――どう見てもノイズの車らしく、マサチューセッツのナンバー・プレートがついていた。プレートには、その年に考案された可笑《おか》しな「聖なる鱈《たら》」のしるしが入っていた。私の案内人はタウンシェンド地域に来ている夏の短期滞在客にちがいない、と私は結論した。ノイズは私の隣の席に坐り、すぐに車を走らせた。彼はあまりおしゃべりでないので嬉しかった。何か妙に気分が張りつめ、話をしたくなかったからだ。車は素早く坂を上がって右に曲がり、本通りに入ったが、町は午後の日射しを浴びてじつに魅力的だった。それは少年時代の記憶にある古いニューイングランドの町々のようにまどろみ、屋根や、尖塔や、煙突や、煉瓦塀《れんがべい》の配置にある何物かが、先祖伝来の感情の深い琴線に触れる輪郭を形づくっていた。私は途切れることのない時間の累積《るいせき》によって半ば魔法にかけられた地域の入口にいるのだと知った。その地域では、古い不思議なくさぐさのものが一度も掻き乱されなかったおかげで、生長し、消えやらずにいるのだ。

ブラトルボロを通り過ぎた頃から、緊張感と不吉な虫の知らせは強まった。山だけのその地方には、緑の草木と花崗岩《かこうがん》の斜面がいたるところにそそり立ち、脅し、そば近く迫って来る。そうした土地の持っている漠然とした性質が、人類に敵対するかもしれないし、そうではないかもしれない隠微な秘密と遠い昔からの生き残りの存在を仄めかしていたからである。しばらくの間、車は幅広く浅い川に沿って進んだが、その川は北方にある未知の山々から流れて来るのであって、これがウェスト川だとノイズに言われた時、私はゾッとした。新聞記事に書いてあったが、あの病的な蟹に似た生き物の一匹が洪水のあとに浮かんでいたのは、この川なのだ。

周囲の風景は次第次第に野生的で荒涼としたものになって来た。山間《やまあい》には古風な屋根つきの橋が恐ろしげな過去の姿をとどめており、川と並行して走る半ば打ち捨てられた鉄道線路は、目に見える荒廃の気をもやもやと吐き出しているようだった。大きな絶壁が聳《そび》え立つところには、目の醒めるような谷間がサッと広がって、山の峰を這《は》い上がってゆく緑の草木の隙間に、ニューイングランドの手つかずの花崗岩が灰色のいかめしい姿を見せている。峡谷には飼い馴《な》らされぬ細流が跳びはね、径《みち》なき数知れぬ峰々の想像もつかない秘密を川に運んで行く。道路から時折、細い、半ば隠された枝道が分かれて行くが、そうした道が通り抜ける鬱蒼《うっそう》とした森の太古の樹々《きぎ》の間には、地水火風の精霊たちの大群が潜んでいそうだ。私はこうしたものを見ながら、エイクリーがまさにこの道を車で通った時、見えざる相手に悩まされたことを思い出して、そういうことがあっても不思議はないと感じた。

一時間もしないうちに着いた趣のある綺麗なニューフェインの村は、人間が征服と完全な占有によってはっきり自分のものと呼び得る世界と私たちを結びつける最後の絆《きずな》だった。そこを過ぎると、私たちは身近な、有形の、時間《とき》に触れられたものへの忠誠をかなぐり捨てて、声をひそめた非現実の幻想的な世界に入り込んだ。そこには細い紐《ひも》のような道が、ほとんど感覚と目的を持つもののような気まぐれさで、人の住まない緑の峰と半ば見捨てられた谷間を上り下りし、曲がりくねっていた。自動車の音と、たまに通り過ぎる数少ない寂しい農場のかすかな物音をべつにすれば、耳に入って来る唯一の音は、蔭深い森に隠された無数の泉から流れて来る奇妙な水のゴボゴボという陰険な音だけだった。

矮《ち》小さい円屋根のような山々が今はなれなれしくすぐ近くに寄って来たので、私は本当に息を呑んだ。その険しく突兀《とっこつ》たるありさまは話に聞いて想像した以上で、我々の知る平凡で客観的な世界と共通なものは何一つ連想させなかった。近づきがたい斜面を蔽《おお》う人跡到らぬ鬱林は、外来の信じがたいものたちをいかにも匿《かくま》っていそうで、山々の輪郭自体に何か奇妙な、永劫の昔に忘れられた意味があるような気がした——まるでそれらが噂に聞く巨人族——その栄光は、稀に見る深い夢の中だけに生きている——が残した巨大な象形文字であるかのように。過去のあらゆる伝説と、ヘンリー・エイクリーの手紙や証拠資料が語る、気の遠くなるような話とが私の記憶の中に湧《わ》き上がって、緊張としだいにつのる脅威の雰囲気を高めた。私の訪問の目的と、それが前提としている恐るべき異常な出来事が突如ヒヤリとするものを感じさせて、それは不思議な探究への熱意を冷ますほどであった。

案内人は私の不安な態度に気がついたのだろう。道が粗くでこぼこして来て、車のスピードが落ち、揺れが激しくなると、それまでは時折面白いことを言うだけだったのが、切れ目のない流れるような話し方になったからだ。彼はこの土地の美しさと気味の悪さについて語り、これから行く家の主人の民間伝承研究について多少知っていることを示した。彼の丁寧な質問から察するに、私が科学的な目的のために来たこと、重要な資料を携えていることを知っているらしかったが、エイクリーが最終的に達した知識の深さと恐ろしさを理解している様子はなかった。

彼の態度はしごく快活で、正常で、都会的だったから、私はその話を聞いていれば落ち着き、安心しても良いはずだった。ところが、妙なことに、車がガタガタ揺れながら右へ左へ曲がって、山々と森の未知の地帯へ突き進むにつれ、ますます不安になるばかりだった。彼は時々、私がこの土地の奇怪な秘密についてどれほどのことを知っているか探りを入れているように思われ、何か新しいことを言うたびに、その声に何か漠然とした、もどかしい、不可解な感じを——どこかで聞いたような感じを、次第に強くおぼえるのだった。声はまったく健全で、教養ある人の声だったが、それは普通の健全な慣れ親しみの感覚ではなかった。私はなぜかその声から忘れてしまった悪夢を連想し、それが誰の声かわかったら、気が狂ってしまうかもしれないと感じた。もしも上手い口実があったら、訪問をやめて引き返していただろうと思う。だが、実際にはとてもそんなことはできなかったし――向こうに着いて、エイクリー本人と冷静な科学的な会話をすれば、大分気も静まるだろうと思い直した。

それに、私たちが幻想《ゆめ》のように登って突き進んで行く眠りを誘う風景の宇宙的な美しさには、奇妙に心を和《なご》ませる要素があった。時間というものが背後の迷宮に迷子になり、私たちのまわりに広がっているのは妖精国の花咲く波と、過ぎ去った幾世紀の蘇った美しさだった――蒼古たる木立、鮮やかな秋の花々に縁取られた汚《けが》れない牧草地、そして、かぐわしい野薔薇《のばら》と牧草が生えている垂直に切り立った絶壁の下に、遠い間隔を置いてあらわれる巨木に囲まれた小さな茶色い農場。陽の光さえも神々《こうごう》しい魅力を帯びていて、まるで何か特別な大気か水蒸気があたり一帯を包んでいるかのようだった。イタリアのルネッサンス以前の絵の背景に時々描かれる魔法の通景以外には、あのようなものを見たことがない。ソドマやレオナルド・ダ・ヴィンチはそうした広がりを構想したけれども、それは遠景だけで、円天井のついたルネッサンス式拱廊《きょうろう》を通して見えるのだった。我々は今身をもって、その絵のただ中を突き進んでいるのだ。そして私はその風景の魔法の中に、自分が生まれながらに知っていたか、受け継いでいた何か——ずっと探し求めて来たが探しあてられなかった何かを見つけたような気がした。

急な上り坂の天辺で鈍角にまわったあと、車は突然ピタリと停まった。左手に手入れの良い芝生が道まで広がり、漆喰《しっくい》を塗った石の境界をこれ見よがしに見せていた。その向こうに、この地域にしては珍しいほど大きくて優雅な、屋根裏の広い、白い二階家が立っていた。家の裏手と右手には、納屋《なや》や、物置小屋や、風車が隣り合うか拱廊でつながれるかして、かたまっていた。スナップ写真を送られていたから、私は一目でこの家だとわかり、路傍にあるトタン板の郵便箱にヘンリー・エイクリーの名を見ても驚かなかった。家の裏手から少し先までは、ところどころに木立のある平坦《へいたん》な湿地が広がり、その向こうに、こんもりと木の茂った急峻《きゅうしゅん》な山腹が立ち上がり、ごつごつした緑の山頂までつづいていた。それが黒《ダーク・マウンテン》山の頂上であって、我々はすでにこの山の中腹まで登って来たにちがいない。

ノイズは車から下りて私の旅行鞄を取ると、中に入ってエイクリーに到着を知らせるから、少し待っていてくれと言った。自分はほかに大事な用があるので、ほんの少ししかいられないと言い足した。彼が家までの小径をきびきびと歩いて行く間に、私も車を下りた。坐ってゆっくり話をする前に、少し脚を伸ばしたかったのだ。エイクリーの手紙に忘れがたい生々しさで語られた、あの病的な包囲戦の現場にいる今、不安と緊張はふたたび極限まで高まっており、正直なところ、私はこれからする話し合いが恐ろしかった。それは自分をあのように異質な禁断の世界と結びつけるものだからだ。

まったく奇怪なものとの接近は、しばしば霊感よりも恐怖を吹き込むものである。この埃《ほこり》っぽい道路こそ、恐怖と死の闇夜のあとに、あのおぞましい足跡と悪臭を放つ緑の膿漿《のうしょう》が見つかった場所だと考えても、元気は湧いて来なかった。エイクリーの飼っていた犬が近くに見えないことに、ふと気づいた。彼は〝外のもの〟と和解したとたん、犬をみんな売ってしまったのだろうか？　エイクリーが最後にくれた妙に調子の異なる手紙には、その和解の話が出て来たけれども、それが彼の思っているほど深くて誠実なものだとは、どうしても信じられなかった。所詮《しょせん》、彼は単純な男で世間を知らない。きっと新しい同盟の裏には、何か深い陰険な底意が潜んでいるのではあるまいか？

そうした思いに引かれて、私は目を下に向け、忌まわしい証拠のあった埃だらけの道路の表面を見た。ここ二、三日雨が降らず、轍《わだち》のついた凸凹《でこぼこ》な道には、人通りの少ない地域だというのに、あらゆる種類の足跡が散らばっていた。私は漠然たる好奇心から種々雑多な跡のいくつかの輪郭をなぞりはじめ、一方で、この場所と記憶が暗示する無気味な空想の飛躍を抑えようとしていた。葬式のような静けさと、遠い小川の、くぐもってかすかに聞こえる流れの音、そして狭い地平線をふさいでいる寄りかたまった緑の峰々と黒い森におおわれた断崖《だんがい》には、何か人を脅《おびや》かす不愉快なものがあった。

その時、一つの映像が意識の中にとび込んで来て、そうした漠然たる脅威や空想の飛躍を、穏やかで取るに足らないものにしてしまった。私は路上の雑多な足跡を、漫然たる好奇心を持って見ていたと言ったが——その好奇心は突然、心を麻痺《まひ》させる強い恐怖の疾風に吹き消されてしまったのである。一般に、埃の中の足跡は入り乱れ、重なり合って、なにげなく見た目を引きつけはしないものだが、私の落ち着かぬ視線は、家までの小径と幹線道路が接するあたりに、いくつかの細かい跡をとらえた。そして、そうした細かい跡が持つ恐るべき意味を、疑問や希望の余地なしに認識したのだった。ああ、エイクリーが送って来た〝外のもの〟の爪跡の写真を何時間も見ていたのは、無駄ではなかった。私はあの厭うべき鋏《はさみ》の跡を、そして、この怪物たちが地球の生物ではないことを示す鋏の向きの曖昧さを、あまりにも良く知っていた。慈悲深い見誤りの可能性も残されてはいなかった。まさしくここには、目の前に客観的な形として、ついてからまだ何時間も経っていない足跡が少なくとも三つ、エイクリーの農場を出入りする驚くほど多くのぼやけた足跡の中に、冒瀆的にくっきりと浮き上がっていたのである。それらはユッグゴトフから来た生きた菌類の地獄のような足跡だった。

私は気を引きしめ、悲鳴を上げそうになるのをやっとこらえた。エイクリーの手紙を本当に信じていたのなら、これくらいのことは予期していて当然ではないか？　彼はあの怪物たちと和解したと言っていた。それなら、連中が彼の家を訪ねて来ても不思議はあるまい。しかし、恐怖は元気づけの理屈よりも強かった。宇宙の外の深みから来た生命体の爪跡を初めて見て、平然としていられる人間がいるだろうか？　ちょうどその時、ノイズが戸口からあらわれ、足早に近づいて来た。取り乱してはならないと思った。人の好《よ》いこの友達は、エイクリーの禁断の事物に対する深遠な途方もない探究のことを、たぶん何も知らないのだろうから。

エイクリーは喜んで私に会いたがっている、とノイズは急いで言った。ただ、急な喘息の発作のために、一日二日は十分なおもてなしもできないだろうが、と。この病気の発作が起こると非常につらく、いつも熱が出て、全身が衰弱するのだ。その間は何もできない――話も小声でしなければならないし、動きまわるのもぎごちなく、弱々しい。それに足と足首がむくんでいるので、痛風にかかった肥満した老人のように包帯を巻かなければいけない。今日は少し具合が悪いので、君はおおむね自分で用を足さなければならないだろうが、それでも、ぜひ話をしたい。自分は玄関広間の左手の書斎にいる——日避《ひよ》けを下ろした部屋だ。目が過敏になっているので、具合の悪い時は、日光を入れないようにしなければならないのだ。

ノイズが私に別れを告げて車で北の方へ走り去ると、私はゆっくりと家の方へ歩きはじめた。扉は私のために開いたままになっていたが、近づいて中へ入る前に、私はこの屋敷全体を注意深く見まわし、ほんのかすかに変な感じがしたのは一体なぜだったのかをたしかめようとした。納屋や物置小屋はきちんとしていて何の変哲もなく、エイクリーの使い古したフォードが広い、無防備な、屋根だけの車庫に入っていた。やがて、変な感じのしたわけがわかった。まったく音がしなかったせいなのだ。農場にはさまざまな家畜がいるため、普通はある程度ざわついているものだが、ここにはいかなる生き物の気配もなかった。鶏や犬はどうしたのだろう？　雌牛は五、六頭持っているとエイクリーは言っていたが、あるいは牧場で草を食べているとも考えられる。犬は売ってしまったのかもしれない。だが、鶏や豚の鳴き声が全然しないのは本当に異様だった。

私は小径に長い間立ちどまってはおらず、意を決して、開いた扉から家の中に入り、背後に扉を閉めた。そうするにはかなりの心理的努力を必要とし、扉を閉めて中に入ると、ほんの一瞬だが、即刻帰りたい気持ちに駆られた。この家が見た目に少しでも不吉な感じを抱かせたわけではない。それどころか、優美な後期植民地時代風の玄関はじつに趣味が良くて健全だと思ったし、それを飾りつけた人間の育ちの良さに感心した。私を逃げ出したい気持ちにさせたのは、何か非常に希薄で、説明しがたいものだった。たぶん、ある種の妙な匂《にお》いがすると思ったからかもしれない――もっとも、古い農場はどんなに立派なところでも、たいてい黴臭《かびくさ》い匂いがすることを私は良く知っていたが。

七

私はこういうもやもやした気分に圧倒されまいとして、ノイズの言ったことを思い出し、左手にある白い扉を――その扉は六枚の羽目板が張ってあり、真鍮《しんちゅう》の掛金がついていた――押し開けた。前もって聞かされた通り部屋は暗く、中に入ると、あの妙な匂いが強くなったのに気づいた。そこではまた空気の中に、気のせいかもしれないが、何かかすかなリズムか震動が感じられた。日避けを下ろしていたため、しばらくはろくに物も見えなかったが、やがて申しわけのなさそうな空咳《からぜき》かささやき声のような音が、私の注意を部屋の奥の暗い隅にある大きな安楽椅子《いす》に引きつけた。そこの深い影の中に男の白い顔と両手がぼんやりと見え、私はすぐに進み寄って、たった今口をきこうとした人物に挨拶《あいさつ》をした。薄暗かったが、それがこの家の主人であることはわかった。コダック写真を何度も良く見ていたし、白髪まじりの顎鬚を短く刈り込んだ、この力強い、風雪に耐えた顔は見間違えようもなかった。

しかし、もう一度見直した時、私の気持ちには悲しみと不安が混じっていた。それはまぎれもなく重病人の顔だったからだ。緊張して硬くなった動きのない表情と、瞬《また》きをしないどんよりした眼の裏には、何か喘息以上のものがあるにちがいないと思い、恐ろしい経験による緊張がいかに彼の身にこたえたかを知った。あんな経験をすれば誰でも――この果敢な禁断の領域の探求者よりもっと若い男でも、打ちひしがれてしまうのではなかろうか？　奇妙なことに事態は突然好転したが、それも遅すぎて、彼を全身衰弱のようなものから救うことができなかったのではなかろうか？　痩せた両手を膝《ひざ》の上に置いているぐったりして生気のない様子には、一抹の哀れさがあった。彼はゆるい部屋着を着て、頭と頸《くび》のまわりに、顎は襟元が隠れるところまで、鮮やかな黄色のスカーフか頭巾《ずきん》を巻いていた。

やがて私は気づいたが、彼は先程挨拶した時と同じ咳込むようなささやき声でしゃべろうとしていた。そのささやきを聞き取るのは、初めのうち容易でなかった。灰色の口髭が唇の動きをすべて隠していたし、その声の音質には、何か私の気持ちをひどく掻き乱すものがあったからだ。それでも注意力を集中すると、言っていることを驚くほど良く理解できるようになった。彼の言葉の抑揚はけして田舎の訛りではなく、言葉遣いは、手紙のやりとりから予想していたよりも、もっと洗練されていた。

「ウィルマースさんですね？　立って御挨拶しないのをお許しください。ノイズさんが言ったと思いますが、私は具合が悪いんです。それでも、来ていただかずにいられなかったのですよ。この前の手紙に書いたことは御存知でしょう――明日、もう少し気分が良くなったら、お話しすることがたくさんあります。随分手紙をやりとりしましたが、ようやくじかにお目にかかれて、この嬉しさは何とも言いようがありません。私の手紙はもちろん、お持ちでしょうね？　コダック写真とレコードも？　ノイズが鞄を玄関に置きました――ごらんになったでしょう。恐縮ですが、今晩は何でも御自分でやっていただかなければなりません。あなたのお部屋は二階です――この部屋の真上ですよ――それから、階段の上に浴室の扉が開いています。食堂に――この扉を出ると、向かって右側にあります――食事の用意ができていますから、いつでも好きな時にお召し上がりください。明日はもっと良くおもてなしいたしますが——今は体が弱っていて、どうしようもないのです。

どうか、おくつろぎになってください——手紙と写真とレコードは、鞄を持って二階へお上がりになる前に、ここのテーブルの上に出しておかれるといいですよ。あれについては、ここでお話しするつもりですから——あの隅の台に私の蓄音器が見えるでしょう。

いや、結構です——私のためにできることは何もありませんよ。こいつは以前からの持病でしてね。日が暮れる前にここへお戻りになって、少し静かに話でもさせてください。そうしたら、いつでも好きな時におやすみになって結構です。私はここで寝ます——たぶん、一晩中ここで眠っているでしょう。よくそうするんです。明日の朝にはずっと具合が良くなっているでしょうから、話し合わなければいけないことも話し合えるでしょう。我々の前にある問題がきわめて由々しき性質のものであることは、もちろん、おわかりでしょう。我々に、そして、この地球上の数少ない人間に、時間空間の深淵と、人間の科学や哲学の概念のうちにあるいかなるものも越えた知識が開示されるでしょう。

御存知ですかな？　アインシュタインは間違っていて、ある種の物体や力は、光速よりも速く動くことができるのですよ。然るべき補助装置があれば、私は時間の中を前後に行来して、遠い昔や未来の地球を実際に見たり、触ったりできるはずなのです。あの存在たちの科学がどれほど進んでいるか、あなたには想像もつかないでしょう。かれらは生物の精神と肉体をどうにでもできるのです。私は他の惑星へ行き、他の恒星や銀河にさえも行ってみようと思っています。最初の旅はユッグゴトフ、この存在たちが大勢住む一番近くの星へ行くことになるでしょう。そこは我々の太陽系のまさに周縁にある奇妙な暗い星です——地球の天文学者たちはまだ知りません。しかし、これについては手紙に書いたはずです。然るべき時に、そこにいる存在たちは思念の流れを我々に向けて、この星を発見するように導くでしょう——あるいは、人間の同盟者を使って、科学者たちに示唆を与えるかもしれません。

　ユッグゴトフには大都市がいくつもあります——階段状に聳える塔の大きな集まりで、私があなたに送ろうとしたような黒い石で建てられています。あの石はユッグゴトフから来たのです。そこでは太陽も星と同じくらいにしか輝きませんが、あの存在は光を必要としません。かれらにはべつの、もっと繊細な感覚があって、かれらの大きな家や神殿には窓というものを作りません。光はかれらを傷つけ、邪魔し、混乱させることさえあります。かれらがもともと住んでいた時空の外の暗黒宇宙に光は存在しないからです。ユッグゴトフへ行ったら、弱い人間は気が狂ってしまうでしょう――それでも、私はあそこへ行きます。あの巨石を積み上げて造った神秘的な橋――それらは、あの存在たちが窮極の虚空からユッグゴトフへやって来る前に死に絶えて忘れられた古い種族が架けたものです――の下を流れる瀝青《れきせい》の真っ黒な川を見れば、誰でもダンテやポオになれるはずです――長く正気を保って、自分が見たものの話をすることができれば、の話ですが。

しかし、忘れないでください――菌類の園と窓のない街々から成るその暗い世界は、本当は恐ろしいところではありません。我々にだけ恐ろしく見えるのです。たぶん、この世界も、あの存在たちが太古に初めて探検した時は、同じくらい恐ろしく見えたことでしょう。御存知の通り、かれらはクトゥルーの伝説的な時代が終わるずっと前からここにいて、沈んだル・リエーが水の上にあった時のことを何もかも憶えています。かれらは地球内部にも行ったことがあります――人間がまったく知らない抜穴があるのです――そのうちのいくつかは、このヴァーモントの山の中にもあります――地の底には、未知の生物の大いなる世界があります――青い光の射すク・ン＝ヤン、赤い光の射すヨトフ、真っ暗な、光のないン・カイといった世界が。あの恐ろしいツァトホッグァが来たのはン・カイからです――御存知でしょう、あの不定形の蟾蜍《ひきがえる》に似た神的生物で、プナコトゥス写本や、『ネクロノミコン』や、アトランティスの高僧クラーカシュ＝トンが保管していたコモリオム神話群にそのことが出て来ます。

しかし、こういう話はまたあとでいたしましょう。もう四時か五時をまわっているでしょう。鞄から荷物をお出しになって、ちょっと食事をなさい。それからここへ戻って来て、楽しいおしゃべりをなさいませんか」

私はゆっくりとふり返って、主人の言う通りにしはじめた。旅行鞄を持って来ると、望みの品々を取り出してテーブルに置き、しまいに私にあてがわれた部屋へ上がった。道端で見た鉤爪の跡の記憶がまだ生々しく心に残っていたので、エイクリーがささやいた言葉は私に奇妙な影響を与え、菌性生物の未知の世界――禁じられたユッグゴトフ――に慣れ親しんでいるかのような口ぶりに、自分では認めたくないほど鳥肌が立った。エイクリーの病気には非常に同情していたが、正直なところ、彼のしわがれたささやき声には、気の毒なだけでなく厭わしいところもあったのである。ユッグゴトフとその暗黒の秘密について、あんなに悦に入って話さないでくれれば良いのに！

私の部屋はまことに気持ちが良く、調度もととのっていて、黴臭い匂いもしないし、気に障《さわ》る震動の感覚もなかった。私は鞄をそこへ置くと、また階下《した》へ下りてエイクリーに挨拶し、用意してくれた昼食をとった。食堂は書斎のすぐ向こうで、台所に使っている建物の袖が同じ方向のもう少し先に見えた。食卓にはサンドイッチやケーキやチーズがふんだんに並んでおり、魔法壜《まほうびん》と茶碗《カップ》と受け皿が、熱いコーヒーも忘れられてはいないことを証明していた。食事をおいしく味わったあと、コーヒーをカップにたっぷり注《つ》いだが、この一点だけ料理に不手際《ふてぎわ》があると思った。最初に一口飲んだところ、かすかに不愉快な酸味があったので、それ以上飲むのをやめた。私は昼食をとりながらずっと、暗くした隣の部屋で大きな椅子に黙って坐っているエイクリーのことを考えていた。一度、部屋に入って、一緒に食べませんかと誘ったが、彼はまだ何も食べられないのだとささやいた。あとで寝る前に麦芽乳《ばくがにゅう》を少し飲みます――今日はそれだけで良いのです、ということだった。

昼食のあと、私は自分でやるといって皿を片づけ、台所の流しで洗った――ついでに、口に合わなかったコーヒーも空《あ》けてしまった。それから暗い書斎へ戻ると、この家の主人がいる隅の方に椅子を寄せて、彼が話をしたければできるようにした。手紙と写真とレコードはまだあの大きな中央のテーブルにのっていたが、今のところ、こうしたものに用はなかった。やがて、私はあの異様な臭いも、震動を思わせる奇妙な感じも忘れてしまった。

エイクリーの手紙――ことに、二番目の一番長い手紙――には、とても引用などしたくないし、紙に書きたくもないことが記されていたと私は言った。こうしたためらいの気持ちは、その晩、魔に憑かれた寂しい山の中の暗い部屋でささやかれた話にこそ、ふさわしい。あの耳障りな声によって説き明かされた宇宙的恐怖がどれほどのものだったかは、仄めかすことさえもできない。エイクリーは以前から忌まわしいことをいろいろと知っていたが、〝外部の怪物たち〟と協定を結んだあとに教わったことは、ほとんど正気の頭脳には耐えられないものだった。今でさえ、私は断じて信ずることを拒む——窮極の無限の構造、諸次元の並列、そして我々の知る空間と時間の宇宙《コスモス》が、つながれた宇宙原子の果てしない環の中でどんな恐ろしい位置にあるか——その宇宙原子の環が、曲線と、角度と、物質的および半物質的な電子的組織からなる密接した超宇宙を作り上げていることなどについて、彼が暗示したことを。

正気の人間が基本的実在の奥秘《おうひ》にかくも危うく近づいたことはなく——有機体の脳が、形態も力も均整も超越した混沌《こんとん》のうちなるまったくの消滅にこれ以上近づいたこともない。私はクトゥルーが最初どこから来たのか、また歴史上の偉大な束の間《つかま》の星々の半分がなぜ燃え上がったのかを知った。私は——エイクリーをさえこわごわと口ごもらせた仄めかしから——マゼラン星雲と球形星雲の背後にある秘密と、道《タオ》が語る太古の寓話《ぐうわ》に秘められた暗黒の真実を推量した。ドール族の性質ははっきりと明かされたし、〝ティンダロスの猟犬〟の（起源ではないが）本質も教えられた。〝蛇たちの父〟イグの伝説はもはや喩《たと》え話でなくなり、『ネクロノミコン』がアザトホートという名前の下に慈悲深く覆《おお》い隠している、角度を有する空間の彼方の奇怪な原子核の混沌について語られた時には、おぞましさのあまり思わず跳び上がった。秘密の神話のいとも穢《けが》らわしい悪夢を具体的な言葉で解き明かされる――その言葉のあからさまで病的ないやらしさは、古代中世の神秘家たちのもっとも大胆な仄めかしをも凌《しの》いでいる――これは衝撃的だった。こうした呪われた話を最初にささやいた連中は、エイクリーのいう〝外のもの〟と話し合ったにちがいなく、おそらく、エイクリーが今行こうとしているように、外部の領域を訪れたことがあるにちがいないといやでも信じざるを得なかった。

私は〝黒い石〟と、それが意味するもののことを教わり、石が私の手元に届かなかったのを喜んだ。あの象形文字に関する私の推測はあまりにも正しかったのだ！　しかし、エイクリーは彼が偶然出くわした、この悪魔のごとき宇宙体系とすでに和解しているようだった。和解して、途方もない深淵をさらに探ろうと熱意を燃やしているらしいのだ。最後の手紙をよこして以来、彼はいかなる存在と話し合ったのだろう？そして連中の多くは、彼の言う最初の使者と同じくらい人間の姿をしていたのだろうか？　私は頭の中が張りつめて耐えられなくなり、暗い部屋の妙なしつこい匂いと、あの陰険な震動のようなものについて、あらゆる種類の荒誕な説を立てた。もう夜になりかけていた。私はエイクリーが手紙の中で夜について書いていたことを思い出し、今夜は闇夜だと考えて、ぞっとした。それに、この農場が黒山《ダーク・マウンテン》の人跡到らぬ山頂につづく広大な、森に覆われた斜面の蔭にあるという位置も気に入らなかった。私はエイクリーの許しを得て小さな燈油ランプを点《つ》け、火を弱くして、遠い書棚の上、幽霊のようなミルトンの胸像の傍らに置いたが、あとになって、そうしたのを後悔した。その明かりのために、エイクリーの緊張した不動の顔と大儀そうな両手が、忌々しいほど異常な、死体のようなものに見えたからだ。彼は時々ぎこちなくうなずいたけれども、身体《からだ》を動かすこともままならないようだった。

あんな話を聞かされたあとでは、彼がそれよりも深い秘密を明日にとってあるとはとても想像できなかったが、しまいに明らかになって来たのは、彼のユッグゴトフと彼方への旅——そしてこの私もそれに参加するかもしれないこと——が翌日の話題だということだった。宇宙旅行に加わることを提案された私は、思わずぞっとしてとび上がったが、エイクリーはそれを面白がっていたにちがいない。私が恐れる様子を見せると、激しく頭を揺らしたからである。そのあと、彼は一見不可能に思われる星間宇宙の飛行が人間にも成し遂げられること——そして、すでに何回も成し遂げられたこと——をしごく穏やかな口調で語った。完全な人体がその旅をしたことはないようだったが、〝外のものら〟は驚くべき外科医学的、生物学的、化学的、そして機械学的な技術によって、人間の脳を、それに付随する肉体組織なしで運ぶ方法を見つけたらしい。

脳を身体から取り出す方法、そして脳が留守にしている間、残りの部分を生かしておく無害な方法がある。剝《む》き出しの持ち運びやすい脳組織は、ユッグゴトフで採掘される金属で造った、エーテルを透《とお》さない円筒《シリンダー》の中の液体に浸《つ》けておく。この液体は時々補充されるようになっており、円筒の中には電極がついていて、見る、聞く、話すという三つの重要な能力を代行できる精巧な装置と自在に接続する。翼の生えた菌類生物にとっては、宇宙空間を通って、脳の入った円筒を安全に運ぶことなどは造作もない。それに、かれらの文明が行き渡っているどの惑星に行っても、円筒に収められた脳に接続できる、調節可能な能力装置がたくさんあるだろうから、少し調整をすれば、旅する知性体たちは時空連続体を通って、さらにその先へ行く旅行の各段階で、十分に知覚がそなわり、言葉も話せる生活——肉体のない、機械による生活だが——を営むことができる。ちょうど、レコードを持って行けば、それに対応する蓄音機がある場所ではどこでもかけられるのと同じように簡単なことなのだ。成功は疑いない。エイクリーは心配していない。もう何度も立派にやり遂げられているではないか？

生気のない痩せた手の片方が初めて持ち上がって、部屋の向こう側にある高い書棚をぎごちなく指差した。そこには、見たこともない金属でできた円筒が十数本、きちんと一列に並んでいた――円筒の高さは一フィートほど、直径はそれよりもやや短く、それぞれのふくらんだ前面に、三つの奇妙なソケットが二等辺三角形をなして取りつけられていた。円筒の一つは、ソケットのうちの二つによって、うしろにある異様な形をした二つの機械につないであった。その意味は教わるまでもなかったので、私は瘧《おこり》にかかったように震えた。やがて、エイクリーの手はもっとずっと近くの片隅を指さした。そこにはコードやプラグのついた複雑な装置がたくさんまとめて置いてあったが、そのうちのいくつかは、円筒のうしろの棚にある二つの装置によく似ていた。

「ここには四種類の装置があるんですよ、ウィルマース」と声がささやいた。「四種類――それぞれ三つの能力だから――全部で十二です。ほら、あそこにある円筒には、四つのちがう種類の存在が入っています。三つは人間で、六つは生身で宇宙空間を行《ゆ》来《き》できない菌類生物、二つは海王星から来た存在（いやはや！　この種族が自分の惑星にいる時の身体を見せてあげたいものです！）、そのほかは銀河の彼方の、とくに興味深い暗い星の中央にある洞窟からやって来た実体たちです。円山《ラウンド・ヒル》の中にある主要前哨基地には、時によると、もっとたくさんの円筒や装置があります――我々の知る感覚とはちがう感覚を持った外宇宙の脳の円筒――いやはての〝外部〟から来た盟友や探検者です――それから、かれらに知覚と表現の能力を与える特殊な機械がありましてね、これは当人にも適していると同時に、いろいろ異なるタイプの聞き手にも理解できる、いくつかのやり方で言いたいことを伝えられるのです。円山《ラウンド・ヒル》は――さまざまな宇宙のどこへ行っても、あの存在たちの主要な前哨基地はみなそうですが――じつに国際的な場所なのですよ！　もちろん、実験のために私が貸してもらったのはありふれたタイプだけです。

そら――私が指さす三つの機械を取って、テーブルに置いて下さい。まず正面にガラスのレンズが二つついている、あの背の高い機械を――それから、真空管と共鳴板のついている箱を――今度は、上に金属の円盤がついているのを。さあ、それでは、「B-67」という札が貼《は》ってある円筒を探して下さい。あのウィンザー椅子の上に立てば、棚に手がとどきますよ。重いかって？　大丈夫です！　番号をよくたしかめて下さい――B-67ですよ。その、試験用の装置二つと接続してある新しいピカピカの円筒は放っておいてください――私の名前がついている奴《やつ》です。B-67をテーブルの、あなたが機械を置いたところのそばに並べて下さい——そして、三つの機械のダイヤル・スイッチが全部左にまわしきってあるかどうかをたしかめて下さい。

それでは、レンズのついた機械のコードを円筒の上のソケットにつないでくださいーそら、そこです！　真空管のついた機械を下の左側のソケットに、円盤のついた装置をもう片方のソケットにつないで下さい。さて、それでは、機械についているダイヤル・スイッチを全部右へまわしきってください——まずレンズの奴を、次に円盤の奴を、それから真空管の奴を。よろしい。申し上げておいた方が良いでしょうが、これは人間——我々みんなと同じ人間なのです。ほかのものは明日、また少し試させてあげましょう」

自分がなぜこのささやき声に唯々《いい》として従ったのか、またエイクリーが狂っていると思っていたのか正気だと思っていたのか、そのあたりは今になってもわからない。ああいうことがあったあとなので、何が起ころうと平気になっていたにちがいない。だが、機械を使ったこの茶番劇は、頭のイカレた発明家や科学者の典型的な奇行のように思われたので、それ以前に聞いた話ですら掻き立てなかった疑念を心に引き起こした。ささやく者が仄めかすことは、人間に信じられる範囲を越えていた——しかし、考えてみると、ほかのことはもっとその範囲を越えているのではあるまいか——手に触れられる具体的証拠から遠いために、さほど馬鹿げたことと思われないだけで？

私の心がこの混沌のさなかでよろめいているうちに、円筒につなげた三つの機械全部から、ギイギイ軋《きし》るような音とブンブンという音が混じって聞こえて来たのに気づいた——そのギイギイ、ブンブンという音はやがて静まり、ほとんど音がしなくなった。これから何が始まるというのだろう？　声が聞こえて来るのか？　もしそうだとしても、それが巧みにつくられた無線電信の仕掛で、誰かが隠れてこちらの様子をつぶさに見ながらしゃべっているのではない、という証拠があるだろうか？　私は今でさえ、自分が何を聞いたのか、またいかなる現象が本当に目の前で起こったのかを断言する気になれない。だが、間違いなく何かが起ころうとしているようだった。

手短かに、はっきり言えば、真空管と共鳴板のついた機械が語り出したのである。それも、要点をつかんだ知的な話しぶりで、語り手が現にその場にいて私たちの様子を見ていることに疑いの余地はなかった。その声は大きく金属的で、生気がなく、発声のあらゆる細部が明らかに機械でつくられたものだった。声音の変化も表情もつけることができなくて、飽くまでも正確に、慎重に、こするような音でしゃべりつづけた。

「ウィルマースさん」とその声は言った。「びっくりなさらなければよろしいのですが。私はあなたと同じ人間です。といっても、私の身体は今ここから一マイル半ほど東にある円山《ラウンド・ヒル》の中で、然るべき生命維持処置をうけて安全に休んでいますが。私自身はここに、あなたと一緒にいるのです――私の脳はあの円筒に入っていて、この電子振動器を通じて、見たり、聞いたり、話したりすることができます。一週間後、私はこれまで何度もしたように虚空を渡って旅に出ますが、エイクリー氏に御同行いただけるはずです。あなたもおいでくだされば嬉しいのですが。あなたのお姿も御評判も知っておりますし、我々の友人との手紙のやりとりも、ずっと追いかけておりましたから。私はもちろん、この惑星を訪れる外部の存在と同盟を結んだ人間の一人です。最初ヒマラヤでかれらと出会い、さまざまな面で、かれらの手助けをして来ました。かれらはそのお返しに、人がほとんどしたことのない経験をさせてくれたのです。

私は三十七の異なる天体へ行ったことがあると申し上げたら、その意味がおわかりになりますか？――惑星もあり、暗黒星もあり、もっとはっきりしないものもありま す――そのうち八つは我々の銀河の外にあって、二つは空間と時間からなる湾曲した宇宙の外にあります。それでも、私は何ともありません。私の脳は分離処置によって身体から取り出されましたが、その処置はきわめて巧みなもので、外科手術などと呼ぶのは乱暴にすぎるでしょう。地球に来ている存在たちは優れた方法を心得ているので、こうして脳を取り出すのは簡単な、日常茶飯事のようになっており――脳を外に出している間、身体は齢《とし》をとらないのです。それに、言い添えておきますが、機械装置を取りつけて、保存液を時々取り換えることによって一定の栄養を補給される脳は、事実上不死なのです。

本当に、あなたがエイクリー氏と私と一緒に来てくださることを心から望みます。訪問者たちは、あなたのような知識人と知り合いになり、ほとんどの人間が無知な空想にひたって夢見るしかなかった大いなる深淵を見せたがっているのです。かれらに会うと、最初のうちは変な気持ちがするかもしれませんが、あなたはそんなことにとらわれない人だと知っております。おそらく、ノイズさんも一緒に行くでしょう――あなたを車でここまで連れて来たはずの人物です。彼は数年前から我々の仲間で――たぶん、エイクリーさんが送ったレコードの一つにあの人の声が入っていますから、お気づきになったと思いますが」

私がひどく驚いたので、語り手はしばし言葉を切り、それから話を結んだ。

「そんなわけで、ウィルマースさん、この件はあなたにおまかせします。ただ一言つけ加えさせてもらいますと、あなたのように不思議なことや民間伝承を愛されるお方がこのような好機を逃すべきではありません。何も恐れることはないのです。変化はすべて無痛ですし、感覚を完全に機械化された状態には、大いに楽しい点もあります。電極との接続が切れてもただ眠りに落ちるだけで、非常に生々しい幻想的な夢を見るのです。

それでは、もしよろしければ、打ち合わせは明日まで散会としましょう。おやすみなさい――スイッチを全部左へまわしておいて下さい。順番はどうでもかまいませんが、レンズつきの機械は最後にしたら良いでしょう。おやすみなさい、エイクリーさん――客人を良くおもてなししてくださいよ！　スイッチのことはもうわかりましたね？」

それっきりだった。私は機械的に相手の言うことに従い、三つのスイッチをすべて切ったが、これまで起こったすべてのことに対する疑念で、気も遠くなっていた。私の頭がまだフラフラしているうちに、エイクリーのささやく声が聞こえて来た――テーブルの上の装置はそのままにして行って良いというのだ。彼は今し方起こったことについて何も語らなかったが、実際、何を言われようと、重荷を負った私の脳裡《のうり》にはあまり伝わらなかっただろう。ランプは持って行って自分の部屋で使っても良い、とエイクリーが言うのが聞こえたので、暗闇の中で一人休みたいのだろうと思った。たしかに、彼はもう寝る時間だった。午後も晩も話をしつづけで、元気な人間でも疲れきってしまうほどだったからだ。私はまだぼんやりしたまま家の主人におやすみを言い、役に立つ小型懐中電燈を持っていたのだが、ランプを手にして二階へ上がった。奇妙な臭いと漠然とした震動を感じる一階の書斎から出て来たのは嬉しかったが、もちろん、自分がいる場所と自分が相対《あいたい》している諸力のことを考えると、恐れと危険と宇宙的異常さの忌まわしい感覚から逃れることはできなかった。この荒涼たる寂しい地域、家のすぐうしろにそびえ立っている神秘な森におおわれた黒い斜面、道についた足跡、身動きもせず闇の中にささやく病人、地獄めいた円筒と機械、そして何よりも奇妙な外科手術とさらに奇妙な旅への誘《いざな》い――こうしたものが目新しく、立てつづけに頭の中にとび込んで来て、だんだんと力を積み上げ、その力が私の意志を奪い、ほとんど体力まで蝕《むしば》んでいた。

私を案内してくれたノイズが、あのレコードに録音された過去の奇怪なサバトの儀式で司祭をつとめた人間だということは、とりわけショックだった。もっとも私はその前から、彼の声に聞き憶えがあるような、ぼんやりとした不快な感じを抱いていたのだが。もう一つの特別なショックは、自分のエイクリーへの態度を分析してみるたびに感ずるものだった。というのも、私は手紙のやりとりにうかがわれるエイクリーの人柄が本能的に好きだったが、今はそれと同じくらい、彼に対してはっきりした嫌悪感を抱いていたからだ。彼の病は同情を誘って然るべきだったが、かえって私に一種の戦慄《せんりつ》をおぼえさせた。身体の動きがひどく硬《こわ》ばっていて、生気がなく、死体のようで——絶え間ないささやき声はいともいやらしく、人間離れしていた！

私はふと思った——このささやき声は今までに聞いたどんなささやき声ともちがう。語り手の口髭に覆い隠された唇は奇妙に動かなかったにもかかわらず、喘息患者のゼエゼエいう声にしては珍しい、隠れた強さと張りを持っていたと。私は部屋の反対側にいる時も語り手の言うことが理解できたし、弱々しいが良く透《とお》るその声は、弱さというよりも故意の抑制——理由は見当もつかないが——を示しているように思われることが一、二回あった。私は最初から、その声音に何か気になるものを感じていた。今、とっくり考え直して、この印象のもとを辿《たど》って行くと、ノイズの声をどことなく不吉なものに感じさせたのと同じ、これには聞き憶えがあるという一種の潜在意識的な感覚に達するのだった。しかし、それが暗示するものに、いつどこで出遇《であ》ったのかはわからなかった。

一つだけ確かなことがあった——私はここでもう一晩過ごすつもりはないということだ。私の科学的情熱は恐怖と嫌悪のさなかに消えてしまい、今はただ、この病魔と自然に悖《もと》る啓示の網の目から逃げ出したいとしか思わなかった。私はもう十分に知った。不思議な宇宙的紐帯《ちゅうたい》が存在するというのは、実際、本当なのだろう——しかし、常人はそういうことに断じて干渉すべきではないのだ。

何か冒瀆的な影響力が私を取り囲んで、五感に息苦しく圧《お》しかぶさって来るようだった。眠ることなど到底できないと覚悟したので、ランプだけ消し、服をすっかり着たままベッドに身を投げ出した。馬鹿げたことにちがいなかったが、何かわからぬ緊急の事態にそなえていたのだ。持って来た拳銃《けんじゅう》を右手に握り、左手には小型懐中電燈を持っていた。階下からは物音一つ聞こえず、エイクリーが暗闇の中で死骸のように身体を硬張らせ、あそこに坐っている姿が想像できた。

どこかから時計のカチカチという音が聞こえ、それが正常な音であるのを何となく有難いと思った。しかし、その音は私に、この地域について気になっていたもう一つのこと——動物がまったくいないことを思い出させた。間違いなく、あたりに農場の獣は一匹もいなかったし、野生の生き物が立てる聞き慣れた夜の音さえしないことに気づいた。遠くの方で見えない水がチョロチョロと流れる音をべつとすれば、静けさは異常で——惑星間の虚空にも似て——星から生まれたいかなる不可触の瘴気《しょうき》がこの一帯におおいかぶさっているのだろうと思った。犬やそのほかの獣は、〝外のものら〟を嫌うという話が古い伝説にあったのを思い出し、道についていた足跡は何を意味するのだろうと考えた。

八

いつのまにかうとうとと眠り込んでどれくらい時間が経ったか、また、そのあとに起こったことのどこまでがただの夢だったかは、お尋ねにならないでいただきたい。これこれの時間に目醒めて、これこれのことを見聞きしたと申し上げても、あなたはこうお答えになるだけだろう——君はその時まだ目が醒めていなかったのだ、家からとび出すまでのことは何もかも夢だったのだ、と。そう、あの時私は家からとび出し、こけつまろびつしながら、古いフォードの置いてあった車庫まで行くと、あの使い古した自動車を分捕《ぶんど》って、魔の憑いた山々を狂ったように目的《あて》もなく突っ走り——恐ろしい森の中の迷路を何時間もガタガタ揺れ、右へ左へ曲がった揚句——ようやく小さな村に着いた。そこはタウンシェンドだった。

あなたはもちろん、私の話の中のほかのことはすべて割引して考えて、あの写真も、レコードの音も、円筒と機械の音も、その種の他の証拠も、すべて失踪《しっそう》したヘンリー・エイクリーが仕掛けた純然たるまやかしの小道具だと言われるだろう。あなたはこう仄めかしさえするだろう――エイクリーはほかの変人たちと共謀《はか》って、愚かな手の込んだ悪戯を実行したのだ――キーンで急行便の荷物を抜き取らせたのも、ノイズにあの恐ろしい蠟管レコードをつくらせたのもエイクリーだったのだと。しかし、奇妙なことにノイズはいまだに身元さえわかっていない。エイクリーの農場に近いどの村でも彼のことを知らなかった――彼はあの地域へ頻繁に行っているはずなのだが。あの時ちょっと足をとどめて、彼の車のナンバーを憶えておけば良かったのにと思う――いや、やはりそうしなくて良かったのかもしれない。たとえあなたが何と言おうと、また私自身、時々自分にそういうことを言い聞かせようとするのだが、いやらしい外部からの影響力があの半ば知られざる山々に潜んでいることは間違いなく――その連中は人間界にスパイや使者を持っているからだ。そうした影響力や使者たちから可能な限り遠ざかっていることが、今後の人生に私が望むことのすべてである。

私が半狂乱になってした話を聞いて、郡保安官の警護団が農場へ出向いた時、エイクリーは跡形も残さずに消えていた。ゆるい部屋着と黄色いスカーフ、それに足に巻いていた繃帯《ほうたい》が、書斎の隅に置いてある安楽椅子のそばの床に落ちていたが、彼がほかの衣類を着て行ったのかどうかはわからなかった。犬や家畜はやはりいなくなっており、家の外側にも、中の壁のいくつかにも奇妙な弾痕があった。しかし、それ以外、異常なものは何も見つからなかった。円筒も機械もなく、私が鞄に入れて行った証拠の品々もなく、妙な臭いも、震動の感覚も、道についた足跡も、私が最後の最後にチラリと見た正体のわからぬものもなかった。

私は逃げ出してから一週間ブラトルボロに滞在し、エイクリーを知っていたさまざまな人に質問をした。その結果、この一件が夢や幻覚の所産ではないことを確信している。エイクリーが犬や弾薬や薬品を妙にたくさん買い込んだことや、電話線が切られたことは記録に残っているのだ。一方、彼を知る者はみな――カリフォルニアにいる息子も含めて――彼が時折、不思議な研究について話す言葉に、ある種の一貫性があったことを認めた。堅実な市民たちは彼が狂っていたと信じ、報告されたすべての証拠を、狂人が悪知恵をもって考え出し、おそらくは変人仲間にけしかけられて行った悪ふざけにすぎないと躊躇《ちゅうちょ》なく公言する。だが、貧しい田舎の人たちはエイクリーの言ったことを詳細な点まで裏づけている。彼はこうした村人の何人かに写真と黒い石を見せたことがあり、あの忌まわしいレコードをかけて聞かせたこともあった。そして、かれらはみな足跡とブンブンいう声が大昔の伝説に語られたものと似ていると言ったのである。

村人たちはこうも言った――エイクリーが黒い石を見つけてから、彼の家のまわりで怪しいものを見たり聞いたりすることが次第に多くなり、今では郵便配達人とほかの気の強い人間がたまさか訪れる以外、誰もあの屋敷に寄りつかなくなったと。黒山《ダーク・マウンテン》と円山《ラウンド・ヒル》はいずれも魔物が憑いているといわれて悪名が高い場所なので、詳しく探検した者を見つけることはできなかった。この地方の歴史を通じて、土地の者が時々姿を消していることはしっかり裏づけが取れたが、この中にはエイクリーの手紙に出て来た浮浪者もどきのウォルター・ブラウンも含まれていた。私は、洪水の時に氾濫《はんらん》したウェスト川で、奇妙な死体を直接チラと見たという農夫にも出会ったが、彼の話は支離滅裂で、あまり価値のないものだった。

ブラトルボロをあとにした時、私はもう二度とヴァーモント州へ戻って来るまいと固く決めていたし、その決心はきっと守ると思う。あの荒涼たる山々はたしかに恐るべき宇宙種族の前哨地点なのだ――その確信を深めたのは、海王星の彼方に新しい九番目の惑星が観測された――まさしく、あの影響力たちがそうなると言った通りに――という記事を読んでからである。天文学者たちは、かれらが夢にも思わぬ忌まわしい適切さで、この惑星を「冥王星《めいおうせい》」と名づけた。私はこれこそ暗黒のユッグゴトフにちがいないと感じている――そして、その怪物的な住人が、ほかならぬこの時にこの星の存在を知らせたがる本当の理由を想像すると、寒気《さむけ》が走る。あの悪魔的な生き物たちは次第に方針を変えて、地球とその本来の住人に害を及ぼそうとしているのではあるまいか――そんなことはないと信じようとしても、信じられない。

しかし、あの農場ですごした恐ろしい一夜の結末を、まだお話ししなければならない。前にも言った通り、私はついにうとうとと不安な心地でまどろんだ。その浅い眠りは、奇怪な風景がチラチラと浮かぶ切れぎれの夢に満ちていた。どうして目醒めたのかは今でもわからないが、とにかく、この時点で目が醒めたことはたしかだと思っている。最初の混乱した印象は、部屋の外の廊下で床板が不気味に軋《きし》り、掛金を不器用にいじる音がかすかにしたというものだった。しかし、その音はすぐ止《や》んだので、本当にはっきりした印象は、階下の書斎から聞こえて来る声に始まる。五、六人がしゃべっているようで、何か議論しているのだと私は判断した。

二、三秒聴き耳を立てているうちに、すっかり目が醒めた。その声の性質は、眠るなどということを考えられなくするものだったからだ。声の調子は奇妙にとりどりで、あの呪われたレコードを聴いた者なら、少なくともそのうち二つの声の性質については、何の疑いも抱き得なかった。考えてみてもぞっとするが、私は自分が底知れぬ宇宙から来た名状しがたいものたちと同じ屋根の下にいることを知った。というのも、くだんの二つの声は明らかに、〝外部の存在たち〟が人間と意思疎通をする時に用いる、あの冒瀆的なブンブンという音だったからだ。二つの声はそれぞれちがった――音の高さ、抑揚、テンポが――ちがったけれども、どちらも同じ忌わしい種類に属していた。

第三の声は、疑いなく、円筒に入っている切り離された脳に接続した発声機械の音だった。例のブンブンいう音と同様、それについて疑いの余地はなかった。晩に聞いたあの大きい、金属的な、生気のない声は、高低もなく表情もなく、擦《こす》るようにしゃべり立てる調子といい、人間味のない正確さと慎重さといい、到底忘れがたいものだったからだ。しばらくの間、私は擦るような声の背後にある知性が、前に私に話しかけた者と同一人であることを疑ってみようともしなかった。だが、そのうちに思い直した――同じ機械的な発声装置に接続されれば、いかなる脳も同じ性質の声を発するだろう。あり得る唯一のちがいは、言語、リズム、速さ、そして発音だけだろうと。この不気味な話し合いには、さらに二人、本物の人間の声が加わっていた――一つは未知の、田舎者らしい粗野な言葉で、もう一つは先の案内人ノイズの物柔らかなボストン風の調子だった。

頑丈な造りの床が歯痒《はがゆ》くもさえぎっている言葉を何とか聞きとろうとしているうち、下の部屋では身動きしたり、引っ搔いたり、足を引き摺《ず》ったりするような音がさかんにしていることにも気づいた。そこには生き物がたくさんいて——声を聞き分けられるのは数人だが、それよりも大勢だという印象が拭《ぬぐ》いきれなかった。この身動きの性質を正確に説明するのは難しい。手頃な比較の対象がないからだ。何かが時折、意識を持つ実体のように部屋を横切る。その足音には、何かゆらゆらした、表面の硬いものがぶつかり合うような——あたかも角《つの》か硬いゴムの、上手く嚙《か》み合わない表面が接触するようなところがあった。具体的だが正確でない比喩《ひゆ》を用いれば、ゆるい、ささくれた木靴を履いた人々が、磨き上げた床板の上をよろめきながらカタカタと音を立てて歩きまわっているかのようだった。その音を立てている連中の性質や外見については、考えてみたくもなかった。

やがて私は、まとまった話を聞き分けようとしても不可能だと悟った。個別の単語——エイクリーや私の名前を含む——が時折浮かび上がって来て、それはとくに機械の発声装置がしゃべっている時だったが、前後のつながりが聞き取れぬために、本当の意味はつかめなかった。今日でも、あの時聞いた言葉から何かはっきりした結論を引き出すことはお断りするし、それが私に与えた恐ろしい影響にしても、啓示のというよりは暗示の影響だった。恐ろしい異常な秘密会議が階下で開かれているのはたしかだったが、いかなる衝撃的な審議のためなのかはわからなかった。エイクリーは

〝外部の連中〟が友好的だと保証したにもかかわらず、悪意と冒瀆の感覚が疑いなく私の心に浸透していたのは奇妙だった。

辛抱強く耳を澄ましていると、それぞれの声がはっきり区別できるようになって来た——とはいえ、どの声が言う内容も良くはつかめなかったが。話し手の何人かが抱いている典型的な感情のいくつかがわかって来たようだった。たとえば、ブンブンいう声の一つは、まぎれもなく権威的な口調だった。一方、機械の声は、人工的な甲高さと一定の調子にもかかわらず、従属し、懇願する立場にあるようだった。ノイズの口調からは、一種なだめ役のような雰囲気が浸《にじ》み出ていた。ほかの声は解釈する気にもなれなかった。聞き慣れたエイクリーのささやき声は聞こえなかったが、あのかぼそい音が、私の部屋の頑丈な床を通して聞こえて来るはずのないことは、よくわかっていた。

私に聞きとれた脈絡のないわずかな言葉とその他の音を、語り手の名前をできるだけ付して、ここに書きとめてみよう。私が最初に二、三のそれとわかる文句を拾い上げたのは、発声機械からだった。

（発声機械）

「……我が身に招いた……手紙とレコードを送り返した……そこで終える……だまされて……見たり聞いたり……畜生……結局、非人格的な力……真新しい輝く円筒……神よ……」

（第一のブンブンいう声）

「……やめる潮時……小さい、人間の……エイクリー……脳……言っている……」

（第二のブンブンいう声）

「……ニャルラトホテプ……ウィルマース……レコードと手紙……安っぽいペテン……」

（ノイズ）

「……（発音困難な単語か名前、おそらくン・ガー＝クトゥンか）……無害な……平和……二、三週間……劇的な……言わないことじゃない……」

（第一のブンブンいう声）

「……理由がない……最初の計画……効果……ノイズが見張れば良い……円山《ラウンド・ヒル》……新しい円筒……ノイズの車……」

（ノイズ）

「……良し……すべて、あなた方の……ここで……休息……場所……」

（数人が同時にしゃべり、聞き分けがつかない）

（多くの足音、あの奇妙なゆらゆらした身動きの音ないしコツコツいう音を含む）

（一種風変わりなハタハタという音）

（自動車が走り出し、遠ざかる音）

（沈黙）

魔の山中の取り憑かれた農場で、あの奇妙な二階のベッドに身を硬ばらせて寝ている間、私の耳に入って来た言葉はおおよそこのようなものだった——私は服をすっかり着たまま、右手に拳銃を握りしめ、左手に小型懐中電燈をつかんで寝ていたのである。前にも言った通り、私はすっかり目醒めていたが、それにもかかわらず一種の曖昧な麻痺感覚に襲われて、こうした音の最後の谺が消えてからも長い間じっとしていたのだった。どこかずっと下の方で、古いコネティカットの柱時計がぎごちなく、悠然と時を刻む音が聞こえ、しまいに誰かが不規則ないびきをかくのが聞こえて来た。あの奇妙な話し合いが終わって、エイクリーが眠り込んだにちがいない。眠らずにいられないだろうと思った。

　これをどう考えるべきか、どうするべきか、私には決められなかった。結局のところ、私は以前に与えられた情報から予期されないようなことを何か聞いただろうか？　名状しがたい〝外部の連中〟が今は自由に農場へ入って来ることなら知っていたではないか？　もちろん、エイクリーはかれらの思いがけぬ訪問を受けて、驚いたのだろう。しかし、あの切れぎれに聞こえた話声の何かが私を測り知れぬほどゾッとさせ、いともグロテスクな恐ろしい疑念を起こさせ、私は早く目が醒めて、一切が夢だったとわかれば良いのにと切に願った。意識がいまだに気づいていない何かを潜在意識がとらえたのだと思う。しかし、エイクリーはどうなのだろう？　彼は私の友人であり、連中が私に危害を加えようと企《たくら》んだなら、抗議したはずではないのか？　階下から聞こえて来る安らかないびきは、急につのった私の恐怖心をからかっているように思われた。

エイクリーが騙《だま》されて、手紙と写真とレコードを持った私をこの山地に誘い寄せる囮《おとり》に使われたということはあり得るだろうか？　あの存在たちは、私たちがいろいろと知りすぎたものだから、二人とも破滅の淵《ふち》に放り込むつもりなのだろうか？　私はふたたび、エイクリーが最後の二つの手紙を出す間に起こったにちがいない状況の変化の唐突さと不自然さを考えた。何かが恐ろしく間違っていると私の本能が告げた。何もかもが外見《うわべ》通りというわけではない。私が飲まなかった苦いコーヒー――何か隠れた未知の実体が、あれに薬物を入れようと企んだのではなかろうか？　今すぐエイクリーと話をして、彼にまっとうな分別を取り戻させなければいけない。やつらは宇宙の秘密を開示すると約束して彼に催眠術をかけたが、今は彼も理性の言うことを聞かなければいけない。私たちは手遅れにならないうちに、ここから脱出しなければいけないのだ。もし逃げ出して自由になる気力が彼に欠けていたら、私が補ってやろう。また、もしも逃げるように彼を説得できなくとも、私一人は逃げられるだろう。彼のフォードを借りて、ブラトルボロの駐車場に置いて行くと言えば、きっと許してくれるだろう。私は車庫に車が置いてあるのを見た――今は危険が過ぎ去ったと考えているので、車庫の扉は鍵が掛かっておらず、開いていた――それに、車はすぐにも使えるようになっている可能性が高いと信じていた。晩に話し合った時と、そのあとに感じたエイクリーへの一時的な嫌悪感は、もうすっかりなくなっていた。彼も私も同じような立場にいるのだから、力を合わせなければならない。彼の加減が悪いのを知っていたので、起こしたくはなかったが、そうしなければならないことはわかっていた。この状況では、朝までこの家にいるわけにはゆかなかった。

ようやく行動を起こせそうな気がしたので、私は筋肉をふたたび思い通り動かせるように、力一杯身体を伸ばした。慎重なというよりも衝動的な用心をしながら立ち上がると、帽子を探して被《かぶ》り、旅行鞄を持ち、懐中電燈の助けを借りて階下へおりた。気の立っていた私は右手に拳銃を握ったままだったが、鞄も懐中電燈も左手だけで扱えたのだ。なぜこういう用心をしたのかは良くわからない。その時の私は、この家にもう一人だけいる住人を起こしに行くところだったのだから。

抜き足さし足で、キイキイ軋む階段を下の玄関広間まで下りて行くと、眠っている人間のいびきがはっきり聞こえて来たが、彼は左手の部屋——私は入ったことのない居間——にいるのだと気づいた。右手には、例の声が聞こえて来た書斎が真っ黒な口を開いていた。掛金のかかっていない居間の扉を押し開けると、懐中電燈の明かりを頼りに、いびきの主《ぬし》の方へ近づいて行き、しまいに眠っている者の顔に光をあてた。

だが、次の瞬間には急いで明かりをそむけ、猫のように広間へ退却を始めたが、今度の用心は本能とともに理性から来たものだった。というのも、寝椅子に眠っていたのはエイクリーではなく、かつての案内人ノイズだったからである。

一体、どういう状況なのか見当もつかなかったが、一番安全なのは、誰かを起こす前になるべくあたりの様子を探ることだと常識で判断した。私は広間へ戻ると、居間の扉をそっと背後に閉めて掛金をかけ、ノイズが目を醒ます危険を少なくした。それから、今度は用心深く暗い書斎に入った。そこにはエイクリーが、眠っているにしろ起きているにしろ、お気に入りの休み場所とおぼしい隅の大きな椅子に坐っているはずだ。部屋の中に進み出ると、懐中電燈の光が中央の大きなテーブルにあたって、地獄めいた円筒の一つを照らし出した。それには視聴覚機械がついていて、発声機械もすぐそばにあり、いつでも接続できるようになっていた。こいつは、と私は思った、あの恐ろしい会議の間しゃべっていた容器中の脳にちがいない。ほんの一瞬、私は発声機械をつないで、それが何を言うか聞いてみたいという天邪鬼《あまのじゃく》な衝動に駆られた。

そいつは今でも私がそこにいるのを意識しているにちがいないと思った。なぜなら視聴覚の付属装置は、懐中電燈の光と私の足元で床がかすかに軋む音を伝えないはずがないから。だが結局、それには手を出さなかった。それがエイクリーの名前のついた、新しいピカピカ輝く円筒で、夕方棚にあるのを見つけ、この家の主人が放っておくように言ったものであることを、私は漫然と見て取った。あの時のことを今にしてふり返ると、己の臆病《おくびょう》さを悔い、思いきってあの機械にしゃべらせれば良かったのにと思うばかりである。それがいかなる謎と、恐ろしい疑惑と、あれが誰だったかという問題を明らかにしてくれたか、わからない！　だが、やはり、あれを放っておいたのは天の慈悲だったのかもしれない。

私は懐中電燈をテーブルからエイクリーがいると思っていた隅の方へ向けたが、驚いたことに、大きな安楽椅子は空っぽで、眠っている人間も起きている人間もいなかった。あの見慣れた古い部屋着が座席から床に垂れ下がっており、そばの床に黄色いスカーフと、私がいかにも変だと思った大きな足の繃帯が落ちていた。私は躊躇して、エイクリーは一体どこにいるのだろう、必要な病人の衣裳《いしょう》をなぜ急に脱ぎ捨ててしまったのだろうと考えているうち、あの奇妙な臭いと震動の感じがこの部屋にはなくなっていることに気づいた。原因は何だったのだろう？　奇妙なことに、エイクリーのそばにいる時だけ、あの臭いと震動を感じたのだとふと思った。その二つはエイクリーが坐っているあたりでもっとも強く、彼と部屋にいる時と、その部屋の扉のすぐ外にいる時以外はまったく感じなかったのである。私は立ちどまって、暗い書斎の中に懐中電燈の光をさまよわせながら、事態のこの展開を説明すべく脳漿《のうしょう》を絞っていた。空いた椅子にふたたび光が照《あ》たらぬうちに、その場を静かに立ち去っていれば良かったのだ。だが現実には、静かにではなく、押し殺した悲鳴を上げて去ったのである。その悲鳴は、広間の向こうで眠っている番人を目醒めさせはしなかったものの、眠りを乱したにちがいない。その悲鳴とノイズのいまだに歇《や》まぬいびきが、あの家で聞いた最後の音だった。憑かれた山の黒い森におおわれた山腹の下にある、あの病的で息の詰まる農場――奇怪な辺境の寂しい緑の山々と呪いをつぶやく小川に囲まれた、あの超宇宙的恐怖の焦点で。

死に物狂いで逃げ出しながら、懐中電燈と鞄と拳銃を落とさなかったのは驚きだが、どういうわけか何一つ失くさなかった。私はそれ以上音を立てずにあの部屋とあの家から何とか抜け出し、車庫のフォードに荷物を持って無事乗り込み、あの古めかしい車を動かして、漆黒の闇夜の中をどこか知らない安全な場所へ向かって行ったのだ。そのあとの道中は、ポオやランボーが書いたような、ドレの絵の中から持って来たような譫妄《せんもう》状態だったが、しまいにタウンシェンドに着いた。それで終わりだ。私がまだ正気を保っているとすれば、運が良い。時々、私はこの先何が起こるかを思って怖ろしくなることがある――とくに、あの新惑星、冥王星が妙な具合に発見されてからは。

先に仄めかした通り、私は懐中電燈で部屋をぐるりと照らしてみたあと、空いている安楽椅子にふたたび光をあてた。その時、初めて座席に何かがあることに気づいた。隣に脱ぎ捨てた部屋着のゆるい襞《ひだ》に隠れて、目につかなかったのだ。そのものは三つあったが、あとで調査官たちが来た時には見つからなかった。この話の一番初めに申し上げた通り、そこには実際に目に見える恐ろしいものは何もなかった。問題は、それが推測させることにあった。私は今でも半分疑う時がある――私の体験すべてを夢と神経と錯覚のせいにする連中の懐疑主義を半分受け入れる時が。

その三つは、その種のものとしては忌々しいほど良くできた仕掛けで、巧妙な金属の締め金がついており、それによって生物の体に取りつけられるようになっていたが、それがどんな生物だったかについて、敢《あ》えて憶測はしない。あれが名匠のこしらえた蠟細工だったことを願う――切に願う――けれども、私の心の底の恐怖はちがうことを語るのだ。ああ、神よ！　病的な臭いと震動を発しながら、闇にささやいていた者！　妖術使い、使者、取り換えっ子、局外者……あの忌まわしい抑えたブンブンという音……しかも、その間、棚に置いてあったあの新しいピカピカ光る円筒には……可哀想《かわいそう》な奴……「驚くべき外科医学的、生物学的、化学的、そして機械的な技術」

……というのも、あの椅子にあった三つのもの、顕微鏡で見なければわからぬほどの微妙な細部までそっくりな――あるいは同一の――ものとは、ヘンリー・ウェントワース・エイクリーの顔と両手だったのである。

暗闇《くらやみ》の出没者

（ロバート・ブロックに捧《ささ》ぐ）

私は暗い宇宙が口を開けるのを見た
　そこには真っ黒な惑星たちが目的もなく回っている――
星々は顧《かえり》みられず恐怖にかられて回る
　何も知らず、光輝もなく、名もなく。

――ネメシス

ロバート・ブレイクは稲妻によって死んだか、あるいは放電によって引き起こされた重大な神経の衝撃によって死んだという一般の思い込みに異をとなえることを、用心深い調査者は躊躇《ちゅうちょ》するであろう。たしかに彼の目の前にあった窓は破れていなかったが、自然はこれまでに多くの気まぐれを演じ得ることを示している。彼の顔にあらわれていた表情も、彼が見たものとは関係のない、何か隠微な筋肉の作用によるのかもしれないし、彼の日記に書いてあることは、ある種の土地の迷信と彼が掘り起こしたある種の古い記録に刺激された、荒唐無稽《むけい》な想像の所産であることは明らかだ。フエデラル・ヒルにある無人の教会の異例な状態に関していえば――慧眼《けいがん》な分析家はそれを何かの狂言のせいとするにやぶさかでない。その狂言の少なくとも一部分には、意識的にか無意識的にか、ブレイクがひそかに関わっていたのである。

というのも、結局のところ、被害者は作家で画家であり、神話や夢、恐怖、迷信といった分野に打ち込んでいて、奇怪で不気味な場面や効果を熱心に追い求めていたのだから。彼は以前この街に滞在したことがあったが――隠された禁断の伝承に自分と同じくらい深く傾倒している、奇妙な老人を訪ねたのだ――それは死と焔《ほのお》のうちに終わった。彼をミルウォーキーの故郷から呼び戻したのは、何か病的な本能だったにちがいない。日記にはそう書いていないが、彼はこの地の古い話について知っていたのかもしれないし、彼の死は、何か文学に反映されるべき運命にあった途方もない悪戯《いたずら》を蕾《つぼみ》のうちに摘んだのかもしれない。

しかしながら、すべての証拠を吟味し関連づけた人々のうちには、さほど合理的でも平凡でもない説に固執する者がいまだに何人かいる。かれらはブレイクの日記に書いてあることの多くを額面通りに受けとり、いくつかの事実を意味ありげに指摘する。たとえば、教会の古い記録が疑いなく本物であること、一八七七年以前に、嫌われた異端の〝星の智慧《ちえ》派〟がたしかに存在したこと、一八九三年に、エドウィン・M・リブリッジという穿鑿《せんさく》好きな記者が失踪《しっそう》したという記録、そして——何よりも——若き作家の死顔にあらわれていた、おぞましい、人相も変わるほどの恐怖の表情といったことである。盲信に突き動かされて極端な振舞いに及び、あの古い教会の尖塔《せんとう》で——それらがもともとあったとブレイクの日記に書いてある塔ではなく——真っ黒い、窓のない尖塔で見つかった奇妙な角度のついている石と、風変わりな装飾のある金属の箱とを湾に投げ込んだのは、こうした信者たちの一人であった。この男は——評判の良い医者だったが、風変わりな民間伝承に興味を持っていた——公式にも非公式にも大いに非難されたが、地上に放置しておいては危険すぎるものを取り除いたまでだとうそぶいていた。

読者はこうした二つの意見の間で、自ら御判断なさらなければいけない。新聞各紙は懐疑的な観点から確実な詳細を報じていて、ロバート・ブレイクが見た——あるいは見たと思った——さもなくば見たふりをした——通りに絵を描くことは、ほかの者にまかせている。今は日記をつぶさに、冷静に、ゆっくりと調べながら、事件の暗い連鎖を、その中心人物が述べる視点から要約してみるとしよう。

ブレイク青年は一九三四年から三五年にかけての冬にプロヴィデンスへ戻って来て、カレッジ街からわきへ入った緑の裏小路にある古さびた住居の二階を借りた——そこは街の東に位置する大きな丘の天辺《てっぺん》にあって、ブラウン大学のキャンパスに近く、大理石造りのジョン・ヘイ図書館の裏手にあたっていた。居心地の良い魅力的な家で、田舎の村を思わせる古めかしい小さなオアシスめいた庭園に囲まれ、その庭園では、大きな人なつこい猫たちが重宝な物置の屋根で日向《ひなた》ぼっこをしていた。四角いジョージ王朝様式の家には段屋根や、扇形の彫刻がついた古典的な玄関や、ガラスが小さく仕切られた窓といった、十九世紀初期の造りであることを示す諸々《もろもろ》の特徴があった。家の中には六枚の羽目板を張ったドア、幅の広い床板、湾曲した植民地時代風の階段、アダム兄弟時代（訳注・十八世紀スコットランドの建築家・内装家ロバート・アダム、ジェイムズ・アダムの内装の様式をいう）の白いマントルピースがあり、裏側の部屋はいずれも床が全体の高さより三段分低くなっていた。

ブレイクの書斎は南西の広い部屋で、一方からは前庭が見え、西向きの窓々——彼はその窓の一つの前に机を置いていた——はちょうど丘の端にあり、町の低いところに広がる家々の屋根と、そのうしろに燃え上がる神秘的な夕陽との素晴らしい光景《ながめ》が見渡された。遠い地平線には、広々とした郊外の紫色の斜面があった。それを背景にして、二マイルほど先にフェデラル・ヒルの異様な瘤《こぶ》が盛り上がり、屋根や尖塔がそこにひしめいて突き出していた。そうした屋根や尖塔の遠い輪郭は、街の煙が渦巻いて立ちのぼり、それらを網にからめるにつれて、神秘《なぞ》のように揺らぎ、幻想的な形をとるのだった。ブレイクは奇妙な感覚をおぼえた――自分が見ているものは何か知られざる霊妙な世界であって、もしそれを探し出そうとか、その中に入って行こうとかしたなら、夢の中に消えてしまうかもしれないといったような。

家から本を大部分送らせたあと、ブレイクは自分の部屋にふさわしい古風な家具を買って、落ち着いて執筆し、絵を描きはじめた――たった一人で暮らし、簡単な家事は自分でやった。彼のアトリエは北側の屋根裏部屋にあって、そこには段屋根の窓ガラスから良い光が入って来るのだった。その最初の冬に、彼は自作のうちでもっとも知られた五つの短篇小説を生み出した――「地下を掘るもの」、「地下納骨所の階段」、「シャッガイ」、「プナートの谷間に」、「星界からの宴客」――そして七枚の油絵を描いたが、それらは人間ではない名状しがたい怪物の習作と、この上なく異質な地球外の風景画だった。

日が沈む頃、彼はよく机に向かって、西に広がる景色を夢見るように見つめた――すぐ目の下にある記念会館の暗い塔、ジョージ王朝様式の郡庁舎の鐘楼、下町区域の高い小尖塔、そして、あの遠くチラチラと輝く、とんがり屋根の立っている丘――その丘にある未知の街路と迷路のように重なった切妻屋根は、ブレイクの空想を強く搔《か》き立てるのだった。この土地の数少ない知人から聞いたところによると、あの遠い斜面は広大なイタリア人地区だが、ほとんどの家は昔英国移民やアイルランド人が住んでいた頃の名残だという。彼は時折、渦巻く煙の彼方《かなた》にある、その異様な、行くことのできぬ世界に双眼鏡を向けた。一つ一つの屋根や、煙突や、尖塔を見分けて、その中に宿っているかもしれない不気味で奇妙な謎《なぞ》に思いを馳《は》せた。光学機器の助けを借りても、フェデラル・ヒルは何かこの世とは異質な、伝説の存在めいたものに思われ、ブレイク自身の物語や絵に描かれた、非現実の、触れることのできない驚異とつながっているように思われた。ランプの星が瞬《また》きはじめた菫色《すみれいろ》の黄昏《たそがれ》のうちに丘が消え入り、郡庁舎の照明燈、インダストリアル・トラスト社の赤い信号燈が輝いて夜をグロテスクにしたあとも、この感覚は長く残るのだった。

遠いフェデラル・ヒルにあるもののうちでブレイクをもっとも魅《ひ》きつけたのは、巨大な黒々とした教会だった。それは昼の決まった時間にとりわけはっきりと見え、日没には、大きな塔と先細りの尖塔が、燃え上がる空を背にして黒々と浮き上がった。それはとくに高い地面にあるようだった。というのは、煤《すす》けた正面も、こちらからは斜めに見える北側の面も——そこには傾斜した屋根がついていて、大きな尖《とが》った窓々の天辺が見える——参差《しんし》としてまわりを囲む棟木《むなぎ》や煙突の煙出しの上に、堂々とそそり立っていたからである。奇妙にいかめしく、峻厳《しゅんげん》なその建物は石造りのように見えたが、一世紀以上も煙や嵐《あらし》にさらされて汚れ、変色していた。様式は、双眼鏡でわかる限りでは、荘重なアップジョン時代（訳注・アメリカの建築家リチャード・アップジョン1802-1878の活躍した時代）に先立つ、ゴシック復興《リヴァイヴァル》最初期の実験的な形で、ジョージ王朝様式の外形や均整を幾分持ち越していた。大方、一八一〇年から一八一五年頃に建てられたのだろう。

数ヵ月間、ブレイクは遠い彼方のこの物恐ろしい建築物を、奇妙に関心をつのらせて、ながめていた。大きな窓々にはけして明かりがともったことがないから、あそこは無人であるにちがいない。長い間見れば見るほど想像力が働いて、彼はしまいにおかしなことを考えはじめた。あの場所には漠とした異様な荒廃の霊気が立ちこめており、それゆえに鳩《はと》や燕《つばめ》さえもその煙たい軒を避けるのだ、と彼は信じた。双眼鏡で見ると、他の塔や鐘楼のまわりにはおびただしい鳥の群がいるのに、ここではけして翼を休めないのだ。少なくともブレイクはそう思い、そう日記に書いた。彼はこの場所を何人かの友人に指し示したが、誰もフェデラル・ヒルには行ったことさえなく、その教会が現在どうなっているのか、過去にどうだったのかを少しも知らなかった。

春になると、ブレイクはひどい落ち着きのなさにとらわれた。長い間あたためていた小説――メイン州に魔女崇拝が今も残っているという設定の物語――を書きはじめたが、どういうわけか先へ進まなくなってしまったのだ。西向きの窓の前に坐《すわ》って、遠い丘と、鳥たちも寄りつかぬ黒い陰鬱《いんうつ》な尖塔をじっと見ている時間がますます長くなった。庭の木の枝に繊細な若葉が出ると、世界は新しい美に満たされたが、ブレイクの落ち着きのなさは増すばかりだった。街の向こう側へ行って、あの伝説の存在めいた斜面を自ら登り、煙の輪に巻かれた夢の世界へ行ってみようと初めて思ったのはその時だった。

四月の末、永劫《えいごう》の影におおわれたワルプルギスの夜祭の直前に、ブレイクは未知の領域へ初めての旅をした。果てしない下町の街路《とおり》をとぼとぼと歩き、その向こうの荒涼として朽ちた街区を抜けると、ついに上り坂になった大通りに出た。その通りは百年の歳月のうちに石段がすり減り、家々のドーリア式の外玄関は天井がたわんで、頂塔の窓ガラスは曇っていたが、ここを登れば、知り初《そ》めて久しい、霧の向こうの行くことのできぬ世界へ辿《たど》り着くにちがいないと彼は思った。薄汚れた青と白の道路標識がいくつもあったが、彼にはその意味がわからず、やがて行き交《か》う人々が奇妙な浅黒い顔をしていることに気づき、何十年という歳月の風雨にさらされた、茶色い建物の風変わりな店の上に、外国風の看板がかかっていることに気づいた。遠くから見えたものはどこにも見つからなかった。それで、彼はまたこんなことを思いはじめた——遠くはるかに見えたフェデラル・ヒルは、生きた人間の足がけして踏み入ることのできない夢の世界なのではあるまいかと。

時折、ボロボロになった教会の正面や崩れゆくとんがり屋根が目に入ったが、彼の探している黒ずんだ大建築はついぞ見えなかった。とある店の主人に大きな石造りの教会のことを訊《き》いてみると、男は英語を達者に話せるにもかかわらず、ニヤニヤして首を振るばかりだった。ブレイクが上の方へ登って行くにつれて、町はますます見慣れぬ姿となり、沈鬱な茶色の小路が人をまごつかせる迷路となって、南の方へ果てしなく続いていた。彼は広い大通りを二つ三つ渡り、一度は見慣れた塔をチラリと見たように思った。もう一度、ある商人に重厚な石造りの教会のことを訊いてみたが、今度は相手が知らないふりをしていることがはっきりとわかった。男の浅黒い顔には隠そうとして隠しきれない恐怖の表情が浮かび、ブレイクは男が右手で何か妙な仕草をするのを見た。

やがて、左側の曇った空を背景にして、もつれ合った南の小路に並ぶ茶色い屋根の上に、黒い尖塔が忽然《こつぜん》とあらわれた。ブレイクは一目でそれが何かわかり、大通りから登って行くみすぼらしい、舗装のない細道を通って、その方へ突き進んだ。二度道に迷ったが、戸口の段に坐っている老人や主婦にも、暗い細道の泥の中で大声を上げて遊んでいる子供にも、なぜか道を訊く気にならなかった。

　ついに南西の空を背にして塔がはっきりと見え、小路の果てに巨大な石の建物が黒々と立ち上がった。やがて吹きさらしの広場に出た。そこには風変わりな玉石が敷かれ、向こう側に壁のような高い土手があった。これで彼の探索の旅は終わった。その土手が支えている幅広い、鉄の柵《さく》で囲った、雑草の生い茂る高台――まわりの街よりもたっぷり六フィートは持ち上がり、隔絶した小世界――に、いかめしい巨人のごとき建物がそびえていて、今は前とはちがう視点から見ているけれども、それが何であるかに疑いの余地はなかったからである。

　無人の教会はひどく老朽していた。高い石の扶壁《ふへき》の一部は崩れ落ちていたし、繊細な頂華《ちょうげ》のいくつかは、伸び放題に伸びた茶色い草の中に半分埋《うず》もれていた。煤《すす》けたゴシック式の窓はおおむね破れていなかったが、石の縦仕切りの多くがなくなっていた。おぼろな絵の描かれている窓ガラスがどうしてこんなに良く残っているのだろう、とブレイクは不思議に思った――世界中どこでも、小さな男の子のすることは同じだからである。どっしりした扉は無傷で、きつく閉まっていた。壁のような土手の天辺には錆《さ》びた鉄柵がぐるりと張りめぐらされて、この地面全体を囲っていたが、その門――広場から石段を登って行った上にある――には南京錠《なんきんじょう》がかかっているのが見えた。門から建物までの小径《こみち》は草ぼうぼうだった。荒廃と腐朽が柩衣《ひつぎかけ》のようにこの場所に覆《おお》いかぶさり、小鳥のいない軒や蔦《つた》も這《は》わない黒ずんだ壁に、ブレイクは何とも表現できないが、どことなく不吉なものを感じた。

広場に人はほとんどいなかったが、北側の端に警官が一人いたので、ブレイクは教会のことを尋ねようと近づいて行った。警官は大柄で丈夫そうなアイルランド人だったから、彼が十字を切り、この辺の者はあの建物のことをけして口にしないとつぶやいただけだったのは、奇妙に思われた。ブレイクがしつこく問いただすと、警官は非常な早口でこう言った――イタリア人の神父さんたちが、あそこに近づくなとみんなに警告したのだ。あそこにはかつて途轍《とてつ》もなく邪悪なものが棲《す》んでいて、今もその痕跡《こんせき》が残っていると神父さんたちは断言している。警官自身も父親からあの教会について暗いひそひそ話を聞かされたし、父親は子供の頃、ある種の音や噂《うわさ》を聞いたのを憶《おぼ》えていた。

あそこには昔、性質《たち》の悪い宗派がいたのだ――無法な宗派で、未知の闇の深淵《しんえん》から恐ろしいものを喚《よ》び出した。やって来たものを悪魔祓《あくまばら》いするには立派な神父さんに頼まなければならなかったが、光さえあてれば良いのだと言う連中もいた。オマリー神父さんが存命だったら、いろんなことを話してくれただろう。だが、今はあそこを放っておくより仕方がない。今は誰も害を蒙《こうむ》ることはないし、あの教会の持主も死んだか、遠くへ行ってしまった。連中は七七年に物騒な話が持ち上がると、鼠《ねずみ》のように逃げて行った。その年、人々はこの界隈《かいわい》で時々人がいなくなるのを変だと思いはじめたのだ。いずれ市が介入して、相続人がいないというので土地建物を没収するだろうが、誰があそこに手を出しても、良いことはないだろう。当分は放っておいて、倒壊するにまかせた方がいい。暗い奈落《ならく》の底に永久に眠っているべきものが、揺り起こされないように。

　警官が行ってしまったあと、ブレイクは尖塔のある陰気な大建築を見つめていた。あの建物が自分だけでなくほかの人間にも不気味に見えることを知って興奮し、巡査がした昔話の裏には一抹の真実が隠されているかもしれないと思った。おそらく、あいう話はこの場所の凶々《まがまが》しい外見が呼び起こした言い伝えにすぎないだろうが、たとえそうだとしても、それは彼自身の書く物語を奇妙に現実化したようだった。

　散りゆく雲のうしろから午後の太陽が覗《のぞ》いたが、高台の上にそびえ立つ古い神殿の煤に汚れた壁を明るく照らし出すことはできないようだった。持ち上げられて鉄柵に囲まれた庭の茶色い萎《しお》れた草木に春の緑の色がいまだにさしていないのは、奇妙だった。ブレイクはいつのまにか、その高くなった場所に近寄り、もしや中に入る手立てはないかと思って、土手と錆びた柵を調べた。黒ずんだ教会堂には、抗しがたい恐るべき魅力があった。柵を見ると、石段の近くには隙間《すきま》がなかったが、北側にはいくつか棒のなくなっているところがあった。段を上がって、柵の外の狭い縁を歩いてまわってゆけば、切れ目まで行けそうだった。人々がこの場所をそんなに怖がっているなら、邪魔が入ることもないだろう。

彼は土手の上に上がって、誰にも気づかれないうちに、ほとんど柵の中に入っていた。その時、ふと下を見ると、広場にいたわずかな人がじりじりと遠ざかって、右手で大通りの店の主人がしたのと同じ仕草をしていた。いくつかの窓がバタンと閉められ、肥《ふと》った女が一人往来へ飛び出して、小さい子供たちの手を引っ張り、ペンキも塗っていない今にも壊れそうな家の中へ連れ込んだ。柵の切れ目は難なく通り抜けることができ、やがてブレイクは荒れ果てた庭の腐りゆく、からみもつれた茂みを掻き分けて歩いていた。ここかしこに墓石のすり減った基部があり、この場所でかつて埋葬が行われたことを示していたが、それは大分昔のことにちがいなかった。こうして間近へ来ると、教会の大きさそのものに圧倒されそうだったが、彼はそんな気分を制して、そばに寄り、正面の三つの大扉をためしてみた。どの扉にも鍵《かぎ》がしっかりかかっていたので、巨大な建物のまわりを一周し、小さくて、もっと通り抜けやすそうな入口を探した。そうしている時でさえ、その荒廃と影の棲処《すみか》に入りたいのかどうかよくわからなかったが、新奇なものの魅力が彼を自動的に引きつけて行った。

裏手に地下室の窓が一つ、ぽっかりと無防備に口を開いて、必要な隙間を供していた。中を覗き込むと、蜘蛛《くも》の巣と埃《ほこり》だらけの地下の大穴に、西日がものを透かして弱々しく射《さ》し込んでいた。瓦礫《がれき》や、古い樽《たる》や、壊れた箱や、さまざまな種類の家具が目に入ったが、あらゆるものに塵《ちり》の被いがかかって、尖った輪郭を柔らかにしていた。暖房炉の錆びついた残骸《ざんがい》があることからすると、この建物はヴィクトリア朝中期までは使用され、手入れもされていたとおぼしかった。

ブレイクはほとんど意識せずに行動を起こして窓から潜り込み、塵が一面につもり、瓦礫の散らばっているコンクリートの床の上に下りた。丸天井のある地下室は広大で間仕切りはなく、右手の奥の方を見ると、隅の深い影の中に、階上に通じているとおぼしい黒い拱道《きょうどう》があった。不気味な大きい建物の中に実際にいると、異様な圧迫感をおぼえたが、それを抑えて、用心深くあたりを偵察した――塵埃《じんあい》の中に壊れていない樽を見つけ、外へ出る時のために、開いた窓まで転がして行った。それから気を引きしめ、拱道の方へ向かって、蜘蛛の巣のかかった広い空間を横切った。いたるところに積もった埃に息がつまりそうになり、幽霊のような蜘蛛の糸に蔽《おお》われながら拱道に辿り着くと、暗闇の中へ上がって行くすり減った石段を上りはじめた。明かりはなかったが、手探りで慎重に進んだ。急な曲がり角を曲がると、前方に閉まった扉があるのを感じて、しばらくゴソゴソ手探りしていると、古い掛金が見つかった。扉は内側に開き、その向こうには、虫の喰った羽目板のつらなる廊下が薄明かりに照らされていた。

一階へ出てしまうと、ブレイクは素早く探検を開始した。内部の扉はどれも鍵がかかっていなかったので、部屋から部屋へ自由に行けた。並外れて大きい身廊《しんろう》はほとんど不気味と言っても良い場所で、ボックス仕切りの座席、祭壇、砂時計の置いてある説教壇、反響板――埃がそういったものの上に降り積もって山を成し、巨大な綱のようになった蜘蛛の巣が桟敷《さじき》の尖った迫持《せりもち》の間に伸びて、密集したゴシック式の柱にからみついていた。荒廃し、静まりかえったこうした光景の上にいやらしい鉛色の光が戯《たわむ》れているのは、傾いた午後の太陽が、大きな後陣の窓の奇妙な、半ば黒ずんだガラスを透して光を送っているのだった。

それらの窓に描かれた絵は煤のために霞《かす》んでいて、何を表わしているのかブレイクにはほとんどわからなかったが、わずかにわかった部分から嫌悪《けんお》感をおぼえた。図案はおおむね様式化されたもので、彼は曖昧《あいまい》な象徴表現に関する知識を持っていたから、古い模様のいくつかについては、相当のことがわかった。そこに描かれた数少ない聖者たちは非難の的になり得る表情をはっきりと浮かべていたし、窓の一つはただの暗い空間を示しているようで、その中に奇妙な光の螺旋《らせん》がちりばめられていた。窓からよそに目を向けると、祭壇の上の蜘蛛の巣がかかった十字架は普通の十字架ではなく、影深いエジプトに太古からあるアンク十字、すなわちクルクス・アンサータに似ていることに気づいた。

後陣の傍らにある裏手の聖具室で、ブレイクは朽ちかけた机と、黴《かび》が生えてぼろぼろになった書物の並んでいる、天井までとどく本棚を見つけた。彼はここで初めて真の恐怖の強い衝撃を受けた。それらの書物の題名が多くのことを物語っていたからである。それらは、まともな人間はまず名前を聞いたこともなく、たとえあっても、こわごわと密《ひそ》かにささやかれるのを聞いただけという、悪質な禁断の書物だった。人類の幼年期から、そして人間が生まれる以前の仄暗《ほのぐら》い伝説的な日々から、時の流れを細々と伝わって来た、いかがわしい秘密と太古の呪文《じゅもん》——そうしたものを満載している恐ろしい禁書だった。ブレイク自身、それらの多くを読んでいた——忌《い》み嫌われる

『ネクロノミコン』のラテン語訳、不気味な『イーウォンの書』、エルレット伯爵《コント・デルレット》の悪名高い『食屍鬼《しょくしき》崇拝』、フォン・ユンツトの『無名祭祀《さいし》書《しょ》』、そしてルドウィク・プリンの『妖蛆《ようそ》の秘密』。しかし、そこには噂でのみ知っている書物やまったく知らない書物もあった——『プナコトゥス写本』、『ジアンの書』、それから一冊の崩れかけた書物があり、まったく正体不明の文字で書かれていたが、隠秘学の研究者には見おぼえのある戦慄《せんりつ》すべき記号や図形が載っていた。土地に今も伝わる噂は嘘《うそ》ではないらしかった。この教会はかつて人類よりも古く、既知の宇宙よりも宏大《こうだい》な悪の拠点だったのである。

　壊れた机の上には、何か風変わりな暗号法で一杯に書き込んである小さな革表紙の記録帳があった。その手書きの字はありふれた伝統的な記号から成り、その記号は、今日では天文学で用いられるが、往時は錬金術や占星術などの怪しげな学問に用いられたもので——太陽、月、惑星、星位、黄道十二宮を示す図案であるが——ここではそれが本文のページにぎっしりと書き込まれ、章分けや段落分けからすると、それぞれの記号がアルファベットのどれかの文字に対応するようだった。

　暗号はあとで解けるかもしれないと思い、ブレイクはこの帳面を上着のポケットに入れて、持ち去った。棚に並んでいる大型の書物の多くが言いようもなく彼を魅惑し、いつかまたそれらを借りたい誘惑に駆られた。これらの書物がこんなにも長い間、手つかずで残っているのはなぜだろうと不思議に思った。心に取り憑《つ》き、あたりに充満する恐怖が、六十年近くもこの荒れ果てた場所を訪問者から護《まも》っていたのであって、その恐怖に打ち克《か》ったのは自分が初めてなのだろうか？

一階を隈《くま》なく調べてしまうと、ブレイクはもう一度不気味な身廊の塵埃を掻き分けて、表玄関へ向かった。そこには扉と階段があるのを見ていたからだ。そこから、たぶん、あの真っ黒な塔と尖塔――彼が長い間、遠くから見慣れた場所に登って行けるのだろう。階段を上がるのは息がつまりそうな体験だった。埃が厚く積もっていたし、蜘蛛がこの窮屈な場所に思うさま巣を張っていたからである。螺旋階段で、木の段は高くて狭く、ブレイクは時折、目の眩《くら》むほど下の方に街が見渡せる曇った窓を通り過ぎた。下にはロープが見あたらなかったが、塔には鐘が一つか一組かあるだろうと期待していた――その塔の狭い、鎧板《よろいいた》を張った尖頭窓を、彼の望遠鏡は幾度《いくたび》となく観察していたのである。しかし、ここでは失望を味わう運命にあった。階段の一番上に上りつめた時、塔上の部屋に組鐘《チャイム》はなく、そこは明らかにまったくべつの目的に使われていたことがわかったからだ。

その部屋は縦横十五フィートほどで、四つの尖頭窓からの明かりがほのかに射していた。窓は四面の壁に一つずつあり、朽ちた鎧板の内側にガラスが嵌め込んであった。その上さらに、目のつんだ不透明な網戸も取りつけてあったが、それはもう大部分腐ってなくなっていた。埃の積もった床の真ん中に、奇妙な角度のついている石柱が立っていた。高さ四フィートほどで、さしわたしは平均二フィート、それぞれの面が奇怪な、粗く刻んだ、まったく正体の知れぬ象形文字に蔽《おお》われていた。この柱の上には、奇妙に不均整な形をした金属の箱がのっていた。蝶番《ちょうつがい》で留めた蓋《ふた》が開いており、中には、数十年の埃に埋もれて、直径四インチほどの卵形あるいはいびつな球形の物体と見えるものが入っていた。柱のまわりに、背凭《せもた》れの高いゴシック風の椅子《いす》が七脚——今もあまり傷《いた》んでいないのが——おおよそ輪になって並んでおり、そのうしろには、黒い羽目板の壁に沿って、崩れかけた黒塗りの石膏《せっこう》でできている七体の巨大な像があった。これらは他の何よりも、謎めいたイースター島の不気味な巨石像に似ていた。蜘蛛の巣の張った部屋の片隅には、壁に梯子《はしご》がつくりつけてあり、上ってゆくと天井に落とし戸があって、今は閉まっているその戸の上は窓のないとんがり屋根だった。

弱い光に目が慣れて来るにつれて、ブレイクは黄色っぽい金属でできた、蓋の開いている奇妙な箱に風変わりな浅浮彫りがしてあることに気づいた。近づいて、手とハンカチーフで埃を拭《ぬぐ》ってみると、そこに彫ってある姿は奇怪な、まったくこの世界とは異質なものだった。見たところ生き物のようだが、この惑星上で進化したいかなる既知の生命形態とも似ていなかった。直径四インチの球体と見えたものは、色は黒に近く、赤い縞《しま》の入った多面体で、不規則な平面がたくさんあった。ある種の非常に特異な結晶体か、さもなければ鉱物を彫刻して磨き上げた人工物だろう。それは箱の底に触れず、中央に巻いてある金属の帯から箱の上の方の隅に向かって水平に伸びている、七つの奇妙な形をした支えで吊《つ》ってあった。この石は、一度《ひとたび》見ると、ブレイクに恐ろしいほどの魅力を及ぼした。彼はほとんど目を離すことができず、その輝く表面を見ているうちに、それが透明で、内部にいくつもの驚異の世界が半ば形をあらわしているような気がして来た。心にさまざまな画面が流れ込んだ。大きな石の塔が立ち並んでいる異界の天体、途方もなく巨《おお》きな山々があり、生命は影も見えぬべつの天体、そして、ただ模糊《もこ》たる暗闇の中の揺動《うごき》が意識と意志の存在を物語る、さらに遠い空間の光景が。

石から目を外《そ》らすと、向こうの隅のとんがり屋根へ上がる梯子のそばに、埃が何か妙な具合に盛り上がっていることに気づいた。なぜ注意を惹《ひ》いたのかはわからなかったが、その輪郭の何かが彼の無意識の心に語りかけたのだ。そちらの方へ、垂れ下がった蜘蛛の巣を払いのけながら近づいて行くと、そのものに何か気味の悪いところがあるのがわかって来た。やがて手とハンカチーフが真相を明らかにし、ブレイクはいちどきに押し寄せるさまざまな感情にまごついて、息を呑《の》んだ。それは人間の骸骨で、久しい間、そこにあったにちがいなかった。服はずたずたになっていたが、ボタンや布の切れ端から見て、男物の灰色の背広らしかった。ほかにも細々《こまごま》した証拠があった――靴、金属の留め金、袖口《そでぐち》につける大きなボタン、古風なネクタイピン、「プロヴィデンス・テレグラム」の社名が入った記者章、それにボロボロになった革の紙入れである。紙入れを注意深く調べてみると、中には五、六枚の旧紙幣、一八九三年のセルロイド製の広告入りカレンダー、「エドウィン・M・リリブリッジ」の名が記された名刺、そして鉛筆でびっしりと覚え書きを書き込んだ一枚の紙が入っていた。

この紙には不可解なことがたくさん記してあり、ブレイクはほの明るい西向きの窓に寄って、入念にそれを読んだ。まとまりのない文章には、以下のような言葉が記されていた――

イーノック・ボウエン教授、一八四四年五月、エジプトより帰る――七月、古い自由意志派の教会を買う――教授の考古学上の業績と隠秘学の研究は良く知られている。

第四バプティスト教会のドラウン博士、一八四四年十二月二十九日の説教で〝星の智慧派〟に気をつけよと警告。

四五年末までに信徒九十七名。

一八四六年――失踪者三名――〝輝くトラペゾヘドロン〟への最初の言及。

一八四八年、失踪者七名――血の犠牲の話が語られはじめる。

一八五三年の調査、成果なし――物音についての話。

オマリー神父、エジプトの巨大遺跡で発見された箱を使う悪魔崇拝について語る――光の中では存在できぬものを召喚すると言う。わずかな光からも逃げ、強い光で追い払われる。さすれば、ふたたび喚び出さねばならない。おそらく、四九年に〝星の智慧派〟に入信したフランシス・X・フィーニーの臨終の告白によって、このことを知ったか。この連中が言うには、〝輝くトラペゾヘドロン〟が天国や他の諸々の世界を見せてくれる、そして〝暗闇の出没者〟がある方法で秘密を教える、とか。

一八五七年、オリン・B・エディーの話。かれらは水晶体を見つめることによって、それを喚び出す。また、かれら独自の秘密の言語を持つ。

一八六三年、信徒二百名か、それ以上。出征した者を除く。

一八六九年、パトリック・リーガン失踪の後、アイルランド人の少年達、大挙して教会を襲う。

七二年三月十四日、J紙にそれとなくほのめかす記事が載るも、人々は話題にせず。

一八七六年、失踪者六名——秘密委員会、ドイル市長を訪問。

一八七七年二月、行動を約束——四月、教会は閉鎖。

無頼の徒——フェデラル・ヒルの少年達——××博士と教区委員を五月に脅迫。

七七年末までに、百八十一名が街を去る——氏名は公表されず。

一八八〇年頃、幽霊の噂が立つ——一八七七年以降、いかなる人間も教会に入っていないという報告の真偽をたしかめようとする。

一八五一年に撮られたあの場所の写真を提供するようラニガンに依頼。……

ブレイクはその紙を紙入れに戻し、紙入れを上着に入れると、ふり返って、埃にまみれた骸骨を見やった。覚え書きに書いてあることの意味ははっきりしていて、この男が四十二年前、新聞の特ダネを求めて、この荒れ果てた建物に入ったことは疑いの余地がなかった。ほかの誰もそんなことをする勇気はなかった。おそらく、ほかの誰も彼の計画を知らなかったのだろう――その辺は誰にもわからない。しかし、彼は二度と新聞社に戻らなかった。気強く抑えていた恐怖が高まって彼を圧倒し、突然の心臓発作を起こしたのだろうか？　ブレイクは白々と光る骨の上にかがみ込んで、そのおかしな状態に気づいた。いくつかの骨はひどく散らばり、二、三の骨は端の方が奇妙に溶解しているようだった。またべつの骨は変に黄色くなって、焼け焦《こ》げたように思われた。焼け焦げは服のいくつかの切れ端にも及んでいた。頭蓋骨《ずがいこつ》はじつにおかしな状態で――黄色くなり、頭頂に焼け焦げたような穴が開いていた。まるで、何か強力な酸が堅固な骨を腐食したかのようだった。静寂のうちにここに葬《ほうむ》られていた四十年の間、この骸骨に何が起こったのか、ブレイクには想像もできなかった。

　気がつくと、彼はまたあの石を見ており、その奇妙な影響力が心のうちにもやもやと壮麗な観物《みもの》を喚び出すにまかせていた。彼は見た――人間とはちがう輪郭を持つものたちが長衣をまとい、頭巾《ずきん》をかぶって行列するさまを。果てしなくつづく砂漠に、彫刻を施した、天にもとどかんばかりの一本石が点々と列《なら》んでいるのを。彼は見た――海底の暗い深みに立つ塔や壁を、チカチカと光る冷たい紫の薄靄《うすもや》の前に黒い霧の断片が漂っている空間の渦を。そして、こうしたものすべての彼方に闇の無限の深淵を垣間見たが、そこには固体や半固体の存在があっても、風のような揺らめきによってそれと知られるだけで、雲のような力の模様が混沌《こんとん》に秩序を押しつけ、我々が知る世界のすべての矛盾と奥秘《おうひ》への鍵を差し出しているかのように見えた。

　そのうち、ふいに激烈な、正体のわからぬ恐怖が差し迫って来たために、魔法は破れた。ブレイクは息が詰まり、石から顔をそむけた。何か形を持たぬ異界の存在がすぐそばにいて、自分を恐ろしく熱心に見ていることを意識したのだ。彼は何かとかかり合いになってしまったような気がした――あの石の中にいるのではなく、あれを通して自分を見ていた何か――視覚とはちがう認識力によって、自分をどこまでも追って来るであろう何かと。明らかに、この場所が神経に障《さわ》って来たのだ――あんな身の毛のよだつようなものを見つけたのだから、無理もあるまい。それに外の光も暗くなって来たし、明かりとなるものは何も持っていなかったので、すぐに引き上げねばならないことがわかった。

　その時、夕闇が深まる中で、狂ったような角度のついたあの石の中に、ほんのかすかな光を見たように思った。石から目を離そうとしたが、何か隠微な、有無《うむ》を言わせぬ力がふたたび彼の目を引き寄せていたのだ。あの石には、放射能の微妙な燐光《りんこう》があるのだろうか？　死んだ男の覚え書きに、〝輝くトラペゾヘドロン〟（訳注・トラペゾヘドロンは偏四角多面体などと訳される。各面が不等辺四角形の多面体をいう）というもののことが書いてあったが、それは何だったのだろう？　ともかく、この打ち捨てられた宇宙的邪悪の巣窟《そうくつ》は、一体何なのだ？　ここで何が行われたのだ？　鳥も避ける影の中に今も潜んでいるかもしれないものは、何なのだ？　とらえどころのないかすかな悪臭がどこか近くから立ちのぼって来たようだったが、出所《でどころ》はわからなかった。ブレイクは長い間開け放しになっていた箱の蓋をつかんで、押し下げた。蓋は異様な蝶番に従って簡単に動き、まごうかたなく光を放っている石の上にぴったりと閉まった。

箱が閉まってカチリというと、落とし戸の上にあるとんがり屋根の永遠の暗闇から、かすかに物の動く音が聞こえて来たような気がした。鼠にちがいない――彼が入って来てから、この呪《のろ》われた大建築の中で存在を示した生き物は鼠だけだ。だが、とんがり屋根の中でものが動いた音に、彼はひどく怯《おび》えてしまい、ほとんど無我夢中で螺旋階段を駆け下りると、もの凄《すさ》まじい身廊を横切り、丸天井の地下室へ下りて、暮色の垂れこめた人気《ひとけ》のない広場へ出た。そして、人出の多い、恐怖に憑かれたフェデラル・ヒルの小路や大通りを駆け下りて、大学地区の健全な街中の通りと、わが家のように心安まる煉瓦《れんが》の歩道へ向かった。

そのあとの数日間、ブレイクは探検のことを誰にも話さなかった。そのかわり、ある種の本を山程読み、下町へ行って長年にわたる新聞のファイルを調べ、蜘蛛の巣だらけの聖具室から持って来た革表紙の帳面に書いてある暗号を夢中になって研究した。すぐにわかったが、暗号は単純なものではなく、長い努力の末、その言語が英語、ラテン語、ギリシャ語、フランス語、スペイン語、ドイツ語のいずれでもないことを確信した。彼は自分の奇妙な学識のもっとも深い源泉に頼らねばならないようだった。

夕暮れになると毎日、西の方を見つめたいという衝動が蘇《よみがえ》って、彼は以前のように、遠い半ば伝説的な世界のひしめき合う屋根のさなかにある黒い尖塔を見た。しかし、それは今、彼にとって恐怖の新しい色合いをおびていた。彼はその建物が被《おお》い隠している邪悪な伝承の遺産を知っており、そのために、彼の幻想はこれまでとはちがう妙な形で荒れ騒いだ。春の鳥たちが戻って来たが、かれらが夕暮れに飛ぶのを見ていると、あの不気味な、ぽつりと立つ尖塔を今までになく避けているような気がした。鳥の群れは尖塔に近づくと、必らず慌《あわ》てふためいてクルクル旋回し、散り散りになる、と彼は思った——何マイルも離れているこちらからは聞こえないが、激しくさえずる声も想像できた。

ブレイクの日記に、暗号解読に成功したことが記されるのは、六月のことだった。あの文章は蒼古《そうこ》たる歴史を持つ邪悪な教団が用いる秘密のアクロ語で、彼は以前の研究によって、この言語をたどたどしく読める程度には知っていた。妙なことに、日記は彼が解読した内容について多くを語らないが、彼が解読の結果に畏怖《いふ》を抱き、心乱れていたことは明らかだった。そこには、〝輝くトラペゾヘドロン〟を見つめることによって目醒《めざ》める〝暗闇の出没者〟のことや、それが棲んでいる混沌の真っ暗な深淵に関する狂った憶測が記してあった。その存在はあらゆる知識を擁《よう》し、恐るべき犠牲を要求すると語られていた。ブレイクの記述の一部は、自分が召喚してしまったと彼が考えているものが、塔の外にさまよい出て来はしまいかという不安を示している。もっとも、街燈《がいとう》が乗り越えられない防波堤になるとも言い添えている。

ブレイクは〝輝くトラペゾヘドロン〟についてしばしば語り、それをあらゆる時間と空間への窓と呼ぶ。そして〝古きものら〟がそれを地球へ持って来るよりも前、それが暗いユッグゴトフでつくられた時からの歴史を辿るのである。それは南極の海百合《うみゆり》状の生物によって奇妙な箱にしまわれ、大切に保存されたが、ヴァルーシアの蛇人《じゃじん》がかれらの廃墟《はいきょ》から引き揚げ、永劫の時を経たのち、レムリアで初めて人間の目に触れたのだった。不思議な国々とさらに不思議な海を越え、アトランティスと共に沈んだのち、ミノア文明時代の漁師が網で掬《すく》い上げて、闇深きケムから来た浅黒い肌の商人に売った。ファラオのネフレン＝カはそのまわりに窓のない地下堂のある神殿を建て、ある忌まわしい行為をしたため、彼の名前はあらゆる記念碑や記録から抹消された。それから、石は神官たちと新しいファラオが破壊した邪悪な神殿の廃墟に眠っていたが、しまいに発掘者の鋤《すき》がまたもや地上にもたらし、人類への呪いとなったのである。

七月初めになると、新聞各紙にブレイクの記述を補足するような奇妙な記事が載る。といっても、ごく短く漫然とした書きぶりなので、彼の日記がなかったら、人々は注意を払わなかっただろう。恐ろしい教会によそ者が立ち入って以来、フェデラル・ヒルに新しい恐怖が育ちつつあったらしい。イタリア人たちは、窓のない黒い尖塔の中で何かが動きまわったり、ものに突きあたったり、引っ掻いたりするような聞き慣れない音がすると噂し合い、夜の夢を悩ます魔物を追い払ってくれと神父たちに相談した。何かがいつも戸口に待ちかまえて、外へ出ても良いほどに暗いかどうか、様子をうかがっているというのだ。新聞記事は土地に古くから伝わる迷信に触れているが、この恐怖の前史にはあまり光を照《あ》てていない。当今の若い記者が好古家でないことは明らかだった。ブレイクはこうしたことを日記に書き込みながら、奇妙な自責の念を表わし、〝輝くトラペゾヘドロン〟を地中に埋め、あの忌まわしい尖った屋根に日光を入れて、自分が喚び出してしまったものを追い払う義務があると語っている。だが、それと同時に、自分が危険なほど魅せられていることを示し、呪われた塔に行って、光りを放つ石に映った宇宙の秘密をもう一度見たいという——夢にまで見る——病的な熱望を認めている。

やがて、七月十七日付「ジャーナル」紙の朝刊に載った記事が、日記の書き手をまさしく恐怖の熱狂に投げ込んだ。それはフェデラル・ヒルの不穏な空気に触れたふざけ半分の記事の一つにすぎなかったが、なぜかブレイクにとっては本当に恐ろしかったのである。その夜、雷嵐が起こって、市の照明設備がたっぷり一時間も使用不能になり、あたりが闇につつまれている間、イタリア人たちは恐怖のあまり気が狂いそうになった。恐ろしい教会の近くに住む者が断言するには、尖塔にいるものが、街燈が消えたのをこれ幸いと教会の内陣へ下りて来て、ねちねちした、何とも恐ろしいやり方で、ドシンバタンと動きまわったり、あたりのものに突きあたったりした。終わりの頃には塔まで勢いよく跳び上がり、ガラスが粉々に割れる音がした。そいつは暗闇が広がっているところならどこまでも行けるが、光が射すといつも逃げ出すのだ。

電気がふたたび通じた時、塔の中では凄まじい大騒ぎが起こった。鎧板《よろいいた》の張ってある、汚れて黒ずんだ窓から洩《も》れる弱い光にさえ、あのものは耐えられなかったからだ。そいつは暗闇の尖塔へ跳びついて、ずり上がったが、間一髪のところだった——長いこと光を浴びると、気のふれたよそ者がそこからやつを喚び出した奈落の底へ追い返されていただろうから。あたりが暗くなっていた間、神に祈る人々の群が雨の中を教会のまわりへ集まって来た。火のついた蠟燭《ろうそく》とランプを持ち、折りたたんだ紙や傘で雨に濡《ぬ》れるのを防ぎながら――これは闇を闊歩《かっぽ》する悪夢から街を守るための、光の防衛隊だった。教会のもっとも近くに住む者が言うには、一度など、教会の外の扉が恐ろしくガタガタ揺れたという。

しかし、これでもまだ最悪の事態ではなかった。その晩、「ブレティン」紙で、ブレイクは記者が発見したもののことを読んだ。この騒ぎには滑稽《こっけい》な報道価値があるとようやく気づいた二人の記者が、半狂乱になったイタリア人の群衆が止めるのも聞かず、扉を開けようとして開けられなかったあとに、地下室の窓から教会へもぐり込んだのである。中に入ってみると、玄関と不気味な身廊の埃が妙な具合に掻き分けられており、朽ちたクッションや繻子《しゅす》の座席の裏張りがどういうわけか千切れて、まわりに散らばっていた。到るところひどい悪臭がして、ここかしこに黄色い汚点《しみ》や焼け焦げたような跡があった。塔に通じる扉を開け、頭上で引っ掻くような音がしたと思って、しばらく立ちどまっていた時、狭い螺旋階段の埃がおおよそ拭い去られているのに気づいた。

塔そのものの中にも、やはり埃を半分払ったような跡があった。記者たちは七角形の石の柱、引っくり返ったゴシック式の椅子、奇怪な石膏像のことを語っているが、奇妙なことに、あの金属の箱と、損傷した古い骸骨には触れていない。何よりもブレイクの心を悩ましたのは——汚点《しみ》や焼け焦げや悪臭のことを除けば——ガラスが割れたことを説明する最後の詳しい記述だった。塔の尖頭窓のガラスはすべて破られていたが、そのうち二枚は、傾いた外の鎧板の隙間を、座席の繻子の裏張りとクッションに入っていた馬の毛でふさいで、ぞんざいな慌《あわただ》しいやり方だが、暗くしてあったのである。埃を払ったばかりの床には、繻子の切れ端や馬の毛の束がもっとたくさん散かっており、まるで誰かがこの塔を、帷《とばり》にぴったりと覆われていた頃の真っ暗闇に戻そうとしている途中、邪魔が入ったかのようだった。

黄色っぽい汚点《しみ》と焼け焦げの跡が、窓のないとんがり屋根へ通ずる梯子の上に見つかった。しかし、記者の一人が梯子を登り、水平に滑る落とし戸を開けて、真っ暗な、奇妙な悪臭のする空間に懐中電燈の弱々しい光を投げかけた時、そこにあったのはただの闇で、入口の近くに、形をなさぬ雑多なものの欠片《かけら》が散らかっているだけだった。結論はむろん、悪ふざけということだった。誰かが迷信深い丘の住民をからかったか、あるいは狂信者が、自分の利益と考えるもののために、かれらの恐怖を煽《あお》り立てようとしたのだ。あるいは、もしかすると、知識人ぶった若い住民の誰かが、外の世界に手の込んだ悪戯《いたずら》を仕掛けたのかもしれない。警察が巡査を送って記者の報告をたしかめさせた時は、面白い後日談が生まれた。三人の巡査が立てつづけに口実を設けてその任務を回避し、四人目はいやいやながら行ったものの、たちまち帰って来て、記者たちの話に何もつけ加えることはなかったのである。

これ以降、ブレイクの日記は、隠然たる恐怖と神経的な不安が次第に高まる様子を示している。彼は何かをしなかったからといって自分を責め、次に停電が起こったらどうなるかについて、途方もない憶測をめぐらす。彼が三度も——雷嵐の時——半狂乱になって電力会社に電話をかけ、停電を防ぐための思いきった予防措置を取るように求めたことも確認されている。彼の記述は時折、新聞記者が影深い塔の中の部屋を探索した時、あの金属の箱と石も、奇妙な損傷のある古い骸骨も見つからなかったことへの懸念《けねん》を示している。彼はこうしたものが持ち去られたのだと考えていたが——どこへ、また誰が、あるいは何が持ち去ったのかは想像するしかなかった。しかし、彼の最悪の懸念は自分のことであり、自分の心と遠い尖塔にひそむ恐怖との間に存在する、と彼が感じていた不浄な関係のことだった。うかつにもいやはての暗黒空間から喚び出してしまった、あのおぞましい夜の怪物——自分はそれと関係を結んでしまったのだ。彼は不断に自分の意志を操ろうとする力を感じていたらしく、この時期、彼のもとを訪れた人間は、ブレイクが心ここにあらずといった様子で机に向かい、西の窓から、街の渦巻く煙の彼方にある、遠い尖塔のひしめく丘をじっと見つめていたことを憶えている。彼の記述はある種の恐ろしい夢のこと、睡眠中にあの不浄な関係が深まることについて、単調に物語っている。ある夜目醒めると、きちんと服を着て家の外におり、無意識のうちに西へ向かってカレッジ・ヒルを下りていたというくだりもある。彼は尖塔の中にいるものが自分の居場所を知っているということを、何度もくどくどと書く。

七月三十日からの一週間は、ブレイクが部分的な神経衰弱を起こした時として記憶されている。彼は服を着ず、食べ物はすべて電話で注文した。訪問客は彼がベッドのそばに縄を置いていることに気づき、ブレイクは言った——眠っている間に歩きまわるので、毎晩踝《くるぶし》を縛っておかなければならないのだ。こうして縄を結んでおけば、きっとよそへ出て行かれないだろうし、あるいは結び目を解《ほど》こうとしているうちに目が醒めるだろう、と。

日記の中で、彼は精神の異常をもたらした忌まわしい経験について語っている。三十日の夜、就寝してから、ふと気がつくと、ほとんど真っ暗な場所を手探りで歩きまわっていた。見えるものといえば、短い水平の条《すじ》をなしている青味がかったかすかな光だけだったが、強烈な悪臭がして、頭上から、低い忍びやかな音が奇妙に入り乱れて聞こえて来た。動くたびに何かにつまずいて音を立てると、そのたびに、それに応《こた》えて上から音が聞こえて来る――ものが動く曖昧な音に、木の上に木をそっと滑らせる音が混じっていた。

一度、彼の探る両手は、天辺に何もない石の柱に触った。そのあと、気がつくと、壁につくりつけた梯子の格《こ》をつかみ、頼りなく手探りしながら登っていた。上の方は臭《にお》いがひどく、焼き焦がすような熱風が吹きつけて来た。目の前に数々の幻怪な映像が万華鏡《まんげきょう》のように広がって戯れた。それらの映像はすべて、間隔を置いて、宏大な計り知れぬ闇の深淵の画面に溶け込んだが、その闇の中には、それよりもさらに黒々とした恒星や惑星が旋回していた。彼は古《いにしえ》の伝説を思い出した。〝窮極の混沌〟の中心に盲目で白痴の神アザトホート、〝万物の主〟が大の字に横たわり、心を持たぬ無定形の踊子の群がまわりを跳びまわって、名状しがたい獣の前足に握られた悪魔の笛のかぼそい単調な調べが、この神をなだめているという――

その時、外の世界から鋭い爆発音が聞こえて来て、ブレイクは麻痺《まひ》から醒め、自分が言うに言われぬ恐ろしい場所にいることを知った。その音が何だったのかは、ついにわからなかった――おそらく、時季外れに上げた花火の音だったのだろう。フェデラル・ヒルでは住民がさまざまな守護聖人や、イタリアの故郷の村の聖人に呼びかけるため、夏中花火の音が聞こえたのだ。ともかく、彼は甲高い悲鳴を上げて狂ったように梯子から下り、自分を取り囲んでいるほとんど真っ暗な部屋の、障碍物《しょうがいぶつ》がたくさんある床を、つまずきながら夢中で通り抜けた。

彼は自分がどこにいるかをとっさに悟ると、狭い螺旋階段を捨鉢《すてばち》になって駆け下り、あちこちでよろけたり、身体《からだ》をどこかにぶつけたりした。だだっ広《ぴろ》い、蜘蛛の巣のかかった身廊——その幽霊のような迫持は、いやらしい目つきで見下ろす影の領域に向かって伸び上がっている——を悪夢のごとく駆け抜け、物が散らかった地下室を手探りで這い進み、空気と街燈のある外の世界によじ登り、切妻屋根がぺちゃくちゃとしゃべる奇怪な丘を遮二無二《しゃにむに》駆け下り、高く暗い塔のそびえ立つ不気味な静まりかえった街を横切って、東に向かう急坂を登り、自分が住む古い家の戸口にやっと辿り着いた。

翌朝意識が戻ると、服を着たまま書斎の床に横たわっていた。埃と蜘蛛の巣だらけで、身体中がずきずきと痛み、打ち身になっているようだった。鏡を見ると、髪の毛がひどくチリチリに焦げており、奇妙ないやな臭いが上着に染《し》みついているようだった。彼の神経がやられたのは、その時だった。それ以来、彼は憔悴《しょうすい》して部屋着を着たままぶらぶらし、西の窓からじっと外を見つめ、雷が鳴りそうになるとガタガタ震えて、日記に途方もないことを書きつける以外、何もしなかった。

あの大嵐が起こったのは、八月八日の真夜中になる直前だった。稲妻が何度も街中を襲い、驚くべき火の玉が二つも現われたことが報告されている。雨は滝のように降り、雷のたえまない連続射撃のために、何千という人々が眠れなかった。ブレイクは照明が消えることを怖《おそ》れてまったく狂ったようになり、午前一時頃、電力会社に電話をかけようとしたが、その頃には、安全のため通話が一時停止されていた。ブレイクは一切を日記に記している——大きくて神経質な、しばしば判読しがたい象形文字が、つのりゆく狂乱と絶望を物語り、それが暗闇の中で書き殴られたことを示している。

彼は窓の外を見るために、家の中を暗くしておかねばならなかった。そして大部分の時間を机に向かって過ごしていたらしい。雨脚の向こうを不安げに見やり、光る下町の屋根が何マイルもうちつづく向こうに、フェデラル・ヒルの在処《ありか》を示す遠い明かりが集まっているのを見ていたのだ。時折、ぎごちなく手探りで日記に書き込んだので、「明かりを消してはならない」「あいつは僕の居場所を知っている」「あいつを滅ぼさなければいけない」それに「あいつは僕を呼んでいるが、たぶん、今度は害を加えるつもりはないのだろう」といった言葉が、二ページにわたってばらばらに書き散らされている。

やがて、全市の電燈が消えた。発電所の記録によれば二時十二分のことだったが、ブレイクの日記に時刻は記されていない。書き込みはただ「明かりが消えた——神よ、助けたまえ」とあるだけだ。フェデラル・ヒルにはブレイクのように不安に駆られて様子を見守る人々がおり、雨にずぶ濡《ぬ》れになった男たちが、傘で覆った蠟燭《ろうそく》や、懐中電燈、石油ランプ、十字架、それに南イタリアではありふれた種々の怪しげな魔除《まよ》けを手にして、広場と邪悪な教会のまわりの小路を練り歩いていた。人々は稲妻の閃光《せんこう》が走るたびに喜び、嵐の模様が変わって稲妻が減り、ついにはすっかり歇《や》んでしまうと、右手で不気味な恐怖の仕草をした。風が起こって大部分の蠟燭を吹き消し、あたりは恐ろしく暗くなった。誰かがスピリト・サント教会のメルルッツォ神父を起こし、神父は何でも役に立つ言葉があったら言おうと、陰気な広場へ駆けつけた。真っ黒な塔の中でせわしない奇妙な音がしていることには、まったく疑いの余地がなかった。

二時三十五分に起こった出来事に関しては、この神父——若く、知的で教育のある人物——の証言があり、中央署の巡査ウィリアム・J・モナハン——きわめて信頼のおける警官で、群衆を視察するため、巡回区域のそのあたりに留まっていた——の証言もある。それに、教会の土手のまわりに集まっていた七十八人の男の大部分——ことに、東の正面が見える広場にいた者たちも証言している。もちろん、自然の秩序を逸脱していると証明できるようなことは何もなかった。そのような事象の原因はたくさんあり得る。巨大な、古い、通気の悪い、長く打ち捨てられた建物に雑多な物が入っているときては、怪しい化学変化が起こったとしても、それについて確かなことを言える者はいなかった。悪臭を帯びた蒸気――自然発火――長年の腐朽によって生まれたガスの圧力――無数の現象のどれ一つをとっても、あてはまりそうだった。それに、もちろん、故意の悪ふざけという可能性もけして除外することはできない。その出来事自体はまったく単純なことで、時間は三分と続かなかった。いつも几帳面《きちょうめん》なメルルッツォ神父は繰り返し時計を見た。

黒い塔の中から聞こえる、くぐもった、ゴソゴソ動きまわるような音がはっきりと大きくなって来たのが、その始まりだった。しばらく前から、嗅《か》ぎ慣れぬいやな臭いが教会からかすかに漂っていたが、それが今ははっきりと不快なものになった。しまいに木がメリメリと割れる音がして、いかめしい東の正面の下の庭に、大きな重い物体が凄まじい音を立てて落ちた。蠟燭が良く燃えないので塔は見えなかったが、その物体が地面に近づいた時、人々はそれが塔の東の窓についていた煤けた鎧板であることを知った。

そのあとすぐに、見えない高処《たかみ》からまったく耐えがたい悪臭が噴き出し、震えながら見守っていた人々は息が詰まり、気分が悪くなった。広場にいた者はほとんど倒れ伏さんばかりだった。と同時に、翼を羽ばたくような震動に空気が顫《ふる》えて、それ以前のどんな突風よりも激しい風が、突然東に向かって吹きはじめ、群衆の帽子をかっさらい、水の滴《したた》る傘をねじ曲げた。蠟燭の明かりもない闇の中では何もはっきりとは見えなかったが、上を見ていた何人かの者は、墨を流したような空に、それよりもなおどす黒い、大きなぼんやりしたものが広がるのをチラと見たように思った——何か形のない煙に似たものが、流星のような速さで東へ向かって飛んで行ったのを。

それだけだった。見守る群衆は恐怖と、畏《おそ》れと、不快さに半ば呆然《ぼうぜん》として、どうすれば良いかわからず、何かをすべきかどうかもわからなかった。何が起こったかわからないので、人々は警戒をゆるめなかった。しばらくして、遅れて来た稲妻の鋭い閃光が、耳をつんざく轟音《ごうおん》を伴なって、水の溢《あふ》れる天を引き裂いた時、かれらは祈りの声を上げた。三十分後、雨はやみ、さらに十五分もすると街燈がふたたびともったので、疲れきって濡鼠《ぬれねずみ》になった人々は安心して家に帰った。

翌日の新聞各紙は、嵐の報告全般との関連で、このことを小さく報じた。フェデラル・ヒルでの出来事につづいて起こった大稲光と耳を聾《ろう》する爆声は、東の地区ではさらに凄まじく、そちらでも人々は異様な悪臭が突如広がったことに気づいた。この現象がもっとも顕著だったのはカレッジ・ヒルの上あたりで、そこでは雷の音のために眠っていた住民がみな目を醒まし、当惑して、あれこれと考え込んだ。すでに目を醒ましていた者もいたが、丘の頂上近くで異常なギラギラした光が燃え立つのを見たり、不可解な突風が吹き上げて、木の葉をほとんど吹き飛ばし、庭の草木を枯らしたことに気づいた人間はわずかだった。たった一度、突然の稲妻と雷がどこかこの近辺に落ちたということでは人々の意見が一致したが、雷の落ちた形跡は、あとになっても見つからなかった。タウ・オメガ友愛会館にいた一人の青年は、雷の前の稲妻が閃《ひらめ》いたまさにその時、空にグロテスクで醜悪な煙の塊が見えたと思ったが、裏づけは取られていない。しかし、西から激しい突風が吹いたこと、雷撃の前に耐えがたい悪臭が流れ込んで来たことについては、少数の観察者たちの意見が一致している。一方、落雷のあと一時的に焼け焦げた臭いがしたことについても、やはり多数の証言がある。

こういった点がごく慎重に議論されたのは、ロバート・ブレイクの死と関係があるかもしれないからだった。プシ・デルタ会館にいた学生たちは、建物の二階裏手の窓からブレイクの書斎が見えたので、九日の朝、西向きの窓辺にぼんやりした白い顔が覗いているのに気づき、どういうわけであんな表情をしているのだろうと訝《いぶか》しんだ。

夕方になっても同じ顔が同じ姿勢のままでいるのを見ると、学生たちは心配して、彼の部屋に明かりがともるかどうかを見守っていた。そのあと、かれらは暗い共同住宅の呼鈴を鳴らし、しまいには警官に扉を押し破ってもらった。

硬直した死体は窓辺の机に向かい、背筋をピンと伸ばして坐っていた。侵入者たちは突き出したどんよりした眼と、ねじ曲がった顔に浮かんでいる凄まじい、痙攣《けいれん》を起こすほどの恐怖の痕跡を見るとうろたえ、気分が悪くなって目をそむけた。やがて検死医が死体を調べ、窓は割れていなかったが、死因は電気ショックか、放電によって引き起こされた神経の緊張だと報告した。死体の恐ろしい表情をまったく無視したのは、ブレイクのように異常な想像力を持ち、情緒不安定な人間が深い衝撃を受けた場合には、いかにもありそうなことだと見なしたからである。医師がブレイクをそういう人物だと思ったのは、部屋にあった書物や、絵や、手稿、それに机の上の日記に滅茶苦茶《ちゃくちゃ》に書き殴った文章から判断したことだった。ブレイクは狂った走り書きを最後までつづけており、筋肉が発作的に収縮した右手に芯《しん》の折れた鉛筆を握っていた。

明かりが消えてからの書き込みはひどく支離滅裂で、一部分しか判読できない。調べた者の何人かはそれを見て、即物的な公式見解とは大いに異なる結論を下したが、さような意見が保守的な人々に信じられる可能性はほとんどない。迷信深いデクスター博士の行動も、かかる想像力豊かな理論家たちの主張を助けるものではなかった。博士はあの奇妙な箱と不思議な角度のついている石を――石は、それが発見された窓のない黒い尖塔で見ると、たしかに発光していた――ナラガンセット湾の一番深い海峡に投げ込んだのである。ブレイクの過度の想像力と神経過敏による情緒不安定、それが過去の邪悪な宗教――彼はその驚くべき痕跡を掘り出していた――のことを知ったために悪化したというのが、狂気に憑かれたあの最後の走り書きに対する大方の解釈だった。以下はその書込みの――判読できる部分全体である。

明かりはまだ点《つ》かない――もう五分は経《た》っているだろう。すべてが稲妻にかかっている。ヤディスよ、稲妻を光らせつづけたまえ！……何かの影響力がその中に脈打っているようだ……雨と雷と風で何も聞こえない……あいつは僕の心をとらえつつある……

記憶が乱れている。今まで知らなかったものが見える。他の諸惑星と他の諸銀河……暗い……稲妻が暗く見えて、闇が明るく見える……

あの漆黒の闇の中に見えるのは、現実の丘と教会であるはずがない。閃光によって網膜に焼きついた残像にちがいない。もしも稲妻が歇《や》んだら、イタリア人たちが蠟燭を持って外に出ることを、天よ、許したまえ！

僕は何が恐ろしいのだろう？　あれはニャルラトホテプの化身ではないか？彼はその昔、影深きケムで人間の姿にさえなったのだ。僕はユッグゴトフを、さらに遠いシャッガイを、そして黒い惑星のめぐる窮極の虚空《こくう》を思い出す……翼を羽ばたいて、長い間虚空を飛び抜ける……光の宇宙を越えることはできない……〝輝くトラペゾヘドロン〟のうちにとらえられた思念によって再生される……光輝の恐ろしい深淵の中へ、それを送り出す……

僕の名はブレイク——ウィスコンシン州ミルウォーキー、イースト・ナップ街六二〇番地在住のロバート・ハリソン・ブレイクだ……僕はこの惑星にいる……アザトホートよ、お慈悲を！——稲妻がもう光らない——恐ろしい——視覚ではない奇怪な感覚によって、何もかも見える——光は闇、闇は光……丘の上にいる人々……防衛隊……蠟燭と魔除け……神父たち……

距離の感覚がなくなった——遠くは近く、近くは遠い。明かりはない——ガラスもない——あの尖塔が見える——あの塔——窓——聞こえる——ロデリック・アッシャー——僕は狂ったか、狂いかけているのだ——あいつが塔の中で動きまわっている。僕はあいつで、あいつは僕だ——外に出たい……外に出て力を結集しなければいけない……あいつは僕のいる場所を知っている……

僕はロバート・ブレイクだ。だが、闇の中の塔が見える。恐ろしい臭いがする……五感が変容した……あの塔の窓の板が割れて、破れる……イア……ンガイ……イググ……

あいつが見える――こっちへ来る――地獄の風――巨大な朦朧《もうろう》とした影――黒い翼――ヨグ・ソトホートよ、我を救いたまえ――三つに裂けた燃える眼が……

インスマスの影

一

一九二七年から二八年にかけての冬、連邦政府の役人たちはマサチューセッツ州の古い港町インスマスの状況について、奇妙な秘密調査を行った。一般人がそれを初めて知ったのは二月のことで、この二月、警察による手入れや逮捕が立てつづけに行われ、それに続いて、うらさびれた海岸地域のおびただしい数に上る、崩れかけ、虫の喰《く》った、空家であるはずの家々が――然《しか》るべき用心をした上で――故意に焼かれ、ダイナマイトで吹き飛ばされた。穿鑿《せんさく》好きでない人々はこの出来事を、時々起こる密造酒取り締まりの大がかりな摘発の一つだと思って、済ましていた。

しかしながら、目ざとく報道を追う連中は、逮捕者の桁外《けたはず》れな数、逮捕の際に動員された異常に膨大な人力、そして四人の処置に関する秘密厳守を訝《いぶか》しんだ。裁判が行われたとも、いや、はっきりした罪状すらもまったく報道されなかったし、捕われた者はその後、誰一人として、国家の正規の監獄に姿を見せることがなかった。罹病者《りびょうしゃ》隔離所や強制収容所についての曖昧《あいまい》な噂話《うわさばなし》が伝わり、のちにはあちこちの陸海軍の刑務所に分けて収容したとかいう話もあったが、はっきりしたことは何も明らかにならなかった。インスマス自体ほとんど無人の町と化して、現在でさえ、やっと緩やかな復興の兆《きざ》しが見えて来たにすぎない。

多くの自由主義的な団体から抗議が寄せられると、当局は長い内密の話し合いをしてこれに応《こた》え、代表者たちはいくつかの収容所や刑務所へ連れて行かれた。その結果、こうした団体も驚くほど大人しくなり、口をつぐんだ。新聞記者はもっと扱いにくかったが、最後にはおおむね政府に協力するようだった。ただ一紙だけが――乱暴な編集方針のゆえに、いつも言うことを多少割引いて受けとられるタブロイド判だが――深海潜水艦が〝悪魔の岩礁《がんしょう》〟のすぐ外にある海淵《かいえん》で、魚雷を海底に向けて発射したことに言及していた。その記事は船乗りたちの溜まり場で偶然拾って来た話であり、いささかこじつけめいたものに思われた。なぜなら、くだんの低い真っ黒な岩礁は、インスマス港からたっぷり一マイル半は離れているからである。

この郡の周辺や近隣の町の人々は、内輪ではさんざんヒソヒソ話をし合ったが、外部の人間にはほとんど何も言わなかった。かれらはさびれきって半分無人となったインスマスのことをもう百年近くも噂しており、今さら何が起ころうとも、何年も前にかれらがささやき、仄《ほの》めかしたこと以上に野蛮で忌《い》まわしいことのあるはずはなかった。色々な経験をしたためにかれらは口が固くなり、今ではべつに黙っていろと圧力をかける必要もなかった。それに、この連中は本当に何も知らなかったのである。荒涼として人の住まない広い塩水の湿地帯が、陸《おか》の上ではインスマスを近隣の住民から隔てているからだった。

だが、ついに私はこの件に関する箝口令《かんこうれい》を破ろうと思っている。政府の処置の結果は徹底しているから、インスマスで手入れが行われた時、恐怖に駆られた警官たちが発見したもののことを仄めかしても、ぞっとする不快感はべっとして、世間には何の実害も及ぶまいと信じている。それに、発見された事実にはことによると複数の説明がつけられるかもしれない。私にしてもこの一件について、全体の何割くらいを聞かされているかわからないが、いろいろな理由から、これ以上深く追求したくはない。というのも、私とこの事件の関わりは他のいかなる部外者のそれよりも密接で、この先も私に思いきった措置を取らせるであろう諸々《もろもろ》の印象を心に残しているからだ。

一九二七年七月十六日の朝まだき、インスマスから半狂乱になって逃げ出したのは私だった。そして怯《おび》えた私が政府に調査と行動を求めたために、先に述べたような事態となったのである。事件がまだ生々しく、はっきり決着がつかぬ間は、私も沈黙を守るにやぶさかでなかった。しかし、それが昔語りとなり、世人の関心や好奇心も薄れた今、私は妙に話したくて仕方がないのだ――死と冒瀆《ぼうとく》的な異常さにあふれた、あの評判の悪い、邪悪な影に覆《おお》われた港町で過ごした恐ろしい数時間のことを。ただ話をするだけでも、自分の思考力への自信を取り戻す助けになるし、伝染性の悪夢のごとき幻覚に襲われたのは、自分が最初ではないのだと安心するよすがにもなる。それに、今後私が取るであろう、ある恐ろしい処置に関して、腹を決める役にも立つのだ。

初めて、そして――今のところ――最後にあの町を見る前日まで、私はインスマスという町のことなど聞いたこともなかった。私は成年に達した祝いにニューイングランドを周遊しており――観光をし、古蹟《こせき》を訪ね、系図学の研究も兼ねて――古いニューベリーポートの町から、母方の家族の出身地であるアーカムへまっすぐに行く予定だった。自動車は持っておらず、汽車や市街電車や長距離バスに乗って、いつも一番安い経路を探しながら旅行していた。ニューベリーポートで聞いたところでは、アーカムへ行くなら汽車だという話だったが、駅の切符売場へ行ってみると、運賃が高いので文句を言った。その時、インスマスのことを知っていたのである。恰幅《かっぷく》の良い、抜け目のなさそうな顔をした駅員は、言葉つきからして土地の人間ではないようだったが、倹約しようという私の努力に同情したらしく、ほかの誰もしてくれなかった提案をした。

「あの古いバスに乗ったらいいかもしれないよ」彼は幾分ためらいながら言った。「もっとも、ここいらじゃあんまり評判が良くないがね。インスマスを通って行くんだ――あの町のことは聞いただろう――だから、みんないやがるのさ。バスを走らせているのはインスマスの男で――ジョー・サージェントという――でも、ここからは誰も客は乗らんし、アーカムでもきっと同じだろう。よくやって行けるもんだよ。運賃は安いと思うが、二、三人以上客が乗っているのは見たことがないな――インスマスの連中しか乗らないんだ。広場から出発する――ハモンド薬局の前だ――午前十時と午後七時の二本だよ。最近、変わってなければの話だがな。ひどいおんぼろ車のようだよ――私は乗ったことはないがね」

影に覆われたインスマスの名を聞いたのは、これが初めてだった。普通の地図に載っていない、また最近の案内書に出ていない町があるというだけでも、私は興味をおぼえただろうし、駅員がこの町のことを口にする時の妙な言い方が、強い好奇心のようなものを掻《か》き立てた。近隣の人間にこれほど嫌われる町というのは、どう考えても少し変わったところで、旅行者が注目する値うちがあるにちがいないと私は思った。もしアーカムよりも手前だったら、そこでバスを降りてみよう――それで、駅員にこの町のことを教えてくれと言った。駅員は非常に慎重で、こんなことはつまらない話だが、という態度が少し見えた。

「インスマスかい？　うん、あすこはマニュセット川の河口にある、ちっとばかし変わった町でね。昔は都会と言ってもいいくらいだった――一八一二年の戦争（訳注・米英戦争一八一二―一八一五のこと）以前は、立派な港町だった――ところが、ここ百年かそこいらの間に滅茶滅茶《めちゃめちゃ》になっちまったんだ。今じゃ鉄道もない――ボストン＝メイン鉄道があすこを通ったことはないし、ロウリーからの支線も何年か前に廃線になっちまった。

今じゃ人間よりも空家の方が多いようだし、魚や海老《えび》をとる以外に仕事っていうほどのものもない。みんな、主にこの町か、アーカムか、イプスウィッチで商売をするんだ。前は二つ三つ工場があったけれども、今は金《きん》の精錬所《せいれんじょ》が一つあって、少しばかりの臨時仕事をしているほかは、何も残っちゃいないんだ。

しかし、その精錬所も昔は大したものだったから、持主のマーシュ老人はクロイソス（訳注・莫大な富で知られる古代リュディア王国の王）よりも金持ちにちがいないよ。でも、変わり者の爺《じい》さんで、家の中にばかりいるんだ。年とってから皮膚病か何か身体《からだ》の変形する病にかかって、そのために人目を避けてるんだっていうがね。この人は精錬業を始めたオーベッド・マーシュ船長の孫だ。母親はどこかの外国人だったようで——噂じゃ南太平洋の島民だそうだ——だから、この男が五十年前にイプスウィッチの娘と結婚した時は、みんな大騒ぎだった。連中はインスマスの人間のこととなるといつもそうで、ここいらの者は自分にインスマスの血が交じってることをいつも隠そうとする。でも、私の見た限りじゃ、マーシュの子供も孫も普通の人間みたいに見えるがね。連中がここへ来た時、あれがそうだ、と人が指さして教えてくれたんだ——しかし、そういえば、年上の子供たちは最近この辺に姿を見せないようだな。爺さんを見たことは一度もないよ。

どうして、みんなそれほどインスマスを毛嫌いするのか、って？　いいかい、兄さん、ここいらの人間が言うことをあまり鵜呑《うの》みにしちゃいけないよ。連中に話をさせるのは大変だが、一旦《いったん》話しはじめたら、とめどがなくなる。連中はインスマスのことをあれこれと——たいがいはヒソヒソ話で——ここ百年間も噂して来たようだが、私の思うに、ほかの何よりもあの町が怖いらしいよ。中には笑っちまうような話もある——マーシュ船長が悪魔と取引して、地獄の鬼を連れて来てインスマスに住まわせたとか、悪魔崇拝のようなことをして、波止場の近くで恐ろしい生贄《いけにえ》を捧《ささ》げたが、一八四五年頃、人がたまたまその場に出っくわしたとか――だが、私はヴァーモント州のパントンの出身だから、そんな話は呑み込めないね。

でも、あんたはきっと年寄り連中の誰かに、沖合の岩礁の話を聞かされるだろう――連中は〝悪魔の岩礁〟と呼んでいる。そいつはたいがい水の上にたっぷり出ていて、水に沈んじまうことはあんまりないが、やっぱり島とは呼べんだろう。話ってのはこうだ。その岩礁の上に時々、悪魔の大群が――大の字になって寝たり、岩礁の天辺《てっぺん》に近い洞穴から出たり入ったりするのが見えるというんだ。あの岩はゴツゴツしていて、起伏があって、長さはゆうに一マイルを越えるだろう。船が港を出入りした時代の終わり頃には、船乗りたちはあれを避けるために大まわりしたんだ。

というのは、インスマスの出身じゃない船乗りのことだよ。連中がマーシュ船長の悪口として言ったことの一つは、船長が時々、夜、潮の加減を見はからって、あの岩礁に上陸するということだった。たぶん、本当に上陸したんだろう。あすこは岩の構造が面白いし、海賊の略奪品を探していたとか、それを見つけたとかいうことも、あり得なくはないからな。だが、船長はあそこで悪魔と取引しているという噂があった。実際のところ、あれやこれやを考えると、あの岩礁に悪い評判が立ったのは船長の仕業だったんじゃないかな。

これは一八四六年に疫病《えきびょう》が大流行する前の話で、疫病ではインスマスの人間の半分以上があの世に連れて行かれた。何が原因だったのか、はっきりしたことはついにわからずじまいだったが、たぶん、シナかどこかから船で持ち込まれた外国の病気だったんだろう。そりゃアまったくひどいもので——病気をめぐって暴動が起こり、町の外にはけして伝わらなかったと思うが、ありとあらゆる恐ろしいことが行われたんだ——それで、町はひどいありさまになっちまった。けしてもとには戻らなかった——今じゃ、あそこに住んでいる人間は三百人か四百人を越えないはずだ。

しかし、ここいらの連中の気持ちの底にあるのは、本当をいうと、ただの人種的偏見なんだ——私はそういう偏見を持つ人間を責めているわけじゃない。私だって、インスマスのやつらは大嫌いだし、あいつらの町へ行きたいとも思わない。あんたも知ってるだろうが——もっとも、あんたはしゃべり方からして、西部の人だとわかるがね——このニューイングランドの船は昔、アフリカや、アジアや、南洋や、そのほかありとあらゆるところの妙な港へ散々行来《ゆきき》して、時々、何ともけったいな人間を連れて帰ったんだ。シナ人の女房を連れて帰ったセイレムの男の話は、たぶん聞いたことがあるだろう。それに、どこかコッド岬のあたりに、フィジー諸島の島民が今でも大勢いるのを知ってるだろう。

まあ、インスマスの連中の背後には、そういうことがあるにちがいないよ。あそこは昔から湿地帯や小川があって、よその土地から孤立しているんで、くわしい事情はわからんがね、二〇年代三〇年代にマーシュ船長は使える船を三隻《せき》も持っていた。その頃、変ちくりんな連中を連れて帰ったことははっきりしてる。たしかに、今でもインスマスの連中にはおかしなところがあるよ――何と言って説明したらいいかわからないが、ゾッと寒気がするようなところがね。サージェントのバスに乗ったら、あいつにも少しそういうところがあるのに気がつくだろう。連中のうちのある者は頭の幅が妙に狭くて、鼻は平べったくて、ギョロッとした眼はけして閉じることがないみたいだし、肌がまともじゃないんだ。ざらざらした瘡蓋《かさぶた》だらけの肌で、頸《くび》の両脇《りょうわき》は萎《しな》びてるか大きな皺《しわ》が寄ってる。それに、若いうちから頭が禿《は》げるんだ。年老《としと》った連中は一番見てくれが悪い――じつのところ、私はうんと年老った奴《やつ》を見たことがないと思う。きっと、鏡で自分の姿を見たら死んじまうんだろうよ！　動物もあいつらが嫌いだ――自動車ができる前は、あの連中、馬のことで随分困ったらしい。

このあたりでも、アーカムでも、イプスウィッチでもそうだが、連中とは誰も関わりを持とうとしないし、あの連中だって、町へ来た時や、誰かが連中の漁場《りょうば》で魚をとろうとした時なんかは、ちょっとよそよそしい真似《まね》をするよ。妙なことに、よそには魚がちっともいない時も、インスマス港の沖には、いつだってウヨウヨしているんだ――しかし、そこで漁をしてみるがいい。こっぴどく追っ払われるよ！　あの連中は、以前は鉄道でここへ来た――支線が廃止されてからは、歩いて、ロウリーで汽車に乗った――しかし、今はあのバスを使うんだ。

うん、インスマスにもホテルはある――ギルマン・ハウスというんだ――だが、あんまり良い宿じゃないだろう。お勧めはしないな。ここに泊まって、明日の朝十時のバスに乗って行った方がいい。そうすれば、向こうで晩八時のアーカム行きのバスに乗れるよ。二、三年前、ある工場の視察官がギルマン・ハウスに泊まったんだが、いろいろ不愉快なことを言っていた。あそこには変な連中がいるらしい。この男はほかの部屋から声がするのを聞いて――部屋は大部分空《あ》いていたんだが――ゾッとしたっていうんだ。外国語を話していたらしいが、時々じつにいやな声でしゃべる奴がいたというんだ。そいつは何とも不自然な声で――ピチャピチャ水が跳ねてるみたいだと言っていた――だから、服を脱いで寝る気にならなかった。夜明けを待って、朝一番にさっさと出て行ったのさ。話声は大体一晩中続いたらしい。

この男は――ケイシーというんだが――インスマスの連中が自分を見張って、何か警戒しているようだったと言ってたよ。マーシュ精錬所は妙なところだったそうだ

――マニュセット川の川下の滝のそばに古い工場があって、その中が精錬所なんだ。あいつが言ったことは、私がそれまで聞いていた話と一致していた。帳簿は出鱈目《でたらめ》だし、取引についてははっきり書いたものは何もなかった。マーシュ家の連中が精錬する金《きん》をどこで手に入れるのかは、前々から謎《なぞ》だった。そういうものをたくさん買っているようには見えなかったが、何年も前には、大量の金塊を船で出荷していたんだ。

船乗りや精錬所の連中が時々妙な外国の宝石をこっそり売ったとか、マーシュ家の女たちが一度か二度、身につけていたとかいう噂もあった。これはみんなが認めていたことだが、たぶん、オーベッド老船長はどこか異教徒の港で取引して、そいつを買ったらしい。船長は、船乗りが昔原住民と取引するのに使ったような、ガラス玉や小物をいつもしこたま仕入れていたから、なおさらありそうなことだった。船長は〝悪魔の岩礁〞で昔の海賊が隠した宝を見つけたんだと言う者もいたし、今でもそう考えている者がいる。だが、ここに一つおかしなことがある。老船長はもう六十年も前に死んで、南北戦争からこの方、大船があの港から出て行ったことはないんだ。それなのに、マーシュ家の連中は、今でもああいう原住民と取引するための品物をちょっとずつ買っている――おおむね、ガラスやゴム製の安ぴか物だそうだ。たぶん、インスマスの連中自身がそんなものを見て喜ぶんだろう――何ともはや、あいつらは南洋の人喰い人種や、ギニアの野蛮人みたいになっちまってるんだ。四六年のあの疫病で、あそこの血統《ちすじ》の良い者はみんなやられちまったんだろう。ともかく、今いるのは胡乱《うろん》な連中で、マーシュ家やほかの金持ち連中だって、おんなじようなものさ。さっきも言ったように、あの町には随分たくさん通りがあるっていうが、町中の人間をひっくるめても、たぶん四百人は越えないだろう。あいつらは、南部でいう『白人の屑《くず》』だと思う――無法で、小狡《こずる》くて、こっそりいろんなことをしてるんだ。魚や海老をたくさんとって、トラックでよそへ売りに出す。魚があすこにだけ集まって来て、よそじゃとれないってのは不思議だな。

こういう連中の動静をいつも見張っていることなんて誰にもできやしないし、州立学校の職員や国勢調査員は苦労するよ。インスマスあたりじゃ、あれこれ穿鑿するよそ者は歓迎されないこと、請《う》け合いだ。私が直接《じか》に聞いた話だが、商売人や政府の役人が何人かあそこでいなくなっているし、気が変になって、今デンヴァーズにいるとかいう男の噂も聞いている。あいつらは何かやって、その男を恐ろしく怖がらせたにちがいない。

だから、私なら夜には行かないね。あそこへ行ったこともないし、行きたいとも思わないが、昼間の旅行なら何も害はないだろう――もっとも、ここらへんの人間は、昼間でも行くなと忠告するだろうがね。ただ観光して昔の物を探すだけなら、インスマスは持って来いの場所だと思うよ」

そんなわけで、私はその日の夕方、ニューベリーポートの公立図書館で何時間かを過ごし、インスマスに関する資料を調べた。それから、商店や簡易食堂、自動車修理工場や消防署で地元の人間に質問をしてみたが、かれらに話をさせることは、切符売場の駅員が言った以上に難しいのがわかり、本能的なだんまりの壁を乗り越える時間はないことを悟った。かれらは一種の漠然とした猜疑心《さいぎしん》を抱いていて、インスマスにあまり関心を持つ人間はどうも怪しいと思っているようだった。私が泊まったYMCAの事務員は、そんな陰気臭い頽廃《たいはい》したところへ行くのはおよしなさいと言っただけで、図書館の人々も同じような態度を示した。どうやら、教育のある人間の目に、インスマスは都市の頽廃の極端な例としか映らなかったようである。

図書館の書棚にあったエセックス郡の歴史資料にはごくわずかなことしか載っておらず、わかったのはただあの町が一六四三年に建設され、アメリカ独立革命以前は造船によって名高く、一九世紀初めには大いに発展した海港で、その後はマニュセット川を動力源とする小さな工業中心地になったということだけだった。一八四六年の疫病と暴動については、それがあたかも郡の恥であるかのように、ごくわずかしか記されていなかった。

町の衰退についての言及はわずかだったが、のちの記録の意味するところは明白だった。南北戦争後、この町の工業はもっぱらマーシュ精錬会社に限られ、大がかりな産業のうちで残ったものは、相も変わらぬ漁業をべつとすると、市場に金塊を売りに出すことだけだった。その漁業も時とともにもうからなくなって来たのは、商品価格が下落し、大会社が競争を仕掛けて来たからだが、インスマス港のあたりで魚が取れなくなることはけっしてなかった。外国人もめったにあそこには住み着かず、定住を試みた大勢のポーランド人やポルトガル人が、異様に手荒いやり方で追い払われたことがあって、慎重に包み隠してはいるが、その証拠も残っていた。

何よりも興味深かったのは、インスマスに漠然と関連づけられている奇妙な宝飾品への短い言及だった。その宝飾品はこの地方全体にかなり強い印象を与えたと見え、アーカムのミスカトニック大学の博物館と、ニューベリーポート歴史協会の展示室にある標本についての記述があった。こうした標本に関する断片的な説明は没趣味で散文的だったが、私は何か拭《ぬぐ》いがたい奇妙なものがその底を流れているのを感じた。説明のうちの何かがじつに風変わりで刺激的に思われ、私はそれを心から払い除《の》けることができなくて、大分時間は遅かったが、地元にある標本——部分部分の釣合いがおかしい大きなもので、冠らしいと言われている——を可能ならば見に行こうと思った。

図書館の司書は協会の学芸員アンナ・ティルトン嬢に紹介状を書いてくれた。その人は近所に住んでいる品の良い老婦人で、手短かな説明をしたあと、もう閉まっている建物に案内してくれた。まだそんなに遅い時間ではなかったからである。蒐集品《しゅうしゅうひん》は本当に立派なものだったが、その時の私の気分では、電燈の光の下で隅の陳列棚にきらめいている奇怪な物以外、何も目に入らなかった。

紫の天鵞毬《びろうど》のクッションの上に置いてある異国風の絢爛《けんらん》たる幻想の、奇妙でこの世ならぬ輝きに文字通り息を呑むには、べつに並外れた美への感受性は必要としなかった。今でも私はあの時見たものをうまく表現することができないが、説明書きに書いてある通り、一種の冠であることは明らかだった。前面が高く、周囲はたいそう大きくて妙に不規則な形をしており、ほとんど畸形《きけい》に近い楕円形《だえんけい》の頭のためにつくられたかのようだった。素材は大部分金のようだったが、金よりももっと明るい異様な光沢があって、金と同じくらい美しいが正体の知れない金属との合金かと思われた。保存状態はほぼ完璧《かんぺき》で、その人目を惹《ひ》く、不可解なほど新奇な模様を吟味するには何時間見ても飽きなかったろう——模様には単に幾何学的なものもあれば、明らかに海をあらわしたものもあり——打ち出しにしたのか鋳型《いがた》を使ったのかはわからないが、信じられぬほど巧みで優雅な職人の技で、表面に高浮き彫りにされていた。私は見れば見るほど魅了されたが、その魅惑のうちには、分類も説明もできない、妙に心を騒がせる要素があった。初めのうちは、この芸術の風変わりで別世界のような性質が自分を不安にさせるのだと思い込んでいた。今までに見たことのある他のすべての芸術品は、何か既知の人種的ないし民族的な流派に属しているか、あるいは世に認知されたあらゆる流派に意識して挑む現代的なものであった。この冠はどちらでもなかった。明らかに、この上なく成熟し完成された一定の技巧に属していたが、その技巧は私が聞いたり実例を見たりした――古今東西の――いかなる技巧ともまったく懸け離れていたのだ。まるでべつの惑星の工芸品を見るようだった。

しかし、私はまもなく気づいた。私の不安には第二の、そして同じくらい強い原因があり、それは奇妙な模様が絵画的に、また数学的に暗示するもののうちに宿っていたのだ。それらの模様はすべて、時間と空間に於《お》ける悠遠の秘密と想像もできない深淵《しんえん》を仄めかしており、浮彫りがどこまでも単調に水に属するものをあらわしていることが、不気味にさえ思われて来た。こうした浮彫りの中には、ぞっとするほどグロテスクで悪意に満ちた――半ば魚類、半ば両棲類《りょうせいるい》を思わせる――伝説上の怪物の姿もあったが、それを見ていると、ある不快な疑似記憶の感覚が念頭にまといつくのをふり払うことができなかった。この怪物たちはまるで遠い原始の、恐るべき祖先の時代を記憶している脳の奥深くの細胞と組織から、あるイメージを喚《よ》び出すかのようだった。こうした冒瀆的な魚蛙《さかなかえる》どもの輪郭一つ一つが、未知の、非人間的な悪の窮極の精髄にあふれているような気がすることもあった。

この冠の様相とは奇妙な対照をなしていたのが、ティルトン嬢の話してくれた短く散文的な来歴だった。冠は一八七三年に、酔っ払ったインスマスの男がステート街の質屋に馬鹿《ばか》らしいほどの安値で質入れしたのだった。男はそのすぐあとに喧嘩《けんか》をして殺された。協会は質屋から直接《じか》にそれを買い取ると、さっそくその価値にふさわしい展示をした。説明書きにはおそらく東インドかインドシナ地方の産だろうと記されたが、この推定は暫定《ざんてい》的なものだと断ってあった。

ティルトン嬢は、冠の素姓とそれがニューイングランドにあることについてあらゆる可能な仮説を比較考量した末、オーベッド・マーシュ老船長が見つけた海賊の船来の秘宝の一部だろうという考えに傾いていた。マーシュ家の者はその存在を知るや否《いな》や、高額で買い受けたいと執拗《しつよう》に申し出たし、協会は断じて売るつもりがないのに、今日に至るまでその申し出を繰り返している。このことに鑑《かんが》みても、ティルトン嬢の見解には説得力がある。

善良な婦人は私を建物の外に送り出しながら教えてくれたが、マーシュ家の富が海賊の宝物のおかげだという説は、この地域の知識人の間で広く信じられているのだそうだ。影に覆われたインスマスに対する彼女自身の態度は——彼女はそこへ一度も行ったことがないが——文化程度がはるかに下がってしまった地域に対する嫌悪《けんお》感をあらわしていた。彼女によると、悪魔崇拝の噂が流れるのも無理はない。それは、一つにはある奇異な秘密の宗派のせいで、その宗派はあの町で力を得、正統派の教会をすべて嚥《の》み込んでしまったという。

その宗派は「ダゴン秘密教団」と呼ばれており、疑いなく堕落した半異教的な教えで、百年前、インスマスの漁業が奮わなくなった時に東方から入って来たのだという。その時から突然、魚がたくさんとれるようになって、今日に至っていることを考えると、この宗派が単純な人々の間に根を張ったのは無理もないことで、たちまちインスマスで最大の勢力となり、フリーメイソンに完全に取って代わり、ニュー・チャーチ・グリーンの旧フリーメイソン会館にあった本部を乗っ取ってしまった。

こういったことは、信心深いティルトン嬢にとっては、腐朽し荒廃した古い町を忌み嫌う立派な理由になったが、私にとっては、ますます行ってみたい気を起こさせる刺激にほかならなかった。建築と歴史に関する期待の上に、今は強い人類学的情熱まで加わったので、YMCAの小さな部屋でほとんど寝つかれぬうちに、夜は更《ふ》けて行った。

二

翌朝十時少し前に、私は小さい旅行鞄《りょこうかばん》を提げて、古いマーケット広場にあるハモンド薬局の前に立ち、インスマス行きのバスを待った。バス到着の時刻が近づくと、そのあたりをぶらぶら歩いていた者が全員、通りの先のべつの場所へ移るか、広場の向こう側にある「理想の昼食」亭へ向かって動いてゆくのに気づいた。土地の人間がインスマスとその住民に抱いている嫌悪感を、切符売場の駅員が誇張して言ったのでないことは明らかだった。そのあとすぐ、恐ろしく老朽して灰色に薄汚れた小さな長距離バスが、ガタガタ音を立ててステート街をやって来ると、方向転換して、私のいる歩道のわきに停まった。このバスだな、と私は直感した。やがてフロントガラスについている標示板に、半分読めない字で――「アーカム＝インスマス＝ニューベリーポート」――と書いてあるのを見て、推測があたっていたことがたしかめられた。

乗客は三人しかいなかった――色の浅黒い、だらしない格好をした男たちで、むっつりした表情をしていたが、どこか若者らしいところがあった。かれらはバスが停まると、ぎごちなくよろめきながら外に出て、押し黙り、まるであたりを憚《はばか》るようにコソコソとステート街を歩いて行った。運転手も下り、私は彼が薬局に買い物をしに入るのを見守っていた。この男が切符売場の駅員の言ったジョー・サージェントだなと思ったが、細かいところを良く見ないうちから自然と嫌悪の念が広がって、それは抑えつけることも説明することもできなかった。地元の人々は、この男が所有し運転するバスに乗りたがらず、こんな男とその血族が住むところへは極力行こうとしないそうだが、それも当然だとふと思った。

運転手が薬局から出て来ると、私は彼をもっと注意深く観察して、悪印象がどこから来るのかつきとめようとした。彼は瘦《や》せた猫背の男で、背丈は六フィートよりあまり低くはなく、みすぼらしい紺の平服を着、すり切れた灰色のゴルフ帽を被《かぶ》っていた。年齢《とし》はたぶん三十五くらいだったろうが、顎《あご》の両脇に奇妙な深い皺があるため、ぼんやりとして無表情な顔を良く見なければ、もっと年とっているように見えた。頭の幅が狭く、潤《うる》んだ青い眼は出っ張っていて、けして目瞬《まばた》きをしないかに見え、鼻は平べったく、額と顎は引っ込み、耳は妙に未発達だった。唇は長くて厚ぼったく、肌理《きめ》が粗くて毛穴の見える灰色がかった頰には、ほとんど髭《ひげ》がないようだったが、ほつれて縮れた黄色い毛がここかしこにほんのわずか生えていた。ところどころ、肌の表面におかしなむらがあり、まるで何かの皮膚病のために皮が剝《む》けているかのようだった。両手は大きく、血管が浮き出ており、異様に青味がかった灰色をおびていた。指は手のほかの部分と較《くら》べて驚くほど短かく、大きな掌《てのひら》の中にぴったりと丸まる傾向があった。彼がバスに向かって歩いて行く時、私はその妙によろよろした歩き方を見ていて、足が異常に巨大であることに気づいた。その両足を良く見れば見るほど、こんな足に合う靴をどこで買うのだろうと不思議に思った。

この男には何か脂《あぶら》ぎったところがあるので、私の嫌悪感はますますつのった。彼は魚市場で働くか、ぶらつくのが好きらしく、特有の匂《にお》いをプンプンさせていた。どういう外国の血が混じっているかは、想像もつかなかった。この男の変わった特徴はたしかにアジア人にも、ポリネシア人にも、レヴァント人にも、黒人にも似ていなかったが、人々が彼を異国人だと思う理由はわかった。私なら、外国の血というよりも、むしろ生物学的退化ということを考えただろう。

バスにはほかの客が乗らないことを知った時、私は気が重くなった。この運転手と二人きりで行くのかと思うと、なぜかいやだったのである。しかし、出発時刻が近づいているようなので、不安を圧《お》し静めて男のあとから乗車し、一ドル札を渡して、

「インスマス」と一言だけつぶやいた。運転手は四十セントの釣り銭を返しながら、一瞬興味深げに私を見たが、何も言わなかった。私は彼よりもずっとうしろの、しかし、バスの同じ側の席に坐《すわ》った。道中、海岸の景色を見たかったからである。

しまいに、老朽した乗物はガタンと一つ揺れて走り出し、排気管から濛々《もうもう》と煙を吐いて、大きな音を立てながら、ステート街の古い煉瓦《れんが》の建物を通り過ぎた。歩道にいる人々を見やると、妙なことにバスを見まいとしている——少なくとも、見ないふりをしたがっているようだった。それから、バスは左折して本通りに入ったが、そこではもっと滑らかに進んだ。初期共和党時代の堂々たる古い邸宅や、さらに古い植民地時代の農家の前を走り過ぎ、ロウワー・グリーンとパーカー川を越え、しまいに、長く単調にうちつづくひらけた海岸地帯へ出た。

暖かく、日が照っていたが、砂と菅草《すげぐさ》とひねこびた灌木《かんぼく》ばかりの風景は、先へ進むにつれて次第に荒涼として来た。窓からは青い海とプラム島の砂浜が見え、やがてロウリーやイプスウィッチへ行く幹線道路を外れて、狭い道に入ると、浜のすぐそばに近づいた。家は見あたらず、道路の状態から察して、このあたりは交通量が非常に少ないのだとわかった。小さい、雨風に曝《さら》された電柱には電線が二本しかかかっていなかった。バスは時折粗末な木の橋を渡ったが、それらの橋は、深く内陸に入り込んで、この地方を全体に周囲から孤立させている潮汐《ちょうせき》水路（訳注・潮の上がってくる水路）に架かっていた。
時折、風に吹き流される砂の上に枯木の株や、崩れゆく建物の土台の壁が目にとまったので、私は昨日読んだ歴史書に引用してあった古い伝承を思い出した。それによると、ここはかつて豊穣《ほうじょう》な、多くの人が住む田園地帯だったというのだ。このようになったのは一八四六年のインスマスの疫病と同時で、単純な人々は、隠された邪悪な力と暗い関係があると考えていた。実際には、海岸近くの森林を愚かにも伐採したことが原因なのである。そのために土地が最良の防禦物《ぼうぎょぶつ》を失い、風に吹かれる砂の波が押し寄せて来たのだった。

　ついにプラム島は視界から消えて、茫漠《ぼうばく》と広がる大西洋が左手に見えた。狭い道は急坂を登りはじめ、前方の、轍《わだち》のついた道路が空に接する寂しい坂の頂上を見ているうちに、奇妙な不安感に襲われた。まるでバスがこのままどこまでも登って行って、正気の地球をまったく離れ、上方の大気と謎めいた空の未知の奥秘《おうひ》に溶け込んでしまうかのようだった。潮の香りが不吉な意味合いを帯び、押し黙った運転手の前かがみな硬張《こわば》った背中と幅の狭い頭が、ますます忌まわしいものに思われて来た。見ているうちに気づいたのだが、この男の後頭部には顔と同じように毛がなく、ほつれた黄色い髪の毛がほんの少し、灰色のざらざらした肌に生えているだけだった。

やがて坂の頂上に着くと、彼方《かなた》に広がる谷間が見えた。そこでは、マニュセット川が長々とうち連なる断崖《だんがい》の真北で海に注いでいるのだが、断崖はキングスポート岬のところで最高点に達し、アン岬の方へ曲がっていた。遠く霞《かす》んだ地平線に、キングスポート岬の目の眩《くら》むような稜線《りょうせん》がかろうじてみとめられたが、その上には、多くの伝説が語りつがれている風変わりな古い家が建っていた。だが、今のところ私の注意は、すぐ目の下にある景観に惹かれていた。私は風説の影に覆われたインスマスとついに対面したのだと悟った。

そこは広く、建物が密集している町だったが、人が住んでいる様子が見えないのは不気味だった。重なり合った煙突の煙出しからはほとんど一条《ひとすじ》の煙も立ち上らず、水平線を背にして、三つの高い尖塔《せんとう》が、ペンキも塗らない殺風景な姿を空にぬっと現わしていた。尖塔のうち一つは天辺が崩れており、その尖塔ともう一つの尖塔は、時計の文字盤があったはずのところに、真っ黒い穴が口を開いているだけだった。垂れ下がった腰折れ屋根や尖《とが》った切妻がどこまでも雑然と寄りあつまっている光景は、虫が食って朽ちてゆくさまを不快なほどありありと示していたし、今は下り坂になった道を通って近づいて行くうちに、多くの屋根がすっかり陥没しているのが見えた。寄棟《よせむね》屋根や、屋根の上の頂塔《キューポラ》や、手摺《てすり》のついた「寡婦の散歩道《ウィドウズ・ウォーク》」（訳注・ニューイングランド沿岸で、船を見るためにつくった屋根の上の露台）のある、大きな四角いジョージ王朝様式の家々もあった。これらはおおむね水辺からかなり離れていて、一、二軒はそこそこ良好な状態らしかった。こうした家々の間から内陸に向かって伸びているのは、廃止された鉄道の錆《さ》びて雑草の生い茂る線路で、今は電線もない傾いた電信柱が立っており、またロウリーやイプスウィッチへ向かう古い馬車道も、半分草に隠されて残っていた。

海べりは荒廃が一番ひどかったが、それでも、そこの真ん中に、小さな工場と見えるかなり良く保存された煉瓦の建物があって、その白い鐘楼がチラリと目に入った。久しく砂にふさがれた港は、古い石の防波堤に囲まれていた。その防波堤の上に、漁師が二、三人坐っている小さな姿が見えて来て、防波堤の突端には、去《い》にし日の燈台《とうだい》の土台らしきものがあった。この堤防の内側には砂洲《さす》ができていて、そこには朽ち果てた小屋が二、三軒と繋留《けいりゅう》した平底漁船があり、海老捕《と》り籠《かご》がいくつも散らばっていた。海が深いのは、川が鐘楼のある建物の横を流れ過ぎて南に曲がり、防波堤の突端で大海に注ぎ込む、そのあたりだけのようだった。

ここかしこで、海岸から波止場の残骸《ざんがい》が突き出し、その先端《さき》はどのくらい腐朽しているのかわからなかったが、一番南にある波止場がもっとも崩れ果てているようだった。そしてずっと沖の方に、満潮にもかかわらず黒く長い条《すじ》があって、かろうじて水の上に出ているだけだったが、それでも奇妙な秘めた悪意を感じさせた。これが〝悪魔の岩礁〟にちがいない。見ていると、いやな恐ろしさに加えて、それが手招きしているような、何とも言えない奇妙な感じがして来るようだった。そして、不思議なことに、第一の印象よりも、それに重なるこの感覚の方が私を不安にさせたのである。

道では一人の人間にも行き合わなかったが、やがてバスは荒廃の程度もさまざまな無人の農場の前を通り過ぎるようになった。それから、人の住んでいる家を二、三軒見かけたが、破れた窓は襤褸切《ぼろき》れでふさぎ、散らかった庭に貝殻や死んだ魚が転がっていた。一度か二度、気怠《けだる》い顔をした人々が不毛な庭で仕事をしたり、下の魚臭い浜辺で貝を掘っているのを見たし、汚い恰好をした、猿のような顔つきの子供たちが雑草の生えた戸口の段のところで遊ぶ姿も見た。こうした人々はなぜか陰気な建物よりも心を不安にさせるようだった。というのは、ほとんど誰を見ても、顔や動作に妙な特徴があって、私はそれが何かをはっきり言うことも、理解することもできないまま、本能的に嫌ったのである。この独特の体つきは何か前に見た絵を連想させる、とふと思った——たぶん本の挿絵で、とくに恐ろしい、あるいは憂愁に満ちた場面を描いたものだったろう。しかし、この擬似記憶はすぐに消え去った。

バスが低い土地に近づくにつれて、不自然な静けさの向こうから、小休《おや》みない滝の音が聞こえて来た。道の両側には、傾きかかった、ペンキも塗らない家がだんだん密になって立ち並び、これまで通り過ぎた家々よりももっと街らしい様子を示した。前方の風景はすでに小さくまとまって街の通りとなり、ところどころに、かつて玉石を敷いた舗装道路と煉瓦の歩道のあった跡が見られた。家はみんな空家らしく、時折家並が途切れており、そうしたところでは、崩れ落ちた煙突と地下室の壁が崩壊した建物のことを物語っていた。いたるところに満ちているのは、想像もできないほどひどい、吐き気を催すなまぐさい臭《にお》いだった。

まもなく交差道路や道路の合流点が見えて来るようになった。左側の道を行くと、舗装もない、むさ苦しく荒廃した海岸地帯に出るし、右側の道には過ぎ去った昔の華麗さをしのばせる街並が列《つら》なっていた。それまで、この町では人を見かけなかったが、今は住人のいるしるしがチラホラとあらわれた——ここかしこにカーテンを引いた窓があり、歩道のわきに時たま使い古した自動車が停まっていた。舗装道路と歩道の境目がますますはっきりして来て、家はおおむね古かったが——木と煉瓦で造られた十九世紀初めの建物だった——住めるように手入れをしていることは明らかだった。素人《しろうと》好古家である私は、変わることなくふんだんに残っている過去の遺物のさなかで、悪臭の不快も、脅威と反撥《はんぱつ》の感覚もほとんど忘れてしまった。

しかし、目的地へ着くまでには、じつに不愉快な性質の、強烈な印象を一つ味わわねばならなかった。バスはその時、一種の広場か輻射中点《ふくしゃ》（訳注・道路が放射状にあつまった中心点）へやって来たのだが、その広場は両側に教会があり、中央に円い芝生の薄汚い名残があった。私は前方右側の角にある、柱の並んだ大きな建物をながめていた。その建物のペンキはかつて白かったが、今は灰色になって剝《は》げかかり、三角形の切妻壁にある黒と金色の文字はすっかり色褪《いろあ》せていたので読みにくかったが、「ダゴン秘密教団」と何とか読めた。してみると、これが、今は堕落した宗派のものとなっている旧フリーメイソン会館なのだ。刻まれたこの文字を判読しようと目を凝らしていた時、通りの向こうから耳障《みみざわ》りな割鐘《われがね》の音が聞こえて来て、注意をそちらに逸《そ》らされ、私はとっさにふり返って、バスの私のいる側の窓から外を見た。

音は、ずんぐりした塔のついている石造りの教会から聞こえて来た。この教会は明らかに大部分の家よりも新しい時代のもので、ぎごちないゴシック風の様式で建てられ、建物の基部が不釣り合いなほど高く、窓には鎧戸《よろいど》が下りていた。時計の針は、私がチラリと見た側のものはなくなっていたが、耳障りな時鐘は十一時を告げていることがわかった。その時突然、時間の考えなど一切消し飛んでしまったのは、鮮烈でわけのわからぬ恐ろしい映像が飛び込んで来て、その正体も知れないうちに、私の心をつかまえたからだった。教会の基部の扉は開いており、真っ暗な内部が長方形に切りとられていた。そして私が目を向けているうちに、あるものがその暗い長方形を横切ったか、横切るように見えたのだ。そいつは私の脳裡《のうり》に一瞬、悪夢という考えを焼きつけた。それは理屈でどう分析してみても、ただの一つも悪夢めいた性質を認められないゆえに、いっそう苛立《いらだ》たしいものだった。

そいつは生き物だった――運転手を除けば、町の密集した部分に入ってから初めて見た生き物で――もっと落ち着いた気分でいれば、恐ろしさなど何も感じなかっただろう。やがて気がついたが、それは明らかに牧師だった。何か妙な祭服をまとっていたのは、疑いなく「ダゴン教団」が土地の教会の儀式を変えてから着るようになったものだ。おそらく、私の潜在意識の一瞥《いちべつ》を最初にとらえ、奇怪な恐怖感を与えたのは、牧師が被っていた高い冠で、前日の晩、ティルトン嬢が見せてくれたものとほとんど寸分の違いもなかった。これが私の想像力に働きかけて、はっきり見えぬ顔と、その下の、長衣をまとってよたよたと歩く姿が、名状しがたい不吉な性質をおびているように感じさせたのだろう。あの邪悪な擬似記憶にぞっとする理由は何もない、と私はすぐに思った。土着の神秘的宗教が祭服の一部として、その地域に奇妙な形で――おそらく発見された宝物として――知られている独特な冠《かぶ》り物を採用する、それは自然なことではなかろうか？

　いやらしい顔立ちをした若者が、歩道にほんのちらほらと現われるようになった――一人ぼっちの者もいれば、二、三人無言でかたまっているのもいた。崩れかけた家々の一階には時々店が入っていて、薄汚れた看板を出していたし、バスがガタガタ走って行くうちに、トラックが一、二台停まっているのに気づいた。滝の音がますますはっきりと聞こえて来て、やがて前方に、かなり深い渓谷が見えた。幅の広い、鉄の手摺がついた幹線道路の橋がそこに架かっていて、その向こうに大きな広場がひらけていた。バスが喧《やかま》しい音を立ててこの橋を渡る時、左右を見やると、草の生い茂った崖《がけ》の縁や、それよりも少し下ったところに工場の建物があった。はるか下を流れる水は豊富で、勢いの良い滝が右手上流に二つ、左手下流に少なくとも一つあるのが見えた。ここから先、滝の音はまったく耳を聾《ろう》するほどだった。バスはそれから川向こうの大きな半円形の広場に入り、右側の、頂塔《キューポラ》のついた高い建物の前に停まったが、この建物には黄色いペンキがまだ少し残っており、消えかけた看板の字が、ギルマン・ハウスであることを告げていた。

　私はバスを降りられるのが嬉《うれ》しくて、さっそくみすぼらしいホテルへ入り、ロビーで旅行鞄を預けた。そこには一人しか人の姿がなかった――年輩の男で、私が心ひそかに「インスマス面《づら》」と呼ぶようになった特徴はなかったが——気になってならないいろいろなことも、この男には一切訊《き》かないことにした。このホテルで妙なことがあったというのを思い出したからである。そのかわり、広場へぶらりと出て——バスはもう出発していた——あたりの様子を仔細《しさい》に、値踏みするように観察した。

　玉石を敷いた広場の片側には川がまっすぐ流れていた。もう一方の側には、およそ一八〇〇年頃の、傾斜屋根のついた煉瓦造りの建物が半円形に並んでいて、そこから数本の通りが南東と、南と、南西へ放射状に伸びていた。街燈は気が滅入《めい》るほどわずかで小さく——すべて低出力の白熱燈だった——その晩は月が明るいことを知っていたけれども、日没前に出発する予定であることが嬉しかった。建物はみな保存状態が良く、おそらく十軒以上の店が営業していた。そのうちの一軒はファースト・ナショナル・チェーンの食料雑貨店で、他は陰気なレストラン、薬局、魚の卸売り業者の事務所、それにもう一軒、広場の一番東の川に近いところに、この町で唯一《ゆいいつ》の産業——マーシュ精錬会社の事務所があった。そこには十人ほど人の姿が見え、四、五台の自動車とトラックが散り散りに停まっていた。ここがインスマスの町の中心であることは、人に言われるまでもなかった。右を向けば、港が青くちらちらと見え、その手前に、かつては美しかったジョージ王朝様式の尖塔が三つ、朽ちゆく残骸となって聳《そび》えていた。川の向こう岸に目をやると、マーシュ精錬所と思われる建物の上に白い鐘楼が見えた。

思うところがあって、私はまずチェーン店の食料雑貨屋でものを訊いてみることにした。そこの店員はインスマスの生まれではなさそうだからだ。店にいたのは十七、八の少年ただ一人で、賢くて愛想が良かったから、快く何でも教えてくれそうだった。少年は人と話がしたくてならない様子で、この町も、なまぐさい臭いも、こそこそした人間たちも嫌いであることがすぐにわかった。よそから来た人間と話をするのが、彼には気晴らしになったのだ。彼はアーカム出身で、イプスウィッチから来た家族の家に下宿しており、暇さえあればアーカムに帰るという。家族は彼がインスマスで働くのをいやがったが、会社がここに配属させたのだし、仕事を辞めたくもないのだった。

インスマスには公共図書館も商工会議所もないけれども、行きたいところへの道はたぶんわかるだろうと彼は言った。私が来た通りはフェデラル街だ。その西側には、立派な古い住宅街――ブロード街、ワシントン街、ラファイエット街、アダムズ街――があって、右側は海岸寄りの貧民街だ。この貧民街へ――中央通りに沿って――行けば、古いジョージ王朝様式の教会が見つかるだろうが、こうした教会はみんな長いこと放棄されている。そういう界隈《かいわい》――とくに川の北側では、あまり目立たないようにした方が良い。そのあたりの住民は無愛想で、敵意を持っているから。よそ者の中には行方不明になった者さえいる。

いくつかの場所はほとんど立入り禁止区域と言っても良く、若者は大分痛い目を見て、そのことを学んだのだった。たとえば、マーシュ精錬所のまわりや、今も使われている教会のまわり、ニュー・チャーチ・グリーンにある柱の並んだ〝ダゴン教団会館〟のまわりに長いこといてはいけない。そうした教会はじつに変で――よその土地にいるそれぞれの宗派は、関わりを強く否定しているくらいだし、儀式といい僧服といい、何とも奇妙なものらしい。連中の信条は異端で謎めいており、ある種の驚くべき変形によって、この地上にありながら――一種の――肉体の不死に達せられるというようなことを仄めかしている。若者自身の牧師――アーカムのメソジスト監督教会のウォレス博士――は、インスマスのどの教会にもけして入ってはならないと厳重に忠告した。

インスマスの人間について言うと――あの連中をどう考えたら良いのかわからない。穴に棲《す》む動物のようにこそこそしていて、めったに姿を見せないし、気まぐれに漁をする以外、どうやって時間をつぶしているのか想像もつかない。たぶん――連中が消費する密造酒の量から考えると――昼間は大体酔っ払って寝ているのだろう。連中は一種の仲間意識を持ち、申し合わせをして、不機嫌ながら団結しているようだ――まるで自分たちはべつの、もっと良い存在領域へ行けるのだと言わんばかりに、世間を馬鹿にしている。連中の容姿は――ことにあの閉じるのを見たことがない、大きく見張った、瞬《まばた》きをしない眼は――たしかにぞっとするし、声もむかつくほど不愉快だ。連中が夜、教会で聖歌を歌っているのを聞くと恐ろしくなる。ことに年に二回、四月三十日と十月三十一日に行われる、かれらの一番大事なお祭ないし伝道集会の時はなおさらだ。

連中は水が大好きで、川でも港でもよく泳ぐ。〝悪魔の岩礁〟までの競泳が行われるのはしょっちゅうで、そこいらで見かける連中は、みんなこの骨の折れるスポーツに参加できそうだ。そういえば、人前に姿を見せるのは若い者ばかりで、その中でも年嵩《としかさ》の者ほど汚い顔をしている傾向がある。例外もあるけれども、それはたいがい、ホテルのあの年老《と》った事務員のように、異常なところが少しもない人間だ。一体、年寄りの大部分はどうなってしまうんだろう。あの「インスマス面」は、年をとるとともに症状が悪化する進行性の奇病ではないのだろうか。

もちろん、よほど稀有《けう》な病患でもなければ、成人後の人間にあれほど大きく劇的な解剖学的変化が起こるはずはない——頭蓋骨《ずがいこつ》の形のように根本的な骨格の要素まで変わってしまうのだ——しかし、そうしたこと以上に不可解で前代未聞《みもん》なのは、この病気全体の目に見える特徴だ。こういうことについて本当の結論を出すのは難しいだろう、と若者は仄めかした。なぜなら、インスマスにどれほど長く住んでいても、土地の者と個人的に知り合うようにはならないからだ、と。

姿を見かける連中のうちで一番ひどい奴らよりも、もっと醜くなった者がどこかの家に大勢閉じ込められている、と若者は確信していた。この町では時々、何ともかともおかしな音を聞くことがある。川の北側の水辺に立ち並んでいる今にも倒れそうなあばら屋は、秘密の地下道で結ばれていて、人目に触れることのない異様な者の巣になっているという噂がある。一体この連中にどういう外国の血が——そういうことがあるとすれば——混じっているのかは見当もつかない。政府の役人などが外の世界から町へやって来ると、連中は時々、とくに姿形のいやらしい者を見えないところに隠すのだ。

この町のことを地元の者に訊いても無駄だ、と私の情報提供者は言った。しゃべってくれそうな唯一の人間は、大変な年寄りだが、見かけは正常な男で、町の北のはずれの救貧院に住み、そこいらを歩きまわったり、消防署のまわりをぶらついたりして暇をつぶしている。ゼイドック・アレンというこの白髪の老人は九十六歳で、この町きっての飲んだくれな上、少し頭がイカレている。妙なコソコソした人間で、まるで何かを恐れてでもいるかのように、年中肩ごしにうしろをふり返る。素面《しらふ》の時は、どんなに説得しても、よそ者とは一言も口を利《き》こうとしない。けれども、彼の大好きな毒水を飲ませてやるというと我慢できず、一旦酔っ払ってしまうと、昔話としてささやかれている何とも驚くような話を切れぎれに話してくれる。

しかし、この老人からは所詮《しょせん》、役に立つ情報はほとんど聞き出せない。彼の話はみんな狂人のたわごとで、あり得ない驚異や恐怖を不完全にほのめかすにすぎず、話の出所は彼自身の混乱した空想以外にないからだ。老人の言うことを信じた者はいないが、地元の連中は彼が酔っ払ってよそ者としゃべるのを好まないから、彼にものを尋ねているところを見られるのは、必ずしも安全ではない。たぶん、巷《ちまた》の馬鹿げた噂や錯覚のあるものは、この老人が火元なのだろう。

この土地の生まれでない住民の何人かは、時折とんでもないものを見たと言っているが、ゼイドック爺さんの話を聞いたり、畸形の住人を見たりしていれば、そういう幻覚が広まっても不思議はない。よそから来た者は誰も夜遅く外出しないが、それは、そんなことをするのは賢明でないという印象が広まっているからだ。それに、街路《とおり》はいやになるほど暗い。

商売に関していうと――魚はたしかに気味悪いほどたくさんとれるけれども、地元の連中はあまりそれを活用しなくなって来た。おまけに魚の値段は下がるし、競争も激しくなる。もちろん、町の本当の仕事は精錬で、営業事務所はこの広場の、ここから東へつい二、三軒先へ行ったところにある。マーシュ老人はけして姿を見せないが、時々、カーテンを引いた屋根つきの車に乗って作業場へ行く。

マーシュ老人がどんな姿になったかについては、いろいろな噂がある。かつては大変な洒落者《しゃれもの》だったし、今でもエドワード王朝時代のフロックコートなどの美服を、身体の変形に合わせて奇妙に仕立て直して着ているそうだ。以前は息子たちが広場の事務所を管理していたが、近頃は長いこと姿を見せず、仕事は若い世代にまかせている。息子たちも姉や妹たちも非常に奇妙な姿に変わってしまって、とくに年上の者がそうだ。体の具合が悪いとも言われている。

マーシュの娘の一人は、見るも忌まわしい爬虫類《はちゅうるい》のような顔をした女だが、異様な宝飾品をむやみにたくさん身につけている。それは明らかにあの奇妙な冠と同じ、妖《あや》しい異国の伝統に属するものだ。私の情報提供者はそれを何度も見ており、海賊か魔物の秘密の宝庫にあったものだという話を聞いた。聖職者――あるいは神父、それとも今は何と呼ぶのか知らないが——もこの種の飾りを冠《かぶ》り物としてつけているが、この連中はめったに見かけない。インスマスのまわりには、ほかの種類の宝石もたくさんあるという噂だが、若者は見たことがない。

マーシュ家の者は町の他の三つの名家——ウェイト家、ギルマン家、エリオット家——と同様、みんな引きこもって暮らしている。ワシントン街のたいそう大きな家々に住み、家の何軒かには、人前に姿を見せられないため死亡届けを出して、死んだと記録された親族が、生きながら匿《かくま》われているという話だ。

若者は通りの標識の多くがなくなっていると警告して、私のために町の目ぼしい見《み》所《どころ》を、大まかだが内容豊かな略図にわざわざ描いてくれた。私はそれをちょっと見ると、非常に役立ちそうだと思い、厚く礼を言ってポケットに収めた。一軒だけあったレストランは汚なくていやだったので、チーズ・クラッカーと生姜《しょうが》入りウエハースを、あとで昼食にするため、たっぷり買った。私の予定としては、主立った通りを経《へ》めぐり、よそから来た人間に出会ったら話をして、八時のアーカム行きバスに乗るつもりだった。この町は地域社会の衰退の意味深い極端な実例を示していることがわかったが、私は社会学者ではないから、建築方面に限って真面目《まじめ》に観察するとしよう。

こうして私は、インスマスの狭い、影に毒された道を順序立てて、しかし、半分まごつきながら巡り歩いた。橋を渡り、下流の滝が轟《とどろ》いている方へ曲がると、マーシュ精錬所のすぐそばを通ったが、妙なことに、作業の音は全然していないようだった。この建物は川の切り立った崖の上に立っていて、近くに橋と、街路が幾条も合流しているひらけた場所があり、そこはこの町の最初期の中心だったが、独立革命以降、現在のタウン・スクエアに取って代わられたのだと思った。

中央通りの橋を渡って峡谷の向こう側に引き返すと、荒廃しきった区域に出たが、そこではなぜか背筋が寒くなるのを感じた。腰折れ屋根の崩れかかったかたまりがジグザグの幻想的な輪郭を空に描き、その上に、古い教会の食屍鬼《しょくしき》さながらな、頭の欠けた尖塔がそびえていた。中央通りの何軒かの家には人が住んでいたが、大部分の家はしっかりと板で囲ってあった。舗装のない裏通りを行くと、打ち棄《す》てられたあばら屋の窓が黒々と口を開いており、そうした家の多くは土台の一部が沈み込んでいるため、危険な、信じられないほどの角度で傾いていた。それらの窓があまりにも気味悪く睨《にら》んでいるので、東側の海岸地域へ向かって行くには勇気が要った。たしかに、無人の家の恐ろしさというものは、そうした家が増えて、一つの荒廃しきった街をつくり上げると、算術的というよりも幾何級数的に増大するものである。魚のような眼をした空虚と死の通り道がかくも果てしなく続いているのを見、蜘蛛《くも》の巣と、過去の記憶と、征服者たる蛆虫《うじむし》にゆだねられた真っ暗で陰鬱《いんうつ》な部屋部屋が無限に繋《つな》がれていることを考えると、いかなる強固な哲学にも追い払うことのできない、根強い恐怖と嫌悪感が湧《わ》き上がった。

フィッシュ街も中央通り同様にさびれていたが、煉瓦と石で造られたたくさんの倉庫がまだ立派な形を保っている点はちがった。ウォーター街もそれに近かったが、ただ海の方にところどころ家並の大きな切れ目があって、そこは昔、波止場があったところだった。遠い防波堤の上に漁師がチラホラいるほかには人っ子一人見かけず、港に寄せる波の音と、マニュセット川の滝の音以外には何も聞こえなかった。この町は次第次第に私の神経に障《さわ》って来て、私は時々こっそりとうしろをふり返りながら、今にも崩れそうなウォーター街の橋を注意深く渡って、引き返した。フィッシュ街の橋は、例の略図によると、壊れているそうだった。

川の北側には、むさ苦しい生活の痕跡《こんせき》が残っていた——ウォーター街には魚の罐詰工場が今も操業していて、そちらこちらに煙を吐く煙突やつぎはぎをした屋根がある。時折、どこかから音が聞こえて来るし、陰気な通りや舗装していない小路をよたよた歩く人影を時たま見かける——しかし、私にはそれが南の荒廃しきった区域よりも、もっと重苦しく感じられた。一つには、このあたりの人間は町の中心にいる人間よりも醜悪で異常だったからだ。そのため、私は何度かまったく荒唐無稽《むけい》なことをおぞましくも思い出したが、それが何なのか、はっきりとはわからなかった。疑いなく、インスマスの住民の異様な特徴は、内陸寄りよりもここの連中に顕著だった——もっとも、例の「インスマス面」が血統的特徴ではなくて病気だというならべつだが。その場合は、この地域に病の進んだ者が匿われているのだと考えて良いだろう。

些細《ささい》なことだが一つ気になったのは、聞こえて来た数少ないかすかな音の分布だった。それらはすべて人が住んでいるとわかる家から聞こえて当然だが、実際には、しばしば厳重に板で囲った家表《やおもて》の内側で一番強い音がするのだった。何かが軋《きし》る音、小走りに走る音、またかすれ声のような怪しい物音がして、私は食料雑貨店の少年が言った秘密の地下道のことを思い出し、不愉快になった。あの住人たちは一体どんな声で話すのだろう——私はいつのまにかそんなことを考えていた。今までこの界隈では人の声を聞いておらず、聞かないことをなぜか強く願っていた。

中央通りとチャーチ街で、立派だが廃墟《はいきょ》となった二つの古い教会を見たが、ゆっくり立ちどまったのはその時だけで、私はいやな海べりの貧民街から足早に立ち去った。次の目的地は、理屈からするとニュー・チャーチ・グリーンになるはずだったが、どういうわけか気が進まなかった。あの奇妙な冠をかぶった神父だか牧師だかの、理由《わけ》もなく恐ろしい姿を見かけた教会の前をまた通ることは耐えられなかったのだ。それに、食料雑貨店の少年の話では、教会もダゴン教団会館と同様、よそ者は近づかない方が良い場所だった。

そこで私は中央通りを北へ向かってマーティン街へ行き、それから内陸の方へ曲がって、グリーンよりも十分北にあるフェデラル街を横切り、ブロード街、ワシントン街、ラファイエット街、アダムズ街の北部、すなわち今は荒れ果てた上流人士の界隈に入った。これらの堂々たる古い大通りは路面も荒れて、手入れが悪かったが、楡《にれ》の並木の威厳はまだすっかり消え去ってはいなかった。豪壮な大邸宅はどれもこれも私の目を惹き、大部分は放置された庭に囲まれ、老朽化して、板で囲われていたが、どの通りでも一軒か二軒は人が住んでいる様子があった。ワシントン街には、きれいに修繕した家が四、五軒並んでおり、そこは芝生も庭も手入れが行きとどいていた。こうした中でもっとも豪華な家は——広い段々になった花壇が、うしろのラファイエット街までつづいている——マーシュ老人、病に苦しむ精錬所の所有者の屋敷だろうと思った。

こうした通りのどこにも生けるものの姿はなく、私はインスマスに猫や犬がまったくいないことを不思議に思った。もう一つ、私が首を傾《かし》げ、気味悪く思ったのは、もっとも良く保存されている屋敷でさえも、三階や屋根裏部屋の窓にはたいてい鎧戸がぴったりと下ろされていることだった。この静まり返ったよそよそしさと死の街では、誰もかれも人目を忍び、秘密主義に徹しているようで、私はどこへ行っても、狡い、けして閉じることのない、大きく見開いた眼が物蔭《ものかげ》から監視しているような感じから逃れることができなかった。

左手にある鐘楼から、三時を告げる割鐘の音が響いて来ると、私は身震いした。その音が聞こえて来たずんぐりした教会をまざまざと思い出したからだ。ワシントン街を川の方へ進んで行くと、新しく目の前に現われたのは、かつての商工地区だった。前方にある工場の跡や、ほかにもいろいろな廃墟を――古い鉄道駅の跡や、その向こうにある屋根つきの鉄橋を――見ながら、右手の峡谷を遡《さかのぼ》って行った。

やがて目の前に現われた頼りない橋には警告の標示が出ていたが、危険を冒してまた南側へ渡ると、生活の形跡がふたたび現われた。コソコソした、よろめいて歩く連中が薄気味悪くこちらをじっと見つめ、もっと普通の顔をした者は、冷たく物珍しげに私を見た。私はこのインスマスという町が急速に耐えがたくなって来たので、ペイン街に曲がって、広場へ向かった――不気味なバスの出発時刻はまだ大分先だったが、その前に何かアーカムへ行ける乗物を探そうと思ったのだ。

その時だった。左手の荒れ果てた消防署をふと見ると、赤ら顔で髭むじゃらの潤《うる》んだ眼をした老人が、何とも言いようのない襤褸《ぼろ》を着て消防署の前のベンチに坐り、身《み》形《なり》はだらしないけれども異常な顔はしていない消防士二人としゃべっていた。もちろん、これがゼイドック・アレン――半気狂《はんきちが》いで酔いどれの九十老人、往昔《おうせき》のインスマスとその影についていとも恐ろしい、信じられない話をする老人にちがいない。

三

あのように計画を変えたのは天邪鬼《あまのじゃく》のなせるわざか――さもなくば、暗い隠された源から、ある皮肉な引力が働いたにちがいない。私は当初から建築だけを観察すると決めていたし、あの時でさえも、死と腐朽の蔓延《まんえん》するこの潰《ただ》れた街から早く出ようとして、広場へ急いでいたのだった。だが、ゼイドック・アレン老人を見ると考えが変わり、私の足取りはおぼつかなく緩《ゆる》んだのだ。

あの老人が途方もない、支離滅裂な、信じがたい伝説をほのめかすことしかできないことは聞いていたし、彼と話しているところを土地の者に見られると危険だとも警告された。しかし、町の衰亡を見とどけた生き証人であるこの老人が、船や工場の栄えた昔を憶《おぼ》えていることを考えると、どれほどの理性があっても抗しきれない誘惑に駆られた。結局のところ、いかに奇妙で狂った神話も、事実に基づく象徴や寓話《ぐうわ》にすぎないことがしばしばある――それにゼイドック爺さんは、過去九十年間にインスマス周辺で起こったあらゆることを見てきたにちがいない。好奇心が分別も用心も越えて燃え上がり、私は若気《わかげ》の自惚《うぬぼ》れから、こう思った――生《き》のウイスキーの力を借りれば、きっと混乱した途方もない話をたっぷり聞き出せるだろう。その中から、本当の歴史の核をふるい分けることができるのではないか、と。

今すぐ老人に声をかけてはいけないとわかっていた。そんなことをすれば消防士たちがきっと気づいて、邪魔するだろう。まずは密造酒が沢山あると雑貨店の少年から聞いた場所で、酒を買って来よう。そのあと、なにげなく消防署へぶらぶら近づいて行って、ゼイドック爺さんがよくやる散歩を始めたら、偶然出会ったふりをしよう。老人は非常に落ち着きがなくて、消防署のそばにも一度に一、二時間以上坐っていることはめったにない、とあの若者は言っていた。

広場からエリオット街に入ったところにある薄汚れた雑貨店の裏口で、ウイスキーの一クォート壜《びん》が、安くはなかったが、簡単に手に入った。応対した汚ならしい顔の男は、目を大きく見開いた「インスマス面」の気味が幾分あったが、それなりに丁寧な態度だった。たぶん、トラックの運転手とか黄金《きん》の買い手といった、時折町へ来る酒飲みのよそ者を相手にしつけているのだろう。

広場へ戻った私は、ついているなと思った。というのも——ペイン街からギルマン・ハウスの角を曲がって、のろのろと出て来た男——それはほかでもない、ゼイドック・アレン老人のひょろりと背の高い、襤褸をまとった姿ではないか。私は計画通り、買ったばかりの酒壜を得意気にふりまわして、老人の注意を惹いた。すると、老人は足を引きずりながら物欲しそうについて来たので、私はウェイト街に曲がり、考えつく一番寂しい区域へ向かった。

食料雑貨店の少年が作ってくれた地図を頼りに道筋を辿《たど》り、前に行った南の海岸地域のさびれきったあたりを目ざした。あそこで見かけた人間といえば、遠くの防波堤にいる漁師たちだけだったが、南の方へ街区をさらに二つ三つ越えて行けば、その連中からも見えなくなるだろうし、どこか打ち棄てられた波止場で腰掛でも探せば、誰にも見られずに何時間でも、ゼイドック爺さんに質問できるだろう。中央通りへまだ行き着かないうちから、背後で「おおい、旦那《だんな》!」という弱々しい、かすれた声がした。やがて私は老人が追いつくのを待ち、クォート壜からたっぷり飲ませてやった。

私たちはウォーター街まで歩いて行って、あたりをおおう荒廃と、法外に傾いた廃屋のさなかで道を南に折れた。その間にそろそろと探りを入れはじめたが、老人は思いのほか口が固かった。しまいに、崩れかかった煉瓦の壁の間に、海へ向かってひらけている草ぼうぼうの空地を見つけた。その先には、雑草だらけの、土と石で造られた波止場が突き出していた。水べりの苔生《こけむ》した積石《つみいし》は何とか腰掛になりそうだったし、北側に廃墟となった倉庫があるため、どこからも人に見られるはずはなかった。ゆっくり内緒話をするには絶好の場所だと思ったので、老人を導いて小路を通って来ると、苔の生えた石の間で、坐るのに良さそうな場所を選んだ。死と敗滅の空気はおぞましく、なまぐささは耐えがたいほどだった。しかし、私は何としても話を聞くつもりでいた。

八時のアーカム行きバスに乗るなら、話す時間は四時間ほどあるので、年老いた酒豪《うわばみ》にまた少しずつ酒を飲ませ、自分はつましい昼食をとった。酒をおごりながらも、度が過ぎないように注意した。ゼイドックが酔っ払いのおしゃべりを通り越して、眠ってしまうといけないからである。一時間もすると、周囲を憚るような口の重さは消えてゆく兆しを見せたが、老人はそれでも、インスマスとその影に取り憑《つ》かれた過去に関する質問をはぐらかしたので、私はひどく失望した。老人は近頃の話題をべらべらとしゃべり立てて、新聞を良く読んでいることを示し、村夫子《そんぷうし》式の格言をちりばめたお説教をしたがる傾向を示した。

二時間近くなろうとする頃、私は一クォートのウイスキーでは成果が得られないかと心配になり、ゼイドック爺さんをここに置いて、酒を買いに戻った方が良いだろうかと考えた。ところが、ちょうどその時、質問してもできなかった取っかかりが偶然にできて、ゼエゼエ息をする老人の取りとめもない話は一変し、私は身をのり出して、注意深く聴き入ったのである。私はなまぐさい海に背を向けていたが、老人は海に向かっていた。そして彼は何らかの理由で、その時波の上にはっきりと、心をそそるようにあらわれていた〝悪魔の岩礁〟の低く遠い条《すじ》に、さまよう視線を据えた。その光景《ながめ》は彼には不愉快なようだった。老人は小声で悪態をつきはじめ、しまいには内緒話をするように声をひそめて、意味ありげな横目づかいをしたからである。私の方に身を屈《かが》めて、私の上着の襟をつかみ、ヒソヒソとほのめかすように話したが、その意味は取りちがえようがなかった。

「何もかも、あすこで始まったんじゃ――あのろくでもねえ、悪のかたまりみてえな場所、深い海の始まる場所でな。地獄の門じゃ――あすこっから真下へもぐれば、測量線を下ろしたってとどかねえ海の底じゃ。オーベッド老船長のしわざじゃよ――あいつは南洋の島で、身のためにならねえようなモンを見つけたんじゃ。

あの頃は、みんな苦しかった。商売はうまくゆかんし、工場は仕事が減る——新しい工場もな——それに一等元気な男衆は、一八一二年の戦争の時に兵隊になって殺されるか、ブリッグ船の『エリジー』号やスノー船の『レインジャー』号と一緒に沈んじまった——どっちもギルマンの貨物船じゃった。オーベッド・マーシュは使える船を三つ持っておった——ブリガンティン船の『コロンビア』号と、ブリッグ船の『ヘティー』号と、バーク船の『スマトラ・クイーン』号じゃ。あいつだけ、たった一人、東インドと太平洋の貿易《あきない》をつづけておった。もっとも、エズドラス・マーティンのバーケンティン船『マレー・プライド』号は二八年まで海運貨物をやってたがな。

オーベッド船長みてえな奴はほかにおったためしがねえよ——あいつはサタンの手先じゃ！　ひっ、ひっ！　あいつが外国のことを話してたのをおぼえとるよ。世間の奴らがキリスト教の集会へ通って、おとなしくへりくだって、重荷を背負《しょ》わされるのは馬鹿だと言っておった。インドのどこかの連中みてえに、もっと偉い神様たちを拝んだ方がいいと言うんじゃ——犠牲とひきかえに魚をたくさん獲《と》らしてくれるし、人の祈りにほんとに応えてくれる神様がいるってな。

あいつの一等航海士マット・エリオットも、よくしゃべるにゃアしゃべったが、異教の神々を崇《あが》めるのには反対した。オタハイト島の東にある島のことを話しておったが、そこには誰にもわからんほど古い石造の遺跡がたくさんあって、そいつはカロリン諸島のポナペ島にあるやつと似とるが、彫刻した顔があって、イースター島の大きな石像に似ているそうじゃ。そのそばには小さな火山島もあって、ここにはべつの遺跡があるが、彫刻はちがっておる——遺跡はみんな、海の底にでももぐったことがあるみてえにすり減っていて、そこらじゅうに恐ろしい化物の姿が描いてある。

そいでな、旦那、マットが言うには、そのあたりの原住民は魚がいくらでもとれたし、変な腕輪や腕飾りや頭飾りを見せびらかしていたそうなんじゃ。それは変な黄金《きん》でできていて、化物の絵がついとったが、その化物というのが、小さな島の遺跡に彫ってあったのとそっくりなんじゃ——蛙に似た魚だか、魚に似た蛙みてえなもんで、まるで人間みてえにいろんな姿勢《かっこう》で描いてあった。奴らがどこでそんな物を手に入れるのか、誰も訊き出すことはできんかったし、よその原住民どもは、隣の島で魚がろくろくとれん時でも、あいつらだけどっさりとるのはどういうわけじゃろうと思った。マットも不思議がったし、オーベッド船長もじゃった。それにオーベッドは、毎年若くてきれいな連中が行方知れずになるし、年寄りがそのあたりにいねえってことに気がついた。それにな、なんぼカナカ族にしたって、あんまりひでえ御面相をした連中がいるとも思ったのさ。

オーベッドはその異教徒どもからやっと真相を聞き出した。どうやって聞いたのか知らんが、あいつはまず連中がつけてる黄金みてえな物と引きかえに品物をやった。そいつはどこで出るんだとか、もっと手に入るかなんぞと訊いて、とうとう年とった酋長《しゅうちょう》から――ワラキーという名じゃった――話を聞き出した。オーベッドでなかったら、あの黄色い爺《じじ》いの言うことなんか信じなかったろうが、船長は人の心のうちを、本にでも書いてあるみてえに読むことができたんじゃ。ひっ、ひっ！　今じゃ誰もわしの言うことを信じちゃくれん。お若いの、おまえさんだってそうじゃろう――もっとも、おまえさんの顔を見ると、オーベッドみてえな、人の心を読む目をしてるがな」

老人のささやき声はいっそう低くなった。私は彼の話が酔っ払いの妄想にすぎないと知ってはいたけれども、その声の抑揚に、恐ろしく、そして真率な由々しき調子があったので、思わず身震いしていた。

「そいでな、旦那、オーベッドは知ったんじゃ。この世には、たいていの人間が聞いたこともねえ――たとえ聞いても、信じねえようなことがあるのをな。このカナカ族は若い男や女を大勢、何かの神様たちの生贄にしとったらしい。その神様は海の底に住んでいて、お返しにいろんな御褒美《ごほうび》をくれるんじゃ。奴らは妙な遺跡のある小島でその神様たちに会っていて、蛙みてえな魚みてえな化物の恐ろしい絵は、この連中を描いたと言われておったようじゃ。きっと、そいつらは人魚の話やなんかの元になった生き物なのかもしれん。連中は海の底にいろいろな街をつくっておって、この島もそこから盛り上がって来たんじゃ。どうやら、島がいきなり海の面《おもて》に上がって来た時、こいつらが石の建物にいくらか生き残っておったらしい。そんなわけで、カナカどもは連中がそこにいることを聞きつけた。初めは怖かったが、慣れて来ると、さっそく身ぶり手ぶりで話をして、そのうち取引を始めるようになった。

怪物どもは人身御供《ひとみごくう》が好きじゃった。大昔は生贄を供えられていたが、ある時から地上と連絡が途絶えたんじゃ。やつらが生贄をどうしたのか、わしは知らんし、オーベッドもそのことをあんまり訊こうとはしなかったらしいな。しかし、異教徒どもは平気じゃった。やつらは生活が苦しくて、あらゆることに絶望していたからじゃ。やつらは年に二回ずつ——五月祭の前の晩と万聖節の宵祭——なるべく日を違《たが》えんように——海の怪物どもに若者を何人か差し出す。それに、自分たちでこしらえた彫刻の小物も供えた。怪物どもがお返しにくれたのは、たくさんの魚で——海のあっちこっちから魚を追い込んで来た——それに時々、黄金《きん》に似たものもよこした。

さて、さっきも言うたが、原住民は小さな火山島であいつらに会った——カヌーに生贄やなんかを乗せて、そこまで行って、自分たちの気に入った黄金《きん》みてえな宝物を持って帰った。最初のうち、怪物どもはけして本島へ来なかったが、そのうち来たがるようになった。島の連中と交わりたくてしようがなかったらしくて、祭の日——五月祭の前の晩と万聖節の宵祭——には一緒になっていろんな儀式をやった。いいかい、あいつらは水の中でも外でも生きられたんだ——両棲類っていうやつじゃろうな。カナカどもは連中に言った——連中がそこにいることをよその島の者が聞きつけたら、追っ払おうとするかもしれん、とな。じゃが、そんなこと何でもねえ、と連中は言った。なぜなら、もしその気になれば、世界中の人間を追っ払うことだってできるんだから、となーーもっとも、その昔、いなくなった〝古きものら〟——そいつらはどういう連中か知らん——が使ったような印を持ってる人間はべつだが。でも、面倒なことはしたくねえから、誰かが島へやって来ると、連中は水の中に隠れていたんじゃ。

蟾蜍《ひきがえる》みてえな顔をした魚と交接《つが》うってことになると、カナカどももちっと二の足を踏んだが、しまいにあることを知って、考え直したんじゃ。人間も、あの水の獣《けだもの》どもと何かつながりがあるらしい——生き物はみんな大昔水から上がって来たんで、少しだけ体を変えれば、また水に戻れるらしい。怪物どもはカナカに言った。奴らと混血すると、生まれた子供は最初のうち人間みてえに見えるが、時間が経《た》つとだんだん怪物どもに似てきて、しまいには水に入って、海の底にいるみんなの仲間になるんだ、と。それに、こいつが肝腎《かんじん》なところじゃがな、お若いの——魚の化物になって水に入った者はけして死なないんじゃ。あいつらは暴力で殺されない限り、けして死なないんじゃ。

そいでな、旦那、オーベッドが島の人間と知り合った頃、奴らには深海《ふかうみ》にいる怪物どもの魚の血が大分混じっておった。年とって、そのしるしがあらわれてくると、水に入って島から出て行きたくなるまで、隠れておった。ほかの者より変わりようの激しい奴もいれば、けっして水に入れるほど変わらない奴もいた。じゃが、たいていの者は怪物どもが言った通りになった。生まれつき怪物に似ていた者は早く体が変わったが、ほとんど人間に近い者は、場合によると、七十《しちじゅう》を過ぎるまで島にとどまった。それでも、普通はそれまでに、試しに水へ潜ったりしたがな。水に入った者はたいてい、よく遊びに戻って来たから、二百年くらい前に乾いた土地とおさらばした五代前のひい祖父《じい》さんと話をする、なんてこともよくあったそうじゃ。

島の人間は誰も死ぬなんてことを考えなくなった——よその島の奴らとカヌーで戦《いくさ》をしたり、海の底にいる海神の生贄にされたり、水に入る前に蛇に咬《か》まれるとか、疫《えき》病《びょう》とか、急性の病気にかかったりして死ぬのはべつじゃが——ただもう身体が変わるのを楽しみにしておった。変わるといっても、少し慣れれば、全然恐ろしいこともなくなったんじゃ。死なねえ体が手に入るなら、何を捨てたって惜しくはねえと連中は考えた——どうやらオーベッドも、ワラキー爺さんのした話をちょっと考えてみて、そういう気になったようじゃな。じゃが、ワラキーは魚の血が混じっておらんわずかな人間の一人じゃった——王家の血筋で、代々よその島の王家の者と結婚していたからじゃ。

ワラキーはオーベッドに海の怪物と関係のあるたくさんの儀式や呪《まじな》いを教えて、人間とは大分姿格好が変わっちまった村の連中何人かに会わせた。しかし、どういうわけか、海から来た正真《しょうしん》の怪物にはけして会わせようとせんかった。しまいに、奴はオーベッドに、鉛か何かでできた何やらいうおかしなものをやった。そいつを使えば、どこでもあいつらの巣がありそうな海の中から、魚の怪物どもを呼び出せるというんじゃ。やり方は、何か特別なお祈りをして、それを海に放り込むというんじゃ。ワラキーが言うには、あいつらは世界中の海に散らばっておるから、誰でも探せば巣を見つけられるし、呼びたければ呼び出せるっていうことじゃった。

マットはこんなことがいやでたまらなかったから、あの島に近づくなとオーベッドに言ったんじゃ。しかし、船長は利に敏《さと》い男で、あの黄金みてえなものはじつに安く手に入るから、あれを専門の商売にしたら儲《もう》かると見てとった。そんな風にして何年も経って、オーベッドは黄金みてえなものをたっぷり手に入れたから、使わなくなっていたウェイトの古い縮絨《しゅくじゅう》工場で精錬を始めたんじゃ。あいつは黄金みてえなものをそのままの形じゃ売らなかった。そんなことをしたら、人にあれこれ穿鑿されるじゃろうからな。それでも、あいつの船の乗組員は時々一つ二つくすねて、売った。秘密を守ると誓わされたんじゃがな。それに、オーベッドは女たちがそういう金の細工のうちで、人間に似合いそうなものを身につけるのを許しておった。

ところが、三八年のことじゃ――わしはその時、まだ七歳《ななっ》じゃった――オーベッドがあの島へ行ってみると、島民は前の航海のあと、一人残らずいなくなっていた。どうやらよその島の連中が、この島で起こっていることを聞きつけて、自分たちで始末をつけちまったらしい。結局奴らは、海の怪物どもが恐れる唯一のものだと言った古い魔法の印を持っていたにちがいない。ノアの洪水よりも古い遺跡のある島が海の底から迫《せ》り上がって来た時、カナカ族がたまたまどんなものを手に入れたか、わからんからな。こいつらは信心深い連中じゃった――本島でも、小さい火山島でも、建ってるものは何もかもぶっ壊したが、遺跡の中には大きすぎて、さすがに壊せんものもあった。ところどころに――まるで呪《まじな》いみてえに――小さな石ころが撒《ま》いてあって、石ころの上には、近頃卍《まんじ》とか何とかいう、あの印がついておった。たぶん、そいつが〝古きものら〟の印だったんじゃろう。島民は一掃されて、黄金みてえな物は跡形もなくなり、近くのカナカ族は、このことについては一言も言おうとしなかった。その島に人が住んでいたことさえ認めようとしないんじゃ。

そんなわけで、オーベッドは当然相当な打撃を受けた。本業が全然ふるわなかったから、なおさらじゃった。これはインスマスの町全体にとっても打撃じゃった。海運が盛んだったあの時代には、船主が儲かれば、それなりに乗組員も潤《うるお》ったからじゃ。町の者はたいがい羊みてえに諦《あきら》めて不景気に耐えていたが、みんなひどいありさまじゃった。魚はとれなくなるし、工場もうまく行かなかったからじゃ。

そのうち、オーベッドの奴は、みんな間抜けだといって、悪態をつきはじめた。誰も助けてくれねえキリスト教の神様に祈るなんて馬鹿じゃとな。あいつは言った――俺はほんとに必要なものをくれる神々に祈っていた連中を知っている。もし、俺の手助けをしてくれる男が大勢いたら、魚をたくさんくれて、黄金も少しはくれる神様たちをきっとつかまえられるんだが、とな。もちろん、『スマトラ・クイーン』号で働いて、あの島を見た連中には奴の言いたいことがわかったし、話に聞く海の怪物どもとはあんまりかかり合いになりたくなかったが、どういうことか知らねえ連中は、オーベッドの言葉に動かされた。みんな御利益《ごりやく》のある信仰に帰依《きえ》したいが、そのために、何ができるのかって奴に訊きはじめた」

老人はここで口ごもり、何かボソボソ言って、むっつりと不安げに黙り込んだ。神経質な様子で肩ごしにうしろをふり返り、それからまたこっちを向いて、遠くの黒い岩礁を魅せられたようにじっと見つめた。私は話しかけたが、返事がないので、壜の酒を全部飲ませなければいけないことがわかった。私は老人の狂った法螺話《ほらばなし》を深い興味を持って聞いていた。そこには一種の素朴な寓話が含まれていると思ったからだ。それはインスマスという街の奇妙さを土台として、独創的であると同時に、切れぎれな異邦の伝説に満ちた想像力が作り上げたものだった。この話に何か現実の根拠があるとは片時も信じなかったが、それにもかかわらず、物語は一抹の真の恐怖を感じさせた——その理由は、ニューベリーポートで見た有害な冠と明らかに同じ種類の不思議な宝飾品の話が出て来たという、ただそれだけのことかもしれないが。おそらくあの飾りにしても、結局のところ、どこか見知らぬ島から渡って来たのだろう。そして、こうした荒唐無稽な物語は、この年とった飲んだくれというより、過去のオーベッドその人のつくりごとなのかもしれない。

私はゼイドックに壜を渡し、老人は酒を最後の一滴まで飲み干した。どうしてそんなにたくさんウイスキーを飲んでも平気なのか、不思議だった。彼の甲高い、ゼエゼエいう声は少しもかすれたりしなかったからである。彼は壜の口をなめると、ポケットに滑り込ませ、やがてうなずきながら小声で独り言を言いはじめた。私は彼が何かはっきりした言葉を言ったら聞き逃すまいと、屈み込んで身を寄せたが、汚れたもじゃもじゃの髯《ひげ》のうしろに皮肉な微笑《わら》いを見たような気がした。そうだ——彼は本当に言葉を口にしており、そのかなりの部分が聞き取れた。

「かわいそうなマット——マットはいつも反対しておった——味方を集めようとして、説教師たちと長いこと話し合った——無駄じゃった——あいつらは会衆派の牧師を街から追い出し、メソジストの牧師は自分から出て行った——バプテスト派の牧師だった道心堅固のバブコックはいなくなって、それっきり姿を見ておらん——エホバの怒りじゃ——わしはまだ幼い子供だったが、この耳で聞いたし、この目で見たんじゃ——ダゴンとアシュトレト——ベリアルとベールゼブブ——金の子牛とカナン人やペリシテ人の偶像——バビロンの魔物——メネ、メネ、テケル、ウパルシン——」

老人はまた口をつぐみ、潤んだ青い眼の表情から、もうじき眠り込むのではないかと私は心配した。しかし、肩を優しく揺すってやると、びっくりするほど素早くこちらをふり返って、いきなりわけのわからない言葉をまくし立てた。

「わしの言うことを信じねえのか、おい？　ひっ、ひっ、ひっ――そんなら、言ってみろよ、お若いの。オーベッド船長と二十人ばかりの連中は一体何のために、夜の夜中、〝悪魔の岩礁〟まで漕《こ》ぎ出して、風向きによっちゃあ町中に聞こえる大声で歌を歌ったんじゃね？　さあ、言ってみろ、どうじゃい？　それに、どうしてオーベッドは、岩礁の向こうの深みにいつも重たい物を放り込んでいたんじゃ？　あすこは海の底が絶壁みてえにいきなり深くなっておって、深さは量り知れないほどある。あいつがワラキーにもらったおかしな形の、鉛でできた何とかいう物をどうしたか、わかるかい？　どうじゃ、坊主《ぼうず》？　それに、連中は五月祭の前の晩と、その次の万聖節の宵祭に、みんなして何をわめいてたんじゃ？　それに、どうして新しい教会の牧師は――前は船乗りだった奴らは――変な法衣を着て、オーベッドが持って来た黄金みてえなものをつけとるんじゃ？　ええ？」

潤んだ青い眼は今やほとんど兇暴《きょうぼう》な、狂ったような眼つきになり、汚れた白い顎髭は電気を帯びたように逆立っていた。ゼイドック爺さんは、たぶん私が尻込《しりご》むのを見たからだろう、意地悪く笑い出した。

「ひっ、ひっ、ひっ、ひっ！　やっとわかって来たかい？　おまえさんがあの頃のわしじゃったらよかったのにな。わしは家の屋根にある頂塔《キューポラ》の天辺から、夜になると海の方を見ておったんじゃ。ああ、言っとくが、小さい水差しは耳がでかいのさ。わしはオーベッド船長と岩礁に出て行く連中の噂なら、何ひとつ聞き逃しやしなかったわい。ひっ、ひっ、ひっ！　あの晩、わしは親父《おやじ》が船で使う望遠鏡を頂塔へ持って行って、あの岩礁を覗《のぞ》いたら、何かがウヨウヨしておったが、そいつらは月が昇ったとたん、海へとび込んだ。ありゃア一体、何じゃろうな？　オーベッドと仲間の連中はドリー船に乗ってたが、化物どもは岩礁の向こう側から深処《ふかみ》にとび込んで、それきり上がっちゃあ来なかった……おまえさん、ちっこいガキになって、頂塔で人間の格好じゃない連中を見てたら、どんな気分じゃろうな？　……おい？　……ひっ、ひっ、ひっ、ひっ……」

老人は次第にヒステリックになり、私も名状しがたい不安に駆られて、震えはじめた。老人は節くれだった手を私の肩に置いたが、その手が震えているのは必ずしも笑っているからではないようだった。

「もしもじゃよ、ある晩、岩礁の向こう側で、オーベッドのドリー船から何か重たい物が投げ込まれるのを見たとしたら、どうじゃね？　そいで翌《あく》る日、若い奴が一人、家からいなくなったと聞いたら？　なあ？　ハイラム・ギルマンはあれから影も形も見えなくなったじゃねえか？　どうじゃ？　それに、ニック・ピアースも、ルウェリン・ウェイトも、アドニラム・サウスウィックも、ヘンリー・ギャリソンも？　どうじゃ？　ひっ、ひっ、ひっ、ひっ……化物どもは手ぶりで話す……まともな手がある奴らはな……

そいでな、旦那、その頃になると、オーベッドはまた羽振りが良くなって来たのさ。みんなはあいつの三人の娘が、誰も見たことのねえ、黄金みてえなものを身につけてるのを見たし、精錬所の煙突からはまた煙が上がった。ほかの連中も景気が良くなった——魚の群れが、とってくれと言わんばかりに港へ入って来るし、ニューベリーポートや、アーカムや、ボストンにどれだけでっかい船荷を送り始めたか、神様だけが御存知じゃ。オーベッドがあの鉄道の支線を通したのは、その時なのさ。キングスポートの漁師たちが、魚がとれると聞いて、スループ船に乗って来たが、みんな行方知れずになっちまった。その後そいつらを見た者は誰もいないんじゃ。ちょうどその頃、町の連中は〝ダゴン秘密教団〟をつくって、そのために〝ゴルゴタ支部〟からフリーメイソン会館を買ったんじゃ……ひっ、ひっ、ひっ！　マット・エリオットはメイソンじゃったから売るのに反対したが、ちょうどその頃、姿を消しちまった。

いいかい、わしゃアベつに、オーベッドが何もかもカナカ族の島と同じことをやろうとしていたと言っちゃアおらん。あいつも初めのうちは、怪物どもと混血しようとか、生まれた子供を水に入らせて、永久に死なない魚にしようなぞとは考えちゃいなかったろう。ただあの黄金が欲しかったから、喜んで大きな犠牲も払ったんじゃやし、い、い、い、あっちの連中もしばらくはそれで満足しとったらしい。

四六年になると、町でもいろいろ調べたり、考えたりした。いなくなる人間が多すぎるし――日曜日の集会にはめちゃくちゃな説教が行われるし――あの岩礁についての噂が耳についたからじゃ。このわしもモウリー理事に頂塔から見たもののことを話して、一役買ったと思う。ある晩、役人たちが岩礁までオーベッドたちのあとを尾《つ》けて行って、ドリー船の間で銃声が聞こえた。次の日、オーベッドと三十二人の仲間が牢屋《ろうや》にぶち込まれたが、一体何が起こってるのか、一体どういう罪であいつらを告発できるのか、誰もが訝《いぶか》っておった。ああ、もし誰かに先のことがわかっておったらな……二、三週間して、海に何も投げ込まれなくなってから、そんなに長い時間が経つと……」

ゼイドックに恐怖と疲労の色が見えて来たので、私は彼がしばらく黙り込むのを放っておいたが、心配になって時計をチラチラ見ていた。潮が変わって今は上げ潮になり、波の音が老人を眠りから醒《さ》ましたようだった。私にはその潮が嬉しかった。高潮になれば、なまぐさい臭いがそれほどきつくないかもしれないからだ。私はまた老人のささやき声を聞き洩《も》らすまいと耳を澄ました。

「あの恐ろしい夜……わしは見た……頂塔に上がってたんじゃ……あいつらの群れが……もう、うじゃうじゃと……岩礁の上一面におって、それから港へ泳いで来て、マニュセット川に入った……神よ、あの夜インスマスの街で何が起こったか……あいつらはドアをガタガタいわせたが、親父は開けなかった……それからマスケット銃を持って、台所の窓から出て行った。モウリー理事を探して、どうしたらいいか考えようというんで……死人と死にかけた者の山……銃声と悲鳴がして……オールド・スクエアでも、タウン・スクエアでも、ニュー・チャーチ・グリーンでも叫び声がする……牢屋が開放されて……布告だ……叛逆《はんぎゃく》だ……よその連中が来て、町の人間の半分がいなくなってるのを見ると、疫病だといった……残った連中はみんな、オーベッドと怪物どもの仲間になるか、さもなけりゃじっと黙ってる……親父の噂はそれっきり聞いとらん……」

老人は息を切らし、汗をぐっしょり掻いていた。私の肩をつかんだ手に力がこもった。

「午前中には何もかも片づけられたが――事件の跡は残っておった……オーベッドが

町を牛耳ってな、これからは何もかも変わると言った……あいつらも集会の時、一緒に祈るし、家によっちゃあお客をもてなさなきゃならん……あいつらはカナカ族としたように、人間と交わりたいんで、オーベッドも、それを止めなきゃならんとは思わなかった。あいつは行きすぎちまったんだ、オーベッドは……このことになると、まるで気がちがったみてえじゃった。あいつらは魚と宝物をくれるんじゃから、連中の欲しいものをやるべきだと言うんじゃ……

うわべは何も変わらなかったが、わしらは自分の身が可愛《かわい》けりゃ、よその人間を避けなきゃあならなかった。みんな〝ダゴンの誓い〟を立てさせられて、あとから第二、第三の誓いを立てる者もあった。とくに役に立つ連中は特別な御褒美を――黄金や何かを――もらった。逆らっても無駄だった。海ン中にはあいつらが何百万もいたんじゃからな。やつらは、なるべくなら事を起こして人類を一掃したくないが、秘密がばれて、よんどころなくなったら、そのためにいろんなことができるんじゃ。わしらは南洋の連中みてえにあいつらを追っ払う古い魔除《まよ》けを持っとらんかったし、カナカ族どもも、秘密をけして教えてくれなかった。

生贄や野蛮人どもの好きな小間物をたっぷり差し出して、連中が望む時は町に迎える。そうすれば、連中はわしらにあまりちょっかいを出さなかった。外で話を言いふらしそうなよそ者にもかまわなかった──それは、向こうが穿鑿しなければの話じゃがな。全員が信仰心で団結して──〝ダゴン教団〟じゃ──子供たちはけして死なず、〝母なるヒドラ〟と〝父なるダゴン〟のもとへ帰るんじゃ。わしらはみんな、昔そこから来たんじゃからな──イア！　イア！　クトゥルー　フタグン！　フングルイ・ムグルウ・ナフ　クトゥルー　ル・リエー　ウガー＝ナグル　フタグン──」

ゼイドック爺さんは急にわけのわからぬことを言いはじめ、私は息を呑んだ。気の毒な老人だ──大酒に加えて、町の衰退や、孤立や、まわりに蔓延《はびこ》る病気を憎むあまりに、この豊かで想像力に満ちた頭脳は何とも哀れな幻覚の深みに陥っているのだ！　老人はうめき声をあげはじめ、涙が皺の刻まれた頰を伝って、ぼうぼうの顎髭に流れ込んだ。

「ああ、わしゃア十五歳になってから、何てものを見てきたことじゃろう──メ、メネ、テケル、ウパルシン！──行方知れずになる者もいる。自殺する者もいる──アーカムやイプスウィッチやなんかで事情を話した者は、みんな気狂いだと言われた。おまえさんが今わしをそう呼んでおるようにな──じゃが、ああ、わしの見て来たものは──わしは秘密を知っとるから、ほんとなら、とうの昔に殺されておるはずだが、ただ、オーベッドにいわれて第一と第二の〝ダゴンの誓い〟を立てたから、守られておったんじゃ。わしがこの町のことをわざとしゃべって、人に伝えたとあいつらの陪審が証明すれば、べつじゃがな……しかし、わしは第三の誓いを立てるつもりはねえ――そんなことをするくらいなら、死んだ方がましじゃ――

　南北戦争の頃になると、事態はますます悪くなった。四六年よりあとに生まれた子供たちが、大人になって来たからじゃ――つまり、そのうちの一部がということさ。わしは怖かった――あの恐ろしい夜からこの方、けして覗き見はしなかったし、ただの一人も――あいつらを――わしのまわりで見たことはねえ。つまり血が濃い奴を、ってことじゃ。わしは戦争に行った。それで、もし根性や分別があったら、けして帰って来たりはせんで、ここから離れたところに暮らしておったろう。じゃが、町の者が手紙をくれて、事情はそんなに悪くねえと言って来た。きっと、六三年からあとは政府の徴兵係の役人が町にいたからじゃろうと思う。戦争が終わると、またもとに逆戻りした。人が減りだして――工場や店は閉鎖される――船積みがなくなって、港はふさがる――鉄道は廃線になる――じゃが、あいつらは……あいつらは相変わらず、あの呪《のろ》われたサタンの岩礁から泳いで川に出たり入ったりした――屋根裏の窓があっちでもこっちでも板で囲われて、誰もいねえはずの家から物音がますます聞こえて来るようになった……

よその奴らはわしらのことをああだこうだ言う——おまえさんも、さっきからああいうことを訊くのを見ると、うんとこさ聞かされておるんじゃろう——あいつらが時々見たものの話とか、今でもどこからか入って来て、全然なくなることはねえ、あの妙な宝石の話とかをな——しかし、何もはっきりはせんのじゃ。誰も何も信じないんじゃ。あいつらに言わせると、あの黄金みてえなものは海賊の略奪品で、インスマスの連中は外国の血が混じってるか、病気にかかってるかどうとかだという。それに、ここに住んでる者はなるべくよそ者を追っ払って、ほかの者もあれこれ知りたがらんようにさせとるんじゃ——ことに夜はな。獣もあの生き物どもを見ると尻尾《しっぽ》を巻く——馬は騾馬《らば》よりも言うことをきかん——じゃが、自動車ができて、その点は良《よ》うなった。

四六年に、オーベッド船長は二度目の細君をもらったが、その女は町の誰も見たことがねえ——オーベッドはもらいたくなかったが、あいつが呼び込んだ奴らにそうさせられたんだって言う者もおる——その女と三人の子供をつくり——二人は若いうちにいなくなっちまったが、娘っ子一人は普通の人間らしい顔をしとって、ヨーロッパで教育を受けた。しまいにオーベッドは何も知らねえアーカムの男を騙《だま》して、嫁入りさせちまった。でも、今じゃ外の者は誰もインスマスの連中と関わろうとせん。今精錬所をやってるバーナバス・マーシュは、オーベッドの孫でな——最初の奥さんとの間にできた惣領《そうりょう》のオウネシフォラスの息子じゃ。しかし、このバーナバスの母親も、けっして外に姿を見せせんかった。

バーナバスはちょうど今変わって来たところじゃ。もう目が閉じられんし、すっかり不格好になっちまった。今でも服は着てるそうだが、もうじき水に入るじゃろう。ことによると、もう試してるかもしれん——連中は行ったきりになっちまう前に、短い間だけ、海へ潜ることがあるからな。もうかれこれ十年近く、人前に出て来ておらんよ。可哀想《かわいそう》な女房はどんな気持ちでいるんじゃろう——あの女はイプスウィッチの出で、五十年も前にあの女を口説《くど》いた時、バーナバスはリンチにかけられるところじゃった。オーベッドは七八年に死んで、次の世代ももうみんないなくなった——最初の女房の子供たちは死んで、ほかは……神のみぞ知る……」

上げ潮の音が今は大分耳につき、それにつれて次第次第に、老人の気分はメソメソした涙もろさから、警戒と恐怖に変わってゆくようだった。時折話をやめて、肩ごしにうしろをチラチラふり返ったり、沖の岩礁の方を見やったりした。その話はまったく馬鹿げていたにもかかわらず、私も老人と同じ漠然とした不安を感じずにはいられなかった。ゼイドックの声は次第に甲高くなり、大きい声を出して勇気を奮い起こそうとしているようだった。

「おい、おまえ、何とか言ったらどうじゃ？　こんな町に住んでみたいと思うかい？　何もかも腐って死にかけておって、板で囲った家の中で怪物どもが這《は》いずったり、鳴いたり、吠《ほ》えたり、真っ暗な地下室や屋根裏を跳ねまわったりしておる。どこへ行っても、そうなんじゃぞ。ええ？　教会や〝ダゴン教団会館〟から毎晩唸《うな》り声が聞こえて来て、唸ってる連中の中に何が交じってるか知ってるってのは、どうじゃい？　毎年五月祭の前の晩と万聖節の宵祭に、あの恐ろしい岩礁から声が聞こえて来るってのは、どうじゃい？　ええ？　この老いぼれは狂ってると思うかい？　ふん、旦那、言っとくがな、これよりまだ恐ろしいことがあるんじゃぞ！」

ゼイドックはもう金切り声を上げており、その声の狂乱ぶりは、私の心を自分では認めたくないほど掻き乱した。

「畜生、そんな眼でわしをじろじろ見るな――いいか、オーベッド・マーシュは地獄におるし、そこにいつまでもいなくちゃならん！　ひっ、ひっ……地獄じゃぞ、おい！　わしをつかまえることはできんぞ――わしゃアなんにもしておらんし、誰にも何も話しちゃおらん――

ああ、お若いの、おまえさんじゃったのか？　うむ、今まで誰にも何も言わんかったが、今から教えてやろう！　じっと坐って、話を聴けよ、坊主――こいつは今まで誰にも話したことがないんじゃ……あの晩からあと、覗き見しなかったと言ったな――しかし、それでもいろんなことがわかったんじゃ！

本当に恐ろしいのは何か、知りたいかい、ええ？　うむ、それはな――あの魚の悪魔どもが今までにやったことじゃあなくて、これからやろうとしてることなのさ！　あいつらは自分たちの棲処《すみか》から、いろんなものを町へ持って来る――もう何年も続けとって、近頃はあまりやらなくなって来た。川の北側の、ウォーター街と中央通りの間にある家々はそいつで一杯になっておる――あの悪魔どもと、やつらが持って来たものじゃ――それで準備がととのったら……いいかい、準備がととのったら……おまえさん、ショゴスって聞いたことがあるか？……おい、聞いとるか？　いいか、わしはあれが何だか、知ってるんじゃ――ある晩見たんじゃ、あの……イイ――アァァァァ――アー！　イ・ヤアアァァァァ……」

老人があまりに突然悲鳴を上げ、しかも、人間離れした恐ろしい声だったので、私は危うく気を失うところだった。彼の眼は私を通り越して、不快な臭いのする海を見ていたが、今にも顔からとび出しそうだった。一方、その顔はギリシア悲劇に使えそうな恐怖の仮面だった。骨張った手は恐ろしく私の肩に食い込み、私は一体何を見たのかと思って、うしろをふり向いたが、老人はその間も微動だにしなかった。

私にはべつに何も見えなかった。ただ上げ潮が寄せて来て、その中に、白波の長い線よりももっと局所的な小波《さざなみ》が少し立っているだけだった。だが、ゼイドックは私を揺さぶっていて、ふり返って見ると、恐怖に凍りついたその顔はゆるみ、目蓋《まぶた》をピクピクさせて歯茎を剝き出し、何かしゃべろうとしている混沌《こんとん》とした形相になった。やがて、声が戻って来た——といっても、顫《ふる》えるささやき声だったが。

「ここから出て行け　ここから出て行け！　あいつらに見られちまった——命が惜しけりゃ、逃げろ！　ぐずぐずするな——あいつらはもう知っとるんじゃ——とっとと逃げろ——早く——この町から出るんじゃ——」

また大波が来て、過ぎし日の波止場の緩んだ石組に叩《たた》きつけると、狂った老人のささやき声は、ふたたび人間離れした血も凍る悲鳴に変わった。

「イ・ヤアァァァ！……ヤーアアアアァ！……」

呆然《ぼうぜん》とした私が我に返るより先に、老人は私の肩をつかんでいた手をゆるめて、通りの方へどっと駆け出し、廃墟となった倉庫の壁をまわって、よろめきながら北の方へ歩いて行った。

私はまた海の方を見たが、そこには何もなかった。ウォーター街に出て通りの北の方を見渡した時、ゼイドック・アレンはもう影も形もなかった。

四

この傷《いた》ましい一幕のあと、私がどんな気分だったかはとても表現することができない――あれは狂っていると同時に哀れで、グロテスクで、怖気《おぞけ》を催させる一幕だった。食料雑貨店の若者の話を聞いてあらかじめ覚悟はできていたが、それでも現実は私を当惑させ、心を乱した。話は幼稚なものだったが、ゼイドック爺さんの異常な真剣さと恐怖は私につのりゆく不安を伝染させ、それが、この町とそのとらえがたい影の毒とに私が抱いていた嫌悪感と混じり合った。

もう少し時が経てば、あの話を篩《ふるい》にかけて、何か歴史的な寓意の芯《しん》を撰《え》り出せるかもしれない。しかし、今はそのことを忘れたかった。時間はもう危険なほど遅かった――私の時計は七時十五分を指していたが、アーカム行きのバスは八時にタウン・スクエアを出発するのだ――だから、私はできるだけあたりさわりのない、実際的なことを考えようと努めながら、穴の開いた屋根と傾いた家の並ぶ人気《ひとけ》のない通りをホテルに向かって足早に歩いていた。ホテルには鞄が預けてあるし、バスはその近くにいるだろう。

遅い午後の黄金《きん》色の光は、古い屋根や老朽した煙突に神秘的な美しさと安らかさを与えていたが、私は時々、肩ごしにうしろをチラチラ見ずにいられなかった。この悪臭のする、恐怖の影におおわれたインスマスを抜け出したらさぞかし嬉しいだろうと思い、気味の悪いサージェントという男が運転するバス以外に、何か乗物があれば良いのにと思った。だが、さほどあたふたと道を急いでいたわけではない。静まり返った町の隅々に、建築の細かい部分で一見の価値のあるものがあったからだ。それに、ホテルまでは三十分もあれば行けると計算していた。

食料雑貨店の若者がくれた地図を見ながら、前に通っていない道筋を探した結果、ステート街の代わりにマーシュ街を通ってタウン・スクエアへ行くことにした。フォール街の角に近づくと、そちらこちらにかたまって、あたりを憚るようにささやき合う人々が目について来たが、しまいに広場へ着くと、ぶらついている人間のほとんど全員がギルマン・ハウスの玄関のまわりに集まっていた。ロビーで旅行鞄を受け取る間、出っぱって潤んだたくさんの眼が瞬きもせず、変な風にこちらを見ているようだったので、この不愉快な奴らがバスに乗り合わせなければ良いと思った。

バスは予定より少し早く、三人の客を乗せて、八時少し前にガタガタと入って来た。

すると、歩道にいた人相の悪い男が、何かはっきり聞きとれない言葉を二言三言運転手にささやいた。サージェントは郵便袋と新聞の束を投げ出して、ホテルに入った。その間に、乗客は——朝方ニューベリーポートへ乗って来た、あの男たちだった——よたよたと歩道へ下りて、屯《たむろ》していた男の一人と低い喉声《のどごえ》で言葉を交わした。その言葉が英語でないことはたしかだった。私は空っぽのバスに乗り、前と同じ席に坐ったが、腰かけたと思うまもなくサージェントがまた現われて、妙に嫌悪を感じさせるしわがれ声で、もぐもぐとしゃべり始めた。

私は非常に運が悪かったようだ。バスはニューベリーポートから快調に走って来たのだが、エンジンが故障して、この先アーカムまで行かれないというのだ。いや、今晩はとても修理できないし、アーカムであれどこであれ、インスマスの外へ行く交通手段はほかにない。申しわけないが、今晩はギルマン・ハウスに泊まるしかないだろう。たぶん宿賃は安くしてくれるだろうが、ほかにどうしようもない、とサージェントは言うのだった。突然の妨げに私はほとんど茫然としてしまい、この朽ちかけた、ろくに明かりもない町に夜が来るのはひどく恐ろしかったが、仕方なくバスを下りると、ホテルのロビーへ戻った。むっつりした、妙な顔つきの夜勤事務員が、最上階の下の階の四二八号室——広いが、水道の設備がない——なら一ドルで泊まれると言った。

ニューベリーポートでこのホテルの悪い噂は聞いていたが、私は宿泊者名簿に名前を書き、一ドルを払い、事務員に鞄を運ばせて、この不機嫌な、たった一人の案内係について行った。ギイギイ軋る階段を三つ上がり、生けるものの気配もない埃《ほこり》っぽい廊下を通った。私の部屋は建物の裏側の陰気な部屋で、窓が二つあり、飾り気のない安物の家具が置いてあった。窓の下には、低い打ち棄《す》てられた煉瓦塀に囲まれたみすぼらしい庭があり、その向こうには、老朽した家々の屋根が西へはるかに広がっていて、さらにその彼方に郊外の湿地があった。廊下の突きあたりは浴室だが——これががっかりするほど旧式のもので、古めかしい大理石の水盤と錫《すず》の浴槽と薄暗い電燈があり、鉛管設備のまわりはすべて黴《かび》の生えた木の羽目板で囲ってあった。

まだ空は明るかったので広場へ下り、夕食をとれるところを探したが、あたりをうろつく不愉快な連中が、変な目でこちらをチラチラ見ているのに気づいた。食料雑貨店は閉まっていたので、前には避けたレストランの客にならねばならなかった。店には猫背で頭の幅が狭く、大きく開いて瞬かない眼をした男と、鼻が平べったくて、信じられないほど厚い不器用な手をした娘が働いていた。サービスはすべてカウンター式で、たいていの食品は罐詰や包装されたものを出しているようだったから、安心した。野菜スープ一杯とクラッカーで十分腹がくちくなり、やがてギルマン・ハウスの物寂しい部屋に引き返した。例の人相の悪い事務員から、机のそばのグラグラする台に置いてある夕刊と、蠅《はえ》の糞《ふん》で汚れた雑誌をもらった。夕闇《ゆうやみ》が深まって来たので、鉄枠のついた安っぽいベッドの上にたった一つだけついている弱い電球をともし、読みはじめた新聞を頑張って読みつづけようとした。何か健全なことに心を向けていた方が賢明だと思ったからだ。この古い、害毒の影に覆われた町にいる間は、そこの異常な物事について深く考え込むのは良くあるまい。酔いどれの老人にああいう狂った法螺話を聞かされたあとでは、あまり夢見が良くなさそうだったから、彼の狂気じみた潤んだ眼を、できる限り想像の中から追い出さなければいけないと思った。

それに、工場の視察官がギルマン・ハウスとその夜の住人の声についてニューベリーポートの駅員に言ったことも考えてはならないし――教会の真っ暗な戸口で冠をかぶっていた顔のことも――何が恐ろしいのか、意識の上では説明することのできないあの顔のことも、考えてはならないのだ。部屋があんなに凄《すさ》まじく黴臭くなかったならば、心を乱す事柄から考えをそらすことも、たぶん、もっと容易だったろう。だが実際には、死ぬほどの黴臭さが町全体のなまぐささといやらしく混じり合って、執拗に私の心を死と衰亡に集中させるのだった。

もう一つ気になったのは、部屋のドアに掛金《かけがね》がないことだった。掛金が以前あったことは、痕《あと》が残っているので明らかだったが、最近取り外した形跡があった。もちろん、故障したにちがいない——この老朽した建物の多くのものと同じように。気が昂《たか》ぶってあたりを見まわすと、洋服簞笥《だんす》に掛金がかかっていたが、それは例の痕から判断すると、ドアにかかっていたものと同じ大きさのようだった。緊張を少しでもほぐすために、私はこの掛金を空いている場所へ移す作業に取りかかった。それには、いつも鍵輪《かぎわ》につけている、螺子回《ねじまわ》しつきの簡便な三点セットの助けを借りた。掛金はぴったりと嵌《は》まり、寝る時にはそれをしっかり掛けられると思うと、いくらか安心した。そうしたものが必要になると本気で案じたわけではないが、こういう状況では、安全を象徴するものなら何でも歓迎だった。両隣の部屋へ通じるドアには然るべき掛金がついていたので、そちらも掛けておいた。

服は脱がずに物を読み、眠くなったら、上着と襟と靴だけ脱いで寝ることにした。旅行鞄から懐中電燈を取り出し、ズボンに入れた。暗闇で目が醒めたら、時計を見られるようにとの用心だった。しかし、睡気《ねむけ》はさして来なかった。読むのをやめて、自分の考えていることを分析してみた時、じつは無意識のうちに耳を澄まして、何かを聞こうとしているのに気づいて、不安になった――何か、恐ろしいが、名づけられないものが聞こえはしないかと耳を澄ましていたのだ。例の視察官の話は、私の想像力に思いのほか深く影響していたにちがいない。私はまた読もうとしたが、少しも先へ進まないことに気づいた。

しばらくすると、階段や廊下の軋む音が――人が歩いているかのように――時々聞こえて来るようだった。ほかの部屋に客が入り始めたのだろうか。しかし、人声はせず、軋む音に何か微妙な、あたりを憚るようなところがあるのを感じた。私はそれが気に入らず、眠ろうとすべきかどうかを良く考えた。この町には妙な人間が住んでいるし、何度か失踪《しっそう》事件があったことに疑いはない。ここは、旅人が金目当てに殺される宿なのだろうか？　しかし、私はどう見ても、あまり金持ちには見えない。それとも、この町の連中は、穿鑿好きな訪問者に本当にそれほど腹を立てているのだろうか？　私がいかにも観光客といった様子で、何度も地図を見たことなどが、好ましからぬ者として注意を惹いたのだろうか？　少しばかり床の軋む音が聞こえたからといって、こんなことを考えるとは、よほど神経が昂ぶっているにちがいないとも思ったが――それでも武器を持っていないことを後悔した。

しまいに、眠くはないが疲れを感じた私は、新たに取りつけた廊下側のドアの掛金をかけると、明かりを消し、硬いでこぼこのベッドに身を投げた——上着も、襟も、靴も何もかも身につけたままだった。暗闇の中では夜のあらゆるかすかな物音が拡大されるように思われ、二倍も不愉快な考えが洪水のごとく押し寄せて来た。明かりを消さなければ良かったと思ったが、くたびれていたので、起きてまた点けるのが億劫《おっくう》だった。そうして長い物寂しい時が経ったのち、階段と廊下がまた軋んで、そのあと、私の不安を悪意をもって現実にするような、ひそやかな、忌まわしくも聞き間違えようのない音が聞こえて来た。私の部屋の廊下に面したドアの錠を——注意深く、こっそりと、ためらいながら——誰かが鍵で開けようとしていることに、疑いの余地はいささかもなかった。

この現実の危険のしるしを認めた時、私の気持ちは、それまで漠然と恐れを抱いていたために、かえって混乱が抑えられたのだった。私はずっと、はっきりした理由はなかったが、本能的に警戒していた——そのことが、新しい現実の危機に際して——それがどんなものであろうと——有利に働いた。とはいっても、脅威が曖昧な虫の知らせから目の前の現実に変わったことは深いショックで、実際に殴りつけるような力で私に襲いかかった。錠を開けようとしているのがただの間違いだとは、一度たりと思わなかった。考えられるのは悪意ある企《たくら》みだけであって、私は死んだように息をひそめ、入ろうとしている者の次の動きを待った。

しばらくすると、用心深く鍵をいじる音はやんで、北側の部屋に誰かが親鍵で入るらしい物音がした。それから、私の部屋に通じる連絡ドアの錠を誰かがそっと開けようとした。もちろん、掛金はかけてあったから、床の軋む音がして、怪しい者は部屋を出て行った。それからしばらくすると、ふたたび鍵をそっといじる音がして、南側の部屋に誰かが入ったことがわかった。誰かがまた掛金のかかっている連絡ドアをこっそり開けようとし、ふたたび床を軋ませて出て行った。今度は床の軋む音は廊下を伝い、階段を下りて行ったので、うろつきまわる怪しい者は私の部屋のドアに掛金がかかっていることを悟り、いったん諦めたのだとわかった。とはいえ、遅かれ早かれまた何かして来るだろう。

私が即座に行動の計画を立てた素早さは、もう何時間も前から、潜在意識のうちで何らかの脅威を恐れ、可能な逃走経路を考えていたことを証明している。ドアの鍵をいじりまわす見えない相手は、立ち向かって対処できない危険な者で、ただもう一目散に逃げるしかない、と私は最初から感じていた。なすべきことはただ一つ、できるだけ早くホテルから生きて出ること――それも、正面の階段やロビーとはべつの経路から逃げることだった。

私はゆっくりと立ち上がり、懐中電燈の光でスイッチを照らして、ベッドの上の電球を点けようとした。鞄を持たずに素早く逃げるため、持ち物を選んでポケットに入れようと思ったのである。ところが明かりは点かず、電気が元から切られていることがわかった。明らかに、何か不気味な、良からぬたくらみが大がかりに進められているのだ——それが何かはわからなかったが。今は役に立たないスイッチに手を触れたまま、立って考えていると、階下の床が軋む音がかすかに聞こえ、話し声がかろうじて聞き取れるように思った。だが、少し経つと、その低い音が声なのかどうか自信がなくなって来た。そのしわがれた吠えるような声、音節のけじめがない蛙が鳴くような声は、人間の言葉として知られるものとはあまりにも懸け離れていたからである。その時、私は例の工場の視察官が、この朽ちゆく悪疫の巣のような建物で夜に聞いたという音のことを考え、あらためてぞっとした。

懐中電燈の助けを借りてポケットに物を詰めると、帽子を被り、抜き足さし足で窓辺に寄って、下へおりる機会をうかがった。州の安全規則に反して、ホテルのこちら側には非常階段も何もなく、私の部屋の窓から玉石を敷いた中庭へは、建物三階分の高さを飛び下りるしかないことが見てとれた。しかし、右側と左側では、古めかしい煉瓦造りの事務室らしい建物がホテルに隣接していて、その傾斜した屋根は、私のいる四階からも何とかとび移れそうな距離まで上に伸びていた。この建物のどちらかの側へ移るには、私の部屋よりも二つ先の——北側か、南側の——部屋へ行かなければならないだろう。私の精神《こころ》は、そこへ移動するチャンスがどれほどあるかをただちに計算しはじめた。

廊下へ出ることは危険だからできない、と思った。足音をきっと聞きつけられるだろうし、廊下から行きたい部屋へ入ることは到底できないだろう。べつの部屋へ移るとしたら、さほど頑丈でない連絡ドアを通って行くしかあるまい。そのドアが開かなかったら、肩を破城槌《はじょうづち》に使って、錠も掛金も力ずくで押し破るしかない。ここは建物も備品も大分ガタガタに傷んでいるから、やってやれないことはなさそうだが、音は必ず立ってしまうだろう。ただただスピードの勝負で、敵方《てきがた》が結束し、親鍵で然るべきドアを開けてこちらへ向かって来る前に、窓に辿り着けるかどうかにかかっている。私は自分の部屋の廊下に面したドアに用箪笥を押しつけて、補強した——なるべく音を立てないように少しずつ動かして。

私は逃げられる見込みが非常に薄いことを悟り、あらゆる災難に対する覚悟を固めた。べつの家の屋根に移ったとしても、問題は解決するまい。今度は、地面に下りて町から逃げ出すという仕事が残っているだろうから。一つだけ私に有利だったのは、隣り合う建物が無人で荒廃していることと、それぞれの家並に黒々と口を開いている天窓の数の多さだった。

食料雑貨店の少年の地図から判断すると、町から出る最善の道筋は南へ向かって行く道だったので、私はまず部屋の南側の連絡ドアをチラリと見た。そのドアはこちら側に開くようにできていたから——掛金を外してみると、向こう側にも留め金具がちゃんとついているのがわかったので——押し破るのに適していないことがわかった。そこで、この経路は諦め、寝台をドアの前に注意深く動かし、あとで隣の部屋から襲って来た時、邪魔になるようにしておいた。北側のドアは向こう側に開くようになっており——もっとも、試したところ、向こう側から鍵か掛金がかかっていたが——道はこちらしかないと悟った。ペイン街の建物の屋根に移って首尾良く地上へ下りることができれば、中庭と隣の、あるいは向かいの建物を突っ切って、ワシントン街かべイツ街へ出られるかもしれない——あるいはペイン街へ出て角を南へ曲がり、ワシントン街へ行けるかもしれない。ともかく、何とかしてワシントン街へ辿り着き、タウン・スクエアのあるこの地区から早く抜け出すことを目ざそう。ペイン街はなるべく避けたかった。あそこの消防署は夜通し起きているかもしれないからだ。

私はこうしたことを考えながら、眼下に穢《きた》ない海のごとく広がる、朽ちゆく家々の屋根をながめていた――満月を過ぎてまもない月の光が、そうした屋根屋根を照らしていた。右手には、川の流れる峡谷が風景に真っ黒な切れ目を入れており、放棄された工場と鉄道の駅が、その左右に藤壺《ふじつぼ》のごとくへばりついていた。その向こうには、錆びた鉄道線路とロウリー街道とが平らな湿地帯を通って遠くへ伸び、その湿地帯のところどころに、まわりよりも高くて乾いた、灌木の茂る地面が小島のように点在していた。左手を見ると、街並はもっと近くで終わり、その先には小川が縫うように流れていて、イプスウィッチへ通じる細い道が月光に白く光っていた。ホテルのこちら側からは、私が行くことにしたアーカムへ向かう南の道は見えなかった。

北側のドアをいつ破れば良いだろうか、どうすれば一番静かに破ることができるだろうか――そんなことを考えながらぐずぐずためらっていると、足元から聞こえていたぼんやりした物音が熄《や》んで、階段の軋むもっと重い音が新たに聞こえて来たのに気づいた。ドアの上の明かり取りに揺らめく光が見え、廊下の床板が重い物を負わされて呻《うめ》きはじめた。あるいは声かもしれない押し殺した物音が近づいて来て、ついに廊下側のドアを力強く叩く音がした。

一瞬、私は息を呑んで身構えた。永遠の時が経ったかに思われ、あたりに満ちていた吐気を催すなまぐさい臭いが、突然、劇的に強くなったようだった。それから、ノックが繰り返された——たえまなく続いて、次第に強くなって来た。私は行動の時が来たことを知り、すぐさま北側の連絡ドアの掛金を外して、それを押し破る大仕事のために身を引きしめた。ノックの音はますます大きくなり、私が扉を破る音がそれに掻き消されてしまえば良いと思った。ついに私は試みを実行し、左の肩で薄い羽目板に何度も何度も突きあたり、衝撃も痛みも気にしなかった。ドアは思ったより丈夫だったが、私はへこたれなかった。その間に、廊下側のドアの前で騒ぐ声がやかましくなって来た。

連絡ドアはとうとう開いたが、けたたましい音がしたので、外にいる連中に聞こえたにちがいない。たちまち、外からのノックの音はドアを壊さんばかりに激しくなり、両隣の部屋の廊下側のドアを開けようとする鍵の音が不気味に聞こえてきた。私は開いたばかりの連絡ドアからどっと中にとび込んで、錠が開かないうちに、北側の部屋の廊下側のドアに掛金をかけることができた。だが、そうしている間にも、三番目の部屋——私はそこの窓から下の屋根へとび下りようと思っていたのだ——の廊下側のドアに、誰かが親鍵を差し込んでいる音が聞こえた。

一瞬、私は完全な絶望を感じた。窓から外へ逃げられないこの部屋に、まんまと追い込まれてしまったと思ったからだ。異常なまでの恐怖の波が襲いかかった。さいぜんこの部屋から私の部屋のドアを開けようとした侵入者は、埃の上に足跡を残していたが、懐中電燈の光でチラと見えたその足跡が、何か恐ろしい、しかし不可解な特異さを持っているような気がした。それから、私は希望を失いながらも茫然たる無意識の動作で次の連絡ドアに近づき、やみくもにそれを押した。そこを通って——運良く隣の部屋も、この部屋のように留め金具が完全だったならば——錠が外から開けられないうちに、廊下側のドアに掛金をかけてしまおうとしたのだ。

まったくの幸運が私を救った——目の前の連絡ドアには鍵がかかっていなかっただけでなく、半開きだったのである。次の瞬間、私は向こうの部屋に入って、内側に開こうとしている廊下側のドアに右膝《みぎひざ》と肩を押しあてた。私が押すと、開けようとした者は不意をつかれたらしい。ドアはそのまま閉まったので、べつのドアでもやったように、状態の良い掛金をかけることができた。ほっとする暇もなく、ほかの二つのドアを押し破ろうとする音が弱まって、代わりに寝台をあてがっておいた連絡ドアから、入り乱れたガタガタという音が聞こえて来た。明らかに、敵方の大部分は南側の部屋へ入って、いっせいに側面攻撃をかけて来たのだ。だが、それと同時に北側の隣の部屋のドアで親鍵の音がして、さらに近いところから危険が迫って来たのを知った。

北側の連絡ドアは大きく開いていたが、すでに開きかかった廊下側のドアの鍵をどうこうしようと考えている時間はなかった。私にできるのは、開いた連絡ドアを閉めて掛金をかけ、反対側の連絡ドアも同じようにして――一方には寝台を、一方には用箪笥を押しつけ、廊下側のドアの前に洗面台を動かすことだけだった。窓から出てペイン街の建物の屋根に移るまで、こんな間に合わせの防壁を頼みにするしかないことがわかった。しかし、この切迫した時でさえも、一番恐ろしかったのは、身を守る手立てが貧弱なことではなかった。私が震えていたのは、追って来る連中がいやらしく喘《あえ》いだり、鼻を鳴らしたり、妙な間《ま》を置いて低い吠え声を立てたりはしたけれども、一人としてはっきりした、意味のわかる声を発しなかったからなのである。

家具を動かして窓へ駆け寄った時、北側の部屋に向かって廊下を小走りに走って行く恐ろしい音が聞こえ、南の方でドアを破ろうとする音が熄《や》んだ。明らかに、敵の大部分は、開ければ私がそこにいるとわかっている脆《もろ》い連絡ドアに力を集中しようとしているのだ。外では月光が下の建物の棟木の上に戯《たわむ》れていて、私が降り立たねばならない屋根の斜面は急だったから、飛びおりるのは向こう見ずで危険な業《わざ》であることがわかった。

あたりの状況を見定めた結果、私は二つある窓のうち南の方の窓を逃げ道に選んだ。屋根の内側の傾斜面に下りて、間近の天窓へ向かって行こう。老朽した煉瓦の建物の中に入ったら、今度は追われることを考えなければなるまい。しかし、下におりたら、影になった中庭に沿ってぽっかり口を開いている戸口を素早く出たり入ったりしながら、しまいにワシントン街へ出て、南へ向かって街を脱け出せると思った。

北側の連絡ドアをガタガタやる音はもう凄まじくなり、弱い羽目板が割れそうになっているのがわかった。包囲者たちは何か重い物を持って来て、破城槌として使いはじめたらしい。それでも寝台はまだ持ちこたえていたので、逃げ了《おお》せるチャンスはまだわずかにあった。窓を開けた時に気づいたが、その窓は両側に、真鍮《しんちゅう》の輪で横竿《よこざお》から吊《つ》るした厚いベロアのカーテンがかかっており、外に大きな鎧戸受けが突き出していた。危険な跳躍を避ける方法があるかもしれないと思って、私はその掛物をぐいと引っ張り、横竿も何もかも一緒に引きずり落とした。それから、すぐさま輪のうち二つを鎧戸受けに引っかけると、カーテンを外へ投げ出した。襞《ひだ》の寄った厚い布は十分隣の屋根へとどき、輪と鎧戸受けは私の体重を支えられそうだった。そこで、窓から外に出て、急ごしらえの縄梯子《なわばしご》を伝いおり、ギルマン・ハウスの病的な、恐怖のはびこる建物を永久に後にしたのだった。

急な屋根のゆるんだ瓦《かわら》の上に無事降り立つと、滑り落ちることもなく、真っ黒い口を開いた天窓に辿り着いた。私が出て来た窓をチラと見上げると、窓はまだ暗かったが、遠く北の、崩れゆく家々の煙突の向こうに不吉な明かりが輝いていた。明かりは〝ダゴン教団会館〟とバプテスト教会、そして思い出してもゾッとする会衆派教会にともっているのだ。下の中庭には誰もいないようだったから、警戒が町全体に広がる前に脱け出すチャンスがあるだろうと思った。懐中電燈で天窓の中を照らしてみたが、下りてゆく梯子段はなかった。しかし、下までの距離はわずかだったので、天窓の縁《ふち》を乗り越えて、飛び下りた。下は埃の積もった床で、壊れかけた箱や樽《たる》が転がっていた。

その場所は物凄まじいありさまだったが、私はもうそんな印象も気にならなくなっており、懐中電燈が照らし出した階段へすぐに向かった――その前に時計をチラと見ると、午前二時を指していた。階段は軋ったけれども、まずまず安全なようで、納屋《なや》のような二階を駆け抜け、一階へ下りた。あたりはまったく荒れ果てていて、私の足音にこたえるのは反響《こだま》だけだった。ついに下の玄関広間へ辿り着いた。一方の端にかすかに明るい長方形が見えたのは、荒廃したペイン街に面している戸口だった。反対の方へ進むと、裏口の扉も開いていたので、急いでとび出し、石段を五段下り、中庭の草に覆われた玉石の上へ出た。

月光はそこまでとどかなかったが、懐中電燈を使わないでも、何とか道はわかった。

ギルマン・ハウス側の窓がいくつかかすかに明るんでいて、中からがやがやと音が聞こえて来るような気がした。ワシントン街の方へそっと歩いて行くと、開いた戸口がいくつかあったので、一番近くの戸口を逃げ道に選んだ。中の玄関広間は真っ暗で、向こう端に着くと、通りへ出るドアは閉まっており、くさびで留めてあって動かなかった。私はべつの建物を試すことにし、手探りで中庭の方へ引き返したが、戸口のすぐそばへ来た時、ハッと立ちどまった。

というのは、ギルマン・ハウスのドアが一つ開いていて、そこから大勢の怪しげな姿をした連中があふれ出し――暗闇で角燈《ランタン》を上下に打ち振り、蛙の鳴くような恐ろしい声が、明らかに英語ではない言葉で、低い唸りを交わしていたからである。その連中はおぼつかなく動きまわり、私の行った先を知らないようなのでホッとしたが、それにもかかわらず、かれらを見ていると全身を恐怖の戦慄《おののき》が走った。かれらの顔つきははっきり見えなかったが、前かがみになってよろめく歩き方は何とも言えずいやらしかった。しかも、最悪なのは、そのうちの一人が奇妙な長衣をまとい、すでにあまりにも見慣れた意匠の、高い冠を間違いなくかぶっていることだった。この連中が中庭に広がるにつれて、私の恐怖はつのった。もしもこの建物から通りへ出る出口を見つけられなかったら？　なまぐささはたまらないほどで、気を失わずに我慢できるだろうかと思った。私はふたたび手探りで通りの方へ向かい、玄関広間のドアを開けると、その向こうは空っぽの部屋で、窓には鎧戸がぴったりと閉ざされているが、窓枠はついていなかった。懐中電燈の明かりに照らしていじってみると、鎧戸が開くことがわかったので、すぐさまそこから外へ出、鎧戸を注意深く元通りに閉ざした。

私はワシントン街にいたが、今のところ人影はなく、月明かり以外に明かりもなかった。しかし、遠くあちこちの方向から、しわがれた声や、足音や、足音とはどうも思われないペタペタという奇妙な音が聞こえて来た。ぐずぐずしている暇はなさそうだった。方角はよくわかっていたし、街燈が全部消えているのも有難かった。さびれた田舎ではしばしば、月の明るい晩は街燈を消す習慣があるのである。南から聞こえて来る音もあったが、その方向に逃げる計画は変えなかった。そちらには、仮に追手とおぼしい人間や集団に出会ったとしても、無人の家の戸口がたくさんあって、身を隠せることを知っていたからである。

私は素早く、足音を忍ばせて、荒廃した家々のそばを歩いた。骨の折れる登り降りをしたために帽子はなくなり、髪の毛も乱れていたが、それほど人目に立つ姿ではなかったから、たまさか道行く者に出遭ったとしても、気づかれずにやり過ごせる見込みが十分にあった。ベイツ街ではよろよろと歩く二つの人影が前を通り過ぎる間、ぽっかりと口を開いた家の玄関に入っていたが、すぐにまた自分の道を進んで、広々とした場所に近づいた。そこは南の交差点で、エリオット街がワシントン街と斜めに交わるところだった。私はこの場所へまだ来たことがなかったが、食料雑貨店の若者の地図で見ると、危険そうだった。そこでは月の光に姿を照らされそうだったからだ。しかし、避けることはできなかった。べつの経路を行ったとしても、遠回りした上に姿を見られる危険があり、時間がかかるばかりだろうから。なすべきことはただ一つ、ここを大胆に堂々と横切ることだ──インスマスの連中独特のよろめく歩き方を精一杯真似して、誰も──少なくとも追手が──いないことに望みをかけて。

追手がどのくらい組織されているか──それに、そもそも何のために追うのか──私には見当もつかなかった。町は常になく活動をはじめたようだったが、私がギルマン・ハウスから逃げたという報《しら》せは、まだ広く伝わっていないと判断した。もちろん、もうじきワシントン街から南へ向かうべつの通りへ移動しなければならないだろう。ホテルから来た連中がきっと追いかけて来るからだ。私は最後にいた建物の埃の上に足跡を残して来たにちがいなく、どうやって通りへ出たかはそれでわかってしまうだろう。

ひらけた場所は、思った通り、月の光が皎々《こうこう》と照らしていて、中央に公園のような鉄柵《てっさく》に囲われた芝生が残っていた。幸い、あたりには誰もいなかったが、タウン・スクエアの方角では、唸るような、吠えるような奇妙な声がだんだん大きくなってくるようだった。サウス街は非常に広く、少し下り坂になってまっすぐ海べりへつづき、遠くの沖まで見渡せたので、遠くから誰もこちらを見上げていなければ良いと思いながら、明るい月影の中を渡った。

行手を阻《はば》むものはなく、人に見られていることをほのめかすような音は聞こえて来なかった。私は周囲を見まわしているうち知らず識《し》らずに足取りをゆるめ、通りの先に、燃えるような月光を浴びてけざやかに輝いている海を一瞬見入った。防波堤のはるか向こうに〝悪魔の岩礁〟のほの暗い条《すじ》があり、それをチラリと見た時、私は過去三十四時間の間に聞いた忌まわしい伝説のすべてを思わずにいられなかった——その伝説によれば、このゴツゴツした岩は、底知れぬ恐怖と想像もできない異形の世界への門にほかならないのだった。

その時、何の前ぶれもなく、遠い岩礁に点滅する光が見えた。それははっきりしていて見間違えようもなく、私の心に理不尽なほどの闇雲な恐怖を目醒めさせた。筋肉がこわばり、恐慌《きょうこう》にかられて今にも逃げ出したくなったが、ある種無意識の警戒心と半ば催眠術的な誘惑がそれを抑えていた。その上もっと悪いことに、今度は私の背後、北東の方《かた》にそびえているギルマン・ハウスの高い頂塔から一連の閃光《せんこう》が放たれたのだ。異なった間隔を置いて同じような光がきらめき、応答する合図以外の何物でもあり得なかった。

私は筋肉を制御し、自分の姿が丸見えになっていることに改めて気づくと、また早足で、しかし、よろめくふりをして歩き出した。それでも、サウス街の先に海が見えている間は、あの地獄めいた不吉な岩礁から目を放さなかった。合図が何を意味するのかは想像もできなかった。何か〝悪魔の岩礁〟に関係のある奇妙な儀式のためか、それとも、あの不気味な岩に船から上陸した一行があるのか――考えられるのはそんなことだけだった。私は荒れた芝生のところを左へ曲がったが、幽鬼のような夏の月光に輝く大洋《おおうみ》の方をなおも見つめ、名状しがたい不可解な篝火《かがりび》の謎めいた閃《ひらめ》きを見張っていた。

何よりも恐ろしい印象が私の心に刻み込まれたのは、その時だった――その印象は自制心の最後の欠片《かけら》を打ち砕き、私はあの打ち棄てられた悪夢のような通りに並んでいる、ぽっかり口を開いた真っ黒な戸口と、魚のようにじっと見つめる窓の前を、南へ向かって半狂乱で走り出した。というのも、注意して見ると、岩礁と岸の間の月光を浴びた海に何かがいたからである。そこには、町へ向かって泳いで来る怪しいものがうようと群をなし、水面《みなも》を沸き返らせていたのだった。しかも、遠く離れていたし、ほんの一瞬見ただけだったが、上げたり下げたりする頭と水を掻く腕は、何とも形容しがたく、またこれこれと説明しがたいほどに異様だった。

私は半狂乱になって走ったが、一街区も行かないうちに立ち止まった。左の方から、隊を組んだ追手の叫び声のようなものが聞こえて来たからだ。足音と喉から出る太い声が聞こえ、一台の自動車がフェデラル街を南へ向かって、ゼイゼイと息を切らすように走って行った。たちまち、私の計画は一変した――この先、南へ行く幹線道路が封鎖されているなら、インスマスからの逃げ道をべつに探さねばならないのは明らかである。私は立ちどまり、とある家の開いている戸口に潜り込むと、追手が並行する通りをやって来ないうちに、月光に照らされた空地を後にしたのは、じつに幸運だったと思った。

次に考えたのは、あまり愉快なことではなかった。追手がべつの通りを来たということは、私を直接追いかけているのではないのだ。私の姿はまだ見ていないが、逃げ道を断つ全体的な計画に従っているにすぎない。しかし、そうなると、インスマスから出て行く道にはどこにもこういう連中が見回りをしていることになる。住民たちは、私がどの経路を取るつもりか知らないはずだからである。そうだとすると、どの道からも離れた郊外の土地を突っ切って逃げなければいけないが、町の周辺はどこもかしこも湿地帯で、小川が縦横に流れていることを考えると、そんなことがどうしてできるだろう？　しばらくの間、私は頭がクラクラした——まったく希望を失った上、いたるところに立ちこめるなまぐさい臭いが急速に強まって来たためだった。

その時、廃線になったロウリー行きの鉄道のことを思い出した。その線路は砂利を敷いた地面になり、雑草が茂っているが、渓谷の端にある崩れかけた駅から、北西へ向かって切れ目なくつづいている。町の連中はそのことを考えていない可能性があった。荒れ果てて茨《いばら》に覆われ、容易に通れない道だから、逃亡者がそこを選ぶことはありそうもなかったからだ。私はホテルの窓からこの線路をはっきりと見ていたので、どういう様子かを知っていた。駅からしばらく先まではおおむねロウリー街道からも、町の高いところからも丸見えなのが難だったが、茂みの中を這って行けば目立たないかもしれない。とにかく、助かる道はこれだけだろうから、やってみるしかなかった。

私は無人の隠れ場所の玄関広間へ入り、懐中電燈の光で、食料雑貨店の少年がくれた地図をもう一度調べた。当面の問題はあの古い鉄道線路までどうやって行くかで、一番安全な行き方は、このまま前方に進んでバブソン街に出、それから西のラファイエット街へ向かう——そこには、今し方横切った空地と同様の空地があるから、そこを横切るのではなく、周辺をぐるりとまわって行く——そのあと、ラファイエット街、ベイツ街、アダムズ街、バンク街をジグザグに通り抜けて、北へ、また西へ戻り——バンク街は例の渓谷に沿っている——窓から見た荒れ果てた廃駅へ行くのだ。前進してバブソン街へ出る理由は、先程の空地をまた横切りたくはなかったし、西へ向かって行くのに、のっけからサウス街のような広い交差道路を通りたくなかったからだ。

あらためて出発した私は通りを右手の側へ渡り、できるだけ目立たぬように、じりじりとバブソン街へまわり込んだ。フェデラル街ではまだ物音がしており、うしろをチラとふり返ると、私が通り抜けて来た建物のそばに、光がきらりと射《さ》したような気がした。私はワシントン街から出たくてたまらず、誰にも見られぬよう幸運を祈りながら、静かに、小走りに走り出した。バブソン街の角の手前で、一軒の家に人がまだ住んでいるのに気づいて、ハッとした。窓にカーテンがかかっているのでそれがわかったのだが、家の中に明かりはついておらず、何事もなく通り過ぎた。

バブソン街はフェデラル街と交差しており、私の姿を追手にさらす恐れがあったので、屋根のたわんだ不揃《ふぞろ》いな建物にできるだけぴったりと身を寄せていた。背後から聞こえる物音が一時大きくなったため、戸口で二度立ちどまった。前方の空地は月下に広々と物寂しく輝いていたが、私の選んだ径路では、そこを横切らなくても良かった。二度目に立ちどまった時、ぼんやりした物音が、ちがう方向から新たに聞こえて来たことに気づいた。物蔭から用心して覗くと、一台の自動車が空地を突っ切り、エリオット街を通って町の外へ向かって行くのが見えた。このエリオット街はそこでバブソン街、ラファイエット街と交差しているのである。

見ているうちに――束の間弱《つかま》まっていたなまぐさい臭いがまた急に強くなって、息が詰まりそうだったが――不格好な、前屈みになったものの一隊が、車と同じ方向へ大股《おおまた》によろよろと進んで行った。イプスウィッチ街道を見張る連中にちがいない――エリオット街の先はその幹線道路につづいているからである。チラリと見えた姿のうちの二つはゆったりした衣装をまとっていて、一つは尖った冠を被り、それが月光に白くきらめいていた。こいつの歩き方はあまりにも奇妙なので、私は寒気をおぼえた――まるでぴょんぴょんと跳びはねているように見えたからだ。

一隊のしんがりが見えなくなると、私はまた歩き出した。角を走って曲がり、ラファイエット街に入ると、大急ぎでエリオット街を横切った。あの連中の落伍者《らくごしゃ》たちがその大通りをまだ歩いているといけないからである。遠くタウン・スクエアの方から、蛙の鳴くような声やガタガタという音が聞こえて来たけれども、無事にそこを通り抜けた。私が一番恐れていたのは、広く、月明かりに照らされたサウス街――そこからは海が見える——をもう一度横切ることで、この試煉《しれん》を切り抜けるために勇気を奮い起こさねばならなかった。誰かが見ているかもしれないし、エリオット街に落伍者がいれば、四つ角のどちらかから私をチラと見るにちがいない。私は最後の最後になって決断した——歩調をゆるめて、前のように、インスマスの普通の地元民よろしくよろよろと通りを渡った方が良い。

ふたたび海の眺めが——今度は右手に——ひらけて来た時、私は海を見るまいと半分そう思っていた。しかし、我慢できず、前方の安全な暗蔭に向かって注意深く、よろめく真似をしながら歩いて行く時、横目にチラと見やった。船がいるかと半分予想していたが、船は見えなかった。そのかわり、最初に目に留まったのは一艘《そう》の小さい漕《こ》ぎ舟で、打ち棄てられた波止場へ向かっており、何か防水シートに覆われたかさばるものを積んでいた。漕いでいる連中は、遠くてぼんやりとしか見えなかったが、とくにいやらしい顔つきをしていた。泳いでいる者も、まだ何人かいた。一方、遠くの黒い岩礁には、前に見た点滅する篝火とはちがう、かすかな、じっと動かない光が見え、正確にこれとは言えない奇妙な色をしていた。前方と右手につらなる傾斜した屋根の上に、ギルマン・ハウスの高い頂塔がぬっと突き出していたが、明かりはまったくついていなかった。なまぐさい臭いはいっとき慈悲深い微風《そよかぜ》に吹き払われていたけれども、今また気が狂いそうになるほど強く迫って来た。

通りを渡りきらないうちに、北からワシントン街を進んで来る一隊のざわめきが聞こえた。私が最初月光に照らされた海を見て不安にかられた、あの広い空地へ連中がさしかかった時、その姿がほんの一区画先にはっきりと見え――獣のように異常なかれらの顔と、かがんで歩く犬のような人間以下の歩き方にぞっとした。一人の男は長い両腕をしばしば地面につけて、まるで猿のように動いていた。またべつの――長い衣を着て冠をかぶった――者は、ほとんど跳びはねるようにして進んでいるようだった。この一行はギルマン・ハウスの中庭で見た連中であり――従って、私を一番間近に追っている一行だと判断した。何人かが私の方をふり返ったので、私は恐ろしさに足がすくんだが、それまでのさりげない、よろめく足取りを何とか保っていた。かれらが私を見たかどうかは、今日に至るまでわからない。もし見たとすれば、私の計略にだまされたにちがいない。連中は進路を変えることなく、月影に照らされた空地を横切り――その間、どこの言葉ともわからぬ、いやらしい喉声の方言で、蛙のようにゲロゲロ、ペチャペチャとしゃべっていた。

ふたたび蔭の中に入った私は前のように小走りに走って、ぽかんと暗闇を見つめている、傾き、朽ちた家々を通り過ぎた。西側の歩道に渡ると、一番近くの角を曲がってベイツ街に入り、南側の建物にぴったりついて進んだ。人が住んでいるらしい二軒の家の前を通り過ぎ、そのうちの一軒は、階上の部屋にかすかな明かりがともっていたが、何も障碍《しょうがい》には出遭わなかった。アダムズ街に曲がった時はこれで大分安全になったという気がしたが、目の前の暗い戸口から男が突然よろめいて出て来たのに度胆《どぎも》を抜かれた。しかし、男はぐでんぐでんに酔っており、脅威にはならなかったので、私はバンク街の倉庫の陰気な廃墟に無事辿り着いた。

渓谷のわきの死んだような通りに動く人影はなく、滝の轟きが私の足音を掻き消した。荒廃した駅まで長い道のりを小走りに走ったが、まわりにある大きい煉瓦造りの倉庫の壁は、なぜか私宅の家表《やおもて》よりも恐ろしげに見えた。ついに、古めかしい拱廊《きょうろう》のついた駅が——あるいは、その残骸が——見え、私はその向こう端から始まっている線路を目指してまっすぐに進んだ。

線路は錆びていたが、おおむね壊れておらず、枕木《まくらぎ》も半分ほどしか朽ち果てていなかった。その上を歩いたり走ったりするのは難儀だったが、私は最善を尽くし、まずまず速やかに進んだ。線路はしばらく先まで峡谷の縁《へり》に沿っていたが、しまいに目の眩むような高さで谷間を渡る、あの長い屋根つきの橋に辿り着いた。この橋の状態次第で次にするべきことが決まる。もしそれほどひどくなければ、この橋を渡ろう。そうでなかったら、また危険を冒して街の中をさまよい歩き、一番近くの壊れていない幹線道路の橋を渡らなければなるまい。

長大な、納屋に似た古い橋は月光を浴びて妖しく輝き、枕木は、少なくとも二、三フィート先までは安全なことがわかった。私は中へ入ると懐中電燈を使いはじめたが、おびただしい蝙蝠《こうもり》の群が私をかすめてどっと飛び過ぎたので、あやうく倒れそうになった。橋の半ばあたりに枕木の欠けている危険な個所があって、もう先へは行かれないかといっときそう思ったが、結局、死に物狂いの跳躍を試みて、幸い上手《うま》く行った。

気味の悪いそのトンネルを抜けて、ふたたび月の光が見えた時は嬉しかった。古い線路はリヴァー街と平面交差し、すぐに方向を変えてべつの地域へ入ると、行けば行くほどあたりは鄙《ひな》びた様子になり、インスマスのおぞましくもなまぐさい臭いは薄れていった。ここには雑草や茨が密に茂っていて歩みを妨げ、無残に服を裂いたが、それでも危険が迫った場合に身を隠せるので、有難かった。私の進路の大部分はロウリー街道から見えるにちがいないことを知っていたからである。

湿地帯がそのあとすぐに始まり、よそよりもいくらか雑草の少ない、低い緑の土手の上をただ一条《ひとすじ》の鉄道線路が走っていた。やがて、小高い島のようなところにさしかかると、線路は藪《やぶ》や茨で一杯にふさがれた浅い切り通しを抜けるのだった。この部分は隠れ場所になってくれるので、じつに嬉しかった。ホテルの窓から見たところでは、ロウリー街道がこの地点で不安になるほど線路に近づくからである。街道は切り通しの終わったところで線路と交差し、安全な距離へ遠ざかって行くのだが、それまでは用心の上にも用心しなければならない。ありがたいことに、この頃には、鉄道線路自体は巡視されていないことを確信していた。

切り通しに入る直前、背後をチラとふり返ったが、追手の姿はなかった。朽ちゆくインスマスの古い尖塔と屋根が、魔法のような黄色い月光の中に美しく霊妙に輝いていて、昔、この町に影がさす前はどんな風だったのだろうと思った。そうして町から内陸に目を転ずると、あまり穏やかではないものが注意を惹き、私は一瞬、身じろぎもせずに立ちどまった。

私が見た——見たと思った——のは、遠い南の方にあって、何か波打つ動きを思わせる不気味なものだった。非常に大勢の群衆が町から溢《あふ》れ出して、平坦《へいたん》なイプスウィッチ街道を進んでいるにちがいないと私は結論した。遠く離れていて、細かいところは何も見分けがつかなかったが、その動く行列の様子はまったく気に入らなかった。あまりにもうねうねと波打っているし、もう西に傾いた月の光の中で、あまりにもキラキラと輝いていた。それに、風は反対方向に吹いていたが、音らしいものも聞こえて来た——獣が引っ掻いたり唸ったりしているような音で、しばらく前に聞こえた追手のざわめきよりも、なおひどかった。

ありとあらゆる不愉快な憶測が心をよぎった。私は海岸地域の古い崩れゆく密集家屋に隠されているという、極端なインスマス型の住民のことを思った。また、海を泳いでいるのを見た名状しがたい者たちのことを思った。遠い彼方に見える連中と、おそらくほかの道をかためている連中を勘定に入れると、追手の人数は、インスマスのように人口が減った町にしては、不思議なほど多いにちがいない。

私が今見ているような密集した隊列の人員は、一体全体どこから来たのだろう？　あの年古《としふ》りた底知れない密集家屋には、分類もできず、その存在を疑われたこともない歪《ゆが》んだ生き物がウヨウヨしているのだろうか？　それとも何か見えない船が、あの地獄めいた岩礁に未知の外来者の大群を上陸させたのだろうか？　あいつらは何者なのだ？　なぜ、あそこにいるのだ？　それに、もし連中があんな隊列を組んでイプスウィッチ街道を捜しまわっているとすると、ほかの道の巡視隊も同じように増員されているのだろうか。

私は藪だらけの切り通しに入り、悪戦苦闘しながら非常にゆっくりと進んでいたが、その時、あの忌々しいなまぐさい臭いがまた強烈になった。風向きが突然東に変わり、海から町を越えて吹きつけて来たのだろうか？　そうにちがいないと私は思った。なぜなら、今までは静かだったその方向から、今はぞっとするような喉声のつぶやきが聞こえて来たからだ。それにもう一つ、べつの音がした——何か途方もなく巨《おお》きいペタペタ、パタパタという物音で、それはなぜかじつに嫌悪すべき映像を喚び起こした。筋の通らない話だが、それは遠い彼方のイプスウィッチ街道にいる、不愉快に波打つ隊列を思わせた。

やがて、悪臭も音も激しくなって来たため、私は歩みを止めて震えながら、切通しに護《まも》られていることに感謝した。ロウリー街道が昔の鉄道線路を横切って西の方へ外《そ》れて行く前に、線路のすぐそばまで近づくのはこの辺だと思い出した。何かがその街道をやって来る。それが通り過ぎ、遠くに消え去るまで、低く身を伏せていなければいけない。有難いことに、連中は犬を追跡に使わなかった——もっとも、この地域のいたるところに立ちこめる悪臭のさなかでは、それは不可能だったろう。砂の多い溝の茂みにうずくまっていれば、まずまず安全だと私は感じていた——追跡者たちは前方の、ほんの百ヤードと離れていないところで線路を横切ることがわかっていても、だった。私にはかれらが見えるが、悪意に満ちた奇蹟《きせき》でも起こらぬ限り、向こうから私は見えないだろう。

　すると急に、通り過ぎる連中の姿を見るのが怖くなって来た。私はかれらが大挙して横切るであろう、すぐそこの月光に照らされた場所を見て、その場所が取り返しのつかないほど汚染されてしまう、と妙なことを考えた。連中はきっと、インスマスのあらゆる型《タイプ》のうちで最悪の——思い出したくもないような代物《しろもの》だろう。

　悪臭はたまらないほどになり、音は高まって、ゲロゲロ、ウーウー、ワンワンという獣じみた大騒ぎになったが、人間の言葉を思わせるものは一つも聞こえなかった。これは本当に、私を追う連中の声なのだろうか？　やはり犬を連れて来たのではなかろうか？　今までインスマスで下等動物を見たことはなかった。ペタペタ、パタパタという音は奇怪だった——こんな音を立てる退化した生物を見る気には、とてもなれない。音が西の方へ過ぎ去るまで、ずっと目をつぶっていよう。群衆はもうすぐそばに来ていた——空気はかれらのしわがれた唸り声に汚れ、地面は異様なリズムを持つ足踏みで揺らぐばかりだった。私は息が止まりそうになり、ありったけの意志力を注ぎ込んで目蓋を閉じていた。

　そのあとに起こったことが醜悪な現実なのか、それとも悪夢の幻覚にすぎなかったのか、今でもどちらとは言いたくない。私が半狂乱になって訴えたあとで政府の取った措置は、あれが奇怪な事実だったことを裏づけると言って良かろう。しかし、あの古い、取り憑かれた、影深い町の催眠術的な魔力の下で、同じ幻覚が繰り返されたことはあり得ないだろうか？　ああいう場所には奇妙な性質があり、悪臭に呪われた死せる通りや、腐りゆく屋根と崩れかけた尖塔が雑然とひしめくところでは、狂った言い伝えが複数の人間の想像力に働きかけたとしても、不思議はあるまい。インスマスを覆うあの影の深みに、人に伝染する狂気の胚芽がひそんでいることはあり得ないだろうか？　ゼイドック・アレン爺さんがしたような話を聞いたあとで、誰が現実を信じられよう？　政府の役人はとうとう気の毒なゼイドックを見つけられなかったし、彼がどうなったかについて、何の憶測も立てていない。一体どこまでが狂気で、どこから現実が始まるのだ？　私が現在抱えている恐れさえも、単なる妄想だということがあり得るのだろうか？

だが、あの夜、人を嘲《あざけ》る黄色い月の下で見たと思ったもののことをお話ししなければならない――私があの荒涼たる鉄道線路の切り通しで野茨の中にうずくまっていた時、目の前のロウリー街道に押し寄せて、ぴょんぴょんと跳びはねて行ったもののことを。もちろん、目をつぶっていようという決意はくじけた。くじけるに決まっていた。どこから現われたか知れない、ゲロゲロ鳴き、ウーウー唸る怪物どもの大群が、百ヤードと離れていないところをドタバタとやかましく通り過ぎて行く――その間、目を閉じてうずくまっていることなど誰にできよう？

私は最悪のものへの覚悟ができているつもりだったし、実際、それまでに見たものを考えれば、覚悟ができていても良いはずだった。ほかの追跡者たちも呪わしく異常だった――だから、私には異常な要素がまさったものに向き合う用意が――正常なところがまったくない姿形を見る用意ができているはずだったのではあるまいか？　耳障りな大声が明らかに真正面から聞こえて来るまで、私は目を開けなかった。その時、私は知った。切通しの両側が平らになって道が線路と交わるところに、連中の行列の長い一部分がはっきりと見えるにちがいない、と――いやらしい目つきで見下ろす黄色い月がどんな恐ろしいものを見せるのか、そいつを一目見ないではいられなくなった。

地上で私にあとどれほどの人生が残っているにせよ、心の安静と、自然と人間精神の完全さへの信頼は、その時を最後に跡形もなく消え失《う》せた。私が想像し得たいかなるものも――いや、それどころか、ゼイドック爺さんのイカレた話をそっくり真《ま》に受けたとして、その上で推測し得たいかなるものも――私が見た――あるいは、見たと信ずる――悪魔的な、冒瀆的な現実とは較べものにならないだろう。私はこれまで、見たとあからさまに記す恐ろしさを先延ばしするため、それがどんなものだったかを暗に仄めかそうとして来た。この惑星が現実にあんなものを生んだなどということが、あり得るのだろうか？　これまで熱病の生んだ空想と貧弱な伝説の中でしか知らなかったものを、人間の眼が客観的な生身の存在として本当に見ることが、あり得るのだろうか？

だが、私はかれらが果てしなく流れ込んで来るのを見たのだ——ドタバタ、ぴょんぴょんと飛び跳ねたり、ゲロゲロ、メエメエ鳴いたりしながら——荒唐無稽な悪夢のグロテスクで悪意に満ちたサラバンドを踊りながら、妖しい月光の中を、人間離れした様子で押し寄せるのを。ある者はあの名状しがたい、白っぽい金色の金属でできた高い冠をかぶり……ある者は奇妙な長衣をまとい……先頭に立っている一人は、背中が醜悪に盛り上がった黒い上着と縞《しま》のズボンをまとって、頭に相当する不格好なものの上に男物のフェルト帽を被っていた……

連中の色はおおむね灰緑色だったと思うが、腹は白かった。身体の大部分は光ってつるつるしていたが、背筋には鱗《うろこ》があった。形はどことなく人間に似ていたが、頭は魚の頭で、並外れて大きい出っ張った眼はけして閉じなかった。頸の両脇に脈打つように動く鰓《えら》があり、長い前足には水掻きがついていた。時には二本脚で、時には四つん這いになって、不規則にとび跳ねた。私はなぜか、かれらに手脚が四本しかなくて良かったと思った。明らかに意味のある会話に使われているとおぼしい、ゲロゲロと鳴き、ウーウーと唸るような声は、まじまじと目を見開いた顔に欠けている、表現のあらゆる陰翳《いんえい》をそなえていた。

しかし、かれらの姿は奇怪であっても、全然見憶えのないものではなかった。私はその正体をあまりにも良く知っていた――ニューベリーポートで見た邪悪な冠の記憶はまだ鮮やかだったではないか？　連中は名状しがたい意匠を以《もっ》て描かれた冒瀆的な魚蛙《さかなかえる》――その恐ろしい実物――であり、連中を見ているうちに、あの暗い教会の基部にいた、猫背で冠をかぶった司祭が私に何を連想させたのかもわかった。連中の数はどれほどか見当もつかなかった。無限の大群がいるように思われ――たしかに、私が束の間チラと見たのは、ごくわずかな一部分にすぎないはずだった。次の瞬間、慈悲深い失神の発作によって、一切が目の前から消えた。失神したのは、それが生まれて初めてだった。

五

藪だらけの鉄道線路の切通しで昏睡《こんすい》していた私を目醒めさせたのは、穏やかな昼の雨で、私はよろめきながら前方の道路に出たが、新しいぬかるみには足跡一つ見えなかった。なまぐさい臭いも消えていた。南東の方角には、インスマスの荒廃した屋根や倒れそうな尖塔が灰色に浮かび上がっていたが、あたりに広がる荒涼たる塩水の湿地には、人っ子一人見えなかった。私の時計はまだ動いていて、時刻が正午過ぎであることを告げた。

これまでのことが現実かどうかは非常に不確かに思われたが、背景に何かおぞましいものがあることを感じた。邪悪な影に覆われたインスマスから逃げなければいけない――そこで、私は痙攣《けいれん》し、疲れきった自分の運動能力を試しはじめた。衰弱と、空腹と、恐怖と、困惑にもかかわらず、やがて歩けるようになったので、ぬかるんだ道をロウリーへ向かってゆっくりと進んだ。日が暮れる前に村へ着き、食事をとり、人前に出られる服を手に入れた。アーカム行きの夜汽車に乗り、翌日、そこで政府の役人と長い真剣な話をした。同じことを、あとでボストンでも繰り返した。こうした話し合いの主な結果については、すでに世間が承知しているし――私は正気を保つために、これ以上何も語るべきことがなければ良いと思う。今私を襲っているのは、おそらく狂気なのだろう――だが、ことによると、いっそうの恐怖――あるいは、いっそうの驚異《おどろき》――が差し迫っているのかも知れない。

お祭しの通り、私は旅の残りの予定を——風景や建築を見て古物を調べるといった、非常に楽しみにしていたことを大方《おおかた》取りやめてしまった。ミスカトニック大学附属博物館にあるという不思議な宝飾品も、見に行かなかった。しかし、アーカムに滞在中、この機会を利用して、かねがね欲しいと思っていた系図学的な記録を取り集めた。非常に雑で、急いで書き留めた資料にはちがいないが、あとでそれを照合し、編纂《へんさん》する時間ができれば、大いに役立つはずのものだった。当地の歴史協会の学芸員——E・ラファム・ピーボディー氏——は鄭重《ていちょう》に協力してくれ、私がアーカムのイライザ・オーンの孫だというと、非常に興味を示した。イライザ・オーンは一八六七年に生まれ、十七歳の時、オハイオのジェームズ・ウィリアムソンと結婚したのである。

何年も前、私の母方の伯父の一人が、同じようなことを調べにそこへ行ったことがあるらしく、私の祖母の家族のことが地元で話題になったらしい。ピーボディ氏が言うには、南北戦争の直後、彼女の父親ベンジャミン・オーンの結婚について、あれこれとかまびすしい議論があったそうだ。花嫁の家系が何とも不可解だったからである。その花嫁はニューハンプシャーのマーシュ家の孤児で——エセックス郡のマーシュ家の従姉妹《いとこ》にあたるということだったが——フランスで教育を受け、一族のことはほとんど知らなかった。後見人がボストンの銀行に預金をしておいて、この娘とフランス人の女家庭教師を養ったが、その後見人の名前はアーカムの人々には聞き慣れないもので、彼はやがて姿を消し、法廷の指名によって、女家庭教師がその役割を引き受けた。このフランス婦人は――もう亡《な》くなって久しいが――非常に寡黙《かもく》で、その気になれば、話すことがいろいろあったはずだと言う者もいた。

しかし、一番厄介な問題は、戸籍上、この若い娘の両親とされている二人――イーノック・マーシュとリディア・マーシュ（旧姓メサーヴ）――の名前が、ニューハンプシャーで知られた家族の中に見あたらないことだった。ことによると、彼女はマーシュ家で名のある誰かの私生児かもしれない、と多くの者がほのめかした――たしかに、彼女はまぎれもないマーシュ家の人間の眼をしていたのである。こうした憶測がめぐらされたのは、おおむね彼女が私の祖母――たった一人の子供――のお産で早逝《そうせい》したあとのことだった。私はマーシュという名前に不愉快な印象を持ってしまったので、自分の家系にそういう人間がいるという報せを歓迎しなかったし、この私自身、まぎれもないマーシュ家の眼をしているとピーボディー氏に言われても嬉しくなかった。しかし、いずれ役に立つであろう知識を得られたことに感謝し、記録が良く残っているオーン家に関してたくさんの覚え書きを取り、参考文献の一覧をつくった。

私はボストンからまっすぐトレドの家に帰り、その後、マウミーで一月過ごして、あの苦しい経験の後遺症から立ち直った。九月にオーバリン大学へ戻って最終学年をそこで過ごし、それから翌年の六月までは研究や他の健全な活動に忙しく——過ぎ去った恐怖を思い出すのは、私の請願と証言から始まった作戦に関連して、時折、政府の役人が訪ねて来る時だけだった。七月の半ば頃——インスマスでの体験から、ちょうど一年後——私はクリーヴランドにある亡き母の実家で一週間過ごした。その間、新しく手に入れた系図学上の知識を、さまざまな覚え書きや、伝承や、その家に多少残っている先祖伝来の資料と引き較べ、どのような家系相関図がつくれるかを考えていた。

この仕事は、必ずしも楽しくなかった。ウィリアムソン家の雰囲気はいつも私をふさぎ込ませたからだ。そこには何か病的なところがあり、子供の頃、母は私が自分の里方へ行くことをけして勧めなかった。それなのに、彼女の父がトレドへ来ると、いつも歓迎したのである。アーカム生まれの祖母は変わっていて、私には怖いくらいだったから、祖母が行方不明になった時も悲しまなかったと思う。その時私は八歳で、祖母は長男である伯父ダグラスが自殺したあと、悲嘆にくれて、どこかへ行ってしまったと言われていた。伯父はニューイングランドへ旅行したあと、拳銃《けんじゅう》自殺をした——疑いなく私と同じ旅行で、それゆえに、アーカム歴史教会では彼のことを憶えていたのである。

この伯父は祖母に似ており、私は彼もけして好きになれなかった。二人とも、瞬きもせずに人をじっと見つめる癖があったが、それが何やら説明のつかない不安を私に与えたのだ。母とウォルター叔父は、そうなふうではなかった。この二人は父親似だったが——可哀想な幼い従兄弟《いとこ》のローレンス——ウォルター叔父の息子——は祖母にほとんど瓜二《うりふた》つで、その後具合が悪くなり、キャントンの療養所に終身隔離された。私はそれまで四年間ローレンスに会っていなかったが、ある時叔父がほのめかしたところによると、従兄弟は精神状態も身体の状態も非常に悪いようだった。彼の母親が二年前に亡くなったのは、おそらく、その気苦労が主な原因だったのだろう。

現在クリーヴランドの家に住んでいるのは祖父とやもめになった叔父のウォルターだけだが、昔の記憶がこの家に厚くおおいかぶさっていた。私はやはりこの場所が嫌いで、なるべく早く調査を済ませようとした。ウィリアムソン家の記録や言い伝えは祖父が豊富に提供してくれたが、オーン家側の資料は、叔父ウォルターに頼らねばならなかった。叔父は覚え書きや手紙や切り抜き、先祖伝来の家宝、写真、小画像などが入っている整理箱の中身をすべて自由に使わせてくれた。

私が自分の先祖について一種の恐怖を抱き始めたのは、オーン家側の手紙や写真に目を通している時だった。前にも言ったように、祖母とダグラス伯父はいつも私を不安にさせた。二人がこの世を去って何年も経った今、写真に映ったかれらの顔を見ると、嫌悪感と違和感を前よりも強く感じるのだった。初めのうちは、そんな気持ちの変化が理解できなかったが、次第に恐ろしい一種の比較を無意識の心がするようになって、私の意識はそれを認めるまいと頑《かたく》なに拒んだが、無駄だった。明らかに、この二つの顔に特有の表情が、何か以前は暗示しなかったことを暗示していた――あまりあからさまに考えると、まったくの恐慌に陥るような何かを。

しかし、最悪のショックを受けたのは、叔父が下町の貸金庫に入れてあるオーン家の宝飾品を見せてくれた時のことだ。いくつかの品物は繊細で感嘆すべきつくりだったが、その中に一つ、奇妙な古い物を入れた箱があった。謎めいた例の曾祖母《そうそぼ》から伝わるもので、叔父はそれを取り出すのを渋っている風に見えた。叔父が言うには、それらはじつにグロテスクで、ほとんど嫌悪を催すような意匠であり、彼の知る限り、誰も人前で身につけたことはなかった。もっとも、祖母は時々ながめて楽しんでいたという。この宝飾品には縁起の悪い曖昧な言い伝えがまつわりついていて、ヨーロッパでは身につけてもかまわないが、ニューイングランドではいけないと曾祖母のフランス人の女家庭教師は言ったそうである。

叔父はゆっくりと、渋々ながら包みを解《ほど》いて、これは意匠が変わっているし醜悪なところもあるが、驚いてはいけない、と私に言った。この品物を見た美術家や考古学者たちは、絶妙な細工で異国趣味にあふれていると言ったが、材質をはっきり特定したり、どういう美術的伝統に属するかを言いあてたりすることは誰にもできないようだった。箱の中には腕輪が二つ、冠が一つ、それに一種の胸飾りが入っている。胸飾りには、耐えがたいほど突飛な像がいくつか高浮き彫りにしてある。

こうした説明を聞いている間、私は心をしっかりと抑えていたが、顔には次第につのる恐れが露《あら》われていたにちがいない。叔父は心配そうに、包みを解くのをふとやめて、私の顔色をうかがった。私はつづけてくれと身振りでうながし、叔父はまた気の進まぬ様子を見せて、包みを解きつづけた。最初の品物――冠――が現われた時、私が何らかの感情を露わすだろうと思っていたらしいが、実際に起きたことを予想していたかどうかは疑わしい。私も予想していなかった。宝飾品がどんなものであるかについて、すっかり心の備えができていると思っていたからだ。しかし、私は一年前、茨にふさがれた線路の切通しでそうなったと同じように、黙ったまま失神してしまったのである。

その日以来、私の生活は憂悶《ゆうもん》と不安の悪夢であり、どこまでがおぞましい事実でどこまでが狂気なのか、けじめがつかない。私の曾祖母は、親は誰かわからぬけれども、マーシュ家の女であり、夫はアーカムに住んでいた――それにゼイドック爺さんも言っていたではないか、オーベッド・マーシュが怪物の女に生ませた娘はアーカムの男を騙して結婚した、と？　私の眼がオーベッド船長の眼に似ていると大酒飲みの老人が言っていたのは、あれはどうだ？　アーカムでも、学芸員は私がまぎれもなくマーシュ家の人間の眼をしていると言った。オーベッド・マーシュは私の曾曾祖父《そうそうそふ》だったのか？　すると、私の曾曾祖母は誰――いや、何物――だったのだろう？　しかし、きっと、こんなことはみな狂気の妄想なのだろう。あの白味がかった金色の飾りは、曾祖母の父親――それが誰であったにしても――がインスマスの船乗りから買ったということも大いにあり得る。それに、祖母と自殺した伯父のまじまじと見開いた目の表情は、私の空想にすぎないかもしれない――ただの空想が、私の想像力を真っ黒に染めたインスマスの影によって強められたのだ。しかし、伯父はなぜ、先祖のことを調べにニューイングランドへ行ったあと自殺したのだろう？

私は二年以上、こうした考えを振り払おうと苦闘して、幾分の成功を収めた。父が保険会社の職を見つけてくれ、私は日々の決まりきった仕事にできる限り没頭した。ところが、一九三〇年から三一年にかけての冬に、あの夢がはじまった。夢は最初のうちほんの時たまで、気にもならなかったが、数週間経つと、もっと頻繁《ひんぱん》に生々しく見るようになった。目の前に大きな水に満ちた空間がひらけ、私はグロテスクな魚たちを連れとして、沈んだ巨大な列柱の間や、海草の生えた巨石造りの壁の迷路をさまよっているようだった。そのうちにほかの怪物たちが現われはじめ、目醒めた時、私の心は何とも言えぬ恐怖で一杯になった。だが、夢を見ている間、かれらは少しも恐ろしくなかった――私はかれらの仲間であり、人間のものとは異なる装飾品を身につけ、かれらの水の道を歩み、かれらの邪悪な海底の神殿で奇怪な祈りを捧げたのだ。

　思い出せないことがたくさんあるが、毎朝思い出したことだけでも、それを書き留めたら、狂人か天才のレッテルを貼《は》られるだろう。ある恐ろしい影響力が私を次第に健全な生活の正気の世界からおびき出し、暗黒と異常の名状しがたい深淵の中へ引きずり込もうとしているのを感じた。この過程はひどく身にこたえた。私は健康も容貌《ようぼう》も見るみる衰え、ついには職を辞して、病人の静かな隠棲《いんせい》生活を送らねばならなくなった。奇妙な神経障碍にかかって治らず、時々、ほとんど目が閉じられなくなった。

　その頃から、私はつのりゆく不安にかられて、鏡をつらつらと見るようになった。病気で次第にやつれるさまは見ていて快いものではないが、私の場合、背景に何かもっと微妙で不可解なものがあった。父もそれに気がついたようだった。訝しげに、怯えたように私を見るようになったのである。私に何が起こっているのだろう？　もしや私も、祖母やダグラス伯父に似て来たのだろうか？

ある夜、私は恐ろしい夢を見、夢の中で海底にいる祖母と出会った。祖母は燐光《りんこう》を発する宮殿に住んでいて、そこにはたくさんの段庭があり、庭には奇妙な鱗をかぶった珊瑚《さんご》が生え、グロテスクな交互対枝の花々が咲いている。祖母は私を温かく歓迎したが、その温かさには皮肉がこめられていたかもしれない。彼女は変わっていた――水に入った者が変わるように――そして、自分は死ななかったのだと語った。その代わり、死んだ息子が知っていた場所へ行き、ある世界へ跳び込んだ――息子もそこへ行く運命だったのだが――彼は煙の出るピストルでその世界の驚異を撥《は》ねつけたのだ。ここは私の来るべき世界でもある――私はそれを逃れられない。私はけして死なず、人間が地上を歩き始める前から生きている者たちと生きつづけるだろう。

私は祖母の祖母だった者にも会った。プトゥ・トヤ＝ル・イーは八万年もイ・ハ＝ントレイに暮らしており、オーベッド・マーシュの死後、そこへ戻ったのだった。イ・ハ＝ントレイは、地上の人間どもが海に死神を撃ち込んでも、破壊されなかった。傷んだが、破壊されてはいない。〝深きものら〟はけして滅ぼすことができないのだ――たとえ、忘れられた〝古きものら〟のいにしえの魔術が時としてかれらを抑えることができるとしても。かれらはさしあたり休んでいるだろう。だが、いつの日か、忘れさえしなければ、大いなるクトゥルーが求めた貢物《みつぎもの》を手に入れるためにふたたび立ち上がるだろう。この次はインスマスよりも大きな都会を狙《ねら》うはずだ。かれらは世界中に広がる計画を立てて、それに役立つものを育てて来たが、今はもう一度待たねばならない。私は地上の人間の死神をもたらした罪で償いをしなければならないが、それは大したことではあるまい。この夢の中で私は初めてショゴスを見、そのために狂ったような悲鳴を上げて、目醒めた。その朝、鏡は私がインスマス面になったことをはっきりと私に告げた。

　今のところ、私はダグラス伯父がしたようにピストル自殺はしていない。自動拳銃を買って、もう少しでやりそうになったが、ある種の夢が思いとどまらせた。極度に張りつめた恐怖心は薄らいでおり、未知の海底を恐れるかわりに、妙にそこに魅《ひ》かれるのを感ずる。眠っている間にいろいろ不思議なことを聞いたり、やったりして、目醒めると、恐怖ではなく一種の昂揚《こうよう》感をおぼえる。私はたいていの者が待ったように、身体がすっかり変わるのを待つ必要はないと思う。もしそれを待っていたら、可哀想な従兄弟が閉じ込められたように、父はたぶん私を療養所に閉じ込めるだろう。素晴らしい未聞の光輝が海の中で私を待っており、私はもうすぐそれを探しに行くのだ。

イア＝ル・リエー！　クトゥルー・フタグン！　イア！　イア！　いや、ピストル自殺などするものか——私を自殺させることなどできはしないぞ！

従兄弟をキャントンの精神病院から逃がす計画を立てて、驚異《おどろき》の影に覆われたインスマスへ一緒に行こう。私たちは沖のあの陰鬱な岩礁まで泳いで行って、暗黒の淵を潜り、巨石で造られ、たくさんの柱が並ぶイ・ハ＝ントレイに辿り着いたら、あの〝深きものら〟の棲処《すみか》で奇蹟と栄光に囲まれ、とこしえに暮らすであろう。

編訳者解説

南條竹則

クトゥルー（あるいはクトゥルフ、ク・リトル・リトルなどの表記もあります）という名前は今やゲーム、漫画、アニメ、映画などさまざまなメディアを通じて、多くの方にお馴染《なじ》みのものかと思います。

この邪神が最初に現われたのは、ラヴクラフトという作家の小説の中でした。今日クトゥルーやその眷属《けんぞく》を扱った作品は世界中に溢《あふ》れかえっていますが、その中でラヴクラフト本人が書いたものは、さしずめクトゥルー教の聖書ともいうべき意味合いを持っています。だから、名前だけは前々から知っていた――気にはなっていたけれども、読む機会がなかったという人が少なくありません。本書はそういう人たちのために、ラヴクラフトがクトゥルー神話に関連して書いた小説のうち、傑作の名に恥じないものばかりを集めて訳してみたのです。

ハワード・フィリップス・ラヴクラフトは一八九〇年、アメリカ東海岸ロード・アイランド州の古都プロヴィデンスに生まれました。

父親ウィンフィールド・スコット・ラヴクラフトは旅回りのセールスマン。母親サラ・スーザンは土地の旧家の娘でしたが、父親はラヴクラフトがまだ幼い頃重病にかかって入院し、少年と母親は母方の祖父の家に引き取られました。

病弱であまり学校に行けなかったラヴクラフトは、主に家庭教師と読書によって教養を身につけましたが、非常に早熟な少年でした。本人の言葉によると四歳でグリム童話を読み、五歳でアラビアン・ナイトに夢中になりました。彼の作中に登場する禁断の書物『ネクロノミコン』の著者はアブドゥル・アルハザードといいますが、この名前は、ラヴクラフトがこの頃アラビア人ごっこをする時に名乗っていた名前だそうです。また六歳になるとギリシア・ローマ神話に親しみ、パンやディアーナ、アポロ、ミネルウァの祭壇をつくって供物《くもつ》を捧《ささ》げるほどでした。

彼はまた幼い頃から、生まれ故郷プロヴィデンスの古い街並になんとも言えぬ魅力を感じました。そうした街並はおおむねジョージ王朝時代、すなわち十八世紀から十九世紀初めにかけての建物です。いつしか彼は古きニューイングランドの文化の源である イギリスの十八世紀に魅せられ、祖父の家の屋根裏部屋にあった十八世紀の書物を読み耽《ふけ》りました。このことはラヴクラフトの独特な文体に深い影響を及ぼしています。

一方、彼は八歳の時から自然科学にも強い興味を持ちはじめ、化学、地理、そして何よりも天文学に熱中しました。十六歳の時、地元の日刊紙に、天文現象についての記事を毎月寄稿していたほどです。

病弱のため大学に行けず、普通の職業にもつけなかったラヴクラフトが主な収入源としていたのは添削の仕事でした。他人の書いた詩や小説を添削、時には代作もするのです。

それでは自分の創作はどうだったかといいますと、幼い頃から怪奇な、あるいは幻想的な文学を好んで読み、この方面の大家エドガー・アラン・ポオの作品なども耽読《たんどく》したラヴクラフトですから、十代からその種のものを書き始めています。大半は本人が破棄してしまいましたが、「洞窟《どうくつ》の獣」「錬金術師」といった作品が残っています。彼はのちに「ホーム・ブルー」や「ウィアード・テイルズ」、また「アメイジング・ストーリーズ」のような商業雑誌にも寄稿するようになりましたが、それを生活の資とすることはできませんでした。世渡りが下手だったせいもあるでしょうが、当時のアメリカではまだ怪奇小説の市場が狭く、ことにラヴクラフトが志したような、出来合いの人物描写や状況設定を排し、雰囲気や印象の再現を重視する小説は中々理解されなかったのであります。少なくとも、それが商業出版に適するとはどこの出版社も考えませんでした。ですから、ラヴクラフトには生前出た単行本が一冊しかありません。『インスマスの影』という本ですが、たった二百部しか出まわらず、おまけに誤植だらけのお粗末な本でした。

彼はこつこつと添削仕事をして清貧に甘んじ、一時期結婚してニューヨーク生活をしたこともありますが、それが破綻《はたん》するとプロヴィデンスに帰って、一九三七年に腸《ちょう》癌《がん》のため四十六歳で亡《な》くなるまで、この街に暮らしました。友人のいるよその地方へ旅行したこともありますが、どこよりも愛したのはプロヴィデンスでした。ラヴクラフトの墓碑には「I am Providence（我はプロヴィデンスなり）」という、彼が手紙に書いた言葉が刻まれています。

筆者などはラヴクラフトの作品を読むたびに、深い孤独を感じずにいられません。生まれて来る時間・空間を間違えてしまったような現実への疎外《そがい》感、この理不尽な世界から何とかして逃げ出したいという強い欲求――これはたぶん少なからぬ読者が感ずることで、ラヴクラフトの根強い人気も、一つにはそこに理由があるのかもしれません。けれども、ラヴクラフトはポオなどに較《くら》べれば、よほど友情に恵まれていました。その友情は文通という手段によって育《はぐく》まれたのです。

一九一四年、というと二十代半ばの時、ラヴクラフトは「The United Amateur Press Association」という組織の会員になりました。これは「統一アマチュア出版協会」とでも訳せるでしょう。会報・会誌を発行して、アメリカ全国にいるアマチュア文筆家に作品発表と交流の場を提供する組織です。大勢の若者がこの会を通じて遠方に住む同好の士と知り合い、作品を批評し合って腕を磨きました。ラヴクラフトもこの会を通じて、たくさんの文通相手をつくります。彼は非常に筆まめで、膨大な量の手紙が現在も残されています。後年、親しい友人たちは、彼が創作のための時間を文通に取られてしまうことを真剣に案じたほどでしたが、ともかく彼にはこうして大勢の文学仲間ができました。その面々にはサミュエル・ラヴマン、クラーク・アシュトン・スミス、R・E・ハワード、フランク・ベルナップ＝ロング、オーガスト・ダーレス、ドナルド・ワンドレイ、ロバート・ブロック、ヘンリー・カットナー、フリッツ・ライバーといった人々がいます。中でもオーガスト・ダーレスとドナルド・ワンドレイは、ラヴクラフトの死後、二人して「アーカム・ハウス」という出版社をつくり、故人の作品を刊行するほど彼の作品に入れ込んでいました。同社はやがて英米の他の作家の作品も出し、怪奇文学専門の出版社として、この分野に重要な役割を果たしたことは御存知の通りです。

ラヴクラフトの生み出したいわゆる「クトゥルー神話」が後年世界的な現象となったのも、こうした交友の産物という面があります。友人の作家や詩人たちは、ラヴクラフトが創造した神々や書物を自分の作品に登場させたり、彼の世界観を借用したりしました。一方、ラヴクラフトも同じようなことをやっています。たとえば、「闇《やみ》にささやくもの」に出て来るアトランティスの神官クラーカシュ＝トンというのは友人クラーク・アシュトン・スミスのもじりですし、蟾蜍《ひきがえる》に似ているというツァトホッグァはスミスのつくった邪神です。「暗闇の出没者」に出て来る「Comte d' Erlette」はフランス人の名前で、「エルレット伯爵」と訳すべきでしょうが、英語読みにすると「コント・ダーレット」になり、ダーレスをもじっていることがわかります。かれらはこういう楽屋落ちの冗談なども楽しみながら、いわば「みんなの夢」を広げていったのでした。

この神話はやがて世代を越え、国境も越えて、人々に受け入れられてゆきました。その背景には前述アーカム・ハウスとダーレスの活動や、ラヴクラフトの友人を含むいわゆる「パルプ作家」たちの活躍がありました。かれらの作品を読んで育った若い世代の中に、ラヴクラフトを敬愛して、その神話世界を発展させる作家たちが続々と現われたのです。彼の影響を受けた人にはモダン・ホラーの大御所スティーヴン・キングをはじめ、イギリスのコリン・ウィルソン、アルゼンチンのホルヘ・ルイス・ボルヘスのような作家もいます。

日本でもSFからホラー小説、近年のライトノベルに至るまで、クトゥルー神話を活用した小説の書き手は枚挙に暇《いとま》がありません。ラヴクラフトの世界は日本でテレビドラマになったこともあります。読者の中には、かつて佐野史郎主演の「インスマスを覆《おお》う影」というドラマが作られたことを御存知の方もおいででしょう。

＊

収録したそれぞれの作品について、一言ずつ触れてゆきましょう（アルファベットは原題、括弧の中は発表された年です）。

「異次元の色彩　The Colour out of Space」（1927）

この物語に怪物の名前は出て来ませんが、人間の知る宇宙の外部から訪れた恐怖を描いている点で、クトゥルー神話と同じ発想による作品と言えるでしょう。ラヴクラフトは一九三三年に書いた「一無能者に関する覚書き」という文章の中で、これが自分の一番気に入っている作品だと述べています。本篇は「アメイジング・ストーリーズ」誌に採用され、エドワード・オブライエン編のアンソロジー『ザ・ベスト・アメリカン・ショート・ストーリーズ』にも収められました。

「ダンウィッチの怪 The Dunwich Horror」(1929)

これはクトゥルー神話に於《お》いてもっとも重要な神格の一つ、ヨグ・ソトホートが登場する話です。見えない怪物がのし歩くあたりの怖さは一種の透明怪談という側面も持っていますが、その怪物が目に見えた瞬間のおぞましさといい、半怪物ウィルバーの死に様の醜悪さといい、クトゥルー神話の邪神たちが「汚穢《おえ》の神々」と呼ばれるのももっともだと思わせます。

面白いことに、作者はヨグ・ソトホートを「父」と呼ぶ怪物をイエス・キリストになぞらえているようで(そうすると、アーミティッジ博士たちはさしずめ東方の三賢人という見立てになりましょうが)、このあたり強烈なブラック・ユーモアさえ感じさせます。

「クトゥルーの呼び声」The Call of Cthulhu」(1928)

本篇は作品としてやや荒削りなところもあり、作者の人種的偏見が目につく箇所もありますが、復活を狙《ねら》う邪神とその僕《しもべ》たちの暗躍という、クトゥルー神話の大枠を示したマニフェストと言って良いでしょう。海中の魔都ル・リエーの妖《あや》しい描写、そして大いなるクトゥルーの貫禄《かんろく》たっぷりな出現には喝采《かっさい》を送りたくなります。

「ニャルラトホテプ　Nyarlathotep」(1920)

ラヴクラフトは子供の頃から生々しい悪夢をよく見ました。これはそうした夢の一つを素材にした散文詩で、大筋は彼が友人への手紙に記した夢の内容をなぞっています。本書の収録作品の中では少し毛色が変わっていますが、変幻自在の神格としてさまざまな作品に登場するニャルラトホテプの起源がここにあります。

「闇にささやくもの　The Whisperer in Darkness」(1931)

甲殻類に似た異様な生物の目撃談から始まる本篇は、前半では民間伝承や比較神話学を小道具に用い、後半では科学小説の趣を濃厚にして、物語は宇宙の彼方《かなた》へ飛躍します。

怪物がじつは高度な科学を誇る知性体であるというのは、「狂気の山脈にて」などでも扱われるテーマですが、「狂気の山脈にて」が異世界の文明史を絵巻物のように繰り広げて、そこに耽溺《たんでき》してゆくのに対し、本篇では飽くまで現実の内にとどまろうとする語り手と「外部」との接触が、抑制の効いた筆致で語られます。

ラヴクラフトは物語の舞台となったヴァーモント州へ旅行したことがありますが、本篇の描写にはその際の印象が生かされており、彼が場所の喚起するイメージを活用するのに巧みな作家だったことがわかります。

「暗闇の出没者　The Haunter of the Dark」(1936)

映画「サイコ」の原作者として知られる作家ロバート・ブロックは、ラヴクラフトの年下の文通友達でした。これは彼に捧げられたラヴクラフト最後の作品です。

この作品が書かれる前、ブロックは「星からの来訪者」という短篇で、ラヴクラフトをモデルにした登場人物に非業《ひごう》の死を遂げさせました。ラヴクラフトはそのお返しにブロックを作品の中で殺すことにし、ロバート・ブレイクという主人公を作り上げたのですが、ブレイクがむしろ作者自身の分身であることは言うまでもありません。

西の窓からプロヴィデンスの夕景を眺めて、現実の彼方に憧《あこが》れる主人公の気持ちは、ラヴクラフト自身が幼い頃から抱いていたものでした。

「インスマスの影　The Shadow over Innsmouth」（1936）

これはクトゥルーの僕《しもべ》である「深きものら The Deep Ones」が登場する中篇で、疑いなくラヴクラフトの最高傑作の一つです。ラヴクラフトといえばインスマス、あるいは「インスマス面《づら》」を思い浮かべる人も少なくないでしょう。作者は物語の舞台である架空の港街を、ニューイングランドの古建築への愛情をこめて丹念に作り込んでいます。腰折れ屋根、教会の尖塔《せんとう》、頂塔《キューポラ》、屋根つきの橋、朽ちた廃港と沖の波間にのぞく黒い岩礁《がんしょう》――情景の一つ一つがまざまざと目に浮かび、潮の香が漂って来るようです。人間と通婚して街を乗っ取る魚のような化物の気味悪さ、沈滞した死都の雰囲気、スリリングな逃走劇、恐怖とは裏腹の異界の誘惑といった具合に、二重三重の魅力を持つ作品です。

＊

さて、本書で初めてラヴクラフトの作品をお読みになった方々の御感想はいかがでしょうか？　現在、彼の作品は日本語でもさまざまな翻訳で読むことができます。これまで全集と名のつくものだけでも、未完に終わった創土社の『ラヴクラフト全集』をはじめとして、国書刊行会の『定本ラヴクラフト全集』、東京創元社の『ラヴクラフト全集』があり、他の作家の小説も交じえたアンソロジーは各社からたくさん出ています。翻訳はそれぞれに特徴があり、ラヴクラフトの癖のある文体の味を再現しようとしたものもあれば、読みやすさを狙ったものもあります。訳注なども本書では最小限にとどめましたが、大滝啓裕《けいすけ》訳や森瀬繚《りょう》訳のように詳しい注や資料の付いているものもありますから、この作家に興味を持たれた方には役に立つでしょう。また東《ひがし》雅夫《まさお》『クトゥルー神話大事典』やS・T・ヨシ『H・P・ラヴクラフト大事典』といった便利なものもあります。

最後に、本書に登場する固有名詞、とくに邪神や架空の地名・書名の表記について一言申し上げておきます。

Cthuluh、Yog-Sothoth、Yuggothといった名前をどう発音すれば良いのかと首を傾《かし》げる人は、作者の生前から大勢いました。それは、こうした名前の字面が奇々怪々で、見た人の心を平凡日常の世界から遠くに拉《らっ》し去ることを作者が意図したからであります。

ラヴクラフトの設定によると、Cthulhu や Yog-Sothoth といった名前は、人間には発音できない、音声かどうかさえ定かでないものを便宜的に表記しているだけなのですから、読めなくて当たり前です。とはいっても、我々読者は全然発音しないで済ますわけにもゆきませんから、いろいろな人がいろいろに読み、時が経《た》つにつれて、英語圏なら英語圏で（フランス語圏では少し違うでしょうが）一般化した読み方がある程度定着してきました。そうした読み方に従うというのも、一つの見識でしょう。

ところが、そういう発音を片仮名にしてしまいますと、アルファベットの綴《つづ》りが持っていた視覚的効果、すなわち怪異な感じや異国的、異世界的な感じなどがごっそりこそげ落ちてしまう不都合があるため、翻訳者としては頭が痛いのです。

ラヴクラフトの日本語訳に於いて先駆者の一人といっても良い大西尹明《ただあき》は、「アンキャニーな効果」をねらって、「原語に表記された文字に基づいて発音されると考えられる許容範囲内で、その最も不自然かつ佶屈《きっくつ》たる発音を」選ぶという方針を立てました。わたしは必ずしもこれと同じ基準を用いるわけではありませんが、自分なりに日本語としての響きなどを吟味した末、全体として大西訳の表記に近い表記をしてあります。

大部分の固有名詞は他の訳の何にあたるか見当がつくと思いますが、一つだけ、既訳とはなはだしく異なるものに「プナコトゥス写本（Pnakotic manuscripts、既訳ではおおむねナコト写本）」があることをお断りしておきます。おや、新しい魔道書が出てきたぞ、などと早合点なさらないでください。

翻訳の底本には現行のアーカム・ハウス版を用いました。訳出に際しては、数種類の既訳を参照させていただきました。先人諸氏の訳業に感謝いたします。

（文中敬称略）

（二〇一九年五月、作家・翻訳家）

本書は編訳者のセレクトによる新潮文庫オリジナル作品集である。

本作品中には今日の観点からは明らかに差別的表現ともとれる箇所が散見されますが、作品の持つ文学性ならびに芸術性、また、歴史的背景に鑑み、原書に忠実な翻訳としたことをお断りいたします。（新潮文庫編集部）

J・アーヴィング
筒井正明訳
ガープの世界
全米図書賞受賞（上・下）
巧みなストーリーテリングで、暴力と死に満ちた世界をコミカルに描く、現代アメリカ文学の旗手J・アーヴィングの自伝的長編。

J・アーヴィング
中野圭二訳
ホテル・ニューハンプシャー（上・下）
家族で経営するホテルという夢に憑かれた男と五人の家族をめぐる、美しくも悲しい愛のおとぎ話——現代アメリカ文学の金字塔。

S・アンダーソン
上岡伸雄訳
ワインズバーグ、オハイオ
発展から取り残された街。地元紙の記者のもとに届く、住人たちの奇妙な噂。現代人の孤独をはじめて文学の主題とした画期的名作。

ヴェルヌ
村松　潔訳
海底二万里（上・下）
超絶の最新鋭潜水艦ノーチラス号を駆るネモ船長の目的とは？　海洋冒険ロマンの傑作を完全新訳、刊行当時のイラストもすべて収録。

ウィーダ
村岡花子訳
フランダースの犬
ルーベンスに憧れるフランダースの貧しい少年ネロは、老犬パトラシエを友に一心に絵を描き続けた……。豊かな詩情をたたえた名作。

T・ウィリアムズ
小田島雄志訳
欲望という名の電車
ニューオーリアンズの妹夫婦に身を寄せたブランチ。美を求めて現実の前に敗北する女を、粗野で逞しい妹夫婦と対比させて描く名作。

B・ヴィアン
曾根元吉訳

日々の泡

肺に睡蓮の花を咲かせ死に瀕する恋人クロエ。愛と友情を語る恋人たちの、人生の不条理への怒りと幻想を結晶させた恋愛小説の傑作。

J・オースティン
小山太一訳

自負と偏見

恋心か打算か。幸福な結婚とは何か。十八世紀イギリスを舞台に、永遠のテーマを突き詰めた、息をのむほど愉快な名作、待望の新訳。

P・オースター
柴田元幸訳

ムーン・パレス

日本翻訳大賞受賞

世界との絆を失った僕は、人生から転落しはじめた……。奇想天外な物語が躍動し、月のイメージが深い余韻を残す絶品の青春小説。

P・オースター
柴田元幸訳

偶然の音楽

〈望みのないものにしか興味の持てない〉ナッシュと、博打の天才が辿る数奇な運命。現代米文学の旗手が送る理不尽な衝撃と虚脱感。

カフカ
高橋義孝訳

変身

朝、目をさますと巨大な毒虫に変っている自分を発見した男――第一次大戦後のドイツの精神的危機、新しきものの待望を託した傑作。

カフカ
前田敬作訳

城

測量技師Kが赴いた〝城〟は、厖大かつ神秘的な官僚機構に包まれ、外来者に対して決して門を開かない……絶望と孤独の作家の大作。

カミュ
窪田啓作訳
異邦人
太陽が眩しくてアラビア人を殺し、死刑判決を受けたのちも自分は幸福であると確信する主人公ムルソー。不条理をテーマにした名作。

カミュ
宮崎嶺雄訳
ペスト
ペストに襲われ孤立した町の中で悪疫と戦う市民たちの姿を描いて、あらゆる人生の悪に立ち向うための連帯感の確立を追う代表作。

G・G＝マルケス
野谷文昭訳
予告された殺人の記録
閉鎖的な田舎町で三十年ほど前に起きた幻想とも見紛う事件。その凝縮された時空に共同体の崩壊過程を重層的に捉えた、熟成の中篇。

S・キング
永井淳訳
キャリー
狂信的な母を持つ風変りな娘——周囲の残酷な悪意に対抗するキャリーの精神は、やがてバランスを崩して……。超心理学の恐怖小説。

S・キング
浅倉久志訳
ゴールデンボーイ
—恐怖の四季　春夏編—
ナチ戦犯の老人が昔犯した罪に心を奪われた少年は、その詳細を聞くうちに、しだいに明るさを失い、悪夢に悩まされるようになった。

L・キャロル
矢川澄子訳
金子國義絵
不思議の国のアリス
チョッキを着たウサギ、チェシャネコ、ハートの女王などが登場する永遠のファンタジーをカラー挿画でお届けするオリジナル版。

G・グリーン
上岡伸雄訳
情事の終り
「私」は妬心を秘め、別れた人妻サラを探偵に監視させる。自らを翻弄した女の謎に近づくため――。究極の愛と神の存在を問う傑作。

K・グリムウッド
杉山高之訳
リプレイ
世界幻想文学大賞受賞
ジェフは43歳で死んだ。気がつくと彼は18歳――人生をもう一度やり直せたら、という窮極の夢を実現した男の、意外な、意外な人生。

ゲーテ
高橋義孝訳
ファウスト
（一・二）
悪魔メフィストーフェレスと魂を賭けた契約をして、充たされた人生を体験しつくそうとするファウスト――文豪が生涯をかけた大作。

E・ケストナー
池内紀訳
飛ぶ教室
元気いっぱいの少年たちが学び暮らすギムナジウムにも、クリスマス・シーズンがやってきた。その成長を温かな眼差しで描く傑作小説。

サン＝テグジュペリ
堀口大學訳
夜間飛行
絶えざる死の危険に満ちた夜間の郵便飛行。全力を賭して業務遂行に努力する人々を通じて、生命の尊厳と勇敢な行動を描いた異色作。

サン＝テグジュペリ
堀口大學訳
人間の土地
不時着したサハラ砂漠の真只中で、三日間の渇きと疲労に打ち克って奇蹟的な生還を遂げたサン＝テグジュペリの勇気の源泉とは……。

サリンジャー
野崎 孝訳
ナイン・ストーリーズ

はかない理想と暴虐な現実との間にはさまれて、抜き差しならなくなった人々の姿を描き、鋭い感覚と豊かなイメージで造る九つの物語。

サリンジャー
村上春樹訳
フラニーとズーイ

どこまでも優しい魂を持った魅力的な小説……『キャッチャー・イン・ザ・ライ』に続くサリンジャーの傑作を、村上春樹が新訳！

シェイクスピア
福田恆存訳
リア王

純真な末娘より、二人の姉娘の甘言を信じ、すべての権力と財産を引渡したリア王は、やがて裏切られ嵐の荒野へと放逐される……。

シェイクスピア
福田恆存訳
マクベス

三人の魔女の奇妙な予言と妻の教唆によってダンカン王を殺し即位したマクベスの非業の死！ 緊迫感にみちたシェイクスピア悲劇。

シェイクスピア
福田恆存訳
リチャード三世

あらゆる権謀術数を駆使して王位を狙う魔性の君主リチャード――薔薇戦争を背景に偽善と偽悪をこえた近代的悪人像を確立した史劇。

ジョイス
柳瀬尚紀訳
ダブリナーズ

20世紀を代表する作家がダブリンに住む人々を描いた15編。『フィネガンズ・ウェイク』の訳者による画期的新訳。『ダブリン市民』改題。

H・ジェイムズ
小川高義訳
デイジー・ミラー
わたし、いろんな人とお付き合いしてます——。自由奔放な美女に惹かれる慎み深い青年の恋。ジェイムズ畢生の名作が待望の新訳。

H・ジェイムズ
小川高義訳
ねじの回転
イギリスの片田舎の貴族屋敷に身を寄せる兄妹。二人の家庭教師として雇われた若い女が語る幽霊譚。本当に幽霊は存在したのか？

A・シリトー
丸谷才一
河野一郎訳
長距離走者の孤独
優勝を目前にしながら走ることをやめ、感化院長らの期待にみごとに反抗を示した非行少年の孤独と怒りを描く表題作等8編を収録。

B・シュリンク
松永美穂訳
朗読者
毎日出版文化賞特別賞受賞
15歳の僕と36歳のハンナ。人知れず始まった愛には、終わったはずの戦争が影を落としていた。世界中を感動させた大ベストセラー。

M・シェリー
芹澤恵訳
フランケンシュタイン
若き科学者フランケンシュタインが創造した、人間の心を持つ醜い〝怪物〟。孤独に苦しみ、復讐を誓って科学者を追いかけてくるが——。

スティーヴンソン
田口俊樹訳
ジキルとハイド
高名な紳士ジキルと醜悪な小男ハイド。人間の心に潜む善と悪の葛藤を描き、二重人格の代名詞として今なお名高い怪奇小説の傑作。

スタンダール
大岡昇平訳
パルムの僧院（上・下）
〝幸福の追求〟に生命を賭ける情熱的な青年貴族ファブリスが、愛する人の死によって僧院に入るまでの波瀾万丈の半生を描いた傑作。

スタンダール
小林　正訳
赤と黒（上・下）
美貌で、強い自尊心と鋭い感受性をもつジュリヤン・ソレルが、長年の夢であった地位をその手で摑もうとした時、無惨な破局が……。

スウィフト
中野好夫訳
ガリヴァ旅行記
船員ガリヴァの漂流記に仮託して、当時のイギリス社会の事件や風俗を批判しながら、人間性一般への痛烈な諷刺を展開させた傑作。

T・R・スミス
田口俊樹訳
チャイルド44（上・下）
CWA賞最優秀スリラー賞受賞
連続殺人の存在を認めない国家。ゆえに自由に凶行を重ねる犯人。それに独り立ち向かう男――。世界を震撼させた戦慄のデビュー作。

ソルジェニーツィン
木村　浩訳
イワン・デニーソヴィチの一日
スターリン暗黒時代の悲惨な強制収容所の一日を克明に描き、世界中に衝撃を与えた小説。伝統を誇るロシア文学の復活を告げる名作。

チェーホフ
神西　清訳
桜の園・三人姉妹
急変していく現実を理解できず、華やかな昔の夢に溺れたまま没落していく貴族の哀愁を描いた「桜の園」。名作「三人姉妹」を併録。

ディケンズ
加賀山卓朗訳
二都物語
フランス革命下のパリとロンドン。燃え上がる激動の炎の中で、二つの都に繰り広げられる愛と死のロマン。新訳で贈る永遠の名作。

ディケンズ
中野好夫訳
デイヴィッド・コパフィールド（一～四）
逆境にあっても人間への信頼を失わず、作家として大成したデイヴィッドと彼をめぐる精彩にみちた人間群像！　英文豪の自伝的長編。

ドストエフスキー
原　卓也訳
カラマーゾフの兄弟（上・中・下）
カラマーゾフの三人兄弟を中心に、十九世紀のロシア社会に生きる人間の愛憎うずまく地獄絵を描き、人間と神の問題を追究した大作。

ドストエフスキー
江川　卓訳
悪霊（上・下）
無神論的革命思想を悪霊に見立て、それに憑かれた人々の破滅を実在の事件をもとに描く。文豪の、文学的思想的探究の頂点に立つ大作。

ドストエフスキー
工藤精一郎訳
罪と罰（上・下）
独自の犯罪哲学によって、高利貸の老婆を殺し財産を奪った貧しい学生ラスコーリニコフ。良心の呵責に苦しむ彼の魂の遍歴を辿る名作。

トルストイ
工藤精一郎訳
戦争と平和（一～四）
ナポレオンのロシア侵攻を歴史背景に、十九世紀初頭の貴族社会と民衆のありさまを生き生きと写して世界文学の最高峰をなす名作。

ナボコフ
若島正訳
ロリータ
中年男の少女への倒錯した恋を描く誤解多き問題作にして世界文学の最高傑作が、滑稽でありながら哀切な新訳で登場。詳細な注釈付。

T・ハリス
高見浩訳
羊たちの沈黙（上・下）
FBI訓練生クラリスは、連続女性誘拐殺人犯を特定すべく稀代の連続殺人犯レクター博士に助言を請う。歴史に輝く〝悪の金字塔〟。

T・ハリス
高見浩訳
ハンニバル（上・下）
怪物は「沈黙」を破る……。血みどろの逃亡劇から7年。FBI特別捜査官となったクラリスとレクター博士の運命が凄絶に交錯する！

E・ブロンテ
鴻巣友季子訳
嵐が丘
狂恋と復讐、天使と悪鬼――寒風吹きすさぶ荒野を舞台に繰り広げられる、恋愛小説の恐るべき極北。新訳による〝新世紀決定版〟。

フォークナー
加島祥造訳
八月の光
人種偏見に異様な情熱をもやす米国南部社会に対して反逆し、殺人と凌辱の果てに逮捕され、惨殺された男ジョー・クリスマスの悲劇。

フィツジェラルド
野崎孝訳
グレート・ギャツビー
豪奢な邸宅、週末ごとの盛大なパーティ……絢爛たる栄光に包まれながら、失われた愛を求めてひたむきに生きた謎の男の悲劇的生涯。

R・ブローティガン
藤本和子訳
アメリカの鱒釣り
軽やかな幻想的語り口で夢と失意のアメリカを描いた200万部のベストセラー、ついに文庫化！　柴田元幸氏による敬愛にみちた解説付。

R・ブローティガン
藤本和子訳
芝生の復讐
雨に濡れそぼつ子ども時代の記憶とカリフォルニアの陽光。その対比から生まれたメランコリックな世界。名翻訳家最愛の短篇集。

ブコウスキー
青野　聰訳
町でいちばんの美女
救いなき日々、酔っぱらうのが私の仕事だった。バーで、路地で、競馬場で絡まる淫猥な視線。伝説的カルト作家の頂点をなす短編集！

M・ブルガーコフ
増本浩子
V・グレチュコ訳
犬の心臓・運命の卵
人間の脳を移植された犬、巨大化したアナコンダの大群――科学的空想世界にソ連体制への痛烈な批判を込めて発禁となった問題作。

ヘッセ
高橋健二訳
デミアン
主人公シンクレールが、友人デミアンや、孤独な神秘主義者の音楽家の影響を受けて、真の自己を見出していく過程を描いた代表作。

ヘッセ
高橋健二訳
車輪の下
子供の心を押しつぶす教育の車輪から逃れようとして、人生の苦難の渦に巻きこまれていくハンスに、著者の体験をこめた自伝的小説。

ヘミングウェイ
高見浩訳
誰がために鐘は鳴る（上・下）

スペイン内戦に身を投じた米国人ジョーダンは、ゲリラ隊の娘、マリアと運命的な恋に落ちる。戦火の中の愛と生死を描く不朽の名作。

ヘミングウェイ
高見浩訳
移動祝祭日

一九二〇年代のパリで創作と交友に明け暮れた日々を晩年の文豪が回想する。痛ましくも麗しい遺作が馥郁たる新訳で満を持して復活。

ポー
巽孝之訳
黒猫・アッシャー家の崩壊
—ポー短編集Ⅰ ゴシック編—

昏き魂の静かな叫びを思わせる、ゴシック色、ホラー色の強い名編中の名編を清新な新訳で。表題作の他に「ライジーア」など全六編。

ポー
巽孝之訳
モルグ街の殺人・黄金虫
—ポー短編集Ⅱ ミステリ編—

名探偵、密室、暗号解読——。推理小説の祖と呼ばれ、多くのジャンルを開拓した不遇の天才作家の代表作六編を鮮やかな新訳で。

ポー
巽孝之訳
大渦巻への落下・灯台
—ポー短編集Ⅲ SF&ファンタジー編—

巨匠によるSF・ファンタジー色の強い7編。サイボーグ、未来旅行、ディストピアなど170年前に書かれたとは思えない傑作。

ホーソン
鈴木重吉訳
緋文字

胸に緋文字の烙印をつけ私生児を抱いた女の毅然とした姿——十七世紀のボストンの町に、信仰と個人の自由を追究した心理小説の名作。

I・マキューアン
小山太一訳

アムステルダム

ブッカー賞受賞

ひとりの妖婦の死。遺された醜聞写真が男たちを翻弄する……。辛辣な知性で現代のモラルを痛打して喝采を浴びた洗練の極みの長篇。

I・マキューアン
小山太一訳

贖罪

全米批評家協会賞・W・H・スミス賞受賞

少女の嘘が、姉とその恋人の運命を狂わせた。償うことはできるのか――衝撃の展開に言葉を失う現代イギリス文学の金字塔的名作！

T・マン
高橋義孝訳

トニオ・クレーゲル　ヴェニスに死す

ノーベル文学賞受賞

美と倫理、感性と理性、感情と思想のように相反する二つの力の板ばさみになった芸術家の苦悩と、芸術を求める生を描く初期作品集。

T・マン
高橋義孝訳

魔の山（上・下）

死と病苦、無為と頽廃の支配する高原療養所で療養する青年カストルプの体験を通して、生と死の谷間を彷徨する人々の苦闘を描く。

M・ミッチェル
鴻巣友季子訳

風と共に去りぬ（1〜5）

永遠のベストセラーが待望の新訳！　明るく、私らしく、わがままに生きると決めたスカーレット・オハラの「フルコース」な物語。

メルヴィル
田中西二郎訳

白鯨（上・下）

片足をもぎとられた白鯨モービィ・ディックへの復讐の念に燃えるエイハブ船長。激浪荒れ狂う七つの海にくりひろげられる闘争絵巻。

新潮文庫最新刊

宮本輝著
野の春
―流転の海 第九部―
完成まで37年。全九巻四千五百頁。松坂熊吾一家を中心に数百人を超える人間模様を描き、生の荘厳さを捉えた奇蹟の大河小説、完結編。

堀井憲一郎著
流転の海読本
宮本輝畢生の大作「流転の海」精読の手助けに、系図、地図、主要人物紹介、各巻あらすじ、年表、人物相関図を揃えた完全ガイド。

村田沙耶香著
地球星人
あの日私たちは誓った。なにがあってもいきのびること――。芥川賞受賞作『コンビニ人間』を凌駕する驚愕をもたらす、衝撃的傑作。

藤田宜永著
愛さずにはいられない
'60年代後半。母親との確執を抱えた高校生の芳郎は、運命の女、由美子に出会い、彼女との愛と性にのめり込んでいく。自伝的長編。

町田そのこ著
夜空に泳ぐチョコレートグラミー
R-18文学賞大賞受賞
大胆な仕掛けに満ちた「カメルーンの青い魚」他、どんな場所でも生きると決めた人々の強さをしなやかに描く五編の連作短編集。

奥田亜希子著
リバース&リバース
ティーン誌編集者・禄と、地方在住の愛読者・郁美。出会うはずのない人生が交差するとき、明かされる真実とは。新時代の青春小説。

新潮文庫最新刊

竹宮ゆゆこ著　心が折れた夜のプレイリスト

元カノと窓。最高に可愛い女の子とラーメン。そして……。笑って泣ける、ふしぎな日常をエモーショナル全開で綴る、最旬青春小説。

瀬尾順著　死に至る恋は嘘から始まる

「一週間だけ、彼女になってあげる」自称・人魚の美少女転校生・刹那《せつな》と、心を閉ざし続ける永遠《とわ》。嘘から始まる苦くて甘い恋の物語。

野口卓著　からくり写楽
—蔦屋重三郎、最後の賭け—

謎の絵師を、さらなる謎で包んでしまえ——。前代未聞の密談から「写楽」は始まった！江戸を丸ごと騙しきる痛快傑作時代小説。

向田邦子著　碓井広義編　少しぐらいの嘘は大目に
—向田邦子の言葉—

没後40年——今なお愛され続ける向田邦子の全ドラマ・エッセイ・小説作品から名言・名ゼリフをセレクト。一生、隣に置いて下さい。

松本創著　軌道
—福知山線脱線事故　JR西日本を変えた闘い—
講談社本田靖春ノンフィクション賞受賞

「責任追及は横に置く。一緒にやらないか」。事故で家族を失った男が、欠陥を抱える巨大組織JR西日本を変えるための闘いに挑む。

長谷川晶一著　オレたちのプロ野球ニュース
—野球報道に革命を起こした者たち—

多くのプロ野球ファンに愛された伝説の番組「プロ野球ニュース」。関係者の証言をもとに、誕生から地上波撤退までを追うドキュメント。

Title : THE SHADOW OVER INNSMOUTH AND OTHER STORIES
Author : Howard Phillips Lovecraft

インスマスの影《かげ》

クトゥルー神話傑作選

新潮文庫　ラ-19-1

Published 2019 in Japan
by Shinchosha Company

令和元年八月一日発行
令和三年四月二十日七刷

編訳者　南《なん》條《じょう》竹《たけ》則《のり》
発行者　佐藤隆信
発行所　株式会社　新潮社

郵便番号　一六二―八七一一
東京都新宿区矢来町七一
電話　編集部(〇三)三二六六―五四四〇
　　　読者係(〇三)三二六六―五一一一
https://www.shinchosha.co.jp

価格はカバーに表示してあります。

乱丁・落丁本は、ご面倒ですが小社読者係宛ご送付ください。送料小社負担にてお取替えいたします。

印刷・錦明印刷株式会社　製本・錦明印刷株式会社
© Takenori Nanjo 2019 Printed in Japan

ISBN978-4-10-240141-5 C0197